# SARAH MORGAN
## De repente, el último verano

Editado por Harlequin Ibérica.
Una división de HarperCollins Ibérica, S.A.
Núñez de Balboa, 56
28001 Madrid

© 2014 Sara Morgan
© 2016 Harlequin Ibérica, una división de HarperCollins Ibérica, S.A.
De repente, el último verano, n.º 105 - 1.6.16
Título original: Suddenly Last Summer
Publicada originalmente por HQN™ Books

Todos los derechos están reservados incluidos los de reproducción, total o parcial. Esta edición ha sido publicada con autorización de Harlequin Books S.A.
Esta es una obra de ficción. Nombres, caracteres, lugares, y situaciones son producto de la imaginación del autor o son utilizados ficticiamente, y cualquier parecido con personas, vivas o muertas, establecimientos de negocios (comerciales), hechos o situaciones son pura coincidencia.
® Harlequin, HQN y logotipo Harlequin son marcas registradas por Harlequin Enterprises Limited.
® y ™ son marcas registradas por Harlequin Enterprises Limited y sus filiales, utilizadas con licencia. Las marcas que lleven ® están registradas en la Oficina Española de Patentes y Marcas y en otros países.
Imagen de cubierta utilizada con permiso de Harlequin Enterprises Limited. Todos los derechos están reservados.

I.S.B.N.: 978-84-687-8101-3
Depósito legal: M-8923-2016

*Querido lector,*

*(Si has comprado este libro, eres mi lector favorito).*

*Dicen que el corazón de un hombre se conquista por el estómago. Por eso, cuando la apasionada chef francesa Élise Philippe conoce al fantástico cirujano Sean O'Neil, nada debería haberse interpuesto en el camino hacia el amor verdadero. Nada, excepto que a ninguno les interesaba el amor verdadero.*

*Al igual que sus dos hermanos, Sean había crecido en el precioso Snow Crystal Resort en Vermont, aunque él había estado deseando salir de allí para trabajar como cirujano y disfrutar de la vida en una gran ciudad. Reacio a hacer los sacrificios que creía que acompañaban a una relación estable, se ha mantenido firmemente en un estado de soltería. Pero cuando las circunstancias lo obligan a volver a casa, se ve enfrentándose a algo más que a las emociones encontradas que siente hacia su familia.*

*Escribir esta historia ha sido divertidísimo. Me ha encantado unir a dos personajes empeñados en mantenerse separados y me ha encantado escribir sobre Snow Crystal en verano. También me ha abierto el apetito, porque me ha obligado a pasarme horas babeando consultando libros de cocina de Vermont (y es posible que alguna que otra botella de pinot noir haya resultado perjudicada durante el proceso de investigación, pero de eso no vamos a hablar). Por desgracia, escribir me deja poco tiempo o nada para comprar, así que lamentablemente tengo las mismas probabilidades de encontrarme un delicioso pan de romero y sal marina recién horneado en mi cocina que de abrir la puerta de casa y encontrarme ahí a Henry Cavill cubierto únicamente por una toalla (¡Un momento! ¿Eso ha sido el timbre?).*

De repente, el último verano *es el segundo libro de mi serie de Los Hermanos O'Neil, pero no es necesario haber leído el primero para entenderlo (de todos modos, por si os apetece, se llama* Magia en la nieve).

*Estoy emocionada de que hayáis decidido elegir esta historia. Espero que la disfrutéis, y si os apetece darme vuestra opinión, el mejor modo de poneros en contacto conmigo es por correo electrónico a través de mi Web, o por Twitter,* @SarahMorgan_ *(no olvidéis el guion bajo)* o HYPERLINK "http://www.Facebook.com/AuthorSarahMorgan" www.Facebook.com/AuthorSarahMorgan.

*¡Que tengáis un feliz verano!*

Para Flo. Detrás de un autor feliz siempre hay un brillante editor. Tengo mucha suerte de tenerte.

# Capítulo 1

–Tiene una llamada, doctor O'Neil. Dice que es una emergencia.

Sean rotó los hombros para soltar la tensión; aún tenía la mente puesta en la mesa de operaciones.

Su paciente era un prometedor jugador de fútbol que se había roto el ligamento anterior cruzado de la rodilla izquierda, una lesión bastante común que había puesto fin a muchas carreras de deportistas. Pero Sean estaba decidido a que no pudiera terminar con esa en concreto. La intervención había ido bien, aunque la cirugía solo era el principio. Lo siguiente sería una larga rehabilitación que requeriría dedicación y determinación por parte de todos los implicados.

Aún pensando en cómo gestionar las expectativas, agarró el teléfono.

–Sean O'Neil.

–¿Sean? ¿Dónde demonios estuviste anoche?

Preparado para una conversación distinta, Sean frunció el ceño con irritación.

–¿Veronica? No deberías estar llamándome aquí. Me han dicho que era una emergencia.

–¡Porque es una emergencia! –la mujer alzó la voz y también se alzaron sus ánimos–. La próxima vez que me invites a cenar, ten la decencia de presentarte.

«¡Mierda!».

Una enfermera salió de la sala de operaciones y le entregó un informe.

—Veronica, lo siento —sujetó el teléfono con la mejilla y el hombro y le señaló a la enfermera que le diera un bolígrafo—. Tuve que volver al hospital. Un colega tenía problemas con un paciente. Estaba operando.

—¿Y no podías haber llamado? Te estuve esperando una hora en el restaurante. ¡Una hora, Sean! Un hombre se me insinuó.

Sean firmó el informe.

—¿Y era majo?

—No te lo tomes a broma. Fue la hora más humillante de mi vida. No vuelvas a hacerme eso nunca.

Él le devolvió el informe a la enfermera esbozando una breve sonrisa.

—¿Preferirías que hubiera dejado a un paciente desangrándose hasta morir?

—Preferiría que cumplieras con tus responsabilidades.

—Soy cirujano. Mi primera responsabilidad son mis pacientes.

—¿Entonces estás diciendo que si tuvieras que elegir entre tu trabajo y yo, elegirías el trabajo?

—Sí —el hecho de que le hubiera formulado esa pregunta indicaba lo poco que lo conocía—. Eso es lo que estoy diciendo.

—¡Maldito seas, Sean! Te odio —gritó, aunque con voz temblorosa—. Dime sinceramente, ¿esto es solo por mí o te pasa con todas las mujeres en general?

—Es por mí. Se me dan mal las relaciones, ya lo sabes. Ahora mismo me centro en mi carrera.

—Uno de estos días vas a despertarte solo en ese bonito apartamento que tienes y vas a lamentar todo el tiempo que pasas trabajando.

Él decidió no señalar que si se levantaba solo era por

elección propia. Nunca invitaba a mujeres a su apartamento. Ni siquiera él pasaba mucho tiempo allí.

–Mi trabajo es importante para mí. Lo sabías cuando me conociste.

–No, «importante» significa que te dedicas a ello pero sigues teniendo una vida privada. Para ti, Sean O'Neil, el trabajo es una obsesión. Estás volcado en él y es lo único en lo que piensas hasta el punto de excluir todo lo demás. Puede que eso te convierta en un médico brillante, pero también en una pareja pésima. Y te comunico una noticia de última hora: ser encantador y bueno en la cama no evita que seas un capullo egoísta y adicto al trabajo.

–¿Sean? –de pronto apareció otra enfermera a su lado y tanto sus mejillas sonrojadas como su actitud sugerían que había oído la última frase–. El entrenador del equipo está esperando fuera con los padres del chico. ¿Vas a hablar con ellos?

–¿Me estás escuchando? –dijo Veronica chillando e irritada–. ¿O estás hablando con otra persona mientras hablas conmigo?

«Joder».

Sean cerró los ojos.

–Acabo de salir del quirófano –se frotó la frente–. Tengo que hablar con los familiares.

–¡Pueden esperar cinco minutos!

–Están preocupados. Si fuera tu hijo el que estuviera en reanimación, querrías saber qué ha pasado. Tengo que colgar. Adiós, Veronica. Siento mucho lo de anoche.

–¡No, espera! ¡No cuelgues! –gritó ella con tono apremiante–. Te quiero, Sean. Te quiero de verdad. A pesar de todo, pienso que tenemos algo especial. Podemos hacer que esto funcione. Solo tienes que ser un poco más flexible.

El sudor le caía por la nuca. Vio a la enfermera abrir los ojos de par en par.

¿Cómo se había dejado arrastrar hasta esa situación?

Por primera vez en años había calculado mal, había pensado que Veronica era la clase de mujer que se sentía satisfecha viviendo el momento. Pero ahora resultaba que se había equivocado.

—Veronica, tengo que colgar.

—De acuerdo, yo seré más flexible. Lo siento, estoy siendo una arpía. Deja que te prepare una cena esta noche, te prometo que no me quejaré si llegas tarde. Puedes venir a la hora que quieras...

—Veronica —la interrumpió—, no te disculpes cuando soy yo el que debería disculparse. Tienes que encontrar a un hombre que te dé toda la atención que te mereces.

Se produjo un tenso silencio.

—¿Estás diciendo que hemos terminado?

Por lo que a Sean respectaba, lo suyo ni siquiera había llegado a empezar.

—Sí, eso es lo que estoy diciendo. Ahí fuera hay cientos de tipos dispuestos a ser flexibles. Consigue a uno —colgó consciente de que la enfermera seguía mirándolo.

Estaba tan cansado que ni siquiera recordaba su nombre.

¿Ann? No, no era ese. Angela... sí, era Angela.

El agotamiento iba descendiendo sobre él como una niebla gris, ralentizando su pensamiento. Necesitaba dormir.

Por la noche lo habían llamado para atender una urgencia y llevaba en pie operando desde el amanecer. Pronto la adrenalina comenzaría a disiparse y sabía que entonces se derrumbaría. Y cuando eso sucediera, preferiría estar cerca de su cama. Disponía de una habitación en el hospital, pero prefería volver a su apartamento junto al río, tomarse una cerveza y contemplar la vida acuática.

—¿Doctor O'Neil? ¿Sean? Lo siento mucho. No le habría pasado la llamada de saber que era personal. Me ha dicho que era un médico —la expresión de sus ojos indicaba que esa mujer no tendría ninguna objeción en ocupar el lugar de Veronica, pero Sean suponía que no se sentiría muy halagada si supiera que por un instante él se había olvidado de su existencia.

—No es culpa tuya. Iré a hablar con los familiares... —se vio tentado a darse una ducha primero, pero entonces recordó la palidez de la madre del chico cuando había llegado al hospital y decidió que la ducha podía esperar—. Iré a verlos ahora mismo.

—Ha tenido un día muy largo. Si quiere venir a mi casa después del trabajo, hago unos macarrones con queso riquísimos.

Era una chica muy dulce, cariñosa y bonita. Angela podía acercarse a la idea de mujer perfecta de cualquier hombre.

Pero no a la suya.

Su idea de mujer perfecta era una que no quisiera nada de él.

Las relaciones implicaban un sacrificio y un compromiso. Él no estaba preparado para hacer ninguna de esas cosas, razón por la que había permanecido firmemente soltero.

—Como acabas de presenciar, soy pésimo como pareja —esbozó lo que esperaba que fuera una sonrisa encantadora—. O estoy trabajando y no se me ve, o estoy tan cansado que me quedo dormido en el sofá. Está claro que tú puedes aspirar a algo mejor.

—Me parece impresionante, doctor O'Neil. Trabajo con muchos médicos y usted es, con diferencia, el mejor. Si alguna vez necesito un cirujano, querría que fuera usted el que se ocupara de mí. Y no me importaría que se quedara dormido en el sofá.

—Sí, sí que te importaría —al final, a todas les importaba—. Iré a hablar con la familia.

—Es usted muy amable. La madre está muy preocupada.

Vio esa preocupación en el momento en que miró a los ojos de la mujer.

Estaba sentada sin moverse agarrándose con fuerza la tela de la falda como intentando contener los nervios que se habían intensificado por tanta espera. Su marido estaba de pie con las manos metidas en los bolsillos y los hombros caídos mientras hablaba con el entrenador. Sean conocía al entrenador ligeramente. Le resultaba un hombre implacable y despiadadamente avasallador, y parecía que la cirugía a la que se había visto sometido su jugador no le había suavizado el carácter.

Ese tipo quería milagros y los quería ya. Sean sabía que la prioridad de ese entrenador en particular no era el bienestar a largo plazo del chico que ahora se encontraba en reanimación, sino el futuro de su equipo. Como especialista en lesiones deportivas, se relacionaba con jugadores y entrenadores constantemente. Algunos eran geniales, pero otros hacían que deseara haberse hecho abogado en lugar de médico.

En cuanto el padre del chico lo vio, fue hacia él como un rottweiler lanzándose contra un intruso.

—¿Y bien?

El entrenador estaba bebiendo agua de un vaso de plástico.

—¿Lo ha arreglado?

Hizo que sonara como si se tratara de un agujero en el tejado, pensó Sean. Como si hubiera bastado con poner unos cuantos guijarros encima para dejarlo como nuevo. Como si fuera igual que cambiar un neumático para que el coche volviera a la carretera.

—La cirugía solo es el principio. Va a ser un proceso largo.

—A lo mejor debería haberlo operado antes en lugar de esperar.

«Y a lo mejor usted debería dejar de jugar a ser médico».

Sin embargo, al ver que la madre del chico estaba prácticamente clavándose las uñas en las piernas, Sean decidió no generar una discusión.

—Todas las investigaciones muestran que el resultado es mejor cuando una cirugía se lleva a cabo en una articulación móvil sin dolor —les había dicho lo mismo una semana atrás, pero ni el entrenador ni el padre quisieron escucharlo entonces y tampoco querían hacerlo ahora.

—¿Cuándo podrá volver a jugar?

Sean se preguntó cómo debía de haber sido para el chico crecer con esos dos tipos a sus espaldas.

—Es demasiado pronto para programar su vuelta. Si lo fuerzan demasiado, terminará sin poder jugar nada. Ahora hay que centrarse en la rehabilitación. Tiene que tomárselo en serio. Y ustedes también —en esa ocasión su tono fue tan rotundo como sus palabras. Había visto carreras prometedoras arruinarse por entrenadores que presionaban demasiado pronto y por jugadores sin la paciencia necesaria para entender que el cuerpo no se curaba de acuerdo a un calendario deportivo.

—Este es un mundo competitivo, doctor O'Neil. Para estar en lo alto hace falta determinación.

Sean se preguntó si el entrenador estaba hablando de su jugador o de sí mismo.

—También hace falta un cuerpo sano.

La madre del chico, que había estado callada hasta el momento, se levantó.

—¿Está bien? —la pregunta hizo que su marido la mirara con mala cara.

—¡Maldita sea, mujer, acabo de preguntarle eso! Intenta escuchar un poco.

—No lo has preguntado —contestó con voz temblorosa—. Le has preguntado si volvería a jugar, eso es lo único que te importa. Es una persona, Jim, no una máquina. Es nuestro hijo.

—A su edad yo...

—Ya sé lo que hacías a su edad, pero te aseguro que si sigues así arruinarás tu relación con él. Te odiará para siempre.

—Pues debería estar dándome las gracias por presionarlo a jugar. Tiene talento, ambición, y eso hay que alimentarlo.

—Es tu ambición, Jim. Esta era tu ambición y ahora estás intentando vivir todos tus sueños a través de tu hijo. Y lo que estás haciendo no es alimentar nada. Estás presionándolo y echándole más y más peso encima hasta dejarlo aplastado debajo de todo eso —la mujer se detuvo un instante, como impactada consigo misma por lo que había dicho—. Lo siento, doctor O'Neil.

—No se disculpe. Entiendo su preocupación.

La tensión se apoderó de sus músculos. Nadie entendía mejor que él lo que era verse presionado por las expectativas de la familia. Había crecido con eso.

«¿Sabes lo que es verse aplastado por el peso de los sueños de otra persona? ¿Sabes lo que es eso, Sean?».

La voz dentro de su cabeza era tan real que tuvo que contenerse para no mirar atrás y comprobar si tenía a su padre detrás. Había muerto hacía dos años, pero en ocasiones le parecía como si fuera ayer.

Apartó ese repentino dolor, incómodo por la intrusión de su vida personal en su vida laboral. Necesitaba dormir mucho más de lo que creía.

—Scott está bien, señora Turner. Todo ha salido según lo esperado. Podrá verlo pronto.

La mujer se relajó.

—Gracias, doctor. Yo… Ha sido usted muy bueno con él desde el principio. Y conmigo. Cuando empiece a jugar… —se detuvo para mirar a su marido con dureza—, ¿cómo sabremos que no volverá a pasar? Ni siquiera tenía cerca a otro jugador. Se cayó sin más.

—El ochenta por ciento de los ligamentos cruzados anteriores se rompen sin que haya habido ningún tipo de contacto —ignoró al padre y al entrenador y se dirigió exclusivamente a la mujer. Se sentía mal por ella, era como el árbitro en un partido de ambiciones–. Este ligamento conecta el fémur con la tibia. No afecta mucho si lleva una vida normal, pero es una parte esencial a la hora de controlar las fuerzas de rotación que se desarrollan en los desplazamientos rotatorios.

Ella lo miró extrañada.

–¿Desplazamientos rotatorios?

–Saltar, girar y cambios bruscos de dirección. Es una lesión común entre jugadores de fútbol, de baloncesto y esquiadores.

–Su hermano Tyler tuvo lo mismo, ¿no? –preguntó el entrenador–. Y supuso el fin para él. Acabó con su carrera como esquiador. Menudo palo para un atleta con tanto talento.

La lesión de su hermano había sido mucho más complicada, pero Sean nunca hablaba de su famoso hermano.

–Nuestro objetivo con la cirugía es que la articulación de la rodilla recupere una estabilidad lo más normal posible y su funcionalidad, pero es un esfuerzo de equipo y la rehabilitación supone gran parte de ese esfuerzo. Scott es joven, está en forma y se siente motivado. Estoy seguro de que se recuperará por completo y que volverá a estar tan fuerte como lo estaba antes de la lesión, siempre que lo animen a afrontar la rehabilitación con el mismo grado de dedicación con que se entrega al fútbol –endureció el tono porque necesitaba que le prestaran atención–. Si lo presionan demasiado o demasiado poco, eso no sucederá.

El entrenador asintió.

–¿Y podemos empezar ya con la rehabilitación?

«Sí, claro, lánzale un balón ahora que sigue inconsciente».

–Normalmente consideramos que es positivo esperar a que el paciente despierte de la anestesia.

El hombre se ruborizó.

—Cree que estoy siendo demasiado insistente, pero este chico quiere jugar y es mi trabajo asegurarme de que consigue lo que necesita. Por eso estamos aquí —dijo el hombre con aspereza—. La gente dice que es usted el mejor. Todas las personas con las que he hablado me han dado la misma respuesta. Si es una lesión de rodilla, ve a ver a Sean O'Neil. Las reconstrucciones de ligamentos cruzados anteriores y las lesiones deportivas son su especialidad. No me enteré de que es el hermano de Tyler O'Neil hasta hace unas semanas. ¿Qué tal lleva no poder competir? Debe de ser muy duro.

—Está muy bien —respondió de manera automática. Cuando Tyler se encontraba en lo más alto de su éxito como esquiador, la familia al completo se había visto bombardeada por los medios de comunicación y había aprendido a desviar las preguntas indiscretas tanto sobre el impresionante talento de Tyler como sobre su agitada vida personal.

—Leí que ahora solo puede practicar esquí por diversión. Tiene que ser duro para un tipo como Tyler. Lo conocí en una ocasión.

Anotándose mentalmente que debía darle el pésame a su hermano por eso, Sean volvió al asunto que los ocupaba.

—Centrémonos en Scott —dijo y repitió las palabras que ya había dicho.

Tardó otros veinte minutos en dejarles todo claro y hacerles comprender la situación. Cuando terminó de ducharse y de ir a visitar a unos pacientes y se estaba subiendo al coche, ya habían pasado dos horas.

Se quedó ahí sentado un momento, reuniendo la energía necesaria para conducir hasta su casa junto al río.

Tenía por delante el fin de semana, un periodo de tiempo lleno de posibilidades infinitas.

Las próximas cuarenta y ocho horas serían solo para él y estaba preparado para saborear cada minuto de ellas. Pero primero dormiría.

Justo en ese momento, el teléfono que guardaba para uso personal sonó. Primero maldijo dando por hecho que se trataría de Veronica, y después frunció el ceño al ver en la pantalla que era su hermano gemelo, Jackson. Ver su nombre despertó su sentimiento de culpa. Estaba enconado en su interior, hundido bien al fondo, pero siempre ahí presente.

Se preguntó por qué su hermano estaría llamándolo un viernes por la noche.

¿Habría pasado algo en casa?

El Snow Crystal Resort llevaba cuatro generaciones en su familia y a ninguno se les pasaba por la cabeza que no fuera a seguir con ellos durante cuatro más. La repentina muerte de su padre había destapado la verdad: el negocio llevaba años arrastrando problemas. Y descubrir que su hogar corría peligro había supuesto un enorme impacto para toda la familia.

Era Jackson el que había renunciado a un próspero negocio en Europa para volver a Vermont y salvar al Snow Crystal del desastre que ninguno de los tres hermanos había sabido siquiera que existiera.

Sean miró el teléfono que tenía en la mano.

La culpabilidad reptaba por su piel porque sabía que no era la presión de su trabajo lo que lo mantenía alejado.

Respiró hondo y se sentó, preparado para recibir noticias de casa y prometiéndose que la próxima vez sería él el que haría la llamada. Se esforzaría más por mantener el contacto con todos.

–Hola… –respondió a la llamada con una sonrisa–. ¿Te has caído, te has destrozado la rodilla y ahora necesitas un cirujano decente?

En la respuesta a esa pregunta no hubo ni bromas ni charla trivial.

–Tienes que volver. Es el abuelo.

La regencia del Snow Crystal Resort suponía una guerra constante entre Jackson y su abuelo.

–¿Qué ha hecho ahora? ¿Quiere que echéis abajo las cabañas? ¿Cerrar el spa?
–Ha sufrido un ataque. Está en el hospital y tienes que venir.

Tardó un momento en asimilar las palabras y, cuando finalmente lo hizo, se sintió como si alguien le hubiera arrebatado el oxígeno del aire.

Al igual que todos, consideraba a Walter O'Neil invencible. Era fuerte como las montañas que habían sido su hogar durante toda su vida.

Y tenía ochenta años.

–¿Un ataque? –agarró con fuerza el teléfono al recordar el número de veces que había dicho que el único modo de sacar a su abuelo de su adorado Snow Crystal sería en una ambulancia–. ¿Qué significa eso? ¿Cardíaco o neurológico? ¿Un infarto? Háblame en términos médicos.

–¡No me sé los términos médicos! Es el corazón, creen. ¿Recuerdas el dolor que tuvo el invierno pasado? Le están haciendo pruebas. Está vivo, y eso es lo que importa. No nos han dicho mucho y yo he estado pendiente de mamá y de la abuela. Tú eres el médico y por eso te llamo, para decirte que vengas aquí y nos traduzcas el idioma de los médicos. Yo puedo llevar el negocio, pero este es tu terreno. Tienes que venir a casa, Sean.

¿Casa?

Su casa era su piso en Boston, con un sistema de sonido de última tecnología y no un lago con montañas de fondo y rodeado por un bosque que tenía la historia de su familia tallada en los árboles.

Apoyó la cabeza y miró el perfecto cielo azul que desentonaba con las oscuras emociones que se arremolinaban en su interior.

Se imaginó a su abuelo, pálido e indefenso, atrapado en el estéril ambiente de un hospital lejos de su preciado Snow Crystal.

—¿Sean? —la voz de Jackson salió por el auricular—. ¿Sigues ahí?
—Sí, estoy aquí —con la otra mano agarraba con fuerza el volante; había cosas que su hermano no sabía, cosas de las que no habían hablado.
—Mamá y la abuela te necesitan. Tú eres el médico de la familia. Yo me puedo ocupar del negocio, pero no de esto.
—¿Estaba alguien con él cuando le pasó? ¿La abuela?
—Con la abuela no. Estaba con Élise. Actuó muy deprisa. Si no lo hubiera hecho, ahora estaríamos teniendo otra conversación.
Élise, la jefa de cocina del Snow Crystal.
Sean miraba al frente pensando en aquella única noche del verano anterior y por un instante volvió allí, respiró su aroma, recordó lo salvaje que había sido todo.
Esa era otra cosa más que su hermano no sabía.
Maldijo para sí y entonces se dio cuenta de que Jackson seguía hablando.
—¿Cuánto tardarías en llegar?
Sean pensó en su abuelo, pálido y tendido en la cama de un hospital mientras su madre, la figura aglutinante de la familia, se esforzaba por mantenerlo todo en orden y Jackson hacía más de lo que se podía esperar de un hombre.
Estaba seguro de que su abuelo no lo querría allí, pero el resto de la familia lo necesitaba.
Y en cuanto a Élise... había sido una sola noche, nada más. No tenían una relación y jamás la tendrían, así que no había motivos para mencionárselo a su hermano.
Hizo unos rápidos cálculos mentales.
El viaje serían unas tres horas y media, eso sin contar lo que tardaría en llegar a casa y hacer la maleta.
—Estaré allí en cuanto pueda. Ahora llamaré a sus médicos y me enteraré de lo que está pasando.
—Ven directo al hospital. ¡Y conduce con cuidado! Ya tenemos suficiente con un miembro de la familia en el hos-

pital —hubo una breve pausa—. Será genial tenerte de vuelta en Snow Crystal, Sean.

La respuesta a ese comentario se le quedó atascada en la garganta.

Había crecido junto al lago, rodeado de exuberantes bosques y de montañas. No podía identificar el momento exacto en el que había sabido que no era el lugar donde quería estar, cuándo ese sitio había empezado a agobiarlo y a fastidiarlo. No era algo que hubiera podido expresar porque admitir que podía existir un lugar más perfecto que Snow Crystal habría sido considerado herejía en la familia O'Neil. Excepto para su padre. Michael O'Neil también había tenido sentimientos encontrados hacia ese lugar. Su padre era la única persona que lo habría entendido.

La culpa se retorcía en sus costillas como un cuchillo porque, además de la discusión con su abuelo y de su salvaje aventura con Élise, había algo más que jamás le había contado a su hermano.

Jamás le había contado cuánto odiaba volver a casa.

—¡He matado a Walter! ¡Todo esto es culpa mía! Estaba tan desesperada por tener terminado el cobertizo para la inauguración de la cafetería que he dejado que un octogenario trabajara en el embarcadero —Élise, desesperada por la preocupación, caminaba de un lado para otro en el embarcadero de su preciosa cabaña junto al lago—. *Merde*, soy una mala persona. Jackson debería despedirme.

—Snow Crystal ya tiene suficientes problemas sin que Jackson despida a su jefa de cocina. El restaurante es la única parte del negocio que resulta rentable. Ay, mira, buenas noticias... —dijo Kayla apoyada sobre la baranda junto al agua y leyendo un mensaje de texto—. Según los médicos, Walter está estable.

–*Comment?* ¿Qué significa aquí «estable»? Eso es donde se mete a los caballos, ¿no?

–Eso es «establo». Y lo otro significa que no lo has matado –respondió Kayla mientras respondía al mensaje a toda velocidad–. Tienes que calmarte o tendremos que pedir una ambulancia también para ti. ¿Todos los demás franceses son tan dramáticos como tú?

–No lo sé. No puedo evitarlo –se pasó la mano por el pelo–. No se me da bien ocultar mis sentimientos. Puedo hacerlo un momento, pero al instante exploto.

–Lo sé. He tenido que limpiarlo todo después de algunas de tus explosiones. Por suerte tu equipo te adora. Ve a hacer masa de pizza o lo que sea que haces cuando quieres reducir tus niveles de estrés. Se te nota mucho el acento y eso nunca es buena señal –Kayla envió el mensaje y leyó otro–. Jackson quiere que vaya al hospital.

–¡Voy contigo!

–Solo si me prometes no explotar en mi coche.

–Quiero ver con mis propios ojos que Walter está vivo.

–¿Crees que te estamos mintiendo todos?

A Élise le temblaban las piernas y se dejó caer en la silla que tenía junto al agua.

–Es muy importante para mí. Lo quiero como a un abuelo. No como a mi abuelo de verdad, porque él era una persona horrible que dejó de hablar a mi madre cuando me tuvo y por eso no llegué a conocerlo. Pero lo veo como al abuelo de mis sueños. Sé que lo entiendes porque tu familia también era un asco.

Kayla se limitó a esbozar una leve sonrisa.

–Sé lo unida que estás a Walter. No tienes que darme explicaciones.

–Es lo más parecido que tengo a una familia. Además de Jackson, por supuesto. Me hace muy feliz pensar que pronto se va a casar contigo. Y también tengo a Elizabeth y a mi querida Alice. Y Tyler es como un hermano para mí, aunque a veces me dan ganas de darle un puñetazo. Es normal que en ocasiones los hermanos se quieran pegar, creo. Os quiero a todos con toda mi alma –el lado oscuro de la vida de Élise estaba cuidadosamente encerrado en su pasado. La soledad, el miedo y la profunda humillación eran ya un lejano recuerdo. Ahí estaba a salvo. Estaba a salvo y la querían.

–¿Y Sean? –Kayla enarcó una ceja–. ¿Qué lugar ocupa en tu familia adoptiva? No creo que lo veas como a otro hermano.

–No –solo pensar en él hizo que el corazón se le acelerara–. No como a un hermano.

–¿Entonces a él no le vas a decir que lo quieres? ¿No te da miedo que pueda sentirse un poco excluido?

Élise frunció el ceño.

–No tiene gracia.

–¿Es este buen momento para avisarte de que vuelve a casa?

–Por supuesto que vuelve a casa. Es un O'Neil. Los O'Neil siempre están unidos cuando hay problemas y Sean lleva tiempo fuera de casa.

Y le preocupaba que eso fuera culpa suya. ¿Sería debido a lo que había pasado entre los dos?

–¿Y no va a ser una situación incómoda?

–¿Por qué iba a serlo? ¿Por lo del verano pasado? Fue solo una noche. No es tan difícil de entender, ¿no? Sean es *un beau mec*.

–¿Que es qué?

–*Un beau mec*. Un tío bueno. Sean es muy sexy. Somos dos adultos que eligieron pasar una noche juntos. Estamos solteros. ¿Por qué iba a resultar una situación incómoda? –aquella había sido una noche perfecta. Sin ataduras. Sin complicaciones. Una decisión que había tomado con la cabeza, no con el corazón. Nunca más volvería a permitir que su corazón se viera implicado en nada.

Nada de riesgos. Nada de errores.

—¿Entonces no te va a incomodar verlo?
—En absoluto. Y no es la primera vez. Lo vi en Navidad.
—Y ni os mirasteis ni os dirigisteis la palabra.
—La Navidad es la época más ajetreada para mí. ¿Sabes a cuántas personas doy de comer en el restaurante? Tenía cosas más importantes de las que preocuparme que Sean. Y ahora pasa igual. Probablemente ni siquiera tendremos tiempo para saludarnos. Él únicamente piensa en el trabajo y yo también. Solo falta una semana para que abramos el Boathouse Café y ahora mismo ni siquiera tiene embarcadero.
—Mira, sé cuánto significa para ti este proyecto, para todos nosotros, pero no es culpa de nadie que Zach se estrellara con la bicicleta.
Élise refunfuñó.
—Es su primo. Es su familia. Debería haber sido más responsable.
—Es un primo lejano.
—¿Y qué? ¡Debería haber terminado mi embarcadero antes de estrellarse!
—Seguro que eso es lo que le dijo a la roca que se le cruzó en su camino —Kayla se encogió de hombros con actitud fatalista—. Lleva el ADN de los O'Neil. Está claro que se puede permitir dedicarse a los deportes de riesgo y tener accidentes. Tyler dice que es una pasada haciendo snowboard.
—¡No debería haberse permitido el capricho de practicar ningún deporte letal hasta que mi embarcadero hubiera estado terminado!
—¿Significa eso que Zach queda excluido de la lista de las personas que quieres?
—Tú búrlate de mí, pero es importante decirle a la gente que la quieres —para ella no solo era importante, sino vital. La tristeza se filtró en sus venas y respiró profundamente intentando evitar que se propagara. A lo largo de los años había aprendido a controlarla, a mantenerla aislada para

que no interfiriera en su vida–. No debería haber dejado que Walter ayudara. Es culpa mía que esté en una cama de hospital lleno de tubos y agujas y...

–¡Para! –gritó Kayla con el gesto torcido–. ¡Ya basta!

–Es que no paro de imaginarme...

–¡Pues para! ¿Hablamos de otra cosa?

–Podemos hablar sobre cómo lo he estropeado todo. El Boathouse Café es importante para Snow Crystal. Hemos incluido los ingresos proyectados en nuestras previsiones. ¡Tenemos una fiesta organizada! Y ahora ya no se podrá celebrar.

Frustrada consigo misma, Élise se levantó y miró al lago en busca de algo de paz. El sol de la tarde proyectaba reflejos dorados y plateados sobre la inmóvil superficie del lago. Para ella era raro ver ese lugar a esas horas. Normalmente estaba en el restaurante preparándolo todo para el servicio de noche y el único momento en el que se sentaba en su embarcadero era cuando volvía de madrugada o al amanecer, cuando se preparaba café y se lo tomaba en el silencio del alba.

La mañana era su momento favorito del día en verano, cuando el bosque estaba bañado por la bruma y el adormilado sol aún tenía que disolver la fina telaraña blanca que cubría los árboles. Eso siempre le recordaba al telón del teatro ocultando la emoción del acto principal ante un entusiasta público.

La cabaña Heron Lodge era pequeña, solo tenía una habitación y un salón abierto, pero el tamaño no le importaba. Había crecido en París, en un diminuto apartamento en la orilla oeste con vistas a las azoteas y sin apenas espacio para moverse. En Snow Crystal vivía exactamente junto a la orilla del lago y su cabaña estaba resguardada por los árboles. En las noches de verano dormía con las ventanas abiertas, e incluso cuando todo estaba demasiado oscuro como para poder ver el paisaje, encontraba belleza en los sonidos del lugar. El agua golpeando delicadamente su embarcadero, el susurro de las alas de un pájaro sobrevolando su casa, el suave ululato de un búho. Las noches en las que era incapaz de dormir se quedaba tumbada durante horas respirando los dulces aromas del verano y escuchando la llamada del zorzal ermitaño y el parloteo de los carboneros de capucha negra.

Si en París hubiera dormido con la ventana abierta, la habría molestado constantemente la discordante sinfonía de los cláxones de los coches salpicada de insultos proferidos por conductores que se paraban en la calle a gritarse unos a otros. París era una ciudad ruidosa y muy concurrida. Una ciudad con el volumen al máximo mientras todo el mundo corría de un lado para otro intentando, siempre con retraso, estar donde debía estar.

Snow Crystal era un lugar tranquilo y apacible. Nunca durante su agitado pasado podría haberse imaginado llegar a vivir en un sitio así.

Sabía lo cerca que habían estado los O'Neil de perderlo y sabía que aún existía una posibilidad real de perderlo. Pero estaba decidida a hacer todo lo posible para asegurarse de que eso no llegara a suceder.

—¿Puedes encontrarme otro carpintero? ¿Seguro que has probado con todo el mundo?

—No hay ninguno. Lo siento —con aspecto de cansada, Kayla sacudió la cabeza—. Ya he hecho algunas llamadas.

—En ese caso estamos todos condenados.

—¡Nadie está condenado, Élise!

—Tendremos que retrasar la inauguración y cancelar la fiesta. Has invitado a mucha gente importante. Gente que podría correr la voz y ayudar a que creciera el negocio. *Je suis désolé*e. El Boathouse es mi responsabilidad. Jackson me pidió una fecha de inauguración y le di una. Di por hecho que tendríamos un verano muy ocupado. Pero si ahora el Snow Crystal tiene que cerrar, todos perderemos nuestros trabajos y nuestra casa, y será culpa mía.

—No te preocupes, con tu talento para el drama podrías conseguir fácilmente un trabajo en Broadway —dijo Kayla, caminando de un lado a otro del embarcadero y claramente pensando—. ¿Podríamos celebrar la fiesta en el restaurante?

—No. Tenía que ser una noche mágica, al aire libre, que reflejara el encanto de nuestra nueva cafetería. Lo tengo todo preparado: comida, luces, una pista de baile en el embarcadero... ¡En el embarcadero que no está terminado! —frustrada y hundida, Élise entró en la pequeña cocina y agarró la bolsa de comida que había preparado para la familia—. Vamos. Llevan horas en el hospital y estarán hambrientos.

De camino al coche, Élise volvió a pensar en lo positivo que había sido que Jackson hubiera contratado a Kayla. Había llegado a Snow Crystal hacía solo seis meses, justo la semana anterior a Navidad, para crear una campaña publicitaria que estimulara el éxito del complejo turístico. En un principio su idea había sido quedarse allí una semana para luego volver a su empleo de altos vuelos en Nueva York, pero eso había sido antes de enamorarse de Jackson O'Neil.

Élise se vio invadida por la emoción.

El apacible y fuerte Jackson. Él era la razón por la que estaba allí, viviendo esa maravillosa vida. Él la había salvado. La había rescatado de las ruinas de su vida. Le había dado un modo de salir de un problema que ella misma había creado. Él era el único que sabía la verdad. Se lo debía todo.

Y el Boathouse Café era una forma de devolverle todo lo que le había dado.

Élise siempre había sabido que el Snow Crystal necesitaba algo más que el restaurante formal y la pequeña y estrecha cafetería que había formado parte del complejo desde que lo habían construido.

Durante el primer paseo que había dado por el lago había visto el cobertizo para botes abandonado y se había imaginado una cafetería en la orilla del agua. Ahora su sueño casi era una realidad. Había trabajado con un arquitecto de la zona y juntos habían creado algo que encajaba con su visión y que convencía a los planificadores del proyecto.

La nueva cafetería tenía cristaleras por tres lados con el fin de que los que estuvieran dentro no se perdieran nada de las vistas. Durante el invierno las puertas estarían cerradas, pero en los meses de verano, cuando el tiempo lo permitiera, los paneles de cristal podrían plegarse para que los clientes disfrutaran al máximo del imponente enclave.

En el verano la mayoría de las mesas estarían colocadas en el amplio embarcadero, una zona soleada que se extendía sobre el agua. Las obras deberían haber estado terminadas en junio, pero el mal tiempo había retrasado el trabajo básico y después Zach había tenido el accidente con la bici.

Kayla se sentó tras el volante y salió del complejo con precaución.

–¿Cuánto tiempo crees que se quedará Sean?

–No mucho.

Y eso a Élise le parecía perfecto.

Lo más probable era que no llegaran a pasar ni un solo momento a solas y no iba a preocuparse por algo que no representaba una amenaza.

Sean era una persona divertida, encantadora y, sí, increíblemente sexy, pero ella no permitía que sus sentimientos se vieran comprometidos. Nunca lo haría. Otra vez no.

De pronto unos recuerdos oscuros y agobiantes la invadieron. Estremeciéndose, miró al bosque y se recordó que estaba en Vermont, no en París. Que ahora ese era su hogar.

Y allí no podía decirse que estuviera viviendo sin amor.

Tenía a los O'Neil. Ellos eran su familia.

Ese pensamiento seguía en su cabeza cuando llegaron al hospital y siguió en ella cuando Kayla abrazó a Jackson.

La vio alargar la mano y entrelazar los dedos con los

de su novio. Vio a su amiga ponerse de puntillas y darle un beso que fue discreto e íntimo a la vez. En ese momento había dejado de existir para los dos. Entre ellos sí que había sentimientos comprometidos.

Y presenciarlo le robó el aliento.

Sintió un fuerte golpe por dentro y desvió la mirada rápidamente.

Ella no quería eso.

—Iré a ver a Walter y les dejaré la comida mientras vosotros dos habláis. Dame las llaves, Kayla —dijo alargando la mano—. Luego puedes volver con Jackson y yo intentaré convencer a Alice de que vuelva conmigo ahora.

Pero no tuvo suerte. Walter estaba pálido y frágil y, cuando al cabo de un rato Élise salió de la habitación, lo hizo con la imagen de Alice, que llevaba sesenta años casada con él, sentada a su lado, con sus labores de costura sobre el regazo y agarrándole la mano como si eso pudiera evitar que la vida que habían compartido se deshilachara.

Sean era lo único sobre lo que había hablado Alice. Su fe en la capacidad de su nieto para obrar milagros resultaba tan conmovedora como preocupante.

Estaba saliendo del hospital cuando lo vio.

Él caminaba con seguridad y autoridad, se sentía cómodo en la estéril atmósfera del avanzado centro médico. Ese traje tan bien confeccionado y la impoluta camisa blanca no podían ocultar ni la anchura de sus hombros ni el poder de su cuerpo, y, al verlo, el corazón le dio un vuelco.

A pesar del aire acondicionado, se le encendió la piel.

Había sido solo una noche, pero no era una noche que fuera a olvidar fácilmente y dudaba que él fuera a hacerlo.

Como ella, Sean no tenía ningún interés en mantener relaciones románticas profundas. Su trabajo requería control y desapego emocional. El hecho de que aplicara las mismas reglas en su vida personal hacía que todo fuera más sencillo.

Cruzó el vestíbulo apresuradamente en dirección a él, decidida a demostrarles a cualquiera que los estuviera viendo y a ella misma que ese encuentro no le resultaría embarazoso.

—Sean... —se puso de puntillas, apoyó una mano en su hombro y le dio dos besos—. *Ça va?* Siento lo de Walter. Debes de estar muy preocupadísimo.

Bien. No se sentía nada incómoda. Tal vez su inglés no estaba sonando tan fluido como de costumbre, pero eso solía pasarle cuando estaba cansada o estresada.

Cuando sus mejillas rozaron contra la aspereza de su mandíbula, casi se cayó redonda al suelo por la intensidad de la química sexual. Sintiendo que perdía el equilibrio, se agarró a su hombro con más fuerza y pudo notar la dureza de su músculo bajo la tela del traje. Si se movía ligeramente a la izquierda, estaría besándolo en la boca, y le impactó darse cuenta de lo mucho que lo deseaba.

Sean giró la cabeza ligeramente. La miró y por un momento se quedó hipnotizada.

Sus ojos tenían el mismo azul maravilloso que los de su hermano gemelo, aunque ella nunca había sentido nada tan peligrosamente poderoso cuando había tratado con Jackson. Algunos se habrían puesto poéticos y los habrían descrito como cielos azules o zafiros, pero para ella sus ojos eran puro sexo. Por un momento se olvidó de la gente que los rodeaba, se olvidó de todo excepto de la energía sexual y los recuerdos de aquella noche. No había cerrado los ojos y tampoco él. Durante toda aquella locura habían mantenido la conexión y eso fue lo único en lo que pudo pensar cuando bajó los pies y dio un paso atrás.

Tenía el corazón acelerado y la boca seca. Necesitó mucha fuerza de voluntad para soltarle el hombro.

—¿Qué tal el viaje?

—Los he tenido peores.

—¿Has comido? He traído comida. Alice tiene la bolsa.

—Imagino que dentro no habrá un buen pinot noir, ¿verdad?

Fue una respuesta muy típica de Sean, que incluso en momentos de crisis transmitía serenidad. Esa sensación la invadió como un chorro de aire fresco en una oleada de calor y, por primera vez desde aquel espantoso momento en que Walter se había desmayado a sus pies, se sintió ligeramente animada. Era como si alguien le hubiera quitado de encima parte del peso que había estado arrastrando.

—No hay pinot noir, pero sí que hay limonada casera.

—Bueno, un hombre no puede tenerlo todo. Si la has hecho tú, seguro que está buena —con unos dedos largos y una actitud fría y serena, se soltó la corbata y ella recordó que era un pinot noir el vino que habían bebido aquella noche—. ¿Y el resto de mi familia?

—Están con tu abuelo.

—¿Cómo está? —la voz de Sean sonó áspera y sus espesas y oscuras pestañas no lograron ocultar la preocupación de su mirada—. ¿Algún cambio?

—Parece muy frágil. Espero que los médicos sepan lo que hacen.

—Es un buen hospital. ¿Y tú cómo estás? —le agarró la barbilla y le giró la cara para que lo mirara—. Tienes un aspecto terrible.

—¿Es una opinión médica?

—Es la opinión de un amigo. Si me estás preguntando como médico, tendré que pasarte la factura... —bajó la mano y ladeó la cabeza como calculando el precio—. Digamos... seiscientos dólares. De nada.

Lentamente, su corazón fue recuperando un ritmo normal.

—¿Has estudiado tantos años para decirle a la gente que tiene un aspecto terrible?

—Es una vocación —estaba sonriendo y esa sonrisa hizo que el corazón le golpeteara las costillas.

—Y yo que me estaba felicitando a mí misma por tener buen aspecto en un momento de crisis —había olvidado lo fácil que era relajarse y charlar con él. Era encantador. Y peligrosamente atractivo.

—Tengo que irme. Tengo que ver a la abuela.

—Se niega a moverse de su lado y está agotada. Cree que tú podrás hacer un milagro.

—Ahora mismo voy a verla —sus duros rasgos se relajaron parcialmente al hablar de su abuela—. ¿Vas a volver conduciendo a Snow Crystal?

—Solo quería verlo unos minutos, hacer compañía a Kayla y traer algo de comida.

—Aún no me has dicho cómo estás —la mirada de Sean no se despegaba de la suya—. Estás muy unida al abuelo.

¿Que cómo estaba? La persona que más quería en el mundo estaba en el hospital y el Boathouse no estaba terminado y no abriría a tiempo.

No habría fiesta de inauguración. Había decepcionado a Jack.

Ya había tenido días malos antes, pero ese estaba siendo de los peores.

Sin embargo, Sean no necesitaba oír todo eso. Su relación no implicaba confidencias tan íntimas.

—Estoy bien —mintió—. Para mí es distinto. No soy de vuestra familia. Aunque me gustaría mucho que obraras un milagro si tienes tiempo.

—Creo que mi abuelo sería el primero en cuestionar eso de que no eres de la familia.

—Walter cuestionaría cualquier cosa. Ya sabes cómo le gusta discutir. Es mi hombre perfecto. Lo quiero mucho.

—Ahora me has roto el corazón.

Sabía que estaba de broma. Sean estaba demasiado ocupado con su carrera como para interesarse por tener una relación, y a ella eso le parecía perfecto.

—Luego te veo.

–¿Estás bien para volver conduciendo?

La agarró de la muñeca, la llevó hacia él y, por un momento, Élise se olvidó de todo lo que la rodeaba.

–Por supuesto –por un lado la conmovía que se hubiera fijado en lo afectada que estaba y por otro estaba disgustada por el hecho de ser tan predecible. ¿Por qué no podía ser fría y enigmática como Kayla?–. Ha sido un día largo, eso es todo.

Sean la miró detenida y profundamente y después le soltó la muñeca.

–Conduce con cuidado.

De camino al coche, Élise se felicitó por lo bien que había manejado el encuentro. Nadie que los hubiera estado mirando habría adivinado que en una ocasión habían generado tanto calor como para derretir un casquete glaciar.

Tenía los sentimientos bajo control.

Nada que tuviera relación con Sean O'Neil podría amenazar su vida allí.

Cuando se trataba del amor, no era una mujer vulnerable.

# Capítulo 2

–Vuelve el nieto pródigo –dijo una familiar voz detrás de él. Cuando se giró, se encontró a Tyler de pie con dos tazas de café.

Agarró una sin invitación.

–No sabía que estuviera aquí la familia al completo.

–Lo está ahora que acabas de cruzar la puerta. Ah, por cierto, el café que te estás bebiendo es de Jackson. Pareces un banquero más que un médico. ¿Qué ha pasado con el uniforme?

–Lo llevo cuando estoy operando. El resto del tiempo llevo traje.

–¿Por qué? ¿Para poder cobrar más dinero? –ni siquiera las bromas sirvieron para disimular la tensión en los hombros de Tyler y a Sean lo invadió la preocupación.

–Puede que esto te sorprenda dadas tus preferencias a la hora de ver la televisión, pero a la mayoría de la gente no le gusta ver a los médicos cubiertos de sangre –dio un trago de café, tosió y se lo devolvió a su hermano–. Está asqueroso.

–Recién salido de la máquina, tal como odias. Ese es tu castigo por haber robado algo que no te pertenecía. Créeme, cuando llevas todo el día aquí te parece un manjar.

–¿Qué tal va la pierna?

–Se comporta. Jamás pensé que diría esto, pero me alegro de verte —Tyler soltó una carcajada—. Fíjate, aquí estoy poniéndome sensiblero contigo.

—Sí, la verdad es que me preocupa.

—Pues que no te preocupe. La única razón por la que me alegro de verte es porque ahora tú puedes ocuparte de la aburrida e incompresible tarea de hablar con los médicos y yo puedo centrarme en atender cosas más importantes.

—¿Esas cosas más importantes tienen que ver con alguna mujer?

—Puede ser. ¿Era Élise quien se acaba de ir? ¿Sabías que estaba con el abuelo cuando tuvo el infarto?

—Me lo ha dicho Jackson. Ella no ha mencionado nada —y ahora que lo pensaba, era un poco raro.

¿De qué habían hablado?

Lo único que podía recordar era el roce de su mejilla contra la suya, la suavidad de su pelo y el aroma que se había colado en sus venas como una droga. Y la química. Siempre la química, abrasadora como una ola de calor en verano.

Las puertas del ascensor más cercano se abrieron y Sean vio a Jackson con Kayla.

—Élise me ha mandado un mensaje diciéndome que estabas aquí. Creíamos que tardarías una hora más como poco.

—Puede que haya sobrepasado algunos límites de velocidad —se preguntó cuánto tiempo llevaría sin dormir su gemelo—. ¿Algún cambio?

—No que yo sepa, pero no soy el médico. Es complicado sacarle información a alguien. Podrían ser unos ineptos en su trabajo y yo ni me daría cuenta. Tienes que hablar con ellos.

—He llamado desde el coche. Este lugar tiene uno de los mayores índices de supervivencia en infartos coronarios de todo el país. Lo trasladaron directamente al laboratorio computerizado de cateterismo para la dilatación con balón y la implantación de un stent. A los diecisiete minutos ya se lo habían llevado de la sala de urgencias. Es impresionante –fue un alivio descubrir que a pesar de lo afectado que estaba emocionalmente, el médico que llevaba dentro aún era capaz de ser objetivo y analizar la situación.

Jackson miró a Tyler, que se encogió de hombros.

–A mí no me mires. Nunca he entendido nada de lo que dice. Es por todos esos libros que lee. No creo que sus pacientes lo entiendan tampoco, pero seguro que se sienten reconfortados por los trajes caros y por las facturas astronómicas que les pasa.

Fue un alivio poder relajarse con sus hermanos unos minutos.

–Podrías llevar traje de vez en cuando, Ty. Si te arreglaras un poco más, podrías comerte alguna rosca.

–La razón por la que no me como ninguna es que mi hija adolescente vive conmigo. Soy un magnífico ejemplo de lo que es la paternidad.

Sean sonrió.

–Eso debe de estar matándote.

Jackson intervino antes de que la conversación degenerara en otros temas.

–¿Podemos centrarnos en el abuelo un momento? Explícanoslo todo de nuevo, pero esta vez emplea un lenguaje sencillo.

–Tenía la arteria bloqueada, así que la han desbloqueado inflando un globo contra la pared de la arteria e insertando un stent, como una malla, para mantenerla abierta... –utilizó las manos para demostrárselo–. Todos los estudios señalan que si pueden hacerlo dentro de los noventa minutos posteriores al infarto, hay una mayor oportunidad de supervivencia y menos complicaciones. El tiempo que pasa desde el comienzo de los síntomas hasta la reperfusión cardiaca es un importante indicador de cuáles serán los resultados.

Jackson pulsó un botón del ascensor y las puertas se cerraron.

–Te he pedido que nos hablaras con un lenguaje sencillo.
–Eso ha sido un lenguaje sencillo.
Tyler volteó la mirada.
–Si nos da la versión complicada, voy a necesitar una copa bien grande.
Jackson estaba frunciendo el ceño.
–¿Entonces eso son buenas noticias?
«Relativamente».
Sean decidió que no tenían por qué enterarse de las consecuencias potenciales.
–¿Cómo empezó? ¿Se sintió mareado el abuelo? ¿Tuvo dolores en el pecho?
–Según Élise, estaba de pie y al momento estaba tirado en el suelo –Jackson miraba cómo los botones se iban iluminando uno a uno, deteniéndose en todos los pisos para que la gente entrara y saliera–. Estaba trabajando en el embarcadero del viejo cobertizo.
–¿Por qué?
–Vamos a convertirlo en una cafetería –ahora fue Jackson el que pareció molesto–: ¿Es que no lees los correos?
–Recibo muchos correos. ¿Pero por qué estaba el abuelo haciendo ese trabajo?
–Porque no había nadie más para hacerlo. Estamos sobrepasados. El abuelo quería ayudar y no me veo capacitado para detenerlo. Todo el mundo ha estado haciendo lo posible por mantener el negocio a flote.
Todos menos él.
Sean miró al frente sintiendo cómo la culpa lo cubría como una capa de sudor. Era el único que no estaba haciendo nada para impedir que el negocio familiar se hundiera.
Giró la cabeza para hablar con Jackson y deseó no haberlo hecho porque su hermano estaba besando a Kayla. Fue un beso lento en el que hubo contacto tanto visual como labial.
Inmediatamente pensó en Élise. En aquella única y ardiente noche del verano anterior.

La noche que ninguno de los dos había mencionado nunca.

Miró a otro lado.

—¿Podéis despegaros un par de minutos para poder centrarnos en lo que tenemos aquí?

—Estás siendo testigo de un amor verdadero —dijo Tyler—, y eso es precioso.

—Lo siento, pero ha sido un día duro y no nos vemos mucho —Kayla apoyó la cabeza en el hombro de Jackson—. Aunque eso va a cambiar pronto. ¡Solo una semana más!

Sean frunció el ceño.

—¿Has dejado tu empleo en Nueva York?

—Sí. Trabajaré y viviré aquí a tiempo completo. Sabías que lo haría —respondió Kayla girando en su dedo el anillo de compromiso—. Te lo conté en Navidad.

En Navidad, él había estado más pendiente de sobrevivir a tres días conviviendo con su familia sin revelar la discusión que había tenido con su abuelo. No se había parado a pensar ni por un instante en lo que estaban sintiendo los demás.

—Es verdad. Supongo que he perdido la noción del tiempo.

Así que Kayla estaba renunciando a su vida para irse a vivir a Snow Crystal. Otra persona más sacrificándolo todo por amor. ¿Qué se suponía que tenía que decir ante eso?

«¿Enhorabuena?».

«¿Te lo has pensado bien?».

«¿Qué pasará cuando te despiertes y empieces a lamentarte por todo a lo que has renunciado por venir a vivir aquí?».

—Espero que los dos seáis muy felices.

—Lo somos y lo seremos —Jackson la rodeó por los hombros—. Ignóralo. Está celoso. No es capaz de mantener a una mujer a su lado lo suficiente como para llegar a aprenderse su nombre, eso es lo que le pasa.

—No soy yo el que tiene problemas.

Un compromiso significaba poner en segundo lugar tus propias necesidades y él era demasiado egoísta como para hacer ese sacrificio por nadie. Quería poder trabajar cuando lo necesitara sin sentir la constante llamada del deber y la responsabilidad. Quería viajar sin sentir que había otro lugar en el que debía estar. Quería libertad. No quería verse atrapado y asfixiado tal como le había pasado a su padre.

10, 11, 12... Ese ascensor le parecía el más lento del mundo. Estaba deseando salir de ahí.

—Tyler, deberías irte a casa —Jackson seguía rodeando a Kayla con el brazo—. El abuelo no nos va a dar las gracias si vuelve a casa y se encuentra que lo hemos dejado todo abandonado.

—De todos modos, nunca nos da las gracias por nada —murmuró Tyler.

Sean se pasó el dedo por el cuello de la camisa que ya se había aflojado previamente.

—Yo no me espero una cálida bienvenida.

—Podrías venir a casa más a menudo —respondió Jackson con tono suave—. Eso ayudaría.

Tyler miró su traje.

—No tiene ropa adecuada para venir. No puedes ir por Snow Crystal con camisa de seda y traje de Armani.

—Este es un Brioni. Me lo compré cuando estuve participando en una conferencia médica en Milán —no añadió que trasladarse de manera permanente a Snow Crystal sería un sacrificio que no estaría dispuesto a hacer en un futuro cercano—. Un buen traje es una inversión. Creo recordar que tú tuviste uno una vez. O varios, en realidad. Aunque, claro, eso fue en la época en la que aún no te habías dejado llevar.

La conversación con sus hermanos resultó agradable y cercana, y evitó que se volviera loco hasta que el ascensor por fin se detuvo. Salió antes de que las puertas llegaran a abrirse del todo y se sintió aliviado por verse fuera de ese espacio reducido, aunque atrapado a la vez por unas emociones a las que no se quería enfrentar.

Tyler le pisaba los talones.

—No soporto los hospitales. Todas esas batas blancas y las máquinas con pitidos y la gente empleando palabras incomprensibles —su rostro estaba notablemente más pálido de lo habitual—. Es como estar en una nave alienígena.

Sean se preguntó si estar ahí le estaría recordando a su hermano el accidente que había sufrido.

Para él los hospitales eran lugares cargados de emoción, centros de investigación, llenos de posibilidades.

En ellos se sentía como en casa y sus hermanos parecían saberlo porque Jackson le dio una palmadita en el hombro y le dijo:

—Tú sabes moverte por esta nave espacial. ¿Estás listo para patear unos cuantos traseros?

—¿Los alienígenas tienen trasero?

Kayla los miró exasperada.

—Parece el diálogo de una película mala.

—¿Qué clase de película? —le preguntó Jackson mirándola a la boca—. ¿Te refieres a una peli porno? Porque si quieres hacerme cosas malas, por mí no hay problema.

Sean miró a Tyler, que se encogió de hombros.

—Como te he dicho, amor verdadero. Te pasará algún día cuando menos te lo esperes. Y después irás por ahí con los labios pegados a una chica y emitiendo ruidos vergonzosos como nuestro querido hermano.

Y poco después de eso comenzarían los sacrificios. El «yo» se convertiría en un «nosotros», y junto con ese «nosotros» vendría una buena dosis de compromisos y acuerdos y, de pronto, su vida dejaría de ser como quería que fuera. Se miraría al espejo y se preguntaría: «¿Cómo demonios he terminado así?».

No, de ninguna manera, eso no le pasaría a él.

—Hay una máquina de hielo al final del pasillo —Sean se fijó en los carteles y encontró la dirección que buscaba—. Vosotros dos deberíais ir a sentaros allí mientras yo hablo con el abuelo.

Élise se pasó la noche cocinando. Combinar sabores y texturas era una forma de mantener la mente ocupada y de calmar los nervios. Se dijo que era trabajo, que necesitaba nuevas recetas para la cafetería, pero en realidad lo estaba haciendo a modo de distracción. Una distracción para no pensar en Walter y en ese terrible momento en que había caído desmayado a sus pies.

Habían pasado horas y no tenía noticias. Había escrito a Kayla en dos ocasiones y no había recibido respuesta. El siguiente paso sería llamar directamente al hospital y estaba a punto de hacerlo.

Era casi medianoche. ¿Por qué no había llamado Kayla?

La oscuridad se había cernido sobre el río.

Un búho ululaba.

Incapaz de contemplar la posibilidad de irse a dormir, cocinó e hizo anotaciones en el portátil que siempre tenía sobre la encimera de la cocina. Algunas de las recetas entrarían en su repertorio y se servirían en el restaurante o en la cafetería. Otras jamás se utilizarían.

Sacó del horno una bandeja de deliciosos pasteles de setas y los puso a enfriar, complacida por el resultado. Agarró un tenedor y partió uno. La masa era de un tono marrón dorado claro, crujiente y mantecosa. Se derretía en la boca y en la lengua y se mezclaba perfectamente con el cremoso relleno.

—Algo huele muy bien —oyó la voz de Sean tras ella y se giró bruscamente con el pulso acelerado.

Él estaba en la puerta, bloqueando las vistas del lago con sus anchos hombros.

Era la primera vez que iba a su cabaña desde que vivía en ella, y el hecho de que estuviera allí solo podía traducirse en malas noticias.

—¿Le ha pasado algo a Walter? ¿Está...? —el miedo que sintió fue brutal. Le daba vueltas la cabeza y tenía la visión distorsionada.

No lo vio moverse, pero al momento sintió las fuertes manos de Sean agarrándole los hombros y llevándola hasta la silla.

—Agacha la cabeza —la voz de Sean sonó calmada y fuerte—. No pasa nada, cielo, solo has tenido un día muy duro. El abuelo está bien. Se está recuperando.

Ella se inclinó hacia delante esperando a que el mundo dejara de dar vueltas.

—¿De verdad? ¿No me mientes?

—Yo nunca miento. Algunas mujeres dirían que es mi mayor defecto —se puso de cuclillas a su lado y le agarró las manos—. ¿Te sientes mejor?

—Sí.

Élise prefirió no decir que su sinceridad era una de las cosas que más le gustaban de él.

Levantó la cabeza y lo miró. Se le hizo un nudo el estómago.

Por mucho que intentaran ignorarlo, la conexión siempre estaba ahí.

*Merde*. Y ahora estaba apoyándose en él como una criatura patética. Y ella no era así. Ella nunca hacía eso.

—Me has asustado. He pensado que... —ni siquiera pudo decir lo que había pensado. Fue un alivio sentir el corazón golpeteando contra su pecho porque, por un momento, había pensado que se le había parado—. Kayla no me ha respondido a los mensajes y estaba preocupada.

—Probablemente estaba demasiado ocupada besando a mi hermano como para mirar el teléfono —le dio un apretón de manos y se levantó—. ¿Paran alguna vez?

Élise dobló los dedos pensando que debería haber sido ella la que apartara la mano primero.

—Pasan separados la mayor parte de la semana, así que supongo que quieren aprovechar el mayor tiempo posible cuando están juntos. Pero háblame de tu abuelo. ¿Cómo estaba cuando te has ido?

—Despierto y hablando. Regañando a la abuela por haberse quedado con él todo el tiempo en lugar de irse a dormir a casa.

—¿Regañándola? Muy típico de él —el alivio que sintió fue tan intenso que casi lo percibió físicamente—. Voy a matar a Kayla por no haberme respondido —sabía que debía levantarse, pero, ya que no confiaba en sus piernas, se quedó sentada sobre la bonita silla de madera azul que había comprado para la cocina—. ¡Estoy temblando! Estoy hecha polvo.

—Por lo que he oído, has tenido un día horrible, así que está permitido que tiembles. Toma, bebe algo —sacó una botella de coñac de una estantería, sirvió una generosa cantidad en un vaso y lo olfateó con gesto de aprobación—. Es bueno. Si hubiera sabido que estabas escondiendo esto, habría venido antes.

Le pasó el vaso y ella lo aceptó horrorizada al sentir una ardiente bola de lágrimas en la garganta.

—Lo siento...

—¿Te estás disculpando por no haber compartido tu coñac o por preocuparte por mi abuelo?

—Me estoy disculpando por reaccionar de forma exagerada —y estaba furiosa consigo misma por permitir que sus pensamientos se hubieran puesto en lo peor. Dio un sorbito y sintió el líquido abrasándole la garganta.

Sean la observaba.

—Soy yo el que debería estar disculpándose por haberme presentado en tu puerta sin avisar. No he pensado que pudieras pensar que traía malas noticias. Las mujeres suelen alegrarse de verme.

Estaba claro que Sean había dicho eso con la intención de hacer una broma, pero ella sabía que sería la verdad.

—Nunca antes habías venido a mi cabaña y como estaba muy preocupada y no podía contactar con Kayla he pensado que tal vez... —el corazón seguía latiéndole aceleradamente—. Te he visto ahí y me he temido...

—¿Si tanto miedo tenías por qué no me has llamado?

—Yo no haría eso.

—Por favor, Élise, no somos unos extraños. Me arrancaste la ropa. Nos acostamos. Si podemos retozar desnudos, puedes levantar el condenado teléfono.

Sintió ese traicionero color extendiéndose por sus mejillas.

—Tú también me arrancaste la ropa, por si te falla la memoria.

Pero había empezado ella.

Ella, ardiendo de deseo por él, había dado el primer paso aquella calurosa noche de verano con aroma a bosque.

—Sí, es verdad. Lo hice. Aquella noche nos arrancamos muchas cosas. Y la memoria me funciona a la perfección —esbozó una lenta y sexy sonrisa; sus ojos brillaban con un intenso tono azul—. ¿Qué tal te funciona a ti?

—Apenas puedo recordarlo.

Él sonrió ampliamente.

—Porque no fue una noche muy memorable, ¿verdad? Mira —dijo quitándole el vaso—, se me dan mal las relaciones, lo admito. Pero eso no significa que vaya a fingir que aquella noche nunca sucedió. La próxima vez que te preocupe algo, levanta el teléfono.

—No tengo tu número y tampoco lo quiero —en su relación nunca habían entrado ni números de teléfono ni llamadas, solo había habido sexo ardiente. Era ese sexo ardiente en lo que estaba pensando ahora y sabía que él también.

—No estoy sugiriendo que me llames mientras estoy operando para decirme que me quieres, pero si hubieras tenido mi número podrías haberme llamado esta noche en lugar de preocuparte.

—¿La gente hace eso? ¿Te llama mientras estás operando?

—A veces —se apoyó en la encimera de la cocina—. Las mujeres suelen querer más de lo que puedo darles.

—Yo no.

Sabía que ella jamás lo habría llamado. Llamar era el primer paso en el camino a una relación y ella jamás volvería a seguir ese camino, ni siquiera un poco. Ya lo había hecho antes y había sido como caminar descalza sobre cristales rotos. Aún tenía las cicatrices y esas cicatrices eran las culpables de que su corazón ya no tuviera nada que ver en ninguna de las decisiones que tomaba en su vida.

En lo que respectaba a los hombres, era su cabeza la que mandaba.

Sean alargó una mano.

—Dame tu teléfono.

—No hace falta.

—Dámelo o te lo quitaré y después las cosas podrían ponerse feas —mantuvo las manos extendidas hasta que ella, con renuencia, lo sacó del bolsillo.

—Esto es ridículo.

Él se inclinó hacia delante y se lo arrancó de los dedos con la determinación de un hombre que sabía lo que quería e iba a por ello.

—Me encanta cómo enroscas las «r». Es muy sexy —con frialdad y serenidad, accedió a su lista de contactos y memorizó su número—. La próxima vez que te preocupe algo, llámame.

—Muy bien. Te llamaré veinte veces al día cuando estés operando para decirte que te quiero y, si no respondes, te dejaré un mensaje.

Él se rio.

—A mi equipo le encantarán cada una de esas llamadas.

—A lo mejor hasta vendo tu número por eBay y me saco algo de dinero para invertir en Snow Crystal.

—¿A qué precio están los cirujanos que trabajan demasiado? Probablemente no valgo mucho —le devolvió el teléfono y centró su atención en los pasteles—. ¿Se pueden comer?

—No.

—Eres cruel y despiadada. Lo supe en cuanto te conocí. Me usaste durante una noche y después te deshiciste de mí.

Flirtear con él era como jugar con fuego. Un mal movimiento y el calor la quemaría y la dejaría herida para siempre.

Nunca se había cuestionado la decisión de haber pasado la noche con él, pero lo que tenía claro era que no lo volvería a hacer.

—Háblame más de Walter.

—Primero dame de comer. No he tomado una comida decente desde el desayuno y tampoco es que haya sido una experiencia inolvidable —miró la bandeja de pasteles—. Casi son demasiado bonitos como para comérselos, aunque no tanto.

—Son un experimento.

—Soy médico. Creo en la importancia de la investigación en la búsqueda de la excelencia y me alegro de poder ayudarte. Hasta entregaré un artículo al *New England Journal of Medicine*. «Alivio de los síntomas de ansiedad tras la ingesta de la cocina de Élise». No hagas que te suplique.

—No te hace falta suplicar —Élise se guardó el teléfono en el bolsillo resistiendo la tentación de borrar su número, aunque el hecho de tenerlo guardado no significaba que tuviera que usarlo—. Sigo trabajando en la carta de la cafetería aunque no hay posibilidad de que abramos a tiempo.

—¿Cuánto trabajo falta por hacer?

—No mucho. Eso es lo más frustrante de todo, que casi lo habíamos logrado. Pero terminará abriendo y estoy creando una carta completamente nueva. Será una experiencia gastronómica distinta.

Una fría brisa sopló colándose por la puerta abierta y oyó el trino de un pájaro que sobrevolaba el lago. La serenidad de la noche lo hacía todo más íntimo todavía.

Se dijo que podía controlar la química, que podía reaccionar ante ella o ignorarla, pero que fuera como fuera, tomaría la decisión con la cabeza, como siempre hacía.

—Esta experiencia gastronómica en particular huele bien. Presiento que voy a ser un cliente habitual.

—Vives a cuatro horas en coche de Snow Crystal.

—Esta noche he tardado tres.

—¿Así que vas a venir conduciendo hasta aquí por mi comida? —fue a agarrar un plato, pero él ya se había servido un pastel.

Sean dio un bocado y gimió. Élise se giró rápidamente pensando que ni los trajes a medida más sofisticados del mundo podían ocultar la ruda y salvaje masculinidad de ese hombre.

—Si sigues vivo dentro de cinco minutos, daré por hecho que he superado la prueba —dijo con tono distendido—. Para la cafetería tengo pensada una carta sencilla y, por supuesto, nos abasteceremos de productos locales todo lo que podamos, como hacemos ya con el restaurante. Vermont es un lugar precioso. Queremos apoyar la agricultura local y hacer todo lo que esté en nuestra mano por ofrecer a nuestros clientes alimentos cultivados aquí. El jamón Green Mountain, quesos locales, frutas y verduras de nuestros huertos. Y, por supuesto, nuestro propio sirope de arce porque, de lo contrario, Walter me mataría. Todo se basará en el sabor y en la calidad.

—Y en la cantidad, espero. ¿Cuántos de estos me puedo comer? —preguntó alzando la mano sobre otro—. Y antes de que lo decidas, he de decirte que no como nada desde hace unas doce horas y que me he pasado la mayor parte del día en el quirófano.

—El siguiente te lo comerás tal como se tiene que servir, en un plato con ensalada. En Francia creemos que la comida es algo que hay que saborear, no algo que meterse en la boca estando de pie –tardó un momento en mezclar varias hojas de hortalizas y batir un aliño. Lo emplató rápidamente junto con el pastel templado, añadió pan que había hecho ese día y se lo entregó–. El pan es de sal marina y romero. Puedes darme tu opinión.

–Creo que podría casarme contigo para comer así todos los días.

A ella le dio un brinco el corazón.

Matrimonio.

Solo esa palabra tuvo un efecto casi visceral en ella. Incluso después de tantos años la dejó fría.

–Pues te quedarías muy decepcionado. Cocino para ganarme la vida. Cuando estoy sola en casa, a veces me preparo simplemente una tortilla perfecta.

–Cuando estoy operando, no siempre tengo tiempo para comer. Recargo combustible cuando puedo.

Ella no pudo evitar fijarse en la anchura y el poder de sus hombros, en su altura en ese pequeño espacio y en la sombra que cubría su angulosa mandíbula. Su atractivo era innegable y de pronto Heron Ledge le pareció más pequeña que nunca. Era una persona pasional y llevaba demasiado tiempo negándose esa faceta. Tenía el estómago encogido y sus terminaciones nerviosas habían recobrado vida ante ese cambio de ambiente. La química de la situación había tejido una tela a su alrededor atrapándolos a los dos. Se preguntó qué diría él si supiera que había sido el último hombre con el que se había acostado.

–Vamos al embarcadero –le entregó el plato–. Hace una noche agradable y después de haber pasado el día en el restaurante y en el hospital necesito aire fresco. Así podrás contarme algo más sobre Walter.

Sean colocó una silla junto a la pequeña mesa de madera que ella tenía junto al agua. El embarcadero estaba bañado por la luz que salía de la puerta abierta de la cabaña.

—Imagino que estabas con él cuando pasó —empezó a comer y ella supuso que así debía de ser su vida, aprovechando el poco tiempo que tenía entre las feroces exigencias de su trabajo.

—Ha sido horrible. Estaba bromeando y metiéndose conmigo por esas «horribles tortitas francesas», como él dice, y al momento estaba tirado en el suelo. Me temblaban tanto las manos que me ha costado llamar por teléfono. Pensé que lo había matado.

—No ha sido culpa tuya —cortó un pedazo de pan—. ¿No ha habido ningún aviso? ¿No ha dicho que tuviera dolor en el pecho?

—No me ha dicho nada. Elizabeth me había dicho alguna vez que había tenido algún que otro problema de digestión, pero nada alarmante. Ha estado ayudándome con el embarcadero y me siento muy culpable por ello.

—Pues no lo hagas. Este lugar es su pasión y las exigencias físicas que suponen regentarlo son parte de la razón por la que se ha mantenido en forma tanto tiempo.

—Debería haber pensado en algún modo de involucrarlo sin que llegara a realizar tanto esfuerzo físico.

—Nadie ha podido nunca evitar que el abuelo hiciera esfuerzos físicos. En todo el tiempo que estuve viviendo aquí, nunca lo vi tomarse un día libre. Trabajaba. Todos trabajábamos —se terminó el pan—. Qué bueno. La sal marina y el romero se llevan mi voto positivo.

Mientras comía, la puso al tanto de la situación de su abuelo.

Ella envidió su serenidad y, al mismo tiempo, se sintió reconfortada por ella.

—Estoy muy preocupada por él. Tiene ochenta años —razón por la que se atrevía a quererlo. Era el único hombre, aparte de Jackson, al que quería y a quien le debía una deuda que jamás podría pagar.

—No hay motivos para que no pueda recuperarse del todo.

Excepto porque la vida estaba llena de sucesos que no tenían ningún sentido, y ella lo sabía.

Élise se pasó los dedos por la frente negándose a permitir que su mente se quedara atrapada en ese pensamiento.

—¿Ha vuelto tu madre contigo?

—Sí, la he llevado a casa, pero la abuela no quiere apartarse de su lado. Tyler está allí ahora y yo iré más tarde.

La familia O'Neil se mantenía unida en los momentos difíciles. Era una de las muchas cosas que adoraba de ellos. Por eso mismo Sean había conducido hasta allí después de un día operando en el quirófano. En esa familia nadie se encontraría nunca solo en momentos difíciles. Nadie se vería sentado en una oscura habitación de París con la puerta atrincherada y sin nadie a quien recurrir.

—Tienes que estar agotado. No puedes volver al hospital esta noche.

—No podemos dejar a la abuela allí sola y Tyler tiene que descansar un poco. Aprovecharé unas horas antes de volver —levantó sus anchos hombros encogiéndose como quitándole importancia—. Una de las ventajas de ser médico es que aprendes a funcionar con pocas horas de sueño.

—Walter ha debido de quedarse muy aliviado al verte.

—Ha abierto los ojos lo justo para decirme que me largue a Boston, que es donde tengo que estar —se terminó la comida y apartó el plato—. Estaba delicioso. Lo mejor que he probado en meses.

—¿Te ha dicho eso? —impactada, Élise lo miró—. No lo ha dicho en serio.

—Sí, claro que sí. Pero no te preocupes tanto. Me lo he tomado como señal de que, al menos, una parte de él estaba reaccionando con normalidad. Si me hubiera dado la bienvenida con abrazos y alegría, habría solicitado que le hicieran un escáner cerebral.

Sin embargo, la sonrisa de Sean reflejaba cierta melancolía y Élise se sintió frustrada por el hecho de que las relaciones humanas tuvieran que ser tan complicadas.

–¿Por eso no vienes más a casa? ¿Porque tiene ese carácter tan difícil?

–Mi casa es Boston –respondió con tono suave–. Y a esta casa vengo cuando me lo permite mi agenda.

Lo cual era prácticamente nunca. Había dado por hecho que estaba ocupado y de vez en cuando se había preguntado si su ausencia tendría algo que ver con ella. Ahora se preguntaba si habría algo más.

–¿No echas de menos Snow Crystal?

–Me gusta la ciudad. Me gusta tener distintos restaurantes entre los que elegir en dos manzanas y tener acceso a actividades culturales. ¿No echas de menos París? No me puedo creer que a veces no te sientas atrapada en un lugar como este.

¿Rodeada de lagos, bosques, montañas y belleza? ¿Trabajando en un empleo que amaba y con gente que se preocupaba por ella?

Eso no era estar atrapada.

Algo oscuro se desplegó en su interior.

Había estado atrapada una vez y eso no se había parecido a nada de lo que tenía ahora.

–No echo de menos París.

Ahora, cuando pensaba en París, no pensaba en pasear por el *Jardin des Tuileries* ni en la luz que se reflejaba en la superficie del Sena. Pensaba en «él». Pensaba en el lado más feo del amor y de las relaciones. Se llevó la mano a su corta y estilosa melena y de pronto sintió frío.

–Me encanta estar aquí. Aunque no nací en Snow Crystal, estoy segura de que me gusta tanto como a ti.

–En ese caso mi familia tiene mucha suerte porque eres una chef excepcional. Antes de que llegaras, nuestras papilas gustativas no habían estado vivas de verdad nunca. Fuera lo que fuera lo que hizo Jackson para convencerte de que vinieras aquí, se lo agradecemos.

Jackson no la había convencido; le había ofrecido una cuerda de salvamento. Ella había ido estropeando su vida a través de una serie de malas decisiones y Jackson le había proporcionado una salida. Sin él...

No quería pensar en ello, pero jamás permitiría que su amigo se lamentara de haber tomado aquella decisión. Iba a asegurarse de que Snow Crystal se convertía en un lugar célebre por su comida, además de por sus otros encantos. Estaba decidida a poner de su parte para que fuera un éxito, aunque ya estaba fallando, ¿verdad? Había prometido que el Boathouse Café estaría abierto a tiempo para aprovechar todo lo posible el turismo de verano y ahora ya no podría ser. El retraso los afectaría, de eso no había duda.

Frustrada y enfadada consigo misma, contempló la cristalina superficie del lago apenas visible en la oscuridad.

Ese lugar era lo más parecido a un hogar que había tenido nunca.

Sean se recostó en la silla observándola.

—Parece como si alguien acabara de matar a su mascota. ¿Es por mi abuelo o por alguna otra cosa?

—No pasa nada, solo estoy cansada.

—A mí no me mientas. Soy médico. Me paso la vida hablando con pacientes nerviosos. Dime qué pasa.

Ella siguió mirando el agua y se encogió de hombros.

—Estoy disgustada porque le estoy decepcionando.

—¿A quién? ¿Al abuelo?

—A Jackson. Está esforzándose mucho por salvar el Snow Crystal, y el Boathouse Café es parte de ello. La inauguración no era simplemente una excusa para celebrar una fiesta, sino un modo de demostrarle a mucha gente importante lo lejos que hemos llegado y cuánto tiene que ofrecer este lugar. Quería que sucediera por él.

—Y sucederá, aunque un poco más tarde. No es para tanto.

—¡Claro que es para tanto! Le debo mucho —y al ver la repentina mirada de curiosidad de Sean, supo que había hablado demasiado–. Quiero decir, trabajo para él y me encanta estar aquí. Me interesa que este lugar sobreviva y prospere.

–Qué suerte tiene Jackson de tener una empleada tan leal como tú –se quedó en silencio un momento–. ¿Cómo os conocisteis? Creo que nunca os lo he preguntado a ninguno.

–Nos conocimos en París –formó su respuesta con cuidado–. Comía en el restaurante donde yo trabajaba.

–¿El Chez Laroche? Sabía que trabajaste para Pascal Laroche. Leí que eras la única mujer en su cocina.

¿Lo sabía? Como pudo, mantuvo la sonrisa pegada a sus labios.

–Así es.

–Es un logro profesional más que importante. Comí allí una vez. Es brillante.

«Y controlador, una persona sin escrúpulos y, además, violenta».

–Me enseñó mucho.

Eso no era mentira. Pascal le había enseñado no solo a hacer un soufflé perfecto, sino también que el amor era un regalo que, una vez entregado, dejaba a una persona expuesta y vulnerable. Le había enseñado que el amor podía volverse obsesivo, narcisista y, en ocasiones, peligroso. Le había enseñado eso y más, y habían sido unas lecciones bien aprendidas y jamás olvidadas.

Se había graduado de su escuela de la vida con honores.

Pascal no había aniquilado su fe en el amor. No tenía más que mirar a Walter y Alice, o a Jackson y Kayla, para saber que el amor existía. No, lo que había aniquilado era su fe en sí misma. Su fe en su habilidad para juzgar a la gente, su habilidad para saber dónde y cuándo confiar. La pasión la había cegado, había empañado su discernimiento. Y no permitiría que eso le volviera a pasar por muy atractivo que fuera el hombre en cuestión.

Deseando no haber iniciado esa conversación, Élise se levantó.

−¿Quieres un poco de queso?
−No, gracias. ¿Cómo te encuentras? ¿Se te ha pasado el mareo?
−Sí −sentía ganas de vomitar, pero eso siempre le pasaba cuando pensaba en Pascal−. Ha sido un día muy estresante. Gracias por escucharme.
−El ejercicio es bueno para el estrés −Sean se levantó−. Te propondría practicar algo de sexo, pero supongo que me dirías que no, así que, ¿por qué no vamos a dar un paseo?
Algo agitada por la referencia al sexo, lo miró.
−¿Un paseo?
−¿Preferirías sexo? −su mirada estaba cargada de humor y ella sintió parte de la tensión que la invadía disiparse.
−Debería irme a dormir.
−No vas a dormir con toda la adrenalina que te corre por las venas. Muéstrame qué has hecho con el cobertizo. La última vez que lo vi no era más que un montón de tablones astillados y telarañas.
−¿Ahora? Está oscuro.
−No me pasará nada si me llevas de la mano.
A ella le fue imposible no sonreír.
−De acuerdo.
«¿Por qué no?». Decidiendo que el aire fresco del bosque evitaría que pensara en Walter y en su pasado, entró en la cabaña y agarró un jersey fino y una linterna.
Era solo un paseo. Solo dos personas disfrutando de un poco de aire fresco.
¿Qué podía tener eso de malo?

# Capítulo 3

Su plan inicial había sido informarla sobre el estado de su abuelo y marcharse, no quedarse y cenar. Pero entonces ella se había llevado un susto tan grande con su llegada que había temido que pudiera caer al suelo redonda.

Y de ningún modo la habría dejado sola hasta asegurarse de que estaba bien.

—Estoy lista, pero no está terminado, así que tendrás que tener cuidado y mirar dónde pisas —encendió la linterna y comenzó a avanzar por el camino del lago que serpenteaba entre los árboles hasta la casi terminada cafetería—. Terminaremos el interior en los próximos días, pero la inauguración se retrasará por el embarcadero.

Él se preguntó por qué estaba tan nerviosa por el asunto.

—¿Qué más dan unos días de diferencia? Es una cafetería, no una cuestión de vida o muerte.

Ella se giró, deslumbrándolo con el haz de luz.

—Podría ser cuestión de vida o muerte para Snow Crystal. ¿Es que no te importa?

En los segundos previos a que se quedara temporalmente cegado, Sean vio el brillo de furia en sus ojos. Y no le sorprendió.

Élise era una mujer apasionada y sensible en todo. Había presenciado la intensidad de esa pasión en una ocasión, aquella noche cuando ambos habían dejado de fingir que su atracción mutua no existía.

–Este lugar lleva cuatro generaciones en mi familia. Por supuesto que me importa –sus emociones eran mucho más complejas de lo que sugería esa simple respuesta, pero no tenía ninguna intención de compartirlas.

La luz tembló.

–¿Pero lo que hacemos aquí no es realmente importante?

–Yo no estoy diciendo eso.

–¿Estás diciendo que para que importe tiene que tratarse de la vida de una persona? Pues deja que te diga algo, Sean O'Neil –avanzó hacia él y en ese momento sus ojos verdes fueron el único color en su pálido rostro–. Este lugar para mí es como una persona y las personas que viven y trabajan aquí me importan más que nada. Y que Snow Crystal no sobreviva supondrá una gran diferencia en la vida de esas personas. Puede que no quieras tener nada que ver con lo que pasa aquí, pero jamás le restes importancia como si fuera algo irrelevante.

Estaba enloquecida. Furiosa. Descontrolada. Y también había empezado a hablar en francés sin darse cuenta.

Él sabía que su exagerada respuesta era fruto de las intensas emociones del día. Eso lo veía todo el tiempo en el trabajo.

Tenía todo el sentido.

Lo que tenía menos sentido era el hecho de que quisiera besarla.

Quería colar los dedos entre su pelo, cubrir su boca con la suya y besarla hasta que el fuego de sus ojos pasara de la furia a la pasión. Quería volver a saborear esa pasión, sentirla deslizándose por su lengua y por el interior de sus venas.

Perturbado por lo mucho que deseaba abrazarla, y sabiendo que lo último que necesitaba en su vida era una relación romántica, dio un paso atrás.

–En ningún momento he dicho que sea algo irrelevante. Estás preocupada por tener que abrirla más tarde y yo solo estaba intentando que lo vieras con perspectiva.

–Tu perspectiva y la mía son distintas –se giró y se alejó. La luz de la linterna se sacudía con furia sobre el camino.

Mientras esperaba a enfocar la vista, Sean inhaló el aroma de los árboles e, inmediatamente, se vio transportado a su infancia.

Se encontraba en un lugar que lo hacía sentir asfixiado. Y ahora, para complicar más las cosas, estaba con una mujer que hacía que solo pudiera pensar en sexo.

Una mujer que se había marchado llevándose la linterna.

La siguió por el camino, casi incapaz de ver por dónde iba y maldiciendo sin cesar mientras pisaba ramas y los pies se le hundían en algo blando y no identificado.

–Unos zapatos nuevos a la basura. Debería haber seguido las órdenes del abuelo y haber vuelto a Boston.

Ella se giró, casi cegándolo con la linterna.

–¿Y por qué no lo has hecho?

–Porque he tenido un día muy largo –y porque ver la palidez de su abuela había bastado para no moverlo de allí–. Y porque la comida es bastante buena por aquí. Estoy pensando en quedarme un tiempo.

–Bien, porque diga lo que diga Walter, tu familia te necesita –Élise se detuvo, tenía los hombros tensos–. Me disculpo por haberte gritado. Me has enfadado mucho.

–Sí, ya me he dado cuenta. Aun así, al menos no me has golpeado la cabeza con la linterna y debería estar agradecido por ello. ¿Crees que podrías apuntarme a los pies para que pueda ver por dónde piso?

–¡Es un bosque! ¿Cómo sobreviviste creciendo aquí?

–Por entonces no llevaba zapatos caros –pensó en frotarlos contra algo para limpiarlos, pero decidió que eso empeoraría las cosas–. Solíamos jugar aquí abajo cuando éramos pequeños. Mamá nos preparaba un picnic y jugábamos a los piratas en el lago y levantábamos campamento en el bosque. Nos cubríamos de barro para camuflarnos y después nos escondíamos cuando el abuelo venía a buscarnos.

Ella miró su traje.

—No logro imaginarte mugriento y cubierto de barro.

—Pues fíjate bien y ahora lo verás —maldijo de nuevo al resbalar—. Estos zapatos son italianos —tras decidir darse por vencido y olvidarse de los zapatos, alzó la mirada y se fijó en unas ramas—. Tyler se cayó de aquí. No se podía estar quieto. Estaba moviéndose de un lado a otro, se cayó y se rompió el brazo. Fue la primera vez que vi cómo era un hueso. Gritó hasta quedarse afónico. Jackson estaba blanco y se puso a correr de un lado para otro intentando recordar las medidas de primeros auxilios que nos habían enseñado mientras yo me quedé ahí de pie pensando «sería genial saber arreglar eso». El invierno siguiente, Jackson se rompió el brazo haciendo snowboard y fue entonces cuando supe con seguridad que quería ser médico. Tenía siete años —le sonrió—. Por supuesto, también pensé que sería un modo genial de atraer a las mujeres.

Ella lo miró.

—A mí no me puedes engatusar. Sigo muy enfadada contigo.

—¡Qué injusto es el mundo!

—¿Crees que a las mujeres nos impresiona que seas médico?

A muchas sí, aunque no le pareció un buen momento para mencionarlo.

—Está claro que a ti no.

—A lo mejor deberías haber elegido algo más imponente como la neurocirugía.

—Podría estudiar y prepararme para ello. ¿Crees que eso supondría algún cambio en mi índice de conquistas?

La mirada mordaz de Élise le dijo que sabía perfectamente que su índice de conquistas era fantástico.

−Si intentas atraer a las mujeres, deberías cambiar el modo en que cuentas la historia. Mencionar un poco menos los huesos y contar más heroicidades podría ayudar.

−¿Quieres actos heroicos?

−A todas las mujeres nos gustan.

−¿En serio? No tenía ni idea. Es asombroso que haya ligado una sola vez en el pasado. Así que ayúdame un poco con esto, ¿qué tengo que hacer para impresionarte? ¿Enfrentarme a un alce? ¿Luchar contra un oso?

−¿No te estropearías el traje? −se estaba suavizando, ahora su rabia era un ligero brillo en lugar de un ardor intenso.

−Podría pedirle al oso que esperara mientras cuelgo la chaqueta en un árbol −el aroma del cabello de Élise lo aturdía. Estaba seguro de que si ahora mismo se le acercara un oso, no se daría ni cuenta.

−Haces como si te preocupara el traje, pero en el bosque te sientes a tus anchas.

Sean volvió a hundir el pie en el barro y comenzó a echar sapos y culebras por la boca.

−Hazme caso, me preocupa mucho mi traje. No ha hecho nada para recibir esta clase de trato.

−Entonces tiene que ser un heroísmo de tipo intelectual. Nada físico.

−No tengo ningún problema con que sea físico −se acercó y la vio retroceder−. Pero puede que primero me quite la ropa.

Ella siguió retrocediendo hasta que se topó con el árbol.

−No flirtees conmigo.

−¿Por qué no? Es el modo perfecto de despejar nuestras mentes después de un mal día −Sean plantó la mano contra el árbol y sonrió conteniéndose para no besar esa boca. «Aún no».

Ella debía de llevar en pie varias horas y, aun así, lucía un aspecto fresco y distinguido con ese pañuelo atado alrededor del cuello con ingeniosa sencillez. Poseía un estilo sutil y natural, y llevaba una melena oscura y resplandeciente con un corte bob liso geométrico que le rozaba la barbilla. Resultaba delicada y frágil, aunque él sabía que no era ninguna de esas dos cosas. Era fuerte, estaba en forma y tenía más pasión y energía que nadie que hubiera conocido en su vida, exceptuando, tal vez, a su abuelo. Además, volcaba toda esa pasión y energía en todo lo que hacía, desde cocinar hasta...

Su cuerpo se endureció.

Ella ejercía presión contra su pecho.

—Estamos aquí porque querías ver el cobertizo, ¿recuerdas?

—Confieso que te he traído aquí con nefarias intenciones.

—¿Nefarias? —ella pronunció esa sensual «r» enroscada, y él intentó centrarse para ofrecerle una traducción.

—*Maléfique*?

—Perversas. ¡Claro! —Élise frunció el ceño, molesta consigo misma—. Resulta que no es una palabra que utilice a menudo en Snow Crystal.

—A lo mejor deberíamos hacer algo al respecto.

—No lo creo —fría y de nuevo tomando el control de la situación, se coló bajo su brazo—. Querías ver lo que hemos hecho, así que ven y mira. Estoy emocionada con este lugar. Es la primera vez que me he involucrado en algo desde el principio.

Él se forzó a centrarse en sus palabras y no en las largas y esbeltas líneas de su cuerpo.

—Bueno, yo ya te he contado por qué quería ser médico. Ahora te toca a ti. ¿Siempre quisiste ser chef?

De pronto, Sean cayó en la cuenta de que era la primera pregunta personal que le hacía.

—Desde los cuatro años. Estaba haciendo *madeleines* con mi madre. Era *pâtissière*. Vosotros lo llamáis «repostera». Me subía a un taburete para que pudiera llegar a la mesa y la ayudaba a batir la mezcla. Aún recuerdo cómo me sentía al sacar la bandeja del horno y saber que las había hecho yo. El aroma llenaba nuestro pequeño apartamento. Y también lo hacía la sonrisa de mi madre cuando los probaba. Decidí que me quería dedicar a eso, a hacer que la gente sonriera con mi comida.

La sonrisa de Élise flaqueó por un momento y él vio algo en su rostro justo antes de que se girara y diera los últimos pasos hasta el cobertizo llevándose con ella la linterna.

La siguió caminando sobre una alfombra de acículas. Las ramas crujían bajo sus pies mientras se preguntaba cuál sería el resto de la historia. Porque había más, de eso estaba seguro.

Ella subió al embarcadero a medio terminar.

—Ten cuidado de no tropezar. Todavía hay tableros por todas partes y la baranda no está terminada. Podrías acabar en el agua.

—No sería la primera vez. Tengo los zapatos hechos polvo, así que ya de paso puedo cargarme también el traje —miró a su alrededor sorprendido por cuánto habían progresado—. Lo lleváis mucho más adelantado de lo que me imaginaba.

—Pues entonces peor aún. Nos hemos quedado a un paso de cumplir el plazo.

—¿A qué viene esa obsesión con los plazos? ¿Es que mi hermano es un jefe tan duro o qué? ¿Necesitas que le dé una paliza por ti?

Los ojos de Élise se iluminaron en la semioscuridad.

—Jackson es el mejor jefe que se puede tener. Jamás digas ni una sola palabra en su contra o me enfadarás.

—Oye, cálmate. Jackson es un santo —dijo lentamente—. Siempre lo he dicho —sin embargo, no dejaba de preguntarse qué tendría su hermano para despertar tanta lealtad por parte de Élise.

Sin dejar de pensar en ello, y enfrentándose a esa sorprendente punzada de celos, cruzó el embarcadero medio terminado y echó un vistazo a través de la cristalera del cobertizo.

Resultaba raro verlo reformado.

Ese lugar había sido su escondite. Un sitio donde podía perderse en un libro sin que lo molestaran. Estaba seguro de que había tallado algoritmos matemáticos en los marcos. Sus hermanos y él habían jugado sobre los viejos tablones astillados y se habían escondido cuando su abuelo iba a buscarlos. En Snow Crystal siempre había habido cosas que hacer, senderos que despejar, leños que cortar, árboles que sangrar... La lista de tareas era interminable y su abuelo se había volcado infatigablemente en el mantenimiento del hogar familiar.

Sean recordó cuando en su décimo cumpleaños el abuelo le había dicho orgulloso que algún día Snow Crystal les pertenecería a ellos tres. Era un legado, había dicho, algo que tenía que ser mantenido y protegido para las futuras generaciones.

Mientras, él había mantenido la cabeza agachada y había seguido lijando los tablones de madera pensando a la vez en los libros de ciencias que llevaba en la mochila y queriendo preguntarle a su abuelo si «legado» significaba lo mismo que «carga». Había oído a su padre emplear la palabra «carga» cientos de veces. Lo había oído hablar sobre estar atrapado en una vida que no había querido.

Él tampoco la había querido.

Por el contrario, había soñado con convertirse en cirujano. Y había soñado con hacerlo en un gran y concurrido hospital lejos del lago y de los bosques de Snow Crystal.

«No tenías por qué haber venido. Deberías haberte quedado en Boston».

Con las palabras de su abuelo resonándole en los oídos, Sean caminó hasta el extremo de la zona del embarcadero que estaba terminada.

—No estoy acostumbrado a ver este lugar sin que la luz del día se cuele por los tablones. ¿Qué queda por terminar aparte del embarcadero?

—Solo algunos últimos toques —Élise estaba mirando la estructura vacía a través del cristal—. La decoración interior se terminó ayer. Aún tengo que recibir las sillas y las mesas y me quedan unas cuantas entrevistas de personal por hacer. Se suponía que todo eso estaría terminado para la fiesta de inauguración.

—¿Y cuándo es?

—Dentro de una semana. Sé que Kayla te envió una invitación.

—Recibo montones de correos electrónicos.

—No tenías pensado venir.

Sonó algo desconcertada, como si no pudiera comprender que una persona que tenía sus raíces en ese lugar no quisiera pasar allí todo el tiempo libre que tuviera. Pero él estaba acostumbrado a eso, no esperaba que lo entendiera.

—Tenía que consultar mi agenda.

El aire de la noche estaba en calma y los únicos sonidos que se oían eran el ocasional ululato de un búho o el suave ruido del agua después de que un pájaro hubiera rozado la superficie del lago.

—Independientemente de lo que haya dicho, de cómo haya actuado, sé que tu abuelo se habrá sentido encantado y aliviado de verte ahí esta noche.

¿Encantado?

Sean se agachó a agarrar una piedra, preguntándose cómo se suponía que debía responder a eso. Podía ignorar la pregunta o simplemente podía ser sincero. Al final optó por una respuesta a medio camino entre las dos.

—La abuela sí que se ha sentido aliviada de verme.

Si Élise captó la omisión, no hizo ningún comentario al respecto.

–¿Dónde te alojas esta noche?

Dejando de lado el pasado, él se giró.

–¿Es eso una invitación?

–No. ¿Vas a quedarte con tu madre?

–Ya tiene a Jess en casa. Es más sencillo para todos, al menos mientras el abuelo sigue en el hospital y Tyler está yendo y viniendo –lanzó la piedra hacia el lago y esta rebotó en el agua y desapareció en la oscuridad–. Utilizaré la habitación que le sobra a Jackson.

–Toda la familia se sentirá mucho mejor teniéndote aquí, aunque solo sea por una noche o dos.

–¿Y cómo te sentirás tú?

Ella lo miró.

–Por supuesto, a mí también me complace que estés aquí. Tener en el hospital a alguien que quieres genera mucho estrés, y yo quiero a Walter.

–Eso no es lo que te he preguntado –se lo había preguntado a menudo. Se había preguntado si pensaría en ello, si pensaría en él. Porque el hecho de que aquella noche no hubiera tenido relevancia emocional no había impedido que resultara inolvidable.

–No tengo ningún problema con que estés aquí –la voz de Élise sonó ronca en la oscuridad–. No me resulta incómodo, si eso es lo que me preguntas. Pero para ti debe de suponer una gran presión. Tienes que asegurarte de pensar también en ti.

–Es un buen consejo –aceptándolo, Sean le puso la mano detrás de la cabeza y se acercó para darle un apasionado beso que lo removió por dentro. Un caleidoscopio de emociones, en especial de deseo, lo atravesó. Se extendió por él, no lentamente, sino como un reguero de pólvora que lo quemaba todo a su alrededor. Y dominado por ese deseo, la llevó contra la baranda.

La última vez había empezado ella.

Ahora le tocaba a él.

Sintió la suavidad del cuerpo de Élise contra el fino tejido de su camisa, el erótico roce de su lengua contra la suya, y el deseo fue subiendo vertiginosamente hasta transformarse en una peligrosa llamarada. Ella lo rodeaba por el cuello y ronroneaba como una gatita completamente satisfecha.

Se le nubló el pensamiento.

Ninguna mujer le había hecho sentir así. Ninguna mujer le había despertado ese intenso y desesperado deseo que le dejaba la mente en blanco.

Tal vez se debía a que ella tampoco buscaba nada más y saberlo le permitía relajarse y dejarse llevar.

Excitadísimo, notó cómo Élise le sacó la camisa de los pantalones y deslizó las manos sobre su piel, ansiosa por tocarlo. Y él estaba igual de ansioso por tocarla a ella. Le desabrochó los botones y pudo acceder a la suave y cremosa piel que revelaba el encaje de su sujetador.

Su cuerpo anhelaba el de Élise. Era un deseo visceral, físico, que le robaba la capacidad de pensar.

Pero entonces, ella se quedó quieta, le puso las manos en el pecho y apartó la boca.

—¿Qué pasa? —preguntó Sean notando el cambio de actitud.

—No deberíamos estar haciendo esto. Ha sido un día duro. No estamos pensando con claridad.

—Yo estoy pensando con total claridad —la sujetaba contra su cuerpo para que no quedara ninguna duda de que deseaba lo que estaba sucediendo tanto como ella, pero Élise lo apartó y se abrochó la camisa.

—Estás viviendo una experiencia estresante.

—Y estaba controlando mis niveles de estrés con el contacto físico.

—El sexo no debería ser una decisión emocional. Estás cansado. Tienes que ir a casa de Jackson y dormir un poco.

Se preguntó si merecía la pena señalar que le resultaría imposible dormir.

—Muy bien, pero admite que ese beso ha sido lo mejor de todo el día.

—No ha tenido mucho con lo que competir. Ha sido un día muy malo —su mano permanecía en el torso de Sean, como si todavía estuviera decidiendo si seguir ahí o apartarse. Se apartó—. Buenas noches, Sean.

—Espera... —la agarró del brazo—. Te acompaño a la cabaña.

—No necesito tu protección.

—Yo más bien estaba pensando en usarte a ti como protección. Para mi traje, ¿sabes? Eres tú la que lleva la linterna. Ve primero. Así, si hay algún charco, lo pisarás tú primero.

—Qué caballero.

A pesar del comentario, Sean pudo percibir una sonrisa en su voz.

—Has dicho que querías un hombre que hiciera heroicidades y estaba pensando en encontrar algo heroico que hacer de camino —le soltó el brazo y se puso a su paso—. Puede que quieras mantenerte cerca porque estás a punto de ver a un duro hombre de campo en acción.

—¿Y los hombres duros de campo siempre deciden llevar traje?

—Un oso me arrancó el taparrabos cuando estábamos luchando.

—No logro imaginarte con un taparrabos.

—Los míos están hechos a medida. Me los envían desde Milán.

Llegaron a Heron Lodge y ella subió los escalones de dos en dos con porte ágil y atlético.

—Que duermas bien, Sean.

—¿Estarás bien esta noche? ¿Seguro que quieres dormir sola? —no tenía ni idea de por qué le había hecho esa pregunta. ¿Y si le respondía que no? Pasar toda la noche con una mujer no era algo que él hiciera.

—Duermo sola todas las noches, Sean —se detuvo con la mano en la puerta y con un tono suave y nostálgico añadió—: Y así va a seguir siendo.

# Capítulo 4

Élise se levantó al amanecer tras una noche en la que lo poco que había dormido había derivado en una pesadilla en la que Jackson le decía que habían vendido Snow Crystal y que ese impacto había matado a Walter.

Después de lavarse la cara con agua fría, se puso los pantalones cortos y las zapatillas de correr, agarró la botella de agua y el reproductor de MP3, y se detuvo un momento en el embarcadero para respirar el aroma del lago. El agua era un espejo, reflejaba una imagen perfecta de los árboles que poblaban la orilla. El aire era fresco y limpio. Una fría brisa rozó sus brazos desnudos, despertándola y alejándola del sueño.

Era su parte favorita del día. En París habría corrido por las orillas del Sena y por el Jardín de las Tullerías frente al Louvre, acompañada por el rugido del tráfico y la cacofonía de los cláxones. Habría esquivado multitudes de turistas díscolos y habría inhalado el aire cargado del humo de los coches mientras sus pies rebotaban sobre aceras achicharradas por el sol del verano. Ahí, el aire que respiraba era fresco y limpio, y los únicos sonidos provenían del bosque y del lago. Ni siquiera los días en los que llovía continuamente lograban disminuir su amor por ese lugar.

Mientras recorría el camino del bosque hasta el cobertizo, los únicos sonidos que se oían eran el de su propia respiración, el crujido de las ramas bajo sus pies y el trino de los pájaros. Una familia de patos nadaba tranquilamente por el borde del lago sumergiendo y sacando la cabeza entre los juncos.

Al subir los escalones del cobertizo miró la baranda esperándose encontrarla carbonizada ahí donde Sean la había besado, pero la madera se veía lisa y perfecta.

El bosque les había guardado el secreto durante un año y parecía que estaba dispuesto a seguir haciéndolo un poco más.

Sus amigas ya la estaban esperando.

Brenna estaba calentando, ejecutando una serie de pequeñas zancadas, mientras Kayla estaba apoyada en el tronco de un árbol aprovechando el tiempo para ponerse al día con el trabajo.

—Llegas tarde, Chef —dijo sin levantar la mirada del teléfono. Eficiente hasta el punto de dar miedo, su amiga vivía con un ojo puesto en el reloj. Ahora mismo llevaba su melena rubia recogida en una cola de caballo, pero después, cuando estuviera trabajando, la llevaría suelta y cayéndole suave y perfecta hasta los hombros.

Élise había visto el esfuerzo realizado por Kayla en la cimentación del nombre de Snow Crystal y no sentía otra cosa que no fuera respeto por ella. No era únicamente gracias a Jackson que el negocio siguiera en pie y que todos tuvieran trabajo.

—¿Alguna noticia de Walter? —preguntó Brenna estirando. Sumamente en forma por dirigir el Outdoor Center y su programa de deportes, era la que había propuesto salir a correr cada mañana y llevaban haciéndolo desde que se había derretido la nieve. Ese día llevaba una camiseta de tirantes con cuello barco rosa fucsia y unos minúsculos pantalones cortos negros.

Élise la miró atónita.

—¿Te ha visto Tyler con eso puesto?
—Ni idea. ¿Por qué iba a importarme eso?

Élise miró brevemente a Kayla, que se encogió de hombros y continuó mirando el teléfono.

Lo que Brenna sentía por Tyler era algo que habían aprendido a no mencionar.

—Tienes que soltar ese teléfono y calentar los músculos, Kayla —dijo Brenna sin dejar de estirar—. Uno de estos días te vas a lesionar.

—Acabo de dejar a Jackson en la cama. Estoy bien calentita, muchas gracias —aun así, comenzó a correr en el sitio sin muchas ganas mientras terminaba de revisar su correo electrónico—. Y Walter ha pasado buena noche, según Sean. Ha llamado a Jackson desde el hospital justo antes de que me marchara. ¿Hoy tenemos que correr? ¿No podemos ir a probar la nueva cafetera del Boathouse? Élise hace una café fantástico.

—No —Brenna se llevó las manos detrás de la cabeza y juntó los omóplatos—. Sin mí, te pasarías el día tirada en el sofá.

—Me encantaría poder hacerlo ahora mismo —le respondió bostezando—. Anoche no dormí mucho.

—Gracias por dejar claro que eres la única de las tres que tiene vida sexual.

—No es mi vida sexual lo que me tiene cansada. Ha sido Sean, moviéndose por la casa a las tres de la mañana antes de irse al hospital. Ha pasado la noche en nuestra casa. ¿Por qué los hombres no pueden moverse sin hacer tanto ruido? Pensé que había un alce en el salón.

—Mide casi metro noventa y todo ese músculo masculino pesa —Brenna le guiñó un ojo a Kayla—. Aunque tampoco es que yo lo sepa porque nunca he tenido su peso encima de mí.

—Jackson le dijo que en casa tenemos una regla por la cual no se permite a los invitados andar por ahí desnudos

—dijo Kayla levantando la mirada del teléfono lo justo para sonreír—. Yo le dije que esa regla no era mía.

—Yo tampoco pondría esa regla. Ni Élise, supongo —Brenna se ajustó las deportivas y miró a Élise con picardía—. Ahora que Sean está en casa, puede que tu vida sexual se anime.

Élise seguía sumida en la tristeza por haber tenido que cancelar la fiesta.

—¿Por qué se iba a animar mi vida sexual?

—Porque Sean y tú estuvisteis muy unidos el verano pasado.

Estaba empezando a desear no haberles contado lo que había pasado.

—Fue solo una noche. Y si se lo decís a Jackson, os mato.

—¿Por qué solo una noche?

—Porque me apetecía tener sexo y a Sean también —y ella nunca, jamás, se arriesgaría a pasar con él más de una noche—. ¿Nunca os habéis acostado con un hombre solo porque estaba buenísimo y os hacía reír?

—No. A mí nunca se me han dado bien los rollos de una noche —Brenna se recogió su oscura melena en una cola de caballo—. Prácticamente todo el mundo que conozco me conoce desde la guardería. Si tengo un rollo de una noche con alguien, lo más probable es que al día siguiente me encuentre con él en el supermercado. Me moriría.

—¿Por qué te ibas a morir por eso? —preguntó Élise con curiosidad—. ¿Por qué iba a importar que te lo encontraras?

—Porque sería terriblemente embarazoso.

—¿Por qué iba a ser embarazoso si se trata de algo en lo que los dos estáis de acuerdo? Podrías decirle simplemente «*bonjour*» y sonreír o, si el sexo hubiera resultado malísimo, supongo que podrías sonreír un poco menos. Ser un poco más fría para que no piense que quieres repetir.

Brenna la miró con exasperación.

—¿Todos los franceses son como tú?

—*Je ne sais pas.* Kayla me preguntó lo mismo ayer. No conozco a todos los franceses, solo a unos pocos. Pero no entiendo que el sexo entre adultos consentidores sea algo de lo que sentirse avergonzado. Y, mucho menos, que sea un motivo para morirse.

—¿Entonces no te da vergüenza ver a Sean? ¿No te resulta nada incómodo? ¿No lo miras y piensas «mierda, no debería haberlo hecho»?

—No, lo miro y pienso «Élise, este tío está buenísimo y tienes un gusto impecable para los hombres». El sexo con él fue genial, y ¿cómo iba a arrepentirme de haber tenido un encuentro sexual genial?

—¿Entonces por qué no repetirlo?

—Mi regla dictamina una sola noche.

—Yo tenía la regla de jamás tener una relación con alguien del trabajo —Kayla envió otro correo—. Y miradme ahora.

—Eso no cuenta —Brenna destapó su botella de agua—. Técnicamente, no trabajabas con Jackson.

—Era un cliente —dijo Kayla secamente—. Creo que puede que eso sea peor. Es una pena que Brett no me despidiera por conducta indecente. Así no me habría pasado los últimos seis meses viajando entre Nueva York y Snow Crystal.

—Podrías haberte marchado antes.

—Sí, pero estábamos en mitad de unos proyectos y tengo demasiado orgullo como para abandonar mi trabajo.

—Quieres decir que eres una controladora compulsiva.

—Eso también —Kayla se encogió de hombros—. Ey, lo admito. Y hablando de controladores impulsivos, necesito tu planificación del programa de invierno, Bren, para poder pensar en algunas ideas promocionales.

—Claro. Ya que Sean está aquí voy a convencerlo para que me ayude a diseñar un programa de entrenamiento de pretemporada para el invierno. Es experto en medicina deportiva. He pensado que podríamos ofrecer un pequeño programa para los invitados y también aconsejarlos sobre cómo evitar lesiones esquiando. Sean tiene buena reputación. Es esquiador además de cirujano, así que por aquí lo respetan mucho.

—Pues será mejor que te des prisa —dijo Kayla guardándose por fin el teléfono en el bolsillo—. Dudo que se quede mucho tiempo.

—A lo mejor se queda porque Élise está aquí —sugirió Brenna.

—El fundamento de una única noche es que es solo una noche —¿por qué les costaba tanto entender eso?—. No sé como dejarlo más claro. La única razón por la que querría que se quedara sería por Walter.

Pero Walter le había dicho que se marchara. ¿Por qué? ¿Por orgullo? ¿Porque le preocupaba el empleo de Sean? ¿Por sus niveles de estrés?

—Eso de una sola noche no suena muy romántico. ¿Es que no quieres enamorarte y casarte? ¿Qué? —exclamó Brenna extendiendo las manos cuando las dos la miraron—. Vale, admito que estoy un poco chapada a la antigua. Creo en las relaciones y en eso de «ser felices para siempre», y puede que no sea muy guay admitirlo, pero algún día quiero tener eso. El paquete entero. Sé que ahí fuera en alguna parte hay un hombre para mí. Solo necesito tiempo para irme de aquí y poder encontrarlo.

Élise sospechaba que ese hombre podría estar más cerca de lo que Brenna pensaba.

Kayla la miró y se encogió de hombros pensando que, claramente, no tenía sentido mencionar un tema que Brenna se negaba a tocar.

—Déjalo, Bren. ¿De verdad ves a Élise queriendo asentarse y formar una familia?

Élise se puso los auriculares.

—Vamos a correr.

«No tienen ni idea».

Antes sí que había querido todas esas cosas. Había soñado con tener una familia y un amor como el de Walter y Alice. Un amor que durara décadas y que capeara los temporales que se presentaban de vez en cuando en la vida. Había soñado con todo eso y más, hasta que había aprendido que los sueños podían ser peligrosos y que el amor era la emoción más peligrosa de todas.

Porque podía destruir a una persona. Hacerla añicos.

Corrió deprisa y con fuerza, utilizando el ejercicio para aclarar sus ideas, adelantando incluso a Brenna y llegando la primera al Boathouse.

Cuando abrió la puerta de cristal dejando que entraran la luz y el aire, sintió una gran emoción al ver el interior recién pintado y el suelo. Fotografías enmarcadas de Snow Crystal tomadas en las cuatro estaciones colgaban de las paredes. Ella lo había elegido todo, desde las sillas hasta la porcelana, y estaba encantada con el resultado.

Iba a ser un éxito, lo sabía.

The Inn, el restaurante principal de Snow Crystal, era perfecto para la gente que buscaba una cena elegante, para eventos especiales, cumpleaños, aniversarios, celebraciones durante unas vacaciones. Sin embargo, no todo el mundo podía o quería permitírselo. En ocasiones, lo único que buscaba la gente era disfrutar en familia de una cena relajada con vistas al lago. Disfrutar de una comida fresca, sencilla, que no acabara con el presupuesto de todas las vacaciones.

Élise había estado meses experimentando con platos. El Boathouse serviría comida fresca y de temporada, bien en el precioso embarcadero bañado por el sol, bien en el interior mientras la lluvia de verano empapaba el suelo. Se había esforzado mucho en diseñar la carta infantil, desarrollando recetas variadas, atrayentes y nutritivas. Habría algo para todos.

Lo había supervisado todo, desde el diseño de la cocina

hasta la sutil iluminación exterior que ofrecería un toque romántico a las parejas que quisieran saborear una noche especial cenando al aire libre.

El desayuno junto al agua sería uno de los platos fuertes. Se servirían esponjosas tortitas, *crêpes* americanos y franceses, acompañados por su propio sirope de arce. Había perfeccionado una receta casera de cereales que quería ofrecer con arándanos frescos y compota hecha de frutas salidas del huerto. Incluso se había planteado elaborar su propio zumo de manzana al estilo Snow Crystal.

Para los que se levantaran tarde se ofrecería una variedad de cafés con bollos recién hechos. El almuerzo y la cena se compondrían de un menú bistró con comida a la brasa. Informal, pero de alta calidad. Toda su comida salía de proveedores locales y todas las semanas visitaba a los granjeros y trabajaba para establecer relaciones a largo plazo con la comunidad agrícola local. «De temporada» y «sostenible» eran los dos términos que no dejaba de inculcar a las personas que trabajaban para ella.

Todo era perfecto, exceptuando el hecho de que no abrirían a tiempo.

Brenna cruzó el embarcadero sin detenerse.

—¡Hasta luego!

Dos minutos después llegaba Kayla con la respiración entrecortada.

—¡Me vais a matar! Si no muero de camino a casa, te enviaré la lista y podremos empezar a hacer esas llamadas para cancelar la fiesta.

Y con ese pensamiento desalentador, Élise se preparó un café, aunque ni siquiera su nueva cafetera la animó. Molió los granos frescos, prensó el café y programó el tiempo de preparación sintiéndose reconfortada por la familiaridad de la rutina. Por desgracia, eso no logró hacerle olvidar el hecho de que había fallado a Jackson. Ni tampoco logró que se olvidara de Sean.

Era una suerte que sus amigas no hubieran decidido salir a correr de noche, porque de haberlo hecho habrían presenciado algo más que el vuelo de un búho.

Y sin duda habrían sacado conclusiones que no se ajustaban a la realidad.

La gente hacía esas cosas, ¿verdad? Para la mayoría de la gente un beso nunca era solo un beso, sino un preludio de algo más.

Para ella no.

Para ella nunca.

Con el brillo del sol y el aroma del café fresco cayendo en la taza, comenzó a relajarse.

Haría las llamadas. Lo dejaría hecho.

No pasaba nada.

Había llegado al punto de casi creérselo cuando giró la cabeza y vio a Sean de pie sobre el embarcadero a medio terminar.

La había estado observando durante un minuto entero, de pie en la tranquila mañana, respirando el aroma del lago y del bosque salpicado, a su vez, por el perfume del café recién molido.

Después del susto que le había dado la noche anterior, había pretendido hacerse notar al llegar, pero lo habían distraído la longitud de sus piernas y el primer vistazo en condiciones al proyecto que había visto en la oscuridad la noche anterior.

Ahora bajo la luz del sol, vio cuánto trabajo habían hecho ahí y necesitó un minuto para identificar esas elegantes líneas del cobertizo reformado con el destartalado lugar que había sido su santuario de pequeño.

Antes de poder anunciar su presencia, ella se giró y su melena se movió suavemente alrededor de su rostro rozándole la mandíbula.

—¿Vas a tomar la costumbre de plantarte detrás de mí sin avisar?

—Lo siento. Solo me preguntaba qué ha pasado con los tablones astillados y las arañas —dejando de lado el pasado a favor del presente, miró la taza que Élise tenía en la mano—. ¿No necesitarás practicar un poco más con esa nueva cafetera, verdad?

—No, pero si te apetece un café, te lo preparo. ¿No te están tratando bien Jackson y Kayla?

—El único café que he podido encontrar es instantáneo. Y, sin duda, necesitan abastecer su cocina —Sean cruzó el embarcadero analizando el trabajo que faltaba por hacer—. Bueno, ¿así que sales a correr todas las mañanas?

—Sí. Con Brenna y con Kayla. Se acaban de ir. Hacemos un circuito por el lago —respondió ella sacando otra taza—. ¿Un espresso? Aún no tengo leche aquí, tendrás que tomártelo solo.

—Me parece bien solo. Doble, por favor. Así que así es este sitio de día.

—Hoy nos traen las mesas. Quitando eso, el interior casi está terminado.

—Esa cafetera tiene pinta de poder volar hasta la luna y volver por sí sola.

Cromada y resplandeciente, la máquina se alzaba orgullosa tras el mostrador que, sin duda, almacenaría una gran variedad de comida una vez el local abriera.

—Tiene pinta de ser complicada.

—¿Y eso lo dice un hombre que opera fracturas muy complejas?

—La mayoría de las veces es como hacer un rompecabezas. Tiene un cierto ritmo.

Sean observó cómo caía el café en la taza, con ese rico y acre aroma que se mezclaba con el olor del barniz y la pintura fresca. El viejo cobertizo estaba irreconocible, le costaba relacionarlo con el lugar donde se había escondido de pequeño. Las paredes manchadas y astilladas salpicadas por la luz del sol ya no existían. En su lugar ahora había una pintura color crema y suelos de madera pulida. Ahora ahí ya no veía árboles asomando entre huecos en la madera, sino grandes fotografías de los lagos y las montañas que rodeaban Snow Crystal. Donde antes había habido telarañas del techo al suelo, ahora había plantas altas y elegantes. El lugar tenía estilo y, aun así, resultaba acogedor. No podía encontrarle fallos, y como no era un sentimental, no tenía sentido ponerse nostálgico por lo que ese sitio significó una vez para él.

—Has diseñado muy bien este lugar. A mí jamás se me habría ocurrido reformarlo.

—En un principio me pareció buena idea. Ahora, ya no estoy tan segura. En algún momento, Kayla y yo vamos a tener que empezar a llamar a ciento veinte personas para decirles que la fiesta no se va a celebrar.

—¿Es imposible que el embarcadero se termine a tiempo?

—Sí, a menos que unos duendecillos vengan por la noche a hacerlo. Estoy furiosa conmigo misma por no haber tenido preparado un plan para posibles contingencias —le entregó el café, agarró el suyo y salió. El sol de primera hora de la mañana calentaba el embarcadero—. Tengo suerte de que Jackson sea demasiado caballero como para gritarme.

—A lo mejor es porque no considera que haya razones para gritarte —la siguió—. Me parece que tú sola ya estás bastante enfadada. ¿Siempre eres tan dura contigo misma?

—No me gusta decepcionar a la gente. Aquí formo parte de un equipo —su tono era enérgico—. Esta fiesta es importante. Hemos invitado a gente de la oficina de turismo, de negocios locales, y Kayla incluso iba a traer periodistas de Nueva York. Y lo he estropeado todo.

—No entiendo por qué tiene que ser culpa tuya. A veces las cosas pasan sin más. Así es la vida. Créeme, lo sé. Me toca arreglar los destrozos que va dejando a su paso. Tiene esa costumbre y lo hace cuando la gente menos se lo espera.

—Debería haber dejado más tiempo de margen, pero elegí la fecha porque quería tener el Boathouse abierto para poder aprovechar al máximo los meses de verano. Estaba haciendo todo lo posible para aumentar nuestros beneficios y obtener una buena publicidad, pero ahora va a fracasar porque daremos una imagen de ineficiencia.

Su lealtad y su devoción por un lugar al que no la vinculaba ningún lazo de sangre seguía asombrándolo.

—¿Siempre te entregas al máximo en todo?

—Por supuesto. Mi pasión es mi mayor fortaleza —dio un sorbo de café y se encogió de hombros con gesto irónico al añadir—: Y mi mayor fracaso.

Él recordaba lo que había sido sentir esa pasión bajo sus manos y su boca.

—Yo no lo veo como un fracaso.

Sus ojos se encontraron brevemente y Sean supo que sus mentes se encontraban en el mismo lugar.

Después, ella se giró.

—Este es mi momento favorito del día, antes de plantarle cara al estrés. Cuando veo la bruma sobre el lago, esto me parece el lugar más precioso del mundo, ¿no crees?

A él no se lo parecía, pero hacía mucho tiempo que había aprendido a guardarse esas opiniones. Por eso se mantuvo callado y dejó que el silencio lo invadiera.

—¿Sean?

Por un instante había olvidado que ella estaba allí.

—Este lugar está lleno de recuerdos.

Giró la cabeza para fijarse en qué faltaba por terminar del embarcadero, pero en lugar de ver tablones de madera, vio a su abuelo, agachado y encorvado, serrando madera, clavando clavos, y a Jackson arrodillado a su lado, fijándose en todo lo que hacía.

Había sido su abuelo el que les había enseñado a los tres todo lo que sabían del bosque, del lago y de la fauna y la flora del lugar. Su amor por Snow Crystal era profundo e inquebrantable. Había nacido en la tierra de los O'Neil y su deseo era morir allí. Recordó aquella vez que lo había llevado al bosque con cinco años y le había mostrado los anillos de un tronco que se había partido durante una tormenta la noche anterior. Recordó haberse preguntado si su abuelo tendría lo mismo dentro: un anillo por cada año que había pasado en Snow Crystal. Walter O'Neil adoraba tanto ese lugar que no era capaz de entender que otros pudieran no compartir esa devoción; que algunos necesitaran algo más que aire fresco, unas vistas preciosas y una familia tan cerca que había días en los que le parecía haber estado enterrado bajo una avalancha.

Se había sentido atrapado e incapaz de respirar. Asfixiado por la expectación.

Élise suspiró.

—Es un lugar tan tranquilo, ¿verdad? Increíblemente bello. Debes de echarlo de menos cuando estás en la ciudad.

¿Echarlo de menos?

Se obligó a mirar al agua y a ver lo que ella veía. En esa ocasión, en lugar de a su abuelo, vio árboles rozando el cielo con su forma reflejada en la superficie con perfecta claridad. Vio la luz rebotar y destellar según los primeros rayos del sol besaban la superficie del agua, y se dio cuenta de que en algún momento de su vida había empezado a ver Snow Crystal como una fuente de presión, no como un lugar.

¿Con qué frecuencia se tomaba algo de tiempo para detenerse a admirar la belleza que lo rodeaba? Su día lo conformaban una serie de obligaciones y compromisos. Vivía una vida que apenas le dejaba tiempo para respirar y que rara vez le permitía tiempo para la reflexión. Su trabajo se basaba en trabajar deprisa y duro, en hacer las cosas, en nunca quedarse quieto.

—Va a ser un bonito día —eso fue lo máximo que se pudo aproximar a decir lo que ella quería oír.

—Este es uno de mis lugares favoritos —Élise se acercó al extremo del embarcadero bordeando la zona que no estaba terminada—. Salí a correr la primera mañana que estuve aquí y no pude entender por qué no lo habían reformado junto al resto de edificios del complejo.

—Snow Crystal siempre ha estado lleno de edificaciones medio derrumbadas. Restaurarlas es una obra de amor.

Y él no sentía amor por ese lugar, solo presión. No era como Jackson, que había convertido el viejo y derruido granero en una casa llena de estilo. Era Jackson el que había visto potencial en construir cabañas de madera en el bosque para que las familias disfrutaran del aire libre. Sean era feliz reparando huesos, no edificios. Si hubiera dependido de él, ese lugar se habría venido abajo al completo.

—Era el lugar idóneo para una cafetería. La estructura ya estaba construida y se había convertido en un problema de seguridad —se giró mirando con un brillo de orgullo el Boathouse.

Sean recordó el haz de luz que solía colarse por un agujero del tejado iluminando sus libros de texto.

La ciencia lo había emocionado del mismo modo que una pendiente pronunciada había emocionado a Tyler. Mientras que su hermano había estado ejecutando proezas terriblemente complicadas en la nieve, Sean había estado satisfaciendo su fascinación por el desarrollo de la cirugía en las culturas prehistóricas. Había estudiado el *Papiro de Edwin Smith*, el primer texto quirúrgico conocido que mostraba que los egipcios ya poseían un entendimiento científico de las lesiones traumáticas. Había devorado con ansia todo lo que había podido encontrar sobre la historia de la cirugía, había leído sobre el griego Galeno, había leído la obra de Ambroise Paré, un barbero-cirujano francés, y había estudiado la contribución de Joseph Lister a la reducción de la tasa de infecciones durante la práctica quirúrgica.

El potencial de la cirugía para cambiar y salvar vidas lo emocionaba de un modo que no alcanzaba a hacerlo una vida tranquila en Snow Crystal.

Con siete años ya había sabido que quería ser cirujano ortopedista. Esa ambición ya ardía en su interior, y por entonces había sabido que no quería morir allí con esos anillos en su interior mostrando todo el tiempo que había pasado en un mismo lugar haciendo lo mismo. No quería pasar sus días reparando tejados con goteras y dedicado al mantenimiento de senderos para que los turistas pudieran pisotearlos y estropearlos otra vez. Quería reparar los huesos de la gente y ayudarlos a volver a caminar. ¿No era genial?

—De pequeños pasamos mucho tiempo en este lago.

—Jackson me contó lo de aquella vez que hundisteis la barca.

—Fue Tyler. Fue él el que hundió la barca. La construimos con pedazos de madera que nos encontramos por ahí. No era lo que se podría llamar «estanca» exactamente. Tyler no lo pudo evitar y se levantó y se puso a moverse en esa cosa. Jackson le gritaba que se sentara, pero Tyler nunca hacía lo que se le decía. Esa condenada barca se hundió hasta el fondo del lago y los tres acabamos bien empapados.

A ella se le iluminaron los ojos.

—Crecer aquí debió de ser muy especial.

¿Especial?

—Por aquel entonces no se parecía en nada a esto —Sean se apoyó contra la baranda, recordando—. Este lugar estaba hecho un desastre, aunque era perfecto para jugar a los piratas. Solíamos cazar arañas para llevárselas a mamá.

—Pobre Elizabeth. Es asombroso que esté cuerda.

—Tolera bien las arañas. La enseñamos a hacerlo —mirando el Boathouse, vio que su ubicación era perfecta. Enclavada al borde del lago, bajo la luz del sol, la estructura de madera se fundía con el bosque de tal modo que con un simple vistazo podía pasarte desapercibida. Las labores de reforma habían sido maravillosas y habían logrado conservar lo poco que había quedado de la estructura original. Pero el verdadero encanto residía en el amplio embarcadero que casi rodeaba el Boathouse, permitiendo la posibilidad de cenar o comer al aire libre. Ese embarcadero aún no estaba terminado.

Se puso de cuclillas y deslizó la mano sobre los listones sintiendo las vetas bajo la palma y oyendo el delicado chapoteo del agua por debajo.

—Está utilizando chapa marina. Es un buen trabajo. Zach ha mejorado desde la época en la que construimos tu cabaña.

—¿Vosotros construisteis Heron Lodge? No lo sabía.

—Lo hicimos los cinco, con alguna que otra ayuda del abuelo —pero nunca de su padre.

Su padre se había esfumado para hacer uno de sus muchos viajes, y, cuando había regresado, el trabajo ya estaba terminado. Sean frunció el ceño preguntándose por qué, de todos los recuerdos que había almacenado, ese en concreto era el que se le había venido a la mente.

—Vosotros tres y Zach sumáis cuatro. ¿Quién fue el quinto?

—Brenna —se puso recto y dejó de pensar en su padre—. Ella hacía prácticamente todo lo que hacíamos nosotros. Supongo que era la hermana pequeña que nunca tuvimos. Trepaba por los mismos árboles que trepáramos nosotros, se arañaba las rodillas con nosotros, y se lanzaba por cada terraplén por el que nos lanzáramos. Tyler y ella eran inseparables. Los dos estaban siempre tan unidos que era imposible encontrar a uno sin que el otro estuviera al lado.

Le parecía irónico que la única relación sentimental que no habría requerido ni sacrificios ni compromisos no hubiera llegado a culminar. Tyler y Brenna compartían el mismo amor por Snow Crystal y por la tierra que lo rodeaba. Ambos eran deportistas, amantes de las actividades al aire libre, encajaban a la perfección. Ambos habían construido sus vidas alrededor de lagos y montañas.

Había habido una época en la que todos habían dado por hecho que, lógicamente, la relación avanzaría, pero entonces había aparecido Janet Carpenter y todo eso había cambiado.

Y ahora Tyler tenía a Jess viviendo en su casa, lo cual le condicionaba la vida más aún que su lesión de rodilla. Con una hija de trece años había tenido que renunciar a un estilo de vida más festivo.

Eso sí que era una muestra de amor.

—Bueno, pues ahora que sé que vosotros construisteis Heron Lodge, tengo que saber si debería inquietarme —se terminó el café—. Cuando me tumbe en la cama por la noche, ¿debería preocuparme que la cabaña se venga abajo?

—Es una estructura resistente. Tyler la probó la primera noche dándole patadas a un balón por toda la habitación. Tuvimos que cambiar la ventana, pero el resto sobrevivió.

Sonriendo, ella le quitó de la mano la taza vacía.

—Gracias.

El diminuto hoyuelo que le asomó por la comisura de la boca hizo que Sean se despistara.

—¿Por qué?

—Por animarme. Y ahora tengo que irme a casa a darme una ducha y a hacer esas llamadas para cancelar la fiesta. No puedo retrasarlo más. *Merde* —se pasó los dedos por el pelo a la vez que la dulce sonrisa y el hoyuelo se desvanecían—. Sigo esperando un milagro.

—¿Por qué no pones otra fecha?

—Tendré que hacerlo, pero tuve que contratar a la banda hace meses, y ahora tendremos que pagar los gastos de su cancelación. Fue error mío hacerlo tan pronto —dejó caer los hombros, parecía totalmente abatida.

Él tenía el coche aparcado a unos metros y llevaba las llaves en el bolsillo. Sus planes no incluían quedarse en Snow Crystal más tiempo del necesario. Su abuelo había dejado claro que no lo quería allí, y él mismo había visto los resultados de las pruebas y sabía que estaba recuperándose bien.

Sus hermanos parecían tenerlo todo bajo control. No había nada que lo retuviera allí.

Nada, excepto su conciencia y la expresión de Élise.

Intentó moverse, pero sintió como si tuviera los pies pegados al embarcadero. A la zona del embarcadero que estaba terminada. La otra parte, la que no lo estaba, parecía mirarlo con gesto acusatorio.

—¿Cómo está Walter? —preguntó Élise colocándose el pelo detrás de la oreja y haciendo un esfuerzo más que visible por mostrarse animada—. ¿Algún cambio durante la noche?

—Se está recuperando bien.

Intentaba anular la idea que se estaba formando en su cabeza.

«No».

—Entonces vas a volver a Boston.

Abrió la boca para decirle lo mismo que le había dicho a Jackson, que tenía trabajo acumulándosele y pacientes que atender. Que no se quería agobiar. Que ese lugar le hacía pensar en su padre y que no se quedaría allí ni un instante más de lo necesario.

—Terminaré el embarcadero para ti —no podía creer lo que había dicho y, claramente, ella tampoco porque se quedó mirándolo como si estuviera comprobando el significado de cada palabra.

—¿Que vas a terminar mi embarcadero? ¿Cómo? Eres cirujano, no carpintero.

—Se me dan bien los trabajos manuales.

A ella se le tiñeron las mejillas.

—¿Estás de broma o es un ofrecimiento serio?

—Es un ofrecimiento serio —observó su boca esperando que ese hoyuelo reapareciera—. Que nunca se pueda decir de mí que abandono a una damisela en apuros. Tengo un fin de semana libre y es tuyo si lo quieres.

—¿Qué precio me pones?

—Eso ya lo negociaremos más adelante. ¿Doy por hecho que eso es un «sí»? ¿Te gustaría que lo hiciera?

El gesto de desconfianza de Élise quedó sustituido por uno de alegría.

—¡Sí, por supuesto, sí! —le dio un abrazo que casi lo dejó sin aire y le cortó la circulación—. Gracias. ¡Gracias! Ya no volveré a gritarte, ni siquiera aunque digas que Snow Crystal no te importa.

Su aroma lo envolvió aturdiéndolo. Notaba su sedoso y suave cabello contra su mandíbula.

—Yo no he dicho que no me importe, solo que no es necesario que te dé un ataque de nervios por tener que abrir la cafetería más tarde de lo planeado.

—Pero gracias a ti ya no va a abrir tarde. Abrirá a tiempo. ¿Qué pasa con la ropa? —lo soltó—. No puedes trabajar en el embarcadero con el traje.

—Tengo unos vaqueros en el coche y lo demás se lo pediré prestado a Jackson.

—*Vraiment*? ¿Harías eso? —se quedó mirándolo un momento como si no pudiera creer lo que estaba diciendo, y entonces los ojos se le llenaron de lágrimas—. Ahora sí que creo que eres un héroe.

Más acostumbrado a que lo vieran en el papel del malo, Sean se sintió algo incómodo.

—Élise...

—Las herramientas de Zach están guardadas dentro —sonrió y el hoyuelo reapareció—. Te enseñaré dónde. Después tendré que ir a darme una ducha y a llamar a Kayla para decirle que no cancele la fiesta. ¡Cuánto se va a alegrar! Y también Jackson. Me parece un gesto muy amable por tu parte.

Sean apartó la mente y la mirada de los labios de Élise. No estaba seguro de cuáles eran sus motivaciones, pero tenía muy claro que la amabilidad no había desempeñado ningún papel en su decisión.

–No es nada.

# Capítulo 5

Veinticuatro horas después, Élise estaba de pie en el embarcadero de la cafetería preguntándose por qué no se le habría ocurrido que aceptar la oferta de Sean significaba que lo tendría trabajando allí, delante de sus narices.

¿Por qué era tan impulsiva?

¿Por qué nunca pensaba las cosas detenidamente?

Después de su carrera diaria por el lago, había pasado la mañana en el restaurante trabajando en el turno del almuerzo y discutiendo los menús con su equipo. Se había reunido con dos nuevos proveedores locales y había entrevistado a un ayudante de cocina. Y si todo ello había logrado mantenerla alejada del Boathouse, había sido mera coincidencia, nada más. Había sido consecuencia del gran volumen de trabajo y no había tenido nada que ver con el hecho de que Sean estuviera trabajando en el embarcadero. Se dijo que ese volumen de trabajo era también la razón por la que no había respondido a los frecuentes mensajes de Poppy, su nueva sous-chef.

*Eh, jefa, las vistas desde el Boathouse hoy son mejores que nunca.*

Y cinco minutos más tarde.

*Aquí la cosa está que arde.*

Y ahora que había llegado al Boathouse, podía verlo con sus propios ojos.

Concentrarse allí era imposible.

—¿Qué tendrá ver a un hombre manejando herramientas? —dijo Poppy sonriendo y cargando con una pila de cajas hasta la cocina—. Solo con mirarlo ya quiero que me clave al embarcadero. Está tremendamente bueno. Hoy voy a almorzar fuera, Chef.

Élise apretó los dientes.

—¿Ha llegado todo?

—Una silla estaba defectuosa, pero van a cambiarla. ¡Ay, Dios mío, se ha quitado la camiseta! ¿Cómo puede un hombre con su trabajo tener unos músculos así? —al ver a Sean, a Poppy casi se le cayeron las cajas—. Lo siento, pero sinceramente, tienes que mirar.

—¡No tengo tiempo para mirar! Estamos hasta arriba de cosas por hacer antes de la fiesta del próximo fin de semana. Poppy... —al ver que volvía a perder su atención, le dijo con un grito más agudo—: ¡Céntrate!

—Sí, Chef, lo siento —con renuencia, Poppy apartó la mirada del embarcadero para posarla en Élise—. Voy a desembalar esto. Estoy en ello.

—¡Bien! —exasperada, Élise vio a Poppy abrirse camino entre las mesas recién colocadas y chocarse con al menos dos al girarse para echarle un último vistazo a Sean.

Apretando los labios, fue a la cocina, agarró un vaso, sacó una jarra de limonada de la nevera y salió al embarcadero para ver por sí misma a qué venía tanto alboroto.

Sean estaba haciendo algo con un listón de madera; algo que requería que se estirara hacia delante mostrando todo su torso. Miró atrás y vio a toda la plantilla de mujeres en fila en la puerta.

Al verla sonrieron y, avergonzadas, volvieron a su trabajo.

—¡Sean! —dividida entre la exasperación y la irritación, Élise plantó la jarra de limonada en la mesa que tenía al lado.

Él levantó la mirada y se balanceó sobre sus talones sonriéndole lentamente.

—¿Es para mí? Me has salvado la vida —soltó el listón de madera, se levantó y le quitó el vaso de la mano.

Ella lo vio beber. El sudor brillaba sobre su frente y sus anchos hombros. Le recordó a aquella noche en el bosque. Le había arrancado la ropa. Y él se la había arrancado a ella.

Pensar en ello elevó su temperatura corporal un poco más. Apretó los dientes.

—Tienes que volver a ponerte la camiseta.

Enarcando las cejas, él bajó el vaso lentamente.

—¿Cómo dices?

—La camiseta. Tienes que volver a ponértela.

Esos ojos azules se clavaron en ella.

Un calor cada vez más intenso la derretía por dentro.

—¿Te importaría decirme por qué? —la voz de Sean sonó suave, y de pronto ella deseó haber dejado que su personal siguiera tropezándose con las mesas. ¿Qué eran unas cuantas magulladuras comparadas con los efectos de estar ahí tan cerca de Sean?

—Estás distrayendo a mis empleadas.

Él miró atrás.

—Pues a mí me parece que están trabajando mucho.

—Ahora. Pero hace dos minutos todas estaban mirándote. No se pueden concentrar si estás aquí trabajando medio desnudo.

—Hace mucho calor y estoy haciendo un trabajo manual —se terminó el vaso y se pasó la mano por la boca.

—Por eso te he traído algo frío para beber. ¿Has terminado? —todo en él era físico. Sexual.

—¿Por qué? ¿Es que a ti también te cuesta trabajo concentrarte?

—No —¿por qué no había pedido a Poppy que le llevara ella la limonada?—. Por mí como si estás completamente desnudo en mi embarcadero, pero tengo un plazo que cumplir y no puedo permitir que mi personal esté distraído. Si necesitas algo más, avísame.

Le quitó el vaso y estaba a punto de darse la vuelta cuando él la agarró por la muñeca y la llevó hacia sí.

Desprevenida, Élise perdió el equilibrio y cayó contra él. Posó la mano que le quedaba libre sobre su pecho para sujetarse, lo miró a los ojos y a punto estuvo de ahogarse en ese intenso azul, en ese calor y ese puro deseo.

–Sean...

–Me has dicho que te avise si necesito algo más.

–No me refería a... –no podía respirar. La atracción era tan impactantemente poderosa que casi la hizo caer al suelo–. Me prometiste que terminarías el embarcadero.

–Tendrás tu condenado embarcadero –le respondió con voz áspera–. Piensas en ello, ¿verdad?

–¿En qué?

–Ya sabes en qué –respondió Sean mirándola a la boca–. En el verano pasado. En nosotros.

«Todo el tiempo».

–Rara vez.

Él sonrió.

–Sí, ya.

–La arrogancia no resulta atractiva.

–Y tampoco la terquedad. ¿Quieres que te recuerde qué pasó? ¿Quién fue el primero que se desató la última vez?

Élise tenía el corazón acelerado.

–Yo no me desaté.

–Cielo, la mitad de la camisa que llevaba aún estará por ahí tirada en el bosque. No la llegamos a encontrar. A lo mejor la próxima vez no deberíamos dejar que se acumule tanta tensión.

–No se va a acumular nada. Tomo esa clase de decisiones con la cabeza, no con las hormonas.

–¿En serio? –volvió a posar la mirada en su boca–. En ese caso, tu cabeza tenía mucha prisa por desnudarme.

–Después de haber tomado la decisión, pensé que no servía de nada entretenernos.
–Decisión que yo apoyé con entusiasmo. Y lo volvería a hacer.
El calor era intenso. Sofocante.
Había gente trabajando a su alrededor; miembros de su equipo que, sin duda, estaban intentando leerles los labios y, probablemente, sacando demasiadas conclusiones del hecho de que su jefa estuviera en una actitud tan cercana e íntima con el atractivo Sean O'Neil.
–¿Más de una noche con la misma mujer, Sean? Eso no parece propio de ti. Deberías salir corriendo.
–En circunstancias normales lo haría –respondió él esbozando una sonrisa terriblemente sexy–. Pero buscas una relación tan poco como yo, y eso te convierte en mi mujer ideal.
Esas palabras consiguieron romper el hechizo como no lo había logrado su fuerza de voluntad, cada vez más escasa.
–No soy la mujer ideal de nadie, Sean.
No era la persona que él creía que era. Estaba profundamente herida, tenía secretos que ni siquiera Jackson conocía. Se había recompuesto, pedazo a pedazo, y ahora se protegía con especial cuidado.
Consciente de que sus empleados estarían observando y especulando, se soltó la muñeca de su puño.
–Ponte la camisa. Así habrá algo que arrancarte si alguna vez decido ir por ese camino de nuevo.

Dos días después, Sean llevaba a Walter de vuelta a casa desde el hospital. Su abuelo iba agarrado al asiento y mirando al frente.
–Este coche debería estar circulando por una pista de carreras.
Sean conducía con delicadeza, tomando las curvas con sua-

vidad para que su abuelo no se desplazara ni un ápice en el asiento del Porsche. El coche ronroneaba como un león manso.

—Es una perfección de la ingeniería. Cuando conduces esto es imposible tener un mal día.

Su abuelo refunfuñó.

—Podrías haberte comprado un Corvette.

—No quería un Corvette.

—Ni siquiera tiene sujetavasos.

Sean intentó imaginar qué le pasaría a un vaso de café cuando acelerara y doblara esquinas.

—Pero tiene una respuesta del acelerador de lo más afinada. No se puede conducir este coche sin sonreír. Si alguna vez lo quieres probar, avísame.

—Si me quiero matar, me bastará con plantarme en mitad de la carretera.

Sean redujo la velocidad al girar a la derecha y pasar por delante de la señal del Snow Crystal Resort and Spa.

Todos se habían reunido para recibirlo; se podían ver sus rostros pegados a la ventana de la cocina.

—¿Por qué está todo el mundo en la cocina? —pálido y temblando, su abuelo se quitó el cinturón de seguridad, no sin cierta dificultad—. ¿Es que no tienen que trabajar?

—Querían darte la bienvenida. Élise y mamá han estado cocinando. Espera ahí, te ayudaré a bajar del coche.

—¡No soy un inválido! ¡Puedo bajar solo de un coche!

Cuando su abuelo se tambaleó en la entrada de la casa, Sean lo agarró del brazo.

—Vamos dentro para que te puedas sentar, abuelo.

Su abuelo le apartó el brazo.

—No necesito sentarme y puedo caminar perfectamente. No necesito que me cuides como si fuera un bebé y tampoco necesito un médico, así que ya puedes volver a la ciudad.

Sean se contuvo. No sabía si sentirse aliviado de ver que su abuelo era el de siempre o preocupado por llegar a enfurecerse cuando se había prometido que mantendría la calma.

–Walter O'Neil, ¡esa no es forma de hablar a tu nieto! –su abuela estaba a su lado, indicándole que tomara asiento en la cabecera de la mesa mientras Maple, la caniche miniatura de Jackson, daba saltos de alegría–. No es taxista y no va a ir a ninguna parte hasta que te recuperes lo suficiente como para quedarte solo.

–¿Hasta que me recupere lo suficiente como para quedarme solo? ¡Ya estoy bien para eso! ¿Acaso tengo pinta de necesitar una niñera? –su mirada de ira resultaba aterradora–. He salido del hospital, ¿no? Todos sabemos que mi nieto no soporta estar lejos de la ciudad más de diez minutos, así que por lo que a mí respecta, puede marcharse ya y volver a esas luces sin las que no puede vivir.

Cinco minutos juntos y ya iban camino de otro enfrentamiento, pensó Sean. Vio la mirada de preocupación de su madre mientras colocaba dos pollos asados en el centro de la mesa, listos para ser trinchados.

–¿Cómo te encuentras, Walter?

–¡Perfectamente bien! –contestó el hombre con brusquedad–. Así que no necesito que estéis encima de mí.

–Tener a Sean aquí hace que me sienta mejor. Ha hecho el viaje para estar contigo y no va a volver hasta que estés bien.

–Ya estoy bien –pero al sujetarse al borde de la mesa, la mano le temblaba–. Y podéis dejar de mirarme como si estuvierais esperando a que me fuera a caer muerto en cualquier momento. Y, de todos modos, ¿de qué nos iba a servir Sean? Es cirujano ortopedista y yo no me he roto ninguna pierna, ¿no?

Tyler volteó la mirada y Élise dejó una fuente de ensalada de patata en la mesa junto al pollo.

–Es una alegría tenerte en casa, Walter.

Walter se percató de su presencia, pero en lugar de sonreír, su gesto de enfado se acentuó.

–¿Tú también estás aquí? Deberías estar ocupándote del

restaurante en lugar de estar aquí en la cocina preocupándote de mí sin motivo. ¿Qué pasa con el Boathouse mientras estás aquí? Por esto el Snow Crystal tiene tantos problemas. Nadie hace su trabajo si yo no estoy delante vigilándolo todo. Este sitio se vendría abajo sin mí.

Cada vez más furioso, Sean estaba a punto de saltar en defensa de Élise cuando ella puso una mano sobre el hombro de su abuelo y lo calmó y tranquilizó con esa caricia. Si le había dolido el ataque, no lo demostró.

—No hay duda de que te necesitamos aquí. Te hemos echado de menos.

Mientras servía pollo en un plato, Jackson dijo:

—Cuando te encuentres mejor, te contaré cómo ha ido todo, pero deberías tomarte las cosas con calma durante unos cuantos días —su tono fue suave y su madre le lanzó una mirada de agradecimiento.

—Eso es. Mañana pasarás el día en la cama, Walter O'Neil —dijo Alice con firmeza mientras retomaba sus labores de punto—. Y no quiero discusiones.

—¿En la cama? —con la mandíbula rígida y la mirada encendida, Walter pareció entrar en modo de combate. Maple ladró y se metió debajo de la mesa como buscando protección—. ¡No me pasaré el día metido en la cama! ¿Pensáis que no sé cuánto hay que hacer por aquí? El verano es una época de mucho ajetreo. Este lugar está abarrotado de turistas.

—Lo cual resulta sorprendente si de verdad piensas que nadie hace su trabajo a menos que tú estés delante —apuntó Tyler lentamente y granjeándose así una mirada de furia por parte de su abuelo.

—Este lugar no tiene suficientes empleados como para permitirme estar de baja. No pienso quedarme metido en la cama, así que no volváis a sugerirlo. A las nueve estaré en ese embarcadero ayudando a Élise. Y ahora me apetece una cerveza, por favor.

Alice apretó los labios.

—No vas a beber cerveza. Y este lugar puede marchar perfectamente bien sin ti durante unos días.

—¡La vida es para vivirla! —gritó Walter dando un puñetazo en la mesa—. ¿De qué sirve volver a estar en casa si no me puedo tomar ni una cerveza en mi propia cocina?

Preocupado por el efecto que el estrés estaría teniendo en la presión sanguínea de su abuelo, Sean desvió la conversación hacia el tema de la reforma del cobertizo y al instante toda la familia estaba reunida alrededor de la mesa, charlando y compartiendo la comida.

Había pasado la mitad de su infancia en esa cocina, discutiendo con sus hermanos, agarrando algo para comer de camino a un lugar más emocionante. Siempre había sido un espacio para la reunión, para la discusión y para la comida. Lo único que había cambiado era que su padre ya no estaba.

Siguió sentado en silencio luchando contra sus propias emociones hasta que se dio cuenta de que su abuelo estaba más callado de lo habitual, que apenas había tocado la comida y que no se unía a las risas.

Lo invadió la preocupación.

¿Le habrían dado el alta demasiado pronto?

¿Estaba agotado por la cantidad de gente que había alrededor de la mesa?

Ahora deseó poder ponerle fin a la reunión, pero intentar impedir que la familia estuviera allí en un momento de crisis habría sido como intentar contener una avalancha de nieve con una simple pala.

Tampoco ayudó mucho que la comida se viera interrumpida en dos ocasiones por llamadas del hospital. Cada vez que se disculpó para atenderlas, recibió una mirada de desaprobación de su abuelo.

—¿Ni siquiera se nos permite comer contigo una sola vez sin que nos molesten? Si pasaras más tiempo por aquí, no necesitarías preguntarles a tus hermanos cómo van las cosas. ¿Es que el hospital no puede funcionar sin ti?

—He dejado algunos cabos sueltos —lo cual era quedarse corto—, y ahora tengo que atarlos.

Su abuelo refunfuñó.

—Si tan importante eres, entonces será mejor que vuelvas y les ahorres las molestias de llamarte. El trabajo es lo único que te importa.

Sean comenzó a contar hasta diez, aunque tuvo que llegar al veinte para sentirse lo suficientemente relajado como para responder. Había tenido que pedir muchos favores para poder quedarse en Snow Crystal unos cuantos días más y ahora se preguntaba por qué se había molestado en hacerlo cuando estaba claro que allí no lo querían.

—Han tenido una emergencia.

—Pues vete. Nos apañamos sin ti todos los días. Hoy no es un día distinto.

Percatándose de la mirada de preocupación de su madre, Sean apretó la mandíbula para contener las palabras que le rondaban por la boca.

El trayecto desde el hospital había durado casi treinta minutos y habría sido el momento perfecto para aclarar las cosas, para hablar de lo que había pasado el día del funeral. Sin embargo, la tensión entre ellos había ido en aumento.

Preocupado por alterar a su abuelo en un momento en el que necesitaba estar calmado, Sean había decidido no sacar el tema de su discusión.

—Menuda bienvenida, abuelo —dijo Tyler inclinándose para servirse un muslo de pollo—. Hemos tirado la casa por la ventana para la fiesta de recibimiento, ¿eh?

—Walter O'Neil, discúlpate ahora mismo —dijo Alice mirando a su marido—. Sean no va a ir a ninguna parte. Se quedará aquí para que yo pueda dormir un poco por las noches. Y ya es hora de que aprendas cuándo hablar y cuándo callarte porque, de lo contrario, ¡volveré a meterte en ese hospital yo misma y si entras ahí de nuevo será con algo roto!

Sean tuvo que admitir que no existía nadie más intimidante que su abuela enfadada.

Y, sin duda, su abuelo pensaba lo mismo porque respondió con tono suave:

—Simplemente estoy diciendo que puedo apañarme sin él, nada más.

—Estás en casa gracias a Sean —prosiguió Alice soltando de golpe en la mesa sus labores de punto—. Esos médicos te han dado el alta porque saben que él está aquí. Es médico y muy bueno, por cierto. Así que si le echas de aquí irás directo al hospital y esta vez no me quedaré sentada al lado de tu cama.

—No quiere estar aquí.

—¿Y quién tiene la culpa de eso? —contestó la anciana en defensa de Sean—. En la vida lo que importa son las personas, no los lugares, pero tú solo piensas en Snow Crystal. ¡Se lo metes a la gente por las narices hasta que los asfixias! Es nuestro hogar, no un campo de trabajo, y ya va siendo hora de que espabiles y lo veas. A veces un hombre espera de su familia algo más que obligaciones y deberes.

Sean había presenciado frecuentes discusiones, pero jamás había oído a su abuela hablar con tanta franqueza. Por primera vez se preguntó si habría sabido lo infeliz que había sido su padre regentando ese lugar. ¿Sabía lo que había pasado en el funeral? Alargó el brazo y le dio la mano a su abuela, preocupado por su reacción.

—Abuela...

—No te preocupes por mí —dijo Alice dándole una palmadita en la mano—. Eres un chico listo. Siempre lo has sido. Te has pasado muchos años con la cabeza metida en esos libros, así que lo apropiado es no desaprovecharlo. Y me siento orgullosa. Muy orgullosa. Y tu abuelo también, por muy cabezota que sea para reconocerlo.

No, su abuelo no se sentía orgulloso de él.

Sean miró al otro lado de la mesa, hacia esos ojos azules exactamente iguales que los suyos, y se sintió como cuando tenía seis años y su abuelo lo había encontrado con la cabeza en un libro en lugar de con la mano en una sierra.

Walter O'Neil no podía imaginar que alguien no quisiera una vida que no tuviera relación con Snow Crystal. No podía entender que alguien que hubiera nacido y se hubiera criado allí buscara algo más. Algo diferente.

A pesar de los intentos de su abuela por relajar el ambiente, la atmósfera era tensa y fue todo un alivio que Alice dijera que estaba cansada y que Walter, diligentemente, se ofreciera a marcharse con ella a casa. Kayla los llevó en coche a pesar de la corta distancia, y después de que su madre y Jess se marcharan también para ayudarlos a instalarse tras el regreso del hospital, los tres hermanos se quedaron solos.

—¡Joder! —exclamó Tyler tirado en la silla y cerrando los ojos—. Qué relajante ha sido todo. Había olvidado cuánto me gusta pasar tiempo con la familia. Cuando sea mayor quiero tener seis hijos y cientos de nietos, a ser posible todos con distintas opiniones y que las expresen a la vez. No me puedo imaginar nada mejor que eso.

El teléfono de Sean volvió a sonar y lo miró con frustración al ver el nombre de Veronica.

A punto de perder el control, cerró los ojos. «Ahora no».

—¿Es otra vez del hospital? Responde, oh, Ser Supremo —dijo Tyler levantando su cerveza—. Ve a curar a los heridos y no te preocupes por nosotros. No nos molesta tu complejo de Dios, ¿verdad que no, Jackson?

—Esperaremos haciendo cola mientras atiendes a los enfermos —el tono de Jackson era animado, pero su mirada era de inquietud, y Sean supo que estaba preocupado por su abuelo.

—No es del hospital. Es una mujer.

Y ahora mismo no tenía energía para hablar con esa mujer en particular. Tenía que decidir qué hacer, qué era lo mejor. Quedarse sería lo mejor para su abuela, pero su abuelo no lo quería allí.

Tyler sonrió.

—¿Está buena?

—Tiene el cuerpo de Venus.

—Pues entonces responde ese maldito teléfono o pásamelo a mí y responderé yo.

—Cree que es la única que puede corregir mi adicción al trabajo. La última vez que hablamos me dijo que me quería.

Tyler retrocedió.

—Pensándolo mejor, apaga el teléfono.

—¿Está enamorada de ti? —preguntó Jackson sirviéndose otra porción de pollo—. No pensaba que salieras con mujeres el tiempo suficiente como para que eso llegara a pasar. ¿Cuántas veces has salido con ella?

—Dos —Sean soltó el teléfono sobre la mesa—. Y ha resultado ser demasiado.

Tyler no podía parar de reír.

—¿Dos veces y ya quiere que seas el padre de sus hijos? ¿Dónde encuentras a esas mujeres?

—Cuando éramos pequeños ya hacían cola para salir con él —dijo Jackson con tono irritado—. La mayoría lloraban sobre mi hombro. Querían saber por qué no las correspondía.

Tyler dio otro trago de cerveza.

—No sabía que hubieras rechazado oportunidades de sexo por estar aquí. Eso explica por qué estás de tan mal humor.

Sean apretó la mandíbula y apagó el teléfono.

—No estoy de mal humor.

—Estás en el límite de volverte peligroso. Sé reconocer las señales —Tyler contuvo un bostezo—. En lugar de explotar, bulles como una olla puesta en el fuego. Igual que cuando éramos pequeños.

Jackson se levantó y comenzó a recoger platos.

—Escucha, sobre el abuelo...

—Olvídalo. No me quiere aquí. No hay más que decir —apartó su plato de comida intacto—. Mañana por la mañana terminaré el embarcadero y estaré de vuelta en Boston para la hora de cenar. Así todos contentos.

Incluido él.

¿Qué se había esperado? ¿Que, de pronto, su abuelo aceptara quién era y qué quería? ¿Que solucionarían sus problemas y se sentarían a tomar una copa juntos?

La vida no era así de sencilla y bonita, ¿verdad?

Tyler apartó su silla y puso los pies sobre la mesa.

—¿Así que te marchas otra vez?

—Eso parece —algo se le removió por dentro—. Soy la oveja negra. El que se marchó.

—No por mucho tiempo. Nadie escapa de este lugar por mucho tiempo. Aquí hay un puñetero rebaño de ovejas negras mascando su hierba. Pero adelante, márchate mañana. Le sacaré a Jackson una buena pasta.

—¿Habéis hecho una apuesta? —a pesar de las emociones que se arremolinaban en su interior, Sean esbozó una suave sonrisa—. ¿Por cuánto?

—Lo suficiente como para animarte a marcharte. Por suerte, el abuelo ya está haciendo ese trabajo por mí. Lo único que tengo que hacer yo es sentarme, observar y esperar.

Casi merecía la pena quedarse allí, aunque solo fuera por fastidiar a su hermano. Casi.

—Pues entonces supongo que vas a recibir dinero.

—Mamá se sentiría mejor si te quedaras por aquí —dijo Jackson guardando en la nevera los restos del pollo—. Y la abuela.

—Ya has visto cómo se ha puesto el abuelo. Le ha subido la tensión solo de pensar que me iba a quedar. El objetivo es que esté relajado y se recupere, no hacerlo estallar. Saco lo peor de él. Y, de todos modos, tienes la nevera vacía —no quería hablar más sobre su relación con Walter. Lo dejaba con un sabor de boca amargo y sensación de fracaso.

—Gracias a ti mi armario también está vacío —respondió Jackson cerrando la nevera y mirándolo con mala cara—. ¿No es esa mi camisa? Me la compró Kayla.
—Eso explica por qué me gusta. Tiene buen gusto.
—Y precisamente por eso la quiero recuperar —Jackson apartó con el pie las piernas de Tyler—. Puede que esos muslos tan musculosos te funcionen con las mujeres, pero apártalos de la puñetera mesa.
Tyler maldijo al perder el equilibrio y echarse la cerveza encima.
—Tú antes no eras tan quisquilloso. La culpa la tiene Kayla.
—No te va a matar recoger y limpiar de vez en cuando. Eres responsable de una hija adolescente. ¿Qué ejemplo le estás dando?
—Soy un padre superguay. Y el mejor modo de recoger la comida es comérsela.
Se sirvió lo que quedaba de la ensalada de patata y Sean se levantó.
—Necesito tomar un poco el aire.
Tyler agitó el tenedor.
—¿Por qué no pierdes los nervios aquí mismo? Eso es lo que hace todo el mundo en esta familia. Suéltalo. No te preocupes por nosotros.
Sean miró a sus hermanos. No conocían toda la historia.
No estaban al tanto del grave distanciamiento que existía entre su abuelo y él.
Con la cabeza a punto de explotar, fue hacia la puerta y agarró su chaqueta.
—Terminaré el embarcadero antes de marcharme mañana.
—¡Menudo genio tiene! —dijo Tyler pinchando una patata—. Puedes pagarme cuando quieras, Jackson. Me viene bien en metálico.

# Capítulo 6

Sean respiró el aire de la noche intentando liberarse de su furia. Una furia que no tenía sentido. ¿De verdad había pensado que todo cambiaría solo porque su abuelo estaba enfermo y él lo había dejado todo para correr a su lado?

¿De verdad había contado con un encuentro emotivo, gratitud y un nuevo nivel de entendimiento mutuo?

No, pero sí había tenido la esperanza de que eso sucediera.

Él quería zanjar sus desavenencias. Su abuelo quería que se marchara.

Y él quería irse. Ese condenado lugar le hacía pensar en su padre.

Recorrió el camino hasta el lago sintiendo un profundo dolor en su interior. En lugar de girar a la izquierda para ir a casa de Jackson, giró a la derecha en dirección al cobertizo.

El sol se estaba poniendo sobre el lago proyectando oscuros brillos dorados en la quieta superficie. Un búho ululó en la oscuridad con ese sonido que tanto había oído en su infancia.

El repentino arrebato de emoción le llegó a las entrañas.

¿Cuántas horas había pasado ahí? ¿Cuántos conocimientos había absorbido mientras oía a las currucas de alas azules en los árboles cercanos emitir ese sonido tan parecido al zumbido de una abeja? No había existido un lugar mejor donde estudiar a Galileo que ahí, sentado y mirando las estrellas.

Se agachó para examinar la zona sin terminar del embarcadero. Si comenzaba a trabajar al alba podría terminar a la hora del almuerzo. Así cumpliría la promesa que le había hecho a Élise, ayudaría a Jackson y se habría marchado antes de que apareciera su abuelo.

Cargado de frustración, levantó una piedra y la lanzó sobre la superficie del agua hacia la oscuridad de la noche.

—Podrías meterte —le dijo una voz tras él—. Eso te relajaría.

Se giró y vio a Élise apoyada contra el cobertizo, con los brazos cruzados y observándolo.

—Mis hermanos ya me han tirado al lago demasiadas veces como para que ahora me apetezca hacerlo de manera voluntaria. ¿Cuánto tiempo llevas aquí?

—El suficiente para ver que estás bullendo de rabia —caminó hacia él, sus ojos resplandecían bajo la luz de la luna—. Eres como un niño pequeño con una rabieta porque las cosas no le salen como quiere. En lugar de pensar en ti mismo, tienes que pensar en tu abuelo —su acento sonaba más marcado de lo habitual y su voz, suave como el terciopelo—. Es él el que está sufriendo.

Y de pronto esa furia colisionó con la exasperación.

—¿Qué mierda crees que hago aquí? Lo único que he hecho ha sido pensar en mi abuelo. Lo dejé todo en cuanto recibí la llamada de Jackson. Llevo tres días con la misma ropa, les he pedido millones de favores a mis colegas, he dormido en la habitación que le sobra a Jackson y lo único que he conseguido con todo eso ha sido empeorar las cosas. El abuelo no me quiere aquí. Por suerte, eso tiene fácil solución.

—¿Qué te hace pensar que no te quiere aquí?

–Estabas delante. Lo has oído.

–Le he oído gritarle a todo el mundo, como hace siempre que está nervioso. No he oído nada que me haya hecho pensar que quiere que te marches.

–Entonces puede que no estuvieras muy atenta. Me ha dicho que me vaya. Me lo ha ordenado. Y si es el estrés lo que le ha provocado el infarto, estoy contribuyendo a ese estrés si me quedo aquí. Lo mejor que puedo hacer para ayudarlo es marcharme.

–¿Vas a volver a Boston?

–Mañana –Sean la vio estrechar la mirada peligrosamente y dio por hecho que estaba preocupada por su marcha–. No te preocupes. Primero terminaré tu embarcadero.

–*Putain* –soltó ese improperio y los ojos se le encendieron con una furia comparable a la de él–. ¿Entonces vas a dejarlos? ¿Cuando tu familia te necesita tanto? ¡Los O'Neil no hacen esas cosas!

–No me hagas sentir más culpable todavía –se giró hacia ella con una furia alimentada por la contención de toda una noche–. ¡Estoy haciendo lo que quiere el abuelo!

–Se supone que eres muy inteligente, pero a veces me parece que eres una persona tremendamente estúpida. Hoy he troceado un hígado que tenía más cerebro que tú. No es que no te quiera tener aquí. Los dos sois unos cabezotas y ninguno da un paso atrás. Os aplastaría esas cabezas *stupide* si no fuera porque Walter ya está demasiado enfermo.

–Demasiado malo.

–¿Estás corrigiendo mi forma de hablar? –preguntó ella con un tono peligroso que, por el contrario, ayudó a disipar la tensión y lo hizo sonreír.

–No.

–Sí, lo estás haciendo. Pues deje que le diga esto, doctor O'Neil –quedó claro que el énfasis que puso al pronunciar «doctor» no fue precisamente elogioso–. Puede que mis palabras estén mal empleadas, pero mis ideas y mis pensamientos son muy claros, que es más de lo que se puede decir de usted.

—El abuelo se está recuperando muy bien. No me necesita aquí.

Un búho ululó en la oscuridad, pero ninguno lo oyó.

—¡Mira un poco más allá! A veces la gente no dice la verdad sobre sus sentimientos. ¡Eres médico! Deberías saberlo. ¿Y qué pasa con mi querida Alice? No ha dormido desde que su amado Walter entró en el hospital y ahora no va a dormir porque lo tiene en casa y está preocupada por él —su acento se iba marcando más según su ira aumentaba—. ¿Y qué pasa con tu madre? Está preocupada por Walter y por Alice y además está preocupada por ti porque ve que te duele el distanciamiento con tu abuelo y eres su bebé.

Sean enarcó las cejas.

—¿Te parezco un bebé?

—No me refiero a tu altura o a tus músculos. Para una madre, su hijo siempre es un bebé. Está dividida, ¿no? Está entre Walter y tú y... —comenzó a hablar en francés, pero ya que él la entendía perfectamente, el cambio de idioma no le dio un respiro de su estallido de mal genio—. ¿Y qué pasa con Jackson? Ya está trabajando mucho, ¿crees que tiene tiempo para cuidar también de Walter mientras sales huyendo enfurruñado?

—No estoy enfurruñado —contestó Sean, ahora echando chispas—. Y si Jackson me quiere aquí, puede decirlo.

—Pero no lo hará porque es tu hermano y te quiere y sabe lo duro que es para ti estar aquí —murmurando para sí, Élise se dio la vuelta, caminó de un lado a otro de la zona terminada del embarcadero y volvió—. Piensa, Sean, piensa. Ignora que han herido tus sentimientos y utiliza la cabeza.

—No se trata de mis sentimientos.

—Estás dolido porque piensas que tu abuelo no te quiere aquí, ¡pero eso no es lo que está pasando!

—Tú no entiendes lo que está pasando —con las emociones

acercándose peligrosamente a la superficie, Sean se pasó las manos por el pelo–. Hubo una pelea. Tuvimos una pelea.

Era la primera vez que se lo contaba a alguien. Élise lo miró extrañada.

–Con Walter siempre habrá peleas. Su naturaleza es provocar.

–Esto fue distinto –tenía la boca seca. ¿Por qué demonios le estaba contando eso?–. Fue en el funeral de mi padre. Dije cosas...

–¿Qué cosas?

–No importa –recordarlo aún le revolvía el estómago; recordar tanto dolor, la agonía por haber perdido a su padre, la desesperada necesidad de retroceder en el tiempo y hacer las cosas de otro modo, y el sentimiento de culpa. Siempre la culpa–. Pero te puedo asegurar que esa es la razón por la que no me quiere aquí. Está enfadado conmigo y tiene motivos para estarlo.

Y él seguía enfadado con su abuelo.

Sabía que debía dejar el tema, pero no podía. Estaba ahí, enconado y a punto de estallar. El cirujano que llevaba dentro quería extirparlo, pero como no era posible, había aprendido a vivir con ello.

Élise frunció el ceño y sacudió la cabeza.

–Me alegra que me lo hayas contado porque ahora entiendo un poco más las cosas, aunque la razón por la que quiere que te marches no tiene nada que ver con vuestra discusión.

–Claro que sí.

Ella se acercó a él y, clavándole el dedo en el pecho, dijo:

–Algún día, Sean O'Neil, te envolveré con hiedra venenosa y entonces tal vez despertarás. Eres... eres... –dijo algo en francés y él enarcó las cejas.

–¿Me estás llamando idiota? –decidió que no era el momento de decirle que se ponía muy sexy cuando se enfadaba.

–Sí, porque lo eres. ¡El motivo por el que tu abuelo quiere que te vayas no tiene nada que ver con todo eso! No es porque seas un cabezota, ni porque no te quiera aquí, ni porque no haya olvidado aquella pelea, sino porque tiene mucho miedo. Tiene miedo. Y lo verías si no estuvieras tan centrado en tus propios sentimientos.

Un silencio cayó entre los dos.

El único sonido en el aire de la noche era el suave golpeteo del agua contra el embarcadero.

—¿Miedo? —era una explicación que no se le había ocurrido. Pensó en su abuelo, la persona más fuerte que conocía, y sacudió la cabeza—. Te equivocas. El abuelo es el tipo más duro que he conocido nunca. Jamás lo he visto asustado. Ni siquiera cuando Tyler se cayó al río con dos o tres años, ni siquiera cuando él se topó cara a cara con un oso en mitad de un camino durante una acampada que hicimos en Wyoming.

Ella sacudió una mano como quitándole importancia a lo que estaba diciendo.

—Nada de eso se puede comparar con esto.

—¿Comparar con qué exactamente?

—¡Sean, despierta! A un oso puedes golpearlo en el morro o lo que sea, pero esto... este infarto, esa cosa silenciosa que lo ha atacado como salida de la nada, a eso no puede golpearlo en el morro. ¿No lo entiendes? Sobre esto no tiene ningún control. No puede gritarle, ni golpearlo, ni cegarlo con spray lacrimógeno. Ni siquiera puede verlo —con las palmas levantadas, Élise lo miró exasperada—. Lo que ha pasado lo ha aterrorizado. Snow Crystal es su vida. Le da miedo que esto cambie las cosas, y ¿qué es lo primero que pasa cuando vuelve a cruzar las puertas de su casa? Que todo el mundo le está diciendo que se siente y que no haga nada. Para Walter eso es como decirle que se muera directamente. A él no le haría ninguna gracia tener que verse viviendo sentado en una silla. Quiere estar activo. Y por eso está aterrado. Y cuanto más aterrado está, más agresivo y brusco se vuelve.

«¿Miedo?».

—Constantemente me relaciono con gente que tiene miedo. Sé cómo es el miedo. Y él no está actuando como un hombre que tiene miedo.

—¿Crees que porque no lo dice, no lo siente? A lo mejor estás acostumbrado a tratar con gente que tiene miedo, pero con Walter dejas de ser médico para convertirte en su nieto. En lugar de pensar que sabes mucho porque eres un gran e importante médico, en lugar de sentirte culpable por aquella pelea, deberías pensar en él y en lo que necesita.

—Entonces, si tu teoría es acertada y tiene miedo, ¿por qué me quiere alejar de aquí?

A ella le brillaban los ojos de exasperación.

—¡Porque tenerte aquí lo hace sentir más vulnerable!

—¿Más vulnerable? La idea de que me quede es que teniéndome aquí se sienta menos vulnerable. Se supone que eso debería reconfortarlo.

—Walter lo que ve es que la última vez que viniste fue en Navidad y que fue una visita fugaz. No es que pases largas temporadas aquí.

Sintió una puñalada de culpabilidad.

—Eso es verdad, pero...

—La realidad es que no sueles hacer esto y que, de pronto, lo estás haciendo. Así que Walter piensa que accedes a quedarte porque estás preocupado por él. En lugar de sentirse reconfortado, está viendo el hecho de que te quedes como una señal de que puede volver a tener otro infarto. Que piensas que va a caer muerto en cualquier momento. Todos están pendientes de él, revoloteando a su alrededor como moscas. Tiene mucho miedo. Necesita que todo vuelva a la normalidad.

Ante la verdadera posibilidad de haberlo interpretado todo mal, Sean se quedó quieto. ¿Por qué no se le había ocurrido eso?

¿Qué clase de médico era?

—Es posible que tengas razón.

—Tengo razón. Y ahora olvida tu ridículo orgullo, admite que lo has estropeado todo y sigue adelante por el bien de Walter.

Él se pellizcó el puente de la nariz. Había estado tan ocupado gestionando sus propias emociones que no había analizado lo que se ocultaba tras la reacción de su abuelo.

—Si tienes razón y el hecho de que me quede aquí va a hacer que se sienta más asustado, entonces me encuentro en una situación imposible. Debería quedarme, pero eso lo hará sentirse peor —batallando con las opciones, echó la cabeza atrás y miró al cielo preguntándose si a Galileo le habría resultado más sencilla la física que las relaciones humanas—. Así que tengo que encontrar otro motivo para quedarme. Una razón que no tenga nada que ver con él. Una razón que se pueda creer.

Ella asintió con gesto de aprobación.

—Sí, para que no piense que estás esperando a que caiga muerto de otro infarto.

—Puedo decir que me quedo para que la abuela esté más tranquila.

Élise volteó la mirada.

—Pues entonces pensará que te estás preparando para tranquilizarla cuando él caiga muerto de pronto. Eso no es nada reconfortante, y te darías cuenta de ello si te pararas a pensar.

—¡Estoy pensando! —apretó la mandíbula y maldijo para sí—. ¡Y nadie va a caer muerto!

—¡Bien! Pues encuentra una razón para quedarte que le resulte convincente.

Él comenzó a caminar por la zona terminada del embarcadero y bajó la mirada.

—El embarcadero —¿por qué no se le habría ocurrido antes?—. Le diré que lo tengo que terminar antes de la fiesta. Es esencial para Snow Crystal. Jamás le pondrá pegas a nada que tenga que ver con Snow Crystal.

—El embarcadero está casi terminado.

—Pero él no lo sabe. Aún no lo ha visto. Desharé el trabajo que he hecho ya. Vendré aquí pronto, antes de que llegue él, y lo arrancaré. Nunca lo sabrá. Haré que la obra dure toda la semana.

A Élise se le iluminaron los ojos.

—Te regañará por ser tan lento.

—Querías que su vida fuera normal y para mí eso suena a normal —intentó centrarse, pero el aroma de Élise lo estaba embriagando. Le ablandó el cerebro y le recorrió las venas hasta que ella se convirtió en lo único que ocupaba su cabeza—. Le dejaré claro que el hecho de quedarme aquí no tiene nada que ver con él, y le diré al resto de la familia que dejen de agobiarlo y le den algo de espacio. ¿Te parece bien?

—Creo que sí —ella se relajó ligeramente y dio un paso atrás—. Y ahora que todo está solucionado, nos podemos ir a dormir.

—Espera un minuto... —dijo Sean agarrándola del brazo y llevándola hacia sí sin dejar de mirarla a la boca.

—Deja de mirarme así.

—¿Cómo te estoy mirando?

—Como si quisieras desnudarme.

Él sintió cómo la tensión lo iba liberando.

—Desnudarte es solo el comienzo de lo que quiero hacerte. ¿Quieres oír el resto?

—No —respondió ella aunque con un intenso ardor en la mirada—. No me vas a engatusar hablando de sexo, si eso es lo que estás pensando.

—Hablar no entraba en mis planes.

—Estoy enfadada contigo. No puedo besarte cuando estoy enfadada contigo.

—Muy bien. Entonces te besaré yo a ti.

Y lo hizo. Aunque en cuanto tomó su boca, ella lo besó a él también. Sus labios resultaron suaves y dulces, y su respuesta fue instantánea y tan ardiente como las otras veces. Lo besaron con deseo y anhelo, fue un beso explícito y apasionado hasta el punto de rozar la violencia. Sus lenguas se acariciaban íntimamente. Gimiendo, Élise lo agarró de la camisa, se acercó más a él y gimoteó suavemente mientras él la llevaba contra la baranda, atrapándola.

–¿Crees que puedes aplacar mi genio con besos? Besas muy bien, pero no funcionará. Aún estoy enfadada.

–No, no lo estás –él le tiró de la camisa en su desesperado intento de llegar hasta su piel–. Élise, cuánto te deseo... –el sabor de su aroma hizo que lo recorriera un intenso fuego. La química lo sacudía con tanta fuerza como un látigo. Sintió los dedos de ella hundiéndose en sus hombros.

–Te arañaré como si fuera un gato y tengo las uñas muy afiladas.

Sean le desabrochó los botones de la camisa.

–Correré el riesgo –el deseo ardía en su interior.

–Y mañana cuando estés trabajando en el embarcadero con la camiseta quitada, todo el mundo verá tus hombros y se sorprenderá. Lo nuestro dejará de ser un secreto –con manos temblorosas, Élise le abrió la camisa y unos botones salieron disparados–. *Merde*, era la camisa de Jackson...

–Le compraré otra...

Cuando la luz de la luna se reflejó en las curvas y valles de los pechos de Élise, parcialmente expuestos tras el precioso sujetador de encaje, él no estaba pensando ni en la camisa ni en su hermano. No podía recordar haber deseado nunca tanto a una mujer como ahora deseaba a Élise.

–Eres preciosa –sus dedos se deslizaron bajo el encaje y la oyó gemir.

–Qué hábil eres con las manos.

Decidiendo que el encaje estaba sobrevalorado, Sean le desabrochó el sujetador. Eran unos pechos pequeños y firmes, y él se preguntó si la finalidad de ese sujetador era únicamente la de añadir una capa más de ropa y volver loco a un hombre. Deslizó la boca hasta el hombro de Élise y después más abajo, donde tomó su pezón en la boca.

Ella hundió más los dedos en sus hombros.

—Sean...

Se le endureció el pezón contra el lento roce de su lengua y Sean oyó cómo se le entrecortó la respiración.

Un intenso deseo se apoderó de él descontrolándolo, y volvió a agachar la boca a la vez que notaba el cuerpo de Élise contra el suyo. Estaba harto de presiones y complicaciones. Harto de intentar adivinar cómo actuar con su familia y harto de sentirse culpable. Quería olvidarse de todo. Quería lo que estaba sucediendo ahora. La quería a ella.

Y la quería en ese mismo instante.

Élise le había echado los brazos alrededor del cuello. Sus cuerpos estaban pegados el uno al otro.

Decidió que si iba a prolongar su estancia en Snow Crystal, se merecía hacer lo que fuera necesario para no perder la cordura. Y el sexo con Élise resultaba algo deliciosamente libre de complicaciones.

¿O no?

Se apartó exactamente en el mismo momento en que ella se apartó de él.

Se quedaron mirando un momento y entonces ella le agarró la parte delantera de la camisa y sonrió.

—Eres un hombre muy sexy, Sean.

—Me alegro de tener algo positivo, ya que mi cerebro es tan pequeño e insignificante.

Ese hoyuelo reapareció en la comisura del labio de Élise.

—Me gusta tu sentido del humor. Y me gusta tu cuerpo. Pero no deberíamos volver a hacer esto.

Sean pensó en lo complicada que era su vida.

—Puede que tengas razón.

—Pero tienes que hacer una cosa por mí —la voz de Élise sonó ronca. Aún tenía la mano sobre su torso—. Tienes que arreglar las cosas con tu abuelo. Tienes que hablar con él.

–Puede que en eso también tengas razón.
–Vete a la cama –se alzó y lo besó en la mejilla rozando suavemente sus labios contra su mandíbula–. Buenas noches, Sean.

Él abrió la boca para intentar formar una frase coherente, pero ella ya se había sumido en la oscuridad del bosque dejándolo allí solo, de pie en el embarcadero a medio terminar.

## Capítulo 7

–Así que Sean no se marcha. Malas noticias para Tyler porque va a perder su apuesta con Jackson –Kayla corría con el teléfono en la mano aminorando la marcha ocasionalmente para comprobar el correo electrónico–. Y malas noticias para Jackson porque Sean no deja de pedirle ropa prestada.

«Y malas noticias para mí porque voy a tener que estar viendo a Sean constantemente hasta la fiesta».

El encuentro de la noche anterior había puesto a prueba su fuerza de voluntad.

Con él, era casi imposible controlar sus emociones. Primero habían sido la rabia y la frustración por el hecho de que hubiera malinterpretado la actitud de Walter, y después había sentido auténtica compasión cuando, renuente, él le había confesado lo de la pelea.

La había acusado de no comprenderlo.

Pero ella lo había comprendido todo.

Más de lo que él podía imaginarse.

Se detuvo un momento cuando las emociones la invadieron y la dejaron sin aliento.

Habían pasado años, pero esas emociones seguían atacándola como salidas de la nada. La culpabilidad y un gran pesar seguían haciéndola sentirse humillada. Porque nunca lo había resuelto. Nunca le habían dado la oportunidad de resolverlo.

Y por supuesto era culpa suya. Todo. Todo lo que había sucedido era consecuencia de sus malas decisiones.

Delante de ella, Kayla se detuvo y se quitó los auriculares.

—¿Estás bien? ¿Te molestó Walter anoche? Estaba muy peleón.

—No me molestó. Me sentí aliviada de verlo en casa.

—Sean se llevó la peor parte. Como siempre —Kayla volvió a colocarse los auriculares y siguió corriendo.

Élise la siguió preguntándose a qué se habría debido la discusión entre Sean y su abuelo. Si había sido el día del funeral de su padre, entonces supuestamente habría tenido algo que ver con él.

Y, sin duda, había sido algo importante porque por esa razón apenas volvía a casa, y por esa razón su abuelo se mostraba cada vez más enfadado con él.

Entendía perfectamente cómo se podía llegar a originar ese círculo vicioso.

A veces era más sencillo dejar bullir una discusión que resolverla. En ocasiones las emociones eran tan densas que no podías atravesarlas, y entonces te dices que lo resolverás más tarde, que esperarás a un momento mejor, pero a veces ese momento no llega.

Ella lo sabía. Le había pasado.

Aminoró la marcha.

A pesar del ejercicio, de pronto sentía frío.

Lo único en lo que había pensado durante los meses de invierno había sido en terminar el cobertizo y ayudar a mejorar Snow Crystal. Para ella era de vital importancia. Pero ahora lo único en lo que podía pensar era en la discusión entre Sean y su abuelo.

Necesitaban reparar lo que fuera que se había roto entre los dos. Y si eso significaba que Sean tendría que quedarse por allí un poco más de tiempo, ella podría soportarlo.

Retomó la marcha, adelantó a sus amigas, que rodeaban el lago, y llegó al cobertizo justo cuando el sol se alzaba sobre los árboles.

Por allí no había ni rastro de Sean. Se dijo que ese repentino aumento de pulsaciones se debía al ejercicio, no al hecho de imaginarse a Sean trabajando en el embarcadero.

—¿Tyler va a llevar a alguien a la fiesta? —preguntó Kayla al alcanzarla y sacar su botella de agua—. Porque si tiene pareja, tengo que saberlo. ¿Bren? Tú trabajas con él.

—No sé nada sobre su vida sexual, si eso es lo que me estás preguntando, pero conociendo a Tyler, lo más probable es que sea muy activa —respondió Brenna secamente—. Tengo que irme. Luego os veo.

Elise vio a Brenna cruzar el embarcadero corriendo, saltar por encima de una pila de tablones y desaparecer por la senda del bosque.

Kayla dio un trago de agua.

—Nunca me he visto como Cupido, pero si tuviera una flecha, se la clavaría a Tyler en ese culo tan perfectamente formado que tiene... o «*derrière*», como dirás tú.

—Por mí, «culo» está bien. A lo mejor la fiesta ayuda. Los dos estarán juntos en el mismo lugar y al mismo tiempo, así que dejaremos que la naturaleza haga el resto.

—Por lo que dice la gente, Tyler y ella llevan la mayor parte de su vida estando en el mismo lugar y al mismo tiempo —Kayla se terminó el agua—. Así que hasta ahora la naturaleza ha estado ociosa.

—Pues hay que darle un empujoncito. ¿Qué se va a poner Brenna?

—Conociéndola, probablemente unos pantalones de esquí —respondió Kayla secamente—. Y, de todos modos, creo que puede que sea Tyler el que necesite ese empujón. Me enteraré de si va a ir con alguien. Ha estado comportándose desde que Jess vino a vivir con él. Lleva seis meses viviendo como un monje. Se tiene que estar volviendo loco

—se agachó para colocarse una zapatilla y se detuvo—. Vaya, vaya...

—¿Vaya qué?

—Este botón es de la camisa de Jackson —lo recogió, lo giró entre los dedos y miró a Élise, que sintió cómo el calor le atravesaba las mejillas.

Esperando que su amiga achacara el rubor al ejercicio, se encogió de hombros.

—¿Qué? Sean ha estado trabajando mucho en el embarcadero.

—¿Tanto que se ha arrancado los botones de la camisa? Por lo que he oído, la mayor parte del tiempo ha estado trabajando sin camisa. Según Poppy, las vistas desde el cobertizo han mejorado considerablemente en los últimos días. Va a empezar a vender entradas.

—No sabría decirte, he estado demasiado ocupada como para fijarme. Y hablando de estar ocupada... —comenzó a caminar hacia el cobertizo, pero Kayla la agarró del brazo.

—Sean está como un tren. Es inteligente, sofisticado, terriblemente sexy... ¿por qué no tener una aventura con él?

Porque una noche era todo lo que ella se permitía.

—Ya tuvimos una. Terminó el verano pasado.

—¿Seguro? —Kayla seguía girando el botón entre los dedos—. Porque a mí no me parece que haya terminado.

—¿Entonces no te marchas? —preguntó Jackson con una taza de café en una mano y una tostada en la otra—. ¿Lo sabe el abuelo?

—Aún no. Voy de camino al embarcadero a deshacer el trabajo que he hecho para volver a empezar.

Jackson enarcó las cejas.

—Seguro que habrá alguien para quien eso tenga sentido.

—Necesito una excusa para quedarme aquí. El abuelo quiere que me vaya porque se siente vulnerable —y debería haber sido él el que lo hubiera visto. Por el contrario, sus complejas emociones lo habían tenido cegado–. Ayudar con el embarcadero es lo único que se me ha ocurrido. Tengo que intentar hacer parecer que para mí supone un trabajo descomunal.

–A lo mejor no es tan difícil hacer que lo parezca teniendo en cuenta todo el tiempo que ha pasado desde la última vez que hiciste trabajos manuales.

–¿Qué crees que hago en el quirófano?

–Ni idea. ¿Lanzarle miraditas a Venus?

–Es neuróloga. No trabaja en el quirófano –se sirvió una manzana del frutero–. Si voy a quedarme, tiene que haber más fruta en casa. Y verduras. En tu nevera no hay verduras. ¿Qué ha pasado con lo de comer cinco piezas al día?

–Si quieres encontrar verduras al abrir la nevera, puedes meterlas dentro tú mismo. Y si vas a quedarte, tienes que ir a tu casa a por ropa. Estoy harto de que me robes las camisas –Jackson se terminó la tostada y se rellenó la taza de café–. Así que te quedas por el abuelo.

–Por eso y por las vistas.

Su hermano le lanzó una mirada de advertencia.

–Con tal de que tus razones para quedarte aquí no tengan nada que ver con mi chef.

–Fue por ella por quien accedí a ayudar con el puñetero embarcadero en un principio. Está obsesionada con abrir a tiempo para no decepcionarte. ¿A qué viene eso? ¿De pronto has empezado a azotar al personal? –se terminó la manzana–. ¿O esa intensa lealtad se debe a algo más personal?

–Ella es así. Se preocupa profundamente por su trabajo. Es leal. Sabe que nuestra situación económica no es muy estable y valora su empleo.

–Los dos sabemos que teniendo en su currículo el Chez Laroche, podría conseguir un empleo en cualquier parte. Eres afortunado de tenerla.

–Lleva mucho tiempo trabajando para mí –la expresión

de Jackson no revelaba nada–. Somos amigos desde hace años.

–¿Solo amigos? La conociste en París. ¿Tuvisteis...?

–¡No! –la voz de su hermano se endureció–. No tuvimos nada. Y tú tampoco lo vas a tener. Este es su hogar y no voy a permitir que pongas eso en peligro.

–¿Por qué iba a ponerlo en peligro?

–Porque vuelves locas a las mujeres –respondió Jackson irritado–. Por alguna razón que jamás he llegado a comprender, se enamoran de ti y, cuando no se ven correspondidas, pierden un poco la cabeza. Cuando éramos pequeños tuve que resolver muchos líos provocados por eso, y no pienso volver a hacerlo ahora.

–Yo no provoco líos. Me estás confundiendo con Tyler.

–No estoy confundiendo nada. Tyler es como un oso. Se le ve venir, y una mujer inteligente se aparta del camino. ¿Pero tú? Tú eres distinto. Eres todo encanto y palabras suaves. Veo cómo se ponen bizcas, y después empiezan a caminar raro y al momento están llorando sobre mi hombro porque estás demasiado centrado en tu trabajo como para fijarte en ellas. Ya no me quedan camisas para soportarlo.

–Sigo sin entender por qué decís que este es el hogar de Élise. Sí, ya, vive y trabaja aquí, pero tiene mucho talento y algún día se marchará. Es inevitable.

–Si se marcha, será porque haya tomado esa decisión, no porque se haya quedado sin alternativas porque mi hermano gemelo lo haya estropeado todo y se sienta incómoda quedándose aquí.

Élise debía de haber tenido algún tipo de problema, era lo único que podía explicar esa intensa y protectora reacción por parte de su hermano.

–Puede que no tengas que preocuparte por ella –pensó en la noche anterior. Ella había demostrado más control que él y después se había marchado–. No me parece la clase de mujer que se enamora fácilmente. Es muy independiente. Se parece a mí en muchos aspectos.

—¡No se parece a ti en nada! —respondió Jackson dejando la taza sobre la encimera con un golpe.

Sí, sí que se parecía.

Sean pensó en cómo sus manos se habían deslizado por su espalda, en cómo su boca había ardido contra la suya.

—A lo mejor soy exactamente lo que necesita.

—Ninguna mujer en su sano juicio te necesita. Y ya me he cansado de consolar a chicas que pensaban que estaban enamoradas de ti.

—¿De verdad hacías eso?

—Constantemente. Hacían cola desde octavo curso. Yo era el gemelo bueno, tú el malo. Mis camisetas siempre estaban empapadas por tantas lágrimas —guardó la leche en la nevera—. Me da igual cómo gestiones tu vida amorosa, pero mantente alejado de Élise.

Sean decidió no mencionar que eso ya lo habían superado.

Y sin más, se dirigió al Boathouse para comenzar a deshacer el trabajo que había hecho el día anterior.

Su abuelo llegó al mediodía acompañado por Tyler, que lo dejó allí de camino a reunirse con una familia de seis miembros a la que acompañaría como guía durante el recorrido de uno de los senderos.

Antes de que Sean pudiera incorporarse para echarle una mano, Élise ya estaba allí, ayudando a Walter a sentarse en una mesa a la sombra, y junto al agua, en la zona del embarcadero que estaba terminada.

Sean la observó, tenía la cabeza colmada de preguntas. Quería saber por qué Jackson se comportaba como un perro guardián con ella. Y quería saber qué demonios estaba haciendo en un lugar como Snow Crystal cuando podía estar trabajando en París. Sabía que tenía mucho talento. Había probado su comida y visto su pasión. Podría haber trabajado en cualquier parte y, aun así, llevaba ocho años trabajando para su hermano.

La vio apretar con cariño la mano de su abuelo. Vio a Walter devolverle el gesto y su rostro curtido suavizarse.

Intentó pensar en algún momento en el que hubiera visto la expresión de su abuelo suavizarse así. Había sucedido solo con su abuela, y en alguna que otra ocasión con su madre y con Jess.

Incluso con Jackson era rotundo y directo.

—Te traeré algo para beber y después uno de los nuevos empleados vendrá a tomarte nota —Élise apoyó la mano suavemente sobre el hombro del anciano—. Así luego podrás decirme qué te ha parecido la carta y juntos la puliremos para que quede perfecta. ¿Sienta bien estar en casa?

A Walter le tembló la mano.

—Sienta bien.

Sean se dio cuenta en ese momento de que nunca había visto a su abuelo como alguien frágil. Incluso en el hospital se había mostrado guerrero, dando órdenes a gritos y negándose a que la gente le diera importancia a lo que le había pasado. Pero observándolo ahora con Élise lo veía frágil.

Sabía que debía decir algo.

Tenían que hablar sobre el día del funeral.

Ese era un buen momento, y también un buen lugar, porque el hecho de que hubiera gente por allí podría impedir que su abuelo estallara.

Cuando Élise se marchó, se incorporó y se puso recto.

—Abuelo...

Walter lo miró.

—¿Sigues aquí? Si estás esperando a ver cómo caigo muerto, vas a tener que quedarte mucho tiempo aquí.

Si de verdad había fragilidad en él, la había vuelto a esconder. La había escondido bajo capas de miedo y fiera determinación. Y si Élise no lo hubiera obligado a mirar más allá, lo habría pasado por alto.

—Me alegra oírlo porque estoy fuera de servicio. Estoy aquí para terminar el embarcadero y que, así, este lugar pueda abrir a tiempo. Me parecía una pena tener que cancelar una buena fiesta. Por aquí no se celebran muchas.

—Tú no habrías venido a la fiesta. Habrías estado ocupado. Para ti el trabajo siempre va delante de todo. Incluso de tu familia.

A Sean se le hizo un nudo por dentro y el impulso de hablar sobre la discusión se disipó.

—Estoy aquí, ¿no?

Walter miró a su alrededor.

—No ha habido muchos progresos desde que me marché.

Sean pensó en todo el trabajo que había deshecho y casi se rio.

—Sí, ya, es que yo voy despacio.

—Porque has perdido práctica. Si pasaras más tiempo aquí, se te daría mejor.

Ese tipo de comentarios no eran precisamente los más apropiados para zanjar una discusión, pensó Sean.

Apretando los dientes, retomó el trabajo decidiendo ocupar su mente con la labor de lograr que ese trabajo se prolongara durante cuatro días.

Se dijo que merecía la pena tragarse el orgullo y soportar las indirectas y los comentarios con tal de vigilar a su abuelo. Merecía la pena ver a su abuela más relajada.

Y merecía la pena ver a Élise.

Ella volvió a la mesa con una bandeja de bebidas y pasteles recién horneados, y Sean vio a su abuelo sonreírle.

Esa sonrisa lo removió por dentro.

¿De verdad estaba tan desesperado por recibir la aprobación de su abuelo?

¿Acaso tenía seis años?

Exasperado consigo mismo, se giró y centró la atención

en la tarea pendiente, trabajando a paso de tortuga en el embarcadero mientras el sol le quemaba los hombros.

Los médicos del hospital le habían dicho que su abuelo no había comido mucho, pero Élise lo tentó con diminutas porciones de su comida favorita y se sentó con él. Bocado a bocado iba animándolo a contarle historias sobre su infancia en Snow Crystal. Sean trabajaba sin poder dedicarle plena atención a lo que estaba haciendo, distraído por el seductor movimiento de esa melena caoba tan cerca de esa deliciosa boca.

Ahí estaba otra vez el hoyuelo, danzando en la comisura de su labio, y ese brillo de diversión iluminándole la mirada.

Viéndola ahora con su abuelo, Sean pudo descubrir otra faceta suya. Con él, ella siempre estaba alerta. Con su abuelo, en cambio, era más suave y se mostraba más abierta. Estaba claro que lo adoraba.

Y eso le hizo darse cuenta de lo poco que Élise le había dado a él.

Sexo, pensó. Eso era lo que le había dado.

Y por él perfecto. Porque eso era lo único que había querido, ¿no?

Maldijo cuando estuvo a punto de arrancarse la punta del dedo y justo entonces vio a su abuelo mirándolo.

—No te preocupes —murmuró—. Un dedo seccionado es algo que puedo solucionar, ¿recuerdas?

La cafetería era un hervidero de actividad mientras todo el mundo trabajaba para dejar el local listo para la inauguración.

Poppy pasó por delante de él cargando con un montón de cajas y le lanzó una deslumbrante sonrisa.

—Buenos días, Sean.

Recordando los comentarios de Jackson sobre corazones rotos y camisas mojadas, Sean respondió de un modo neutral.

Después de una mañana trabajando bajo el sol, sediento

y hambriento, estaba a punto de ofrecerse para llevar a su abuelo de vuelta a su casa cuando Tyler se presentó allí para hacerlo.

Harto de haber estado trabajando a paso de tortuga bajo la fulminante mirada del anciano, Sean se sentó en una silla al borde del agua.

Un momento después, Élise puso una bandeja delante de él.

—Paninis gratinados, jamón Green Mountain y queso cheddar local. Que lo disfrutes.

Sean se había esperado que volviera directa al trabajo, pero se sentó frente a él y sirvió dos vasos de agua con hielo.

—¿Walter siempre es así contigo o lo es por esa discusión?

Él dio un mordisco al panini preguntándose qué se le había pasado por la cabeza para mencionarle lo de la discusión cuando ni siquiera se lo había contado a Jackson.

—¿Quieres decir que si siempre es así de simpático? Sí, claro. Me adora, ¿es que no se nota? —masticó y decidió que merecía la pena hasta soportar a su abuelo metiéndose con él durante un mes a cambio de la comida de Élise.

—Te adora. Cuando no estás aquí, habla de ti constantemente —fruncía el ceño mientras intentaba entender la situación—. Pero por la razón que sea no lo demuestra. No es un hombre que demuestre sus afectos fácilmente, pero aun así...

¿Afectos?

Sean casi se rio.

—Él tiene en mente ciertas expectativas y yo no las cumplo. Cada vez que me ve, recuerda que soy una decepción —dio otro mordisco al panini—. Y aquella pelea no ayudó nada.

—Así que en lugar de solucionar las cosas, ¿te mantienes alejado? ¿Qué clase de lógica retorcida es esa? No tiene sentido.

—A mí me parece que tiene todo el sentido. Es más fácil para todos que mantenga las distancias. Pensé que así se calmarían las cosas.

Ella lo miró.

—Durante un tiempo me preocupó que te mantuvieras alejado por lo del verano pasado —dijo con un tono de lo más neutral—. Temí que pudiera haberte hecho sentir incómodo.

—Pues no fue así.

—Apenas venías a casa.

—¿Y tú? —¿por qué nunca se había planteado eso?—. ¿Hizo que tú te sintieras incómoda?

—En aquel momento no, pero después... —giró la cabeza y miró al lago—. Después me pregunté si habría sido un error. No quería interponerme entre tu familia y tú. Si pensara que eso es así, me marcharía ahora mismo.

El comentario resultó muy propio de ella. O todo o nada.

Sean no pudo evitar sonreír.

—¿Antes de que el Boathouse abra? ¿No sería eso como decepcionar a Jackson?

—Sí, pero no hay nada más importante que la familia. Nada. Jamás podría interponerme entre vosotros —su voz sonó feroz y él vio sus nudillos palidecer mientras sujetaba el vaso en la mano.

—Relájate. La razón por la que no vengo a casa a menudo no tiene nada que ver contigo. Es básicamente por presiones del trabajo.

—Básicamente, pero no todo —ella dejó el vaso sobre la mesa con un golpe—. ¿Cuándo vas a solucionar las cosas con tu abuelo?

No le dijo que había estado a punto de hacerlo justo antes de que Walter hubiera arremetido contra él.

—Lo haré en el momento adecuado.

—Debería ser ahora —algo se iluminó en los ojos de Élise, que al instante se levantó y le quitó el vaso vacío—. ¿Quieres más?

Él le agarró la mano.

—¿Por qué tendría que hacerlo ahora?

—Porque una conversación tan importante como esa no debería posponerse nunca —su voz sonó ronca y él se preguntó por qué le preocupaba tanto la relación con su abuelo.

—Esperaré a que esté más recuperado.

Ella apartó la mano con impaciencia y limpió la mesa.

—El problema es que os parecéis demasiado y ninguno de los dos lo puede ver.

—¿Que nos parecemos? —ese comentario lo dejó verdaderamente asombrado—. No nos parecemos. No me parezco en nada a mi abuelo.

—Los dos tenéis una pasión y es lo único que veis. En su caso es Snow Crystal y en el tuyo es tu trabajo.

—Eso es distinto.

—¿Por qué es distinto? Los dos os volcáis en la búsqueda de lo que queréis. A los dos os resulta complicado encontrar un equilibrio o punto intermedio. Así que tal vez no es tan sorprendente que choquéis.

Él solo había pensado en las diferencias en alguna que otra ocasión, pero nunca en las similitudes.

—Chocamos porque las familias siempre chocan —¿cómo podía pensar Élise que era como su abuelo? Era ridículo que lo sugiriera—. Todas las familias son complicadas.

—¿Sí?

—¿La tuya no? ¿No tienes tíos que se peleen o abuelos que desaprueben ciertas cosas? Vamos, tiene que haber alguien a quien evites en las reuniones familiares.

—No hay reuniones familiares.

Sean bajó el vaso y vio la melena de Élise resplandecer bajo la luz del sol.

—¿No estás unida a tu familia?

—Yo no tengo familia —ella alargó la mano y le quitó el vaso vacío de entre los dedos—. Me lo llevo si has terminado.

—Me hablaste de tu madre. Me dijiste que ella fue tu inspiración.

—Lo era. Murió cuando yo tenía dieciocho años —colocó los vasos sobre los platos—. Tengo que volver al trabajo. Aún hay mucho que hacer por aquí.

—Espera un minuto —él intentó imaginar una vida que no estuviera abarrotada de hermanos, padres, tíos, primos, abuelos. Cierto, lo volvían loco la mitad del tiempo, pero no podía imaginarse la vida sin ellos—. ¿No hay nadie?

—Así es. Estoy solo yo. Pero soy muy feliz, así que no hace falta que pongas esa cara de médico preocupado. Estoy rodeada de gente que me importa y a la que le importo. Y me he tomado prestada a tu familia. Los quiero mucho —esbozó una ligera sonrisa—. Deberías solucionar las cosas con tu abuelo. Sea lo que sea eso que te tiene alejado de Snow Crystal, deberías arreglarlo.

—¿Qué te tiene a ti alejada de París?

—No tengo razones para volver. Mi vida está aquí. Este es mi hogar.

Él se fijó en que no lo describía como su trabajo.

—Existe una diferencia entre no volver y mantenerse alejado.

Cuando Élise lo miró a los ojos, por un momento él vio algo que no pudo interpretar y que desapareció al instante.

—¿De verdad vas a sermonearme sobre volver a casa cuando tú apenas puedes recordar la última vez que has estado aquí? Arregla las cosas con tu abuelo. No esperes.

Sin darle oportunidad de extenderse en la conversación, Élise recogió en silencio la jarra vacía y los vasos y cruzó el muelle en dirección a la cocina.

Había mentido.
Le había dicho que no tenía familia y, en sentido estricto, no era verdad.
Había alguien.
Alguien a quien había sacado de su vida.

Alguien en quien intentaba no pensar.

Sintiéndose algo mareada e inquieta, sacó del horno una bandeja de magdalenas de arándanos perfectamente horneadas y las puso a enfriar junto con los croissants y los *pains au chocolate*.

¿Por qué de pronto estaba haciendo tantas preguntas?

Se suponía que su relación se componía de diversión y coqueteos, era una relación despreocupada. No se había esperado que él comenzara a hablar de cosas personales. Sean era bien conocido por no llevar sus relaciones a otro nivel. Era una de las razones por las que se había sentido cómoda con él.

—Mmm, tienen una pinta deliciosa —dijo Poppy mientras proveía de ingredientes los armarios—. Me encanta esta cocina. Es mucho más acogedora que la del restaurante.

La cocina del Boathouse era más pequeña que la del restaurante principal, pero Élise se había asegurado de que estuviera lo suficientemente equipada como para garantizar el pleno funcionamiento de la cafetería desde ella.

—Estoy probando los hornos —abrió un croissant, examinó la textura, lo olió y lo probó pensando en Walter y en Sean más que en sí misma.

Estaban atrapados en un círculo que ninguno de los dos rompería porque ninguno daría el primer paso. Y lo entendía demasiado bien porque ella había hecho lo mismo.

Había dado por hecho que habría tiempo para solucionar las cosas.

Se había equivocado.

La atravesó una ráfaga de dolor y por un momento se quedó ahí de pie, intentando eliminar la oscuridad de su pasado.

La angustiaba que hablar de París le provocara eso, incluso después de todo el tiempo que había pasado.

—¿Sucede algo? —Poppy seguía desembalando cajas—. Pareces tensa, pero todo va bien, ¿no? Estamos poniéndonos al día con el trabajo, ¿verdad?

—No pasa nada. No estoy tensa.
Al menos, no debería estarlo.
Hacía ocho años que no iba a París y había días en los que ni siquiera pensaba en ello. En él.
Formaba parte de su pasado y ahí debía permanecer. Durante un tiempo aquello había dominado su vida, pero ahora no se permitía darle tanta importancia. Y esa era la razón por la que nunca hablaba del tema con nadie.
Sin embargo, Sean se había dado cuenta.
Había sido un pequeño desliz por su parte y él lo había captado.
Poppy la miró preocupada.
—Puede que estés tensa por tener que terminar el embarcadero tan apresuradamente. Es brillante que esté ayudando, por supuesto, pero si el doctor Macizo va a pasarse toda la semana con la camisa quitada, desde ya te digo que voy a tener que darme un baño en el lago —colocó latas y envases ordenadamente en el armario y cerró la puerta—. ¿Y qué pasa contigo, chef? ¿Afecta a tu concentración tenerlo ahí fuera?
—No. Con tal de que termine su trabajo, no me importa lo que lleve encima.
Poppy se la quedó mirando asombrada, y Élise se dio cuenta de que habría sido más inteligente reírse, bromear y admitir que sí, que Sean O'Neil era un tipo muy sexy.
Fingir lo contrario no había hecho más que dejarla en evidencia, cuando en realidad había esperado desviar la atención.
—Supongo que estoy demasiado ocupada como para fijarme en él.
—Claro.
Con gesto de incredulidad, Poppy volvió a centrarse en las cajas que estaban sin desembalar y Élise supo que había resultado tan convincente como cuando le había dicho a Sean que no pensaba en París.

# Capítulo 8

Sean había olvidado lo que era pasar un día entero al aire libre. Acostumbrado a deshidratarse bajo las luces artificiales del quirófano, resultaba un cambio muy agradable sentir el sol calentándole la espalda y respirar el aroma de la lluvia de verano.

Lo que más le sorprendía era descubrir que había echado de menos ciertos aspectos de estar en casa. Había echado de menos el lago y el bosque, la sensación de la madera contra sus manos, la satisfacción de un trabajo bien hecho.

Nada le aportaba la misma satisfacción que operar, pero tenía que admitir que durante los últimos días había habido momentos en los que trabajar en el embarcadero se le había acercado mucho. Después de días viendo la vida pasar, podía ver cuánto había hecho Jackson por fomentar el éxito de Snow Crystal.

Cada mañana, Brenna había llevado a un grupo de niños al lago a montar en kayak como parte de su semana del Descubrimiento de la Naturaleza. Jess, la hija de Tyler, se había unido a ellos y Sean había estado viendo los progresos.

Entre los niños había reconocido a Sam Stephens, que llevaba los últimos cinco años yendo a Snow Crystal con sus padres. Ese año había un nuevo bebé en la familia y por eso habían apuntado a Sam al programa infantil. Y si la sonrisa en su rostro indicaba algo, eso era que le estaba encantando.

—¡Hola, doctor O'Neil! —Sam lo saludó con demasiada efusividad y el kayak se tambaleó.

—Hola —decidiendo que tomarse un descanso era un buen modo de avanzar más despacio con el trabajo, Sean se apoyó en la baranda—. Te veo bien, Sam.

—Brenna nos ha estado enseñando a cómo no volcarlo. Tienes que usar el remo y tu cuerpo. Algunos nos hemos caído —bajó la voz—. Uno de los niños ha llorado, pero a mí me ha parecido guay.

Sean pensó en la temperatura del agua y decidió que «guay» no se ajustaba precisamente a la descripción.

—¿Cómo está tu hermana?

—Llora un montón y es demasiado pequeña como para ser divertida, pero papá dice que a lo mejor en dos años podrá montar en bici o hacer algo —Sam estuvo a punto de golpearse la cara con el remo—. La semana que viene cumplo nueve y me van a regalar una bici. Papá me va a llevar a recorrer uno de los senderos. ¿Ha salvado alguna vida hoy, doctor O'Neil?

—Hoy no, pero son solo las once de la mañana —de pronto había perdido el interés del niño, que ahora estaba mirando detrás de él, retorciéndose el cuello y con el kayak tambaleándose.

—¡Élise, Élise! ¡Mírame! —la saludó y casi se le cayó el remo—. Sé cómo se dice «lago» en francés. *Lac*.

—*Très bien!* Eres muy listo —con paso ligero, Élise cruzó el embarcadero y le devolvió el saludo—. Dentro de nada hablarás muy bien.

Sean la miró y vio ese revelador hoyuelo en la comisura de su labio. Su mirada era cálida mientras se apoyaba en la baranda y hablaba con el chico en francés y muy despacio.

Sam remaba y hablaba a la vez.

—Me gusta el francés, pero ciencias es mi asignatura favorita. Quiero ser médico. Quiero ser cirujano como el doctor O'Neil. Arregla huesos y cosas, ¿verdad, doctor O'Neil?

Sean apartó la mirada de ese hoyuelo.

—Sí —consciente de que su voz había sonado demasiado ronca, carraspeó y continuó—: Es verdad.

—Supongo que si vas a ser cirujano no te tiene que dar cosa la sangre. A mí no me da cosa la sangre. No me desmayo ni nada —añadió el niño mientras se alejaba y su kayak se sacudía en el agua—. ¡Hasta luego, cocodrilo!

Élise sonrió a Sean.

—Dijiste que querías que se te venerara como a un héroe, y creo que ya lo has conseguido.

—Es el único miembro de mi club de fans y lo tengo comprado.

Ella se puso recta.

—Termina el embarcadero a tiempo para la inauguración y yo seré el segundo miembro.

—Terminaré tu embarcadero.

Sean no sabía qué mirar, si el modo en que se le movía la melena o la curva de su boca, pero sí sabía que quería pasar más tiempo con ambas. También sabía que ella había estado evitándolo desde la conversación que habían mantenido unos días atrás.

—Siéntate cinco minutos. Llevas trabajando toda la mañana. Nunca paras.

—Aún queda mucho por hacer y esta noche tenemos el restaurante lleno. Por suerte, Elizabeth vendrá a trabajar y eso facilita las cosas. Tener a tu madre ayudándome en la cocina me ha cambiado la vida.

—También ha cambiado la suya —recordó cómo se había encontrado su madre tras la muerte de su padre y lo comparó con cómo se encontraba ahora—. Hubo un momento en que no supe cómo iba a asumir la muerte de papá. Siempre le encantó cocinar para la familia, pero a ninguno se nos ocurrió nunca que pudiera trabajar en ello. La has salvado.

–Se ha salvado a sí misma. Solo hizo falta un poco de tiempo, pero es normal. Perdió a alguien a quien quería. Todos lo perdisteis. Tú estabas muy unido a tu padre.

–Sí –no veía motivos para negarlo–. De los tres, probablemente yo era el que estaba más unido a él.

Se produjo un breve silencio y, al instante, ella le agarró la mano.

–Perder a alguien que quieres es muy duro –estuvo a punto de decir algo, pero entonces vio a Sam saludándolos y le devolvió el gesto–. Tengo que seguir trabajando.

Él quería preguntarle por su madre, por su vida en París, pero sabía que no era el momento. Ni el lugar.

–Trabajas demasiado.

–¿Y eso me lo dices tú? –respondió Élise ladeando la cabeza–. ¿Cuántas horas trabaja usted al día, doctor O'Neil?

–No llevo la cuenta, pero hay ocasiones en las que creo que la media supera las veinticuatro horas.

Ella sonrió y se marchó con paso enérgico, lo cual resultaba sorprendente, ya que apenas debían de quedarle fuerzas.

Sean la vio desaparecer dentro del Boathouse, y al girarse vio a su abuelo de pie junto a él.

Se puso tenso. Los últimos días el ambiente había mejorado, pero seguía sin haber surgido la oportunidad de sacar el tema que los dos estaban evitando.

–Ese niño lleva viniendo aquí desde que tenía tres años. Le dejé unos viejos esquís de Tyler la primera vez que su familia vino en invierno –su abuelo observaba cómo Brenna enseñaba al niño a manejar el kayak–. Mira, le encanta. Cuando sea mayor traerá aquí a sus hijos y ellos disfrutarán haciendo las cosas que hacía él de pequeño. Así funcionan las cosas por aquí.

«Ya estamos otra vez», pensó Sean, que se preparó para el inevitable sermón sobre la tradición y la familia.

¿No era el mismo sermón que había tenido que escuchar su padre desde que nació hasta que murió?

Un intenso dolor lo sacudió y, junto a la culpabilidad, llegaron la frustración y la rabia.

—A lo mejor querrán hacer cosas diferentes a medida que los niños crezcan. A lo mejor querrán probar otras cosas o viajar a… —se detuvo cuando Sam soltó un grito de alegría; la risa del niño resultó tan contagiosa que no pudo evitar sonreír también.

Su abuelo refunfuñó.

—Sí, a lo mejor. Porque estoy seguro de que lo está pasando fatal y que no va a querer volver a repetirlo.

Sean suspiró.

—Será bueno para el negocio si vuelven.

—No se trata solo del negocio. No todo se puede medir en dólares y centavos. Tu bisabuelo no levantó este complejo vacacional porque quisiera dinero. Creía que Snow Crystal era demasiado especial como para mantenerlo solo para la familia. Es el aire, los paisajes, la comida local… Pensó que un lugar como este debería compartirse y ser valorado por gente que sintiera lo mismo que él.

—Ya me sé la historia, abuelo.

—Le encantaba este lugar. Tu bisabuela y él empezaron alquilando algunas habitaciones. Solo alojamiento y desayuno. Después construyeron la cabaña principal. Me lo enseñó todo para que yo pudiera ocuparme. A mis dieciséis años no había ni un solo trabajo que no supiera hacer —hablaba con una voz cargada de orgullo—. A los dieciocho ya estaba dirigiendo este lugar.

Era una historia que todos habían oído miles de veces reunidos alrededor de la mesa de la cocina mientras su madre cocinaba.

—¿Y tú? —preguntó Sean girándose hacia su abuelo—. ¿Hubo algún momento en el que pensaste que querías hacer algo distinto?

—Este lugar era mi sueño —respondió el hombre con brusquedad—. Vivir aquí era lo único que quería. Sabía que era un privilegio. Me habían dado esta tierra para cuidarla y mantenerla y era mi responsabilidad. Solía despertarme por la mañana ansioso por trabajar. Cuando un hombre siente eso, sabe que está haciendo lo correcto en su vida.

Era la primera vez que Sean sentía que su abuelo y él hablaban el mismo idioma.

—Eso es lo que siento yo por la cirugía —jamás había intentado explicarse y ahora lo estaba haciendo con precaución porque sabía que su abuelo era muy estrecho de miras en lo que respectaba a Snow Crystal—. La gente acude a mí rota y yo hago todo lo que puedo por solucionarlo. Encontrar distintas formas de hacerlo, mejores formas de hacerlo, es lo que me encanta hacer. Es lo único que he querido hacer siempre.

—Lo sé. Te he visto crecer. Sabía que serías médico cuando Tyler se cayó de aquel árbol. Jackson se quedó blanco como la nieve, pero ¿tú? Tú te ocupaste de todo —su abuelo observaba a Sam en el agua—. Es una pena que tengas que estar haciendo ese trabajo tan lejos. A tus hermanos les vendría bien tu ayuda por aquí. Si estuvieras más cerca, podrías venir más a menudo.

Sean sentía el sudor cayéndole por el cuello porque sabía que las razones por las que no iba a casa no tenían nada que ver con la distancia.

—Estoy ocupado —eso, al menos, era verdad—. Trabajo mucho.

—No sé cómo puedes soportar vivir en la ciudad. Demasiada gente y demasiado poco espacio. Yo no aguantaría tener que pelearme por conseguir mi propia porción de aire para respirar —Walter volvió a saludar a Sam—. Bueno, ¿entonces vas a terminar a tiempo para la fiesta o en Navidad seguirás arreglando esto?

Sean lo miró de soslayo y se quedó aliviado al ver que su abuelo tenía mejor color.

—Terminaré a tiempo para la fiesta —podría haber terminado hacía días, podría haber vuelto a Boston, disfrutar de su vida, pensar solo en él en lugar de tener que hacer malabares para reorganizar una agenda que habría hecho llorar a cualquier hombre–. Estoy desentrenado. Voy despacio.

Su abuelo seguía mirando a Sam.

–Te has esforzado tanto para no terminar este maldito embarcadero que casi se te ha tostado el cerebro del esfuerzo. Pero ha sido divertido verlo. ¿Cuánto tardaste en deshacer todo lo que habías hecho ya?

Sean lo miró.

–¿Tú...? –¡mierda!–. No sé a qué te refieres.

–Puede que no sea médico, pero eso no significa que sea un estúpido.

Sean se pasó la mano por la mandíbula.

–¿Tan obvio ha sido?

–Fui yo el que te enseñé a trabajar la madera. Eras bueno. Si de verdad hubiera pensado que estabas tardando tanto con el embarcadero, te habría tirado al lago directamente.

Sean sacudió la cabeza al darse cuenta de lo mucho que había subestimado a su abuelo.

–Si lo sabías, ¿entonces por qué no has dicho nada antes?

–Porque por una vez en tu vida estabas anteponiendo algo a tu trabajo.

Sean respiró hondo.

–Abuelo...

–Y estabas en casa. A tu familia le gusta tenerte en casa de vez en cuando, y eso no pasa a menudo. Te ha venido bien bajar un poco el ritmo y pasar tiempo en Snow Crystal. He estado observándote. Has disfrutado del lago y del bosque.

Sean soltó una carcajada de incredulidad.

–No tuviste un infarto, ¿verdad? Todo ha sido una excusa para poder sentarte cómodamente en el embarcadero a tomarte una limonada de Élise mientras yo me dejo aquí la piel.

Su abuelo lo miró.

—Puedes terminar esto al ritmo normal, guardar esas herramientas donde Zach pueda encontrarlas y después ir a ver cómo puedes ayudar a Élise antes de que se vuelva loca intentando estar en dos sitios a la vez. Esa chica hace el trabajo de diez.

Eso era algo que no pensaba cuestionar. La dedicación y entrega de Élise seguían asombrándolo.

—Está obsesionada con asegurarse de que el Boathouse abre a tiempo. Le preocupa decepcionar a Jackson y por eso quiere que todo esté perfecto. Se somete a demasiada presión. ¡Qué suerte tiene de tenerla! Ella podría conseguir trabajo en el restaurante que quisiera o abrir el suyo propio.

Al ver a Sam avanzando directo hacia la maleza de la orilla del lago, Sean se levantó dispuesto a intervenir y se fijó en que su abuelo estaba mirando también.

—El chico está bien. Brenna está ahí, ya lo tiene —miró atrás, hacia el Boathouse—. Élise no se marcharía de aquí. Le encanta este sitio. Es su hogar. El Boathouse fue idea suya, ¿lo sabías?

—Sí —recordaba la conversación que habían tenido la primera noche cuando habían salido a pasear y ella le había hablado de su infancia y de su madre—. Pero sigue siendo un trabajo. Los empleados cambian de sitio. Es una realidad. ¿Por qué alguien con su talento iba a quedarse en un mismo lugar? La experiencia es algo valioso. Yo he aprendido algo de cada hospital en el que he trabajado.

Su abuelo no dejaba de mirar a Sam.

—Supongo que en ocasiones una persona necesita más de la vida que un mero trabajo.

—Eso tiene gracia viniendo de ti, abuelo.

—Para mí este lugar es más que un trabajo. Es mi hogar. Puede que Élise sienta lo mismo.

—No es lo mismo. Tú naciste aquí.

—Tú arreglas cosas, así que dime una cosa... —pensativo, su abuelo deslizó la mano sobre la suave superficie de la baranda que Sean había terminado justo el día anterior—. Cuando alguien llega al hospital después de un accidente, ¿puedes saber con solo mirarlo si tiene una rotura o lesión grave?

Sean se preguntó por qué habría cambiado de tema.

—A veces, no siempre —le pareció una pregunta extraña, sobre todo viniendo de su abuelo, que era experto en primeros auxilios—. No se puede calcular el alcance de las lesiones internas a primera vista, eso ya lo sabes.

—¿Entonces es posible que alguien parezca estar perfecto por fuera pero tenga muchos daños bajo la superficie? ¿Que haya daños que no veas con una simple mirada?

—No sería una simple mirada. Haríamos una exploración exhaustiva y habría señales. En ocasiones la naturaleza de un accidente nos hace sospechar que puede haber daño interno. Haríamos montones de pruebas, utilizando radiografías y otros tipos de pruebas diagnósticas para... —se detuvo y miró a su abuelo. Después miró atrás y vio a Élise, que seguía trabajando en el Boathouse.

«Es posible que alguien parezca estar perfecto por fuera pero tenga muchos daños bajo la superficie».

Su abuelo se apartó de la baranda y agarró el bastón que Alice le había insistido que llevara.

—Qué bien que te hayas movido por todos esos hospitales y hayas reunido todos esos conocimientos. Sería muy sencillo pasar por alto algo así a menos que fueras todo un experto. Ese importante hospital de Boston tiene mucha suerte de tenerte. Bueno, ahora tengo que irme. Si no me tumbo un rato, tu abuela se preocupa. Lo hago para complacerla.

—No, espera un minuto... —Sean seguía mirando a Élise—. Joder, abuelo, ¿qué estás diciendo?

—Eres tú el licenciado en Medicina y, después de las horas que te has pasado en ese hospital desde que te marchaste de casa, deberías ser muy bueno en lo que haces –dio un golpecito con el bastón sobre el embarcadero–. Adivínalo.

Élise tenía la cabeza atestada de millones de cosas distintas, pero en cuanto alzó la mirada y vio a Sean apoyado contra el marco de la puerta, todas ellas se disiparon.

Había pasado los últimos días intentando ignorar que trabajaba medio desnudo en su embarcadero, y le había supuesto un esfuerzo casi sobrehumano.

–¿Puedo hacer algo por ti?

¡Ay, no, no debería haber dicho eso! Por supuesto que había algo que podía hacer por él. Y había muchas cosas que él podría hacer por ella. Si le dejara... lo cual no iba a hacer.

–He terminado –respondió Sean, que dejó la caja de herramientas de Zach junto a sus pies ofreciéndole una imagen perfecta de sus anchos hombros.

–Pensé que ibas a prolongarlo durante un día más.

–No serviría de mucho. Resulta que mi abuelo me había calado desde el principio. Hemos hablado.

–¿Quieres decir que habéis arreglado las cosas?

–No –respondió él frotándose la mandíbula–. No hemos hablado de eso, pero sí de otras cosas.

Ella se sintió decepcionada.

–¿Entonces seguís sin tratar ese asunto?

–Acabamos de lograr estar el uno en compañía del otro durante diez minutos sin matarnos. Creía que eso podría considerarse un buen comienzo. Y ahora ya podemos dejar de fingir, he terminado el embarcadero.

La alegría se mezcló con otra emoción mucho más peligrosa. Decepción. Si había terminado el muelle, entonces se marcharía. Volvería a Boston y, sin más motivos para regresar a casa, había pocas probabilidades de que volvieran a verse antes de Navidad.

La horrorizó ver cuánto le preocupaba eso.

—Entonces podemos seguir adelante con la fiesta —unos días atrás le había parecido algo imposible y se había sentido deprimida y desalentada por haber fracasado en esa labor. Ahora que sabía que la cafetería abriría a tiempo, debería haber estado dando saltos de alegría. Pero, ¿por qué no era así?—. Estoy encantada. Hoy, sin duda, eres mi héroe.

—Me alegro de que te sientas así porque ya es hora de hablar de mi sueldo.

Sean se cruzó de brazos y se apoyó contra el marco de la puerta. Esa sensual mirada azul se había clavado en su rostro.

—¿Sueldo?

La piel de Sean resplandecía por el sudor del trabajo duro y ella dio un paso atrás. Cuánto le recordaba a aquella noche del verano anterior en la que se habían vuelto locos mutuamente. Sabía cómo era tocar esos hombros. Había posado sus manos en ellos. Y la boca. Y él también había posado sus manos y su boca sobre ella. No podía sacarse esa imagen de la cabeza, y estaba claro que él tampoco porque la estaba mirando fijamente a los labios como si fueran un plato que quisiera degustar.

—Sí, no hemos hablado de las condiciones, pero estoy listo para hacerlo.

—¿Qué quieres?

Él sonrió.

—Empezaremos con la cena. Estoy hambriento —bajó de nuevo la mirada a su boca—. Y dado que no has dejado de trabajar en toda la semana, tú también tienes que estar hambrienta.

*«Merde».*

—Sean...

—¿Te viene bien a las ocho en punto o prefieres más tarde?

—¡No, no me viene bien! No tengo tiempo de cenar. Tengo una fiesta para más de cien personas que preparar en menos de dos días.

—Estás nerviosa —la voz de Sean era suave y había un delicado brillo en su mirada—. Siempre se te nota mucho el acento francés cuando estás nerviosa.

—¡Sí, estoy nerviosa! Esta inauguración es muy importante para mí.

Él enarcó las cejas.

—¿Entonces es el Boathouse lo que te está poniendo nerviosa?

—¡Sí! Y como iba diciendo —continuó haciendo especial hincapié en marcar bien su pronunciación—, no tengo nada que dar de comer a los invitados. Y tengo que revisar el embarcadero. No quiero que nadie se caiga.

Él sonrió, fue una lenta y sensual sonrisa que la atravesó y la abatió.

—¿Quieres revisar de cerca mi trabajo? Te puedo asegurar que es el embarcadero más precioso de todo Vermont y que nadie se va a caer por él. Aunque, por supuesto, si alguien se cae, yo podré arreglarle lo que se rompa.

Qué seguro estaba de sí mismo, pensó ella apretando los dientes.

—No vamos a cenar juntos. Nosotros no hacemos eso.

—Bueno, pues esta vez vamos a hacerlo. Los dos hemos tenido una semana complicada.

Sean no se había molestado en afeitarse esa mañana y tenía la mandíbula cubierta por una oscura sombra. Sus ojos azules se veían agotados bajo esas espesas pestañas.

Élise deseaba tanto cenar con él que la aterrorizaba. No, no podía suceder bajo ningún concepto.

—Si tienes hambre, te reservaré una mesa en el restaurante. Los especiales de esta noche son *coquilles Saint Jacques* y *confit de canard*. Te gustarán.

—No voy vestido para ir al restaurante.

—Directamente no vas vestido —respondió ella deslizando la mirada hasta la perfecta forma de los músculos de sus hombros—. Ese es el problema.

—¿Es un problema?

El tono de Sean le indicó que él no lo veía como un problema en absoluto. Tensa, ella volvió a apretar los dientes.

—Para mí no, pero molestará a los demás clientes, así que puedes ducharte y cambiarte y presentarte allí como Sean y no como... como...

—¿Cómo?

—Como estás ahora.

«Increíblemente guapo. Peligroso».

Él se le acercó.

—A las nueve en punto, Élise. Eso te dará tiempo para terminar lo que tengas que terminar y aún poder seguir despierta. Yo cocino. Cenaremos en el embarcadero.

Ella tuvo que obligarse a respirar.

Haberlo tenido delante durante días la estaba volviendo loca lentamente, ¿y ahora él quería pasar la noche con ella también? Además, las nueve implicaría que cenarían a la luz de la luna y eso era demasiado romántico.

Ella no hacía cosas románticas.

—Has hecho un gran trabajo en el embarcadero, pero va a estar lleno de gente preparándolo todo para el sábado y sinceramente...

—No me refería a este embarcadero. A este ya lo he visto suficiente. Me refería al tuyo. En Heron Lodge.

¿Su embarcadero?

Su territorio. Eso era aún más peligroso.

Estaba anulando sus excusas, derribándolas como si fueran árboles bloqueándole el paso. Y lo hacía con un encanto tan simpático que aniquilaba su fuerza de voluntad y le dejaba la cabeza dando vueltas.

Como sabía que la gente estaba escuchando, salió al embarcadero para que no pudieran oírlos.

—Es muy amable por tu parte, pero, de verdad, no creo que...

—A las nueve en punto.

Sean se giró y se marchó regalándole una magnífica vista de esos hombros anchos y musculosos.

—¡Joder, ese hombre está buenísimo! —exclamó Poppy tras ella con la voz entrecortada—. Creo que necesito un médico.

Con Puccini resonando por los altavoces, Sean entró con su coche en el pueblo y compró la comida que quería junto con un ramo de flores para su abuela. El tráfico era denso a su regreso a Snow Crystal y pasó un rato metido en un atasco y observando cómo los turistas hacían fotos del precioso puente cubierto con el bosque y las montañas de fondo.

No podía sacarse las palabras de su abuelo de la cabeza.

«Es posible que alguien parezca estar perfecto por fuera pero tenga muchos daños bajo la superficie».

Ya en casa, encontró a Jackson encorvado frente al ordenador mirando una hoja de cálculo. Maple estaba acurrucada a sus pies durmiendo.

Sean lo miró mientras se dirigía a la nevera.

—¿Te salen las cuentas?

—En este lugar nunca salen las cuentas.

—Pero la cosa está mejorando. Los habituales siguen viniendo y el programa de actividades al aire libre de Brenna parece tener éxito. No me puedo creer cuánto ha crecido el pequeño Sam.

—Sí, es un niño fantástico. Recuerdo el año en que el abuelo le dio esos pequeños esquís que Tyler tuvo cuando tenía tres años. ¡Tenías que haber visto la cara que puso! —Jackson modificó un par de cifras en el documento—. Bueno, ¿y qué tal va el embarcadero? ¿Te has atravesado ya algún dedo con un clavo?

—He terminado.

Jackson alzó la mirada.

—Pensé que ibas a alargarlo.
—El abuelo me había cazado.
Jackson se giró hacia él con una sonrisa.
—Me alegra saber que su cerebro sigue intacto. Bueno, entonces imagino que habrá sido una conversación muy animada. ¿Te ha dicho que te vayas?
—No. Me ha caído la charla típica. Que debería pasar más tiempo aquí, que en este lugar lo que importan son las tradiciones y las familias. Ya sabes cómo es. Le gusta presionar. A papá le hacía lo mismo constantemente.
La sonrisa de Jackson dio paso a un gesto más serio.
—Sean...
Antes de poder terminar de hablar, la puerta se abrió y Kayla entró.
—¡Cariño, ya estoy en casa! —su tono de voz cantarín estaba cargado de humor—. La entrevista ha ido bien. Prepárate para... Oh... —se detuvo, avergonzada, al ver a Sean—. Hola, no sabía que estabas aquí. Lo siento.
Aliviado por que los hubiera interrumpido, ya que lo último que le apetecía era tener una conversación sobre su padre, Sean le sonrió.
—No te preocupes por mí.
Ella llevaba su melena rubia recogida en lo alto de la cabeza, tacones y una falda estilo lápiz. Tenía un aspecto muy elegante y profesional.
«Nueva York», pensó él. No Snow Crystal.
¿Cómo demonios iba a adaptarse a vivir ahí? Ahora mismo tenía lo mejor de los dos mundos. Estaba viviendo dos vidas, y lo único que se veía comprometido ahí eran sus niveles de energía. Al igual que él, había estado volcada completamente en su trabajo... hasta que había conocido a Jackson.
¿Qué pasaría cuando llevara allí un tiempo? Algún día se despertaría y se daría cuenta de lo que había sacrificado y entonces llegarían los resentimientos. Al principio des-

pacio, pero después se irían acumulando hasta formar una peligrosa bola de pesar y amargura.

Jackson cerró el portátil.

—Adiós, Sean, me ha encantado verte. Pásate por aquí alguna otra vez. A ser posible en Navidad.

—Podría cenar con vosotros.

—La cena será pizza en la cama y no estás invitado —Jackson se acercó a Kayla, la abrazó y la besó con intensidad.

—¿Pizza? —Sean se estremeció—. ¿Es lo mejor que puedes hacer cuando intentas impresionar a una mujer en la cama?

—Tenemos que cargarnos de carbohidratos para que nos den energía.

Sean decidió divertirse un poco.

—Pues me vendría bien cargarme de carbohidratos después de toda la energía que he gastado en vuestro embarcadero. ¿Queréis que la vaya pidiendo?

Jackson apartó su boca de la de Kayla lo justo para lanzarle una mirada amenazante.

—Creía que la pizza era poco para ti.

—De pronto me apetece cenar con vosotros. Para reforzar nuestros lazos fraternales.

Kayla se apartó de los brazos de Jackson.

—Me parece una idea perfecta.

—¿Qué tiene de perfecta? —preguntó Jackson con mala cara.

—Sean es bienvenido si quiere quedarse a cenar —se acercó a él con una sonrisa pícara—. La verdad es que me gustaría que te quedaras. Olvídate de la pizza, cocinaré algo especial. Algo que nunca olvidarás. Insisto. Hace tiempo que no entro en una cocina, pero creo que puedo recordar dónde está.

Los dos hermanos se miraron.

Jackson sonrió y se cruzó de brazos.

—Es una idea genial. Quédate a cenar, Sean. Kayla cocinará.

Era de sobra comentado entre bromas que las considerables aptitudes de Kayla no se extendían al ámbito de la cocina. Sean comenzó a retroceder hacia las escaleras con las manos en alto.

—Eh, un momento, mi especialidad es la Ortopedia, no la Toxicología.

—¿Estás insultando a mi futura esposa?

—No. Estoy insultando su forma de cocinar.

—Me siento muy dolida... —dijo Kayla batiendo las pestañas—. ¡Yo que te iba a cocinar algo súper especial! Un experimento.

—De acuerdo, vosotros ganáis. Os dejo solos. De todos modos, veros juntos me quita las ganas de comer.

Después de dejarlos para que se centraran el uno en el otro, Sean se dio una ducha, tomó prestada otra camisa de la habitación de Jackson y preparó las bolsas con la comida que había comprado antes junto con una botella de vino fría.

Kayla miró el vino y las bolsas.

—¿Adónde te llevas todo eso?

Sean se detuvo. Si les decía que iba a ver a Élise, sacarían las cosas de contexto.

—Se me ha ocurrido hacer un picnic —a él mismo le sonó tan ridículo como pareció sonarle a su hermano.

—Ya, claro, porque todos sabemos que eres una persona muy de hacer picnics. No hay nada que te guste más que tener hormigas por tu comida y barro en los pantalones.

—Yo no he dicho que vaya a haber hormigas o barro. Luego os veo —ignorando el sarcasmo, Sean fue hacia la puerta. La abrió pensando que había salido indemne de la situación, pero entonces la voz de Kayla lo detuvo.

—¿Por qué no llamas a Élise y reservas mesa en el restaurante? Seguro que estaría encantada de cocinarte algo —las palabras resultaron bastante inocentes, pero hubo algo en su tono que le hizo girarse hacia la mujer que pronto se convertiría en su cuñada.

Jackson frunció el ceño.
—No puede porque hoy Élise tiene la noche libre.
Sean miró a Kayla.
Ella sonrió.
Lo sabía.
De pronto sonó el teléfono de Jackson y, cuando se giró para responder, Kayla esbozó una sonrisa aún más amplia.
—Que pases buena noche, Sean. Disfruta de tu... eh... picnic.

# Capítulo 9

¿Qué se ponía una mujer para una noche informal con el hombre del que intentaba mantenerse alejada?

Había tardado una hora en decidirse. Había descartado el vestido negro corto por parecerle demasiado formal y el vestido de tirantes azul por parecerle... ¿demasiado bonito?

Al final había optado por unos vaqueros que no se había puesto en, por lo menos, cuatro años. Hacía demasiado calor para vaqueros, pero así no parecería que se hubiera tomado demasiadas molestias en arreglarse.

Asada de calor e incómoda, cruzó su diminuta cocina.

Conocía a hombres atractivos todo el tiempo, y algunos incluso lo suficientemente interesantes como para prestarles atención de más. Sin embargo, nunca, jamás, se había visto tentada a profundizar en una relación. Podía ofrecerles su compañía, su comida, sus risas, su conversación y, alguna que otra vez, su cuerpo, pero ¿ofrecer su corazón? Eso solo lo había hecho aquella única vez. Y nunca más desde entonces.

Sean le había prometido cocinar, pero para distraerse, ella había preparado un aperitivo a base de *grissini* infusionados en romero y cubiertos de queso parmesano que tenía pensado servir con cada consumición en el Boathouse.

El aroma a masa horneada llenaba Heron Lodge y la calmó. Le recordaba a su infancia. A su madre.

Sintió una sacudido por dentro y por un momento deseó retroceder el reloj. Recuperar el tiempo y tomar distintas decisiones.

Quería agarrar a esa cría rebelde e impetuosa de dieciocho años que había sido y zarandearla.

Y porque de vez en cuando le gustaba recordarse lo que era importante, agarró la fotografía que tenía en la ventana de la cocina.

Una preciosa mujer sonreía a su hija pequeña, que le devolvía la sonrisa sentada en un taburete y mezclando ingredientes en un cuenco.

La foto no hacía presagiar lo que pasó a continuación.

El dolor y la culpabilidad la asaltaron, pero entonces oyó a Sean, que justo apareció en la puerta cuando ella estaba colocando con cuidado la fotografía en su sitio.

—Esta vez he pensado hacer bastante ruido para que no pudieras acusarme de intentar asustarte. Algo huele bien. Se suponía que tú no ibas a cocinar. Aunque no es que me queje.

Entró en la cocina cargando con dos bolsas y le lanzó una sexy mirada que hizo que le revolotearan mariposas por el estómago y se le acelerara el pulso.

El traje con el que había salido corriendo del hospital ahora lo sustituían unos vaqueros desgastados y otra de las camisas de Jackson. Para ella, estaba igual de bien con cualquiera de las dos cosas.

—Es solo un aperitivo. Puedes darme tu opinión.

—Creo que voy a mudarme aquí —Sean dejó las bolsas en la encimera y se sirvió uno de los recién horneados *grissini*—. Se parecen a los que comía en Milán. ¿Otro experimento?

—Es algo muy sencillo. Me encanta trabajar con masas.

—Trabajas demasiado.

—Para mí cocinar no es trabajo. Me despeja la mente y me ayuda a relajarme —y ahora mismo, con Sean en su cocina, cualquier ayuda era poca.

Él partió el colín de pan, lo saboreó y dejó escapar un masculino gemido de placer que la removió por dentro.

–Esto es mejor que nada de lo que he probado en Italia.

–Es por la calidad de los ingredientes. Harina local y romero cultivado en la ventana de la cocina de tu madre.

Ella no estaba acostumbrada a ver a un hombre en su casa. En su cocina. Ese era su espacio y lo cuidaba como si fuera un tesoro, lo protegía y, lo más importante, se sentía a salvo en él.

Ahora mismo, sin embargo, no se sentía a salvo en absoluto.

Él tenía el pelo repeinado y húmedo de la ducha, y la cara recién afeitada.

Jackson y Sean eran gemelos idénticos y, aun así, entre ellos había claras diferencias. El rostro de Sean era un poco más delgado y llevaba el pelo más corto. Sospechaba que habría quien lo encontrara un poco más intimidante ya que sus sonrisas eran más escasas. Sin duda, era una persona mucho más complicada.

O tal vez eran los sentimientos de ella los que eran más complicados.

Decidiendo que no quería examinar esa idea demasiado de cerca, sacó un par de platos del armario.

–Hace una noche preciosa. Salgamos al embarcadero –ahí habría más espacio. Resultaría un lugar menos íntimo.

–Primero tengo que cocinar la carne y preparar la ensalada –Sean abrió una botella de vino y le sirvió una copa–. Prueba. Es californiano.

Ella dio un trago y asintió con gesto de aprobación.

–Está bueno.

–Lo he comprado en el pueblo cuando he ido a por unas cosas para la abuela. Por cierto, te da las gracias por haberle llenado el congelador. Has sido muy amable. No tenías por qué hacerlo.

–¿Por qué no? ¿Porque no soy de la familia? –una ráfaga

de emociones la sacudió como un golpe de viento y supo que era porque había estado mirando la foto–. Para mí son como mi familia, y no hay nada más importante que cuidar de la gente que quieres.

Él preparó una sartén.

–No estaba poniendo en duda ni tu afecto por ellos ni tu relación con ellos. Simplemente quería destacar que entre el restaurante y la cafetería ya tienes demasiadas cosas que hacer.

Y ella había reaccionado de forma exagerada. Podía verlo en la mirada de Sean. Se preguntó qué tenía ese hombre que sacaba lo peor de ella. Había intentado domar esa parte y había creído que lo había logrado.

Hasta que había llegado Sean.

Tristemente consciente de que en lo referente a Sean sus emociones estaban alteradas, cruzó la cocina y le preparó un bol para la ensalada. Todo en su interior daba vueltas como una máquina de hacer helado.

–Prepararé un aliño.

–Ya he hecho uno. Tú puedes relajarte.

Pero ya que relajarse no era una opción, se bebió el vino y observó cómo Sean desenvolvía dos bistecs y calentaba el aceite. A pesar de ser una cena de lo más sencilla, propiciaba una atmósfera demasiado hogareña y, por un momento, Élise se quedó ahí, de pie, paralizada por sus propios recuerdos.

Lo cual no tenía sentido porque su enturbiada experiencia de vida doméstica no se había parecido en nada a eso. Como si fuera todo un experto, él dio unos golpecitos a la carne y la miró.

–¿Qué estoy haciendo mal?

–Nada. No imaginaba que supieras cocinar.

–Creo que esto no se podría describir como cocinar, ¿no? –su boca formaba una sensual curva–. Vivo solo y a pesar de lo que le digo a mi abuelo, no siempre quiero comer en el hospital, ni en restaurantes, ni comprar comida para llevar, así que aprendí lo básico. Y, por supuesto, resulta muy útil para impresionar a las mujeres.

–¿Y te funciona?

–Pruébalo y dímelo tú –emplató los bistecs y la ensalada–. Lo he comprado casi todo en la tienda de la granja. En la bolsa hay una barra de pan recién hecha.

Ella colocó el pan sobre una tabla de madera y lo cortó, examinando la textura mientras asentía con aprobación.

–Tienen cosas maravillosas. Servimos sus mermeladas en el restaurante, aunque Elizabeth está trabajando en una nueva receta al estilo Snow Crystal. Va a ser espectacular.

–¿Servís mermelada en lugar de solo nuestro sirope de arce? Eso es casi una herejía.

–El sirope de arce también está disponible, por supuesto, y no solo porque quitarlo de la carta de desayunos haría que tu abuelo me despidiera.

–Mi abuelo jamás te dejaría marchar. Y tampoco Jackson. Estás a salvo –le dio el plato rozándole los dedos con los suyos–. Debió de suponer un gran riesgo para ti dejar un restaurante como el Chez Laroche para unirte a la empresa de Jackson.

Fue un comentario casual, razonable incluso, pero le provocó inquietud.

Cruzó la pequeña cocina y con la mano que tenía libre sacó servilletas y cubiertos.

–¿Por qué? Jackson tenía una empresa de gran éxito antes de volver a Snow Crystal. Fue al principio de mi carrera y tenía más libertad trabajando con él en Snowdrift Leisure de la que jamás tuve trabajando para Pascal.

Había practicado a decir su nombre con frecuencia para poder estar segura de pronunciarlo sin titubear y sin querer clavarle un cuchillo a nada.

–¿Cómo fue trabajar para alguien tan famoso? ¿Tenía mucho ego?

No había motivos para no contar la verdad sobre esa parte, ¿no?
—Era complicado. Carismático, exigente, a menudo irracional en su búsqueda de la perfección. Un genio en la cocina. Todo el mundo quería trabajar con él, pero por cada persona que salía de allí capaz de trabajar en cualquier restaurante del mundo, había ocho a los que destrozaba. Algunos no volvieron a cocinar jamás después de trabajar con él.
—Pero a ti no te destrozó.
Élise se quedó en silencio.
Sí que la había destrozado, aunque no por su relación laboral. A eso sí que había sobrevivido.
—Tenía dieciocho años y lo único que quería hacer era cocinar. Él era una leyenda en París —se encogió de hombros—. No solo en París. En su cocina no trabajaban mujeres. No creía que las mujeres pudiéramos ser grandes chefs. Pensaba que no teníamos temperamento, ni aguante, ni «pelotas». Le dije que aceptaría cualquier trabajo que me diera y que lo haría mejor que cualquier hombre.
—¿Y?
—El primer día me hizo fregar los baños —le sorprendió descubrir que podía hablar del tema con tanta facilidad—. Cuando volví al día siguiente se rio y me dijo que limpiara el suelo del restaurante. Solía decir que dirigir un negocio de éxito era mucho más que cocinar, y tenía razón, por supuesto, aunque su modo de hacerlo ver dejaba mucho que desear.
—¿Cuánto tiempo pasó hasta que te dejó entrar en la cocina?
—Un mes exactamente. Era un sábado por la noche y estaba enfadado con todo el mundo, gritando si un plato no salía exactamente tal como lo había previsto. Tres de sus empleados estaban de baja por estrés y después se marcharon dos de los chefs aprendices. Ya no podían más. Le dije que

yo podía hacer el trabajo de dos. Me dijo que no aguantaría ni una noche trabajando bajo la presión de una cocina así.

Sean se apoyó contra la encimera para seguir escuchando; se habían olvidado de la comida.

—Doy por hecho que aguantaste mucho más que eso.

—Era la única chica en una cocina de veintidós hombres. Por entonces llevaba el pelo largo y me lo recogía en una coleta —recordó cómo se lo había cepillado su madre de niña, con largos y rítmicos movimientos que la habían relajado—. Solía tirarme de la coleta para llevarme por la cocina. Quería que llorara. Quería que me marchara para poder demostrar de una vez por todas que las mujeres éramos demasiado blandas para trabajar en una cocina.

—Y conociéndote, ni lloraste ni te marchaste.

—Me corté el pelo —y entonces sí que había llorado, lágrimas silenciosas mientras se daba tajos a su brillante melena con unas tijeras de cocina y encerrada en el estrecho baño de empleados.

Él le miró el pelo.

—¿Desde entonces lo has llevado corto?

—Sí. Y al final aceptó que ni me asustaría ni saldría corriendo tan fácilmente. Empezó a enseñarme. Era un genio, pero esa clase de temperamento no es fácil de manejar. La receta solía estar en su cabeza y perdía los nervios si alguien del equipo la hacía mal.

—Por lo que cuentas, parece que fuera un loco.

—Y lo era —además de un hombre peligrosamente carismático. Ese temperamento podía convertirse en encanto en un santiamén, y eran ese encanto y esa destreza los que hacían que todo el mundo soñara con trabajar con él.

Recordó la primera vez que él le había sonreído.

Y recordó la primera vez que la había besado.

La había dejado aturdida, su deseo por él había sido tan poderoso que casi se había convertido en un dolor físico. La había intoxicado. Cegado.

Y desde entonces no se había permitido volver a sentir algo así.

Hasta ahora.

Miró a Sean.

—La comida se está enfriando. Deberíamos comer.

Él sacó los platos al embarcadero.

—Así que aguantaste, recibiste unas prácticas de primera y dejaste a ese capullo.

Élise se quedó paralizada un instante hasta darse cuenta de que él seguía hablando del trabajo.

—Sí —puso el pan en la mesa—. Eso es exactamente lo que hice. Por suerte conocí a Jackson. Me dio la libertad de mantener lo que había aprendido con Pascal y desarrollar mi propio estilo de cocina.

—¿Sigues en contacto con él?

—¿Con Pascal? —agarró el cuchillo y cortó el pan en rebanadas—. No. No era una persona muy sentimental. Y yo tampoco.

Ya no. Él había aniquilado esa faceta suya.

—¿Y no anhelas volver a París? Me sigue sorprendiendo que no eches de menos la ciudad.

—Me encanta la montaña. Cuando era pequeña, mi madre solía trabajar en los Alpes en invierno, cocinando, y yo me iba con ella. Era mágico. Trabajar para Jackson resultó ser más de lo mismo.

—¿Y no te sientes tentada a volver a la vida urbana algún día? Pensaba que todos los chefs sueñan con abrir su propio restaurante.

—¿Por qué iba a querer hacer eso cuando tengo la libertad de hacer lo que quiero aquí? Además, voy a abrir un restaurante. El Boathouse se está levantando desde cero y The Inn tiene una lista de espera de meses. Además, yo jamás dejaría a Jackson —partió el bistec. Estaba perfectamente cocinado, ladeó la cabeza y asintió—. Está bien.

—Eres muy leal a mi hermano.

—Por supuesto. Adoro mi trabajo.
—Con el Chez Laroche en tu currículo podrías trabajar en cualquier parte.
«¿Crees que te dejaré marchar, Élise? ¿Crees que ahora alguien te dará un empleo en París?».
Ella soltó el cuchillo; de pronto había perdido el apetito.
—Tengo el trabajo que quiero –le disgustó que pensar en todo eso aún generara ese efecto en ella. Se sentía sucia y giró la cara hacia el sol, que se estaba poniendo, en un intento de quemar con la luz esos oscuros recuerdos–. ¿Y tú? ¿Te quedarás en Boston?
—Es donde está mi trabajo y, al igual que a ti, me encanta mi trabajo.
—Y esta semana te hemos mantenido alejado de él.
Sean agarró su copa de vino.
—Confieso que trabajando en el embarcadero lo he pasado mucho mejor de lo que me había imaginado. Y ver a los niños en el lago ha sido divertido.
—Brenna es genial con ellos. ¿Qué era lo que más te gustaba de este lugar cuando eras pequeño?
—Esquiar –respondió sin vacilar–. En cuanto caían los primeros copos de nieve, ya estábamos en la montaña. El abuelo solía llevarnos a Jackson y a mí, pero como Tyler no quería quedarse sin venir, al final también nos acompañaba. Estaba lanzándose por esas pendientes antes de que la mayoría de los niños de su edad hubieran aprendido a caminar.
—Debió de ser muy duro para él dejar el esquí de competición. Era lo más importante de su vida, como cocinar lo es para mí. Me moriría si no pudiera cocinar más.
—Esa es una causa de muerte que desconocía –sonriendo, él se inclinó hacia delante y le llenó la copa de vino–. ¿Hay alguien en Francia que sea como tú? ¿Están las unidades de cuidados intensivos abarrotadas de personas muriendo porque no pueden cocinar?
—Es bueno tener una pasión.

—No te lo niego. Es más, valoro la pasión por encima de casi todas las demás cualidades.

Cuando Sean la miró a los ojos, la atmósfera que los rodeaba cambió. La fuerza de esa conexión la sacudió.

Soltando el tenedor, se dijo que la compatibilidad física no tenía que ver con el compromiso emocional.

—No siempre es buena. Cuando amo algo, lo amo por completo. Nunca se me han dado bien las medias tintas.

Y suponía que ese era su problema.

Él se la quedó mirando un instante.

—Hablas como Tyler. Decía prácticamente lo mismo cuando se lanzaba por precipicios a los seis años sin mirar primero dónde podía caer —y con esa sencilla revelación, Sean condujo la conversación hacia un terreno más cómodo.

—Tú tienes pasión por la cirugía.

—Yo no lo describiría de ese modo —se sirvió más ensalada—. Lo que tengo es un interés intelectual por poder arreglar algo que esté roto.

—¿Incluido mi embarcadero?

—Eso también —sirvió más ensalada en el plato de Élise y ella sacudió la cabeza.

—No quiero más. No tengo hambre.

—Deberías comer y, además, esta ensalada es de la huerta.

—No tienes que darme lecciones sobre nutrición.

—Bien. Entonces come.

—Este lugar es la pasión de tu abuelo.

—Yo lo llamaría «obsesión». Hace que para él sea imposible comprender que otras personas puedan no sentir lo mismo.

—¿Eso le pasaba a tu padre?

Él se quedó paralizado.

—Adoraba Snow Crystal, pero odiaba el trabajo. Lo irónico era que trabajar aquí impedía que disfrutara de este lugar.

Estaba demasiado ocupado dirigiéndolo como para aprovechar y disfrutar de todo lo que le ofrecía. El abuelo y él chocaban por ello constantemente cuando éramos pequeños.

—Walter ama este lugar con todo su ser. Lo entiendo porque yo siento lo mismo, y eso que solo llevo aquí dos años.

—Yo admito que no lo entiendo —levantó su copa—. Eres sexy, inteligente, una mujer segura de sí misma. ¿Por qué te estás enterrando en un soporífero complejo vacacional en Vermont cuando podrías estar en París?

—¿Por qué se merecen menos los huéspedes de Snow Crystal que los habitantes de París? En París puedes encontrar buenos restaurantes en cada esquina. Aquí eso no pasa. ¿Es que la gente no debería comer bien? —su furia se encendió rápida e intensamente—. No me siento enterrada, y si sigues haciendo comentarios estúpidos como ese, serás tú el que acabe enterrado. Ocultaré tu cuerpo bajo el embarcadero y nadie lo sabrá nunca.

Sean estaba callado, observándola desde el otro lado de la mesa con unos ojos que decían demasiado.

—No era mi intención enfadarte.

Ella se obligó a respirar, sabiendo que era la mención de París lo que había desatado su ira.

—Si no quieres verme enfadada, entonces no critiques ni a nada ni a nadie que quiera.

—¿Era una crítica? Solo he descrito este sitio como un lugar soporífero. Comparado con París, Snow Crsytal es un lugar soporífero, Élise. Eso es una realidad.

—Si es así, entonces me quedaré aquí durmiendo durante el resto de mi vida —soltó el tenedor con un golpe—. Me estás poniendo furiosa, así que deberíamos hablar de otra cosa. De algo normal que no haga que quiera matarte. Cuéntame algo que te guste de este lugar además de esquiar.

—Nadar en el lago. Siempre era muy divertido hacerle aguadillas a Tyler. ¿Y tú? —su tono se suavizó—. Háblame más de tu madre. ¿Te enseñó a cocinar?

Toda esa furia la abandonó al instante.

—Hay madres que no dejan que sus hijos entren en la cocina por el jaleo que se organiza, pero mi madre creía que todo ese jaleo formaba parte de la creatividad. Solía subirme a un taburete a su lado y me dejaba meter las manos en los cuencos y mezclar ingredientes como hacía ella. Me fascinaba que la mantequilla y la harina pudieran mezclarse y convertirse en un fino polvo. Que un huevo agregado a la harina y mezclado con leche pudiera formar una masa espesa. Me encantaba la idea de que dos cosas distintas mezcladas así pudieran producir algo que no se parecía al original.

—¿Dijiste que era chef repostera?

—Trabajaba en una pastelería y en casa horneábamos pasteles juntas. No hay nada tan reconfortante como hornear pasteles. Y me enseñó a confiar en mi instinto. Ella jamás usaba libros de recetas. Cocinaba por sensaciones e instinto, empleando sus sentidos. Tenía mucho talento. Fue ella la que me enseñó que los productos frescos son los mejores. Plantábamos hierbas en pequeños recipientes en nuestras ventanas y lechugas en maceteros en la cocina. Es una de las cosas que adoro de esta zona. A la gente le encanta consumir comida local. Aquí tenemos granjeros y chefs que trabajan juntos y eso en París nunca lo teníamos. En París no podía ir a la granja y conocer a la gente y ver la comida. Es muy emocionante.

—¿Tu madre supo que conseguiste un trabajo con Pascal Laroche?

—Sí —la emoción se arremolinó en lo más profundo de su ser y sintió cómo se le hacía un nudo en la garganta—. Lo supo.

El resto no lo había sabido. Y era un alivio. Su madre había presenciado muchos de sus errores, pero no había estado al corriente del más grande de todos.

—Una vez visité París.

Agradecida por el cambio de tema, se preguntó si él habría supuesto que se encontraba casi al límite.
—¿Cuándo?
—Tenía dieciocho años. Antes de ir a la facultad de Medicina. Hice un viaje a Europa. Pasé un mes en Inglaterra con la familia de mi madre y después viajamos un poco por otros lugares. Florencia, Roma, Sevilla y París. Vi la Torre Eiffel.
—Eso es para los turistas. Si hubieras ido a París conmigo, yo no te habría llevado allí.
—¿Y adónde me llevarías?
No lo llevaría a ninguna parte porque no tenía intención de volver a París, pero estaban hablando de manera hipotética, no de verdad.
—Me encanta el Jardín de las Tullerías a primera hora de la mañana, antes de que la ciudad se despierta. Me encanta ver el sol levantarse sobre el Louvre y adoro las pequeñas calles traseras del distrito de Marais —pensó en la elegancia de los edificios y de las jardineras de las ventanas repletas de color—. Me gusta caminar por las calles más apartadas de París y encontrar una pequeña panadería que elabora un pan perfecto y reciente. Me encanta ir al *Musée de l'Orangerie* para ver a Monet. ¿Cuál es tu lugar favorito en Snow Crystal?
—No tengo un lugar favorito.
—Por supuesto que lo tienes. Para mí son el lago y el bosque. Me gusta dormir con las ventanas abiertas para poder oír todos los sonidos y oler el aire.
—¿Que si tengo un lugar favorito? —tamborileó con los dedos sobre la mesa pensando—: Supongo que serían las montañas. ¿Alguna vez has subido a la cima? Se tardan unas cuatro horas desde aquí. Cuando éramos pequeños, el abuelo solía hacernos preparar una tienda de campaña, caminar hasta las colinas y acampar allí durante la noche. Por la mañana veíamos el sol alzarse sobre las montañas, nos lavábamos en el arroyo y volvíamos a casa.

–¿Acampabais? –pensar en Sean acampando la hizo reír; ahora toda su tristeza y furia habían quedado olvidadas.

–No estés tan sorprendida. Podía encender un fuego simplemente con una mirada ardiente –él también se estaba riendo–. Admito que hace como dos décadas que no lo hago. Puede que ahora necesitara cerillas. Y un colchón de muelles tampoco estaría mal. Y agua corriente fría y caliente y, posiblemente, servicio de habitaciones.

–Eso parece más un hotel de cinco estrellas que una acampada.

–Es una idea genial. Vamos a hacerlo –su tono de voz cambió y la miró fijamente–. Tú, yo, una cama extra grande y servicio de habitaciones. Conozco un hotel maravilloso cerca de Burlington. Con vistas al lago. Cama con dosel. Almohadas de plumas de ganso. Sexo toda la noche, sin ataduras ni compromisos.

Ella se vio tentada, muy tentada. Y precisamente por eso se levantó.

–Deberías intentar volver a acampar. A veces es bueno hacer las cosas que hacías de pequeño.

–¿Hacer qué? ¿Dormir en un suelo duro lleno de piedras mientras Jackson ronca a mi lado? No estoy seguro de que por entonces me resultara muy atractiva la idea, así que no hablemos de repetirla.

Él también se levantó.

–Bueno, ¿supongo entonces que eso es un «no» a la propuesta de una noche en una cama con dosel y almohadas de plumas de ganso? Solo por saberlo, ¿es que eres alérgica a las plumas? Porque puedo pedir almohadas hipoalergénicas.

Intentando resistirse a sus encantos, ella recogió los platos.

–Gracias por la cena. Estaba deliciosa. Buenas noches, Sean –sin mirarlo entró en la cocina, pero él la siguió.

–La cena corría de mi cuenta, así que debería recoger yo.

—Tú has cocinado, y eso significa que recojo yo. Es un acuerdo equitativo.

—Pues aquí va otro acuerdo equitativo —esperó a que ella soltara los platos y la llevó contra la encimera sin dejar de mirarla a los ojos—. Yo te beso y tú me besas a mí.

Sus bocas chocaron. Con una mano en su pelo y la otra en la parte baja de su espalda mientras la atrapaba con los muslos, Sean la besó hasta que para ella dejó de existir el mundo que la rodeaba. Su boca, hábil y astuta, anuló todo pensamiento de su cabeza y lo sustituyó por deseo y ardor. Élise deslizó las manos por sus hombros, sintiendo su fuerza y la forma de sus músculos bajo sus curiosos dedos.

Y fue ella la que se apartó, aunque para ello necesitó toda la fuerza de voluntad que tenía.

Se apartó, no porque no quisiera ese acercamiento, sino porque tenía que demostrarse a sí misma que seguía siendo capaz de usar la cabeza para tomar decisiones.

Después de que él la besara de nuevo, posó las manos sobre su torso y dijo:

—Buenas noches, Sean.

—Te deseo —dijo él con una voz grave y sincera—. Y tú me deseas. Es sencillo.

Pero ella sabía que no era sencillo. Las relaciones tenían la característica de volverse complicadas rápidamente.

—No todo lo que deseamos es bueno para nosotros.

—Yo haré que para ti lo sea —deslizó la boca hasta su cuello y ella cerró los ojos intentando resistir la tentación.

—No me refería a eso.

—¿Entonces a qué te referías? —tenía la boca al lado de la suya, su tono de voz era íntimo, y ella seguía con la mano plantada firmemente sobre su pecho.

—No quiero complicaciones.

—Yo tampoco. Esa es otra de las razones por las que estamos perfectos juntos.

—Teníamos un trato.

—Yo no recuerdo ningún trato —contestó él sin apartar la mirada de su boca—. No había ninguno.

—Fue un trato implícito, silencioso.

—Ah, ya —respondió él con una voz profunda y sexy—. Recuerdo cada momento de nuestro encuentro «silencioso», pero no recuerdo haber accedido a no mencionarlo de nuevo.

Ella no se había planteado eso; no se había imaginado que él pudiera buscar algo más. Había pasado un año.

—Buenas noches, Sean.

—¿Me despides así? No tienes corazón.

Sí que tenía corazón. Una vez lo había entregado libremente y sin dudarlo, pero ya no. Ahora lo protegía con todo lo que tenía y eso no iba a cambiar.

# Capítulo 10

Los preparativos para la fiesta tuvieron prioridad sobre todo lo demás.

Tyler se encargó de la iluminación y Jess lo ayudó sujetando escaleras y dirigiéndolo mientras él colocaba las luces en los árboles y a lo largo del tejado saliente del cobertizo reformado. No dejó de soltar palabrotas durante el proceso, pero lo dispuso todo tal como Élise había indicado.

Los clientes que paseaban por los senderos que rodeaban el lago se detuvieron para mirar y felicitarlos, emocionados por la inauguración oficial. Todos los huéspedes del complejo vacacional habían sido invitados y Élise estaba exultante por ver finalmente que su sueño se había hecho realidad.

El Boathouse Café sería positivo para Snow Crystal. Bueno para el negocio.

No había decepcionado a Jackson. No había decepcionado a los O'Neil.

El reformado embarcadero ahora lucía las estilosas mesas y sillas a las que Élise había añadido como decoración grandes maceteros de barro llenos de flores de colores que ella misma había plantado.

Las mesas del interior se habían juntado para formar una mesa bufé y dejar espacio para una pequeña pista de baile.

–Va a ser genial –tomándose un pequeño descanso con Élise, Kayla observaba cómo trabajaba Tyler–. Es una iluminación sutil, perfecta y romántica. Has hecho un gran trabajo, Élise. Has pensado en todo. No te olvides de pensar en ti misma y dejarte algo de tiempo para cambiarte.

–Tengo media hora a las seis. Me bastará –no podía permitirse más que eso. Había pasado la mañana moviéndose de un lado a otro entre las grandes cocinas del restaurante principal y el Boathouse. Casi todo su equipo estaba centrado en los preparativos para la fiesta y ella estaba más que feliz por cómo estaban saliendo las cosas. Elizabeth había estado maravillosa, como siempre–. Tengo que pedirle a Sean que le devuelva esas herramientas a Zach. Ya no puedo seguir guardándolas.

–Sean ha vuelto a Boston, se ha ido al amanecer. Puedo decirle a Jackson que lo haga. De todos modos, luego tiene que salir.

¿Que Sean había vuelto a Boston?

¿Se había marchado?

De pronto toda esa felicidad la abandonó dejándola con una impactante sensación de vacío.

No sabía qué la perturbaba más, si el hecho de que se hubiera marchado sin decirle nada o la intensidad de la decepción. Y mezclada con todas esas inquietantes emociones estaba la frustración por que Sean se hubiera marchado sin solucionar las cosas con su abuelo.

Kayla miró el reloj.

–Brenna va a venir a casa a las seis a prepararse para no tener que volver al pueblo. Voy a intentar convencerla de que se ponga mi vestido rojo porque, de lo contrario, se va a presentar con el negro que se pone siempre que se ve obligada a arreglarse.

–El negro es muy elegante. Yo voy a ir de negro.

–El negro no tiene nada de malo, pero Tyler ya la ha visto con ese vestido cientos de veces y se me ha ocurrido animar un poco las cosas para asegurarme de que se fija en ella. ¿Por qué no te vienes? Podemos arreglarnos las tres juntas.

Querrían hablar de Sean y no podría soportarlo.

—No puedo, pero gracias. Tengo que estar aquí para supervisar los preparativos de última hora. La comida tiene que salir en el momento exacto. Tenemos una mezcla de aperitivos fríos y calientes y una variedad de cócteles.

Llevaba meses preparando esa fiesta y en ningún momento se había esperado que Sean fuera a estar en ella, así que ¿por qué de pronto se sentía como si la noche hubiera perdido todo su brillo?

Estaba cansada, solo era eso. Tantos preparativos la habían dejado exhausta.

Se encontraría bien una vez todo terminara y la gestión del Boathouse se convirtiera en parte de su rutina.

—La banda empezará a prepararse a las siete, puedo ocuparme de ellos. Los invitados llegarán a partir de las siete y media —dijo Kayla mirando al cielo—. El cielo no tiene muy buena pinta. ¿Crees que va a llover?

—Espero que no, aunque si llueve tendremos que pasarlo todo adentro. Estaremos apretados, pero nos apañaremos bien.

Intentó sacarse a Sean de la cabeza, agradecida, por una vez, de estar tan ocupada.

Cuando se desvistió para darse una refrescante ducha en su cabaña, estaba deseando poder tumbarse en la cama y dormir, pero aún tenía que supervisar los últimos detalles de la comida además de entablar conversación con los invitados para mostrarse amable.

Normalmente esa parte le gustaba. Le encantaba charlar con los clientes del restaurante, descubrir lo que les gustaba y lo que no y quiénes eran.

Sin embargo, esa noche no estaba de humor para darle conversación a nadie.

Irritada consigo misma, se secó el pelo rápidamente, se maquilló y se puso un vestido negro que se había comprado en un viaje que había hecho a Nueva York para visitar a Kayla. Tenía el cuello alto, la espalda al descubierto y la falda hasta medio muslo. Sabiendo que pasaría la noche de pie y caminando de un lado para otro, se puso unas bailarinas y una única pulsera de plata en la muñeca.

Se detuvo en su embarcadero y se concedió un momento de soledad y paz antes de echar a caminar por el sendero del lago en dirección al Boathouse.

Encontró a su equipo preparado y listo, y les dio unas últimas instrucciones para asegurarse de que entendían cada plato y todos los ingredientes.

Para cuando comenzaron a llegar los primeros invitados, todo estaba en orden.

La banda era de la zona y lo suficientemente versátil como para mantener entretenida a esa multitud que iba en aumento y llenaba el nuevo embarcadero mientras bebía los cócteles especiales de Élise y disfrutaba de las impresionantes vistas del lago.

Ella se movía de un lado a otro, charlando educadamente con la gente que Kayla le iba presentando, hablando de sus planes para el Boathouse y The Inn, y sonriendo hasta que se le resintieron los músculos de la cara y comenzó a dolerle la cabeza. La música y otros sonidos se entremezclaban con las conversaciones y las carcajadas.

Un momento alegre de la noche fue cuando el pequeño Sam llegó con su familia. No parecía muy cómodo con esa camisa blanca y la cara sin una sola pizca de barro.

Élise le indicó que buscara las porciones de pizza que había añadido al menú especialmente para los invitados más jóvenes.

–¡Ñam, ñam! –el niño se sirvió cuatro y, al ver la mirada

de su madre, dejó una en el plato–. ¡Hacer kayak ha sido una pasada de divertido! Brenna es genial.

–Ey, lo has hecho como un campeón –dijo Brenna revolviéndole el pelo con cariño al pasar por delante–. Mañana vas a dar mucha guerra en la carrera.

–¡Voy a ganar! –contestó Sam con la boca llena de pizza mientras su madre volteaba la mirada con exasperación y se cambiaba de lado al bebé.

–O hablas o comes, cariño, ya conoces las normas. Las dos cosas juntas no.

–¡Falta una semana para mi cumple! –estaba pegando saltos prácticamente–. Me van a regalar una bici de montaña roja. Va a ser guay pasar aquí mi cumple. Me voy a pasar todo el día con papá.

–¿Una bici roja? –Élise se anotó mentalmente que no debía olvidar hacerle una tarta–. Eso es un regalo fantástico –añadió fijándose en que Brenna llevaba su vestido negro de siempre y dando por hecho que Kayla había perdido la discusión.

–Llevo esperando tres años –el niño alargó los dedos esperanzado en busca de otra porción de pizza y Élise le sirvió dos en su servilleta.

–Tres años es mucho tiempo. Tienes que estar emocionadísimo.

–Papá me prometió que podía tener una cuando cumpliera nueve. En casa tengo una bici, pero es de bebés –prácticamente se le caía la baba con la pizza–. ¿Podemos tomar esta pizza en mi cumple?

–Hablaré con la cocina.

Brenna se sirvió una porción y le guiñó un ojo a Sam.

–Cuando nos veamos mañana te daré un mapa de los senderos para la bici de montaña. No olvides empezar por el de principiantes.

Su sonrisa se disipó un instante y Élise miró para ver qué era eso que había llamado la atención de su amiga. Al otro lado estaba Tyler riéndose con una preciosa rubia ataviada con un ajustado vestido plateado.

Élise apretó los dientes y se giró hacia Brenna para sugerirle que fuera a bailar con él, pero su amiga ya se había esfumado.

Preocupada, la buscó durante un momento por el abarrotado embarcadero y entonces la vio en una esquina hablando con Josh, el jefe de policía.

Le caía bien Josh. Lo había llamado en una ocasión cuando un grupo de turistas borrachos había entrado al restaurante un sábado por la noche y él se había ocupado de la situación con tacto y habilidad. Es más, estaba segurísima de que la mitad de la gente que había estado cenando allí aquella noche ni siquiera se había percatado de lo sucedido.

Y a pesar de la pequeña cicatriz debajo del ojo y del tabique nasal torcido, ambos adquiridos en el desempeño de su deber, era un hombre guapo.

Tal vez Brenna debería olvidarse de Tyler.

Si no habían terminado juntos después de tantos años, quizá jamás lo harían.

Después de servirle otra porción de pizza a Sam y de desear a la familia que se divirtiera, se giró y se topó con Kayla, que parecía preocupada.

—No encuentro a Brenna.

—Se está escondiendo en una esquina con Josh. ¿No ibas a prestarle un vestido?

—Lo he intentado, pero le parecía que mi vestido rojo era demasiado corto.

—¿Cómo de corto?

—Lo suficiente como para captar la atención de un hombre, pero no tanto como para que te arresten.

Élise suspiró.

—Brenna siempre está preciosa, pero esta noche parece como si quisiera pasar desapercibida.

–Nunca se ha sentido cómoda en esta clase de situaciones. Preferiría estar sentada en la barra charlando con los invitados.

–Me cae bien Josh. Creo que podrían hacer una buena pareja.

–Sí. Solo hay una cosa que lo estropea y creo que es que está enamorada de Tyler. Si tengo un momento, voy a ir a aporrearlo en la cabeza con algo duro –Kayla se alejó para saludar a otros invitados y Élise interceptó a Poppy, que se movía por allí con platos de comida.

–¿Qué tal va todo? –probó uno de los exquisitos pasteles de champiñones que había perfeccionado días antes, ahora en versión miniatura.

–¡Es un éxito! –respondió Poppy con tono alegre–. Este es mi quinto viaje a la cocina. Y les encantan las tartas de maíz, el queso de cabra con piñones y los calamares. Estoy a punto de sacar el pato y las alitas de pollo con el glaseado de arce y ya he llamado a The Inn para pedirles más pizza para los niños. La mayoría de la pizza ya está en el estómago de Sam.

Élise asintió con aprobación, y estaba a punto de ponerse en marcha de nuevo y juzgar por sí misma la reacción ante la comida cuando vio a Sean.

Estaba de pie junto a las escaleras, observándola.

El corazón le dio un vuelco. Una inmensa alegría la recorrió y sonrió sin poder evitarlo antes de darse cuenta de que su reacción debería haber sido distinta.

Curvando los labios lenta e íntimamente, él sonrió; fue una sonrisa dirigida únicamente a ella. Y con esa sonrisa llegó el pánico.

No quería sentirse así. No quería.

Si le pedía bailar, se negaría.

Pero él no lo hizo. Al contrario, fue como si la multitud lo engullera y la conexión se rompió.

Como también se rompió su concentración.

No podía respirar. Se sentía mareada.

—¿Élise? —de pronto Kayla estaba a su lado presentándole a varios periodistas y críticos culinarios a los que había invitado con la esperanza de que el nuevo Boathouse Café recibiera una cobertura mediática positiva.

Respondió como pudo a las preguntas mostrando su entusiasmo por la comida y por la importancia de la colaboración con los granjeros locales a la vez que se preguntaba dónde estaba Sean y con quién estaría bailando.

La oscuridad cayó y el sol se puso sobre la cima de la montaña como un niño asomándose por encima de las sábanas desesperado por exprimir los últimos momentos de un día perfecto. Y fue entonces cuando lo vio al otro lado del embarcadero, bailando con Brenna.

—¿Bailas? —Walter estaba a su lado. Cada día que pasaba se le veía mejor, pero ella seguía muy preocupada por él y sabía que había sido un día muy largo para el anciano.

—Estoy un poco cansada. ¿Nos sentamos juntos un minuto?

—Lo que quieres decir es que te preocupa que yo esté cansado —respondió él con un gruñido—. Deja de protegerme.

—*Je t'adore*, Walter. Eres muy especial para mí.

La expresión del hombre se suavizó.

—Entonces, ¿me harías un favor?

—*Bien sûr*. Por ti, lo que sea. No tienes más que pedirlo.

—Cuando mi nieto te saque a bailar, no lo rechaces.

—Tyler está demasiado ocupado con su harén como para fijarse en mí.

—No estoy hablando de Tyler.

El corazón se le aceleró un poco más.

—Es que... no soy muy buena bailarina.

—Mentirosa. Sé que te encanta bailar, pero nunca lo haces. Esta noche vas a bailar.

—No deberías entrometerte. Sean está demasiado ocupado para una relación y yo también.
—Y precisamente por eso un baile es perfecto. Si quieres hacer feliz a un viejo, dile que sí.
—Eso es chantaje, Walter.
—A mi edad se hace lo que funcione. ¿Qué tal la cena? ¿Te envenenó?
—¿Sabes lo de la cena?
—No sé por qué todo el mundo por aquí se cree que me pasa algo en la vista. Le llevó flores a su abuela y por casualidad vi comida y vino en la parte trasera del coche, y estoy seguro de que no pensaba cocinar para sus hermanos.
—¿Le compró flores a Alice? —a ella se le encogió el corazón. El fuerte y hermético Sean le había llevado flores a su abuela.
—Sí. Y hablando de Alice, ya la he dejado demasiado tiempo sola —Walter tenía la mirada fijada en algún punto por encima de su hombro. Le dio un apretón cariñoso y retrocedió—. Me lo has prometido.
—Walter…
Pero ya se había marchado y se dirigía a la mesa para reunirse con Alice.
Y entonces Élise supo que la razón por la que se había ido era que Sean estaba justo tras ella. Sintió mariposas en el estómago y cuando notó su mano en la espalda, cerró los ojos brevemente.
Todo su ser se encendió con una mezcla deliciosa de emoción e inquietud.
—Pensé que iba a tener que apartarte a la fuerza de mi abuelo.
Ella se giró con una sonrisa.
—Creo que se está recuperando bien.
—Muy bien —él alzó la copa a modo de silencioso brindis—. Tu fiesta es un éxito.
—Hasta el momento nadie se ha caído por tu embarcade-

ro, así que, sí, diría que es un éxito. No pensé que vendrías, creía que habías vuelto a Boston –de cerca resultaba increíblemente guapo. Estaba recién duchado, afeitado y vestido de manera impecable.

–Y lo he hecho. Esta mañana a primera hora me ha llamado un colega para hablarme de un paciente por el que estaba preocupado y he accedido a ir para echar una mano. Como lleva toda la semana cubriéndome, he pensado que era lo mínimo que podía hacer. Y aprovechando que estaba allí, me he puesto al día con algunos casos y he recogido algo de ropa. Ya me había cansado de llevar las camisas de mis hermanos.

–Sospecho que ese sentimiento es mutuo.

–Sin duda –le quitó la copa de la mano y la dejó en el borde del embarcadero junto a la suya–. Ya que me he cargado un par de vaqueros buenos en este embarcadero, no podía perderme la fiesta por nada.

–Walter está encantado de que hayas venido. Y Jackson también lo estará.

–¿Y tú? –le preguntó con suavidad y con esos intensos y penetrantes ojos azules posados en su rostro–. ¿Tú qué sientes al respecto?

Esa era una pregunta a la que no quería responder.

–Me alegra verte de nuevo con tu familia en una noche tan importante para ellos. Y siempre resulta agradable ver un rostro familiar en una fiesta.

Sonriendo, la rodeó con sus brazos.

–Tengo que bailar contigo. Son órdenes de mi abuelo.

Ella se derritió contra él.

–Debe de ser la primera vez en tu vida que sigues sus órdenes. Y no debería bailar. Estoy trabajando.

–El trabajo ya está hecho. La gente se está divirtiendo.

Estaban bailando en un rincón tranquilo en lugar de en la pista de baile dentro del Boathouse.

–La gente ha comido, está feliz y el Boathouse recibirá

unas críticas excelentes. Yo diría que estás oficialmente fuera de servicio.

–No estaré fuera de servicio hasta que no se haya marchado la última persona.

–A estas alturas de la noche la gente ya está demasiado borracha como para fijarse en lo que haces y que le importe y, de todos modos, tú también te mereces pasarlo bien –le rozó el pelo con la mejilla–. Tienes un olor delicioso. Y me encanta el vestido. Sobre todo lo que no es vestido –puso la mano en su espalda desnuda y la acarició de modo seductor–. Estás preciosa.

Las palabras y el tono hicieron que a Élise la cabeza le diera vueltas. Tuvo que recordarse que él era así de delicado, que ese encanto formaba parte de él tanto como su sonrisa.

–Sean...

–Relájate. Mi abuelo está mirando. Si te marchas ahora, me echará la culpa. ¿Y no querrás empeorar las cosas entre los dos, verdad?

Pero era imposible relajarse mientras él apoyaba la mano sobre su piel desnuda.

Tenía el pulso acelerado.

–Tu abuelo está haciendo de casamentero.

–Sí –respondió él aunque no parecía molesto–. Tiene buen gusto, he de reconocerlo. Su gusto con las mujeres puede que sea lo único en lo que estamos de acuerdo –la acercó más a sí y ella sintió la dureza de sus muslos contra los suyos.

Con la mano apoyada en su torso, Élise podía sentir el constante y fuerte latido de su corazón a través de la camisa. Y entonces lo miró y el humor y el calor que vio en esos ojos azules casi la abrasaron.

Él esbozó una media sonrisa.

–¿Cuándo se va a marchar esta gente?

–La fiesta termina a la una –incómoda por cómo la estaba haciendo sentir, miró al cielo–. ¿Crees que va a llover?

—Ni lo sé ni me importa. Estoy deseando que llegue la una.

—¿Y eso por qué? —intentó apartarse un poco de él, pero Sean la sujetaba con fuerza.

—No te puedes mover. Ahora mismo no.

—Pero...

—A menos que quieras avergonzarme delante de toda esta gente importante, tienes que seguir exactamente donde estás. Ahora mismo estás protegiendo algo más que mi reputación. Me pareció que bailar sería una buena idea, pero resulta que no lo ha sido.

Pegada a él como estaba, pudo sentir su calor y dureza a través de la tela del traje.

La química era tan intensa que casi la asfixiaba. Lo deseaba con una desesperación que la aterrorizaba.

—Hay muchas mujeres ansiosas por que bailes con ellas —las había visto observándolo esperanzadas desde el otro lado del embarcadero.

—Estoy bailando con la única mujer que me interesa.

Menuda labia tenía.

—A lo mejor a mí no me interesas tú.

—Soy médico. ¿Quieres que te explique todas las razones por las que sé que eso es mentira?

—Estás hablando de la cuestión física.

—Yo no tengo ningún problema con lo físico. Y el verano pasado tú tampoco lo tuviste.

Debería haberse marchado, pero las lentas y firmes caricias sobre su espalda la estaban volviendo loca. ¿Cómo podía ponerle fin a algo que la hacía sentir tan bien? ¿Y qué tenía de malo lo físico?

Como ya no confiaba en que las piernas la sujetaran, hundió los dedos en los hombros de Sean sintiendo su fuerza y su músculo. Él se acercó más hasta que sus cuerpos se estuvieron tocando desde el pecho hasta el tobillo. Ella tenía el muslo atrapado entre los suyos y, cuando alzó la

mirada, vio que ahora en la de él ya no había ni pizca de humor, que ahí solo quedaba calor.
—Ya basta. Vámonos.

Sin mirar a su alrededor, Sean le agarró la mano y la llevó hacia los escalones que conducían a la senda del bosque. Sin soltarla, le quitó una botella de champán a uno de los camareros que pasaban por allí.
Élise casi se tropezó.
—¿Adónde vamos?
—Al paraíso —respondió Sean echándole un brazo por los hombros y llevándola hacia sí—. A un lugar donde no me puedan arrestar por lo que estoy a punto de hacerte.
Él solía enorgullecerse de su capacidad para controlarse, pero esa noche no podía encontrarla.
Sentía el pulso acelerado de Élise bajo sus dedos y oía su respiración entrecortada.
—No podemos caminar por el sendero vestidos así. Te vas a estropear los zapatos.
—Hay ciertos sacrificios que merecen la pena.
Ella merecía la pena.
—Estos son los zapatos más cómodos que tengo.
—En ese caso, sujeta esto... —Sean le dio la botella de champán y la levantó en brazos mientras ella, impactada, intentaba que no se derramara el líquido.
—Vas a estropearme los zapatos y también el vestido.
—Pues luego me pasas la factura.
—¡Y es mi vestido favorito! —sin embargo, se estaba riendo mientras él avanzaba por la senda murmurando y maldiciendo cuando pisaba alguna rama o los pies se le hundían en el barro.
—Normalmente cuando intento encandilar a una mujer para quitarle la ropa interior, opto por escenarios más elegantes. Una cena a la luz de las velas, un poco de baile. Me

sé unos cuantos pasos muy buenos. ¡Mierda! –maldijo de nuevo cuando su pie pisó algo blando–. Mi hermano debería construir un camino en condiciones. Siempre que ando por aquí piso cosas que prefiero no identificar.

–¿Es ese uno de tus pasos?

–Muy graciosa –podía sentir el aliento de Élise en su mejilla y respirar su perfume. Podía sentir su melena rozando contra su mandíbula, sus curvas contra sus brazos. El deseo de posar las manos sobre ella eclipsaba todo lo demás. La dejó en el suelo sin dejar de rodearla con el brazo–. Puede que el suelo no esté firme, pero al menos tenemos champán. Que no se diga nunca que no sé cómo hacer que una mujer se divierta –se oyeron truenos en la distancia y él se estremeció al notar las primeras gotas de lluvia sobre sus hombros–. Genial. Por favor, dime que la lluvia te parece romántica.

–Creo que sabes exactamente cómo hacer que una mujer se divierta. Seguro que Vermont está repleto de corazones rotos.

–No solo Vermont. Una vez besé a una chica de New Hampshire. Si estás llevando la cuenta, tienes que incluirla a ella.

–Y no debo olvidar todos los corazones rotos que habrá por Massachusetts.

–Esos sí que no han sido culpa mía. A las mujeres las advierto de que mi trabajo es lo primero. No es culpa mía si todas pretenden reformarme –estaba a punto de besarla cuando de pronto la lluvia cayó con más fuerza y ella dejó escapar un pequeño grito al notarla sobre la cara.

–¡Gracias a Dios que la fiesta casi ha terminado! Deberíamos ponernos a cubierto.

–Tengo una idea mejor –Sean la llevó bajo el árbol más cercano y la situó contra la nudosa corteza aprovechando el frondoso refugio–. Estás temblando. ¿Tienes frío? –se quitó la chaqueta y se la echó sobre los hombros intentando que no se le cayera el champán–. Para eso lo mejor es el calor corporal. Hazme caso, soy médico –la besó y gimió cuando los labios de ella se separaron bajo los suyos. Era dulce y se mostraba tan dispuesta y anhelante como él.

–Sean...

–¡Dios, qué bien sabes! Ha sido una tortura estar viendo cómo te movías por el embarcadero con esas piernas tan largas que tienes y... –el beso fue como una desenfrenada y desesperada lujuria atacándolo como un animal salvaje, instándolo a tomarla. Y ella se mostró igual de exigente.

Élise puso la mano sobre su camisa.

–¿Y cómo crees que ha sido para mí tener que verte medio desnudo en el embarcadero durante la semana pasada?

Por encima de ellos, la lluvia empapaba los árboles llenando el aire de un aroma a bosque húmedo mientras el delicado golpeteo de las gotas anulaba el resto de sonidos. Protegidos por la densa bóveda arbolada se mantuvieron secos, ajenos a lo que los rodeaba.

Ella lo cubrió con la palma de la mano y él gimió al notar sus dedos sobre la cremallera.

El champán estuvo a punto de caer al suelo.

¿Por qué demonios había esperado tanto a volver a hacer eso?

El sexo con Élise era la experiencia más perfecta, menos complicada y más sublime de toda su vida.

En la distancia, a través de los árboles, podían ver las luces de la fiesta salpicando el agua, lanzando reflejos dorados sobre la oscura superficie. Oían alguna que otra carcajada de la gente que corría a resguardarse de la lluvia, pero ahí en el bosque estaban solos. Altos pinos, arces, fresnos blancos y robles rojos los rodeaban y protegían de las miradas curiosas y del cambio atmosférico mientras eran testigos silenciosos de esa química que iba en aumento.

Él apartó la boca y le acercó la botella de champán.

–¿Bebes?

Ella agarró la botella sin retirar la mano que lo cubría tan íntimamente.

Sin dejar de mirarlo a los ojos, dio un trago y esbozó una lenta sonrisa.

Sin dejar de sonreír, apartó la mano y se agachó seductoramente para tomarlo en la boca.

Una húmeda calidez lo envolvió y cientos de estrellas estallaron en su cabeza. Apoyó la mano en el árbol y cerró los ojos, intentando sujetarse, intentando no explotar como un adolescente. La boca de Élise era suave y diestra, lamió su miembro y lo tomó profundamente en la boca hasta que el placer lo cegó.

Casi al límite, la levantó hacia él y el champán cayó al suelo salpicándole los zapatos.

La tensión llevaba tanto tiempo acumulándose que ninguno de los dos pudo contenerla más.

Se abalanzaron el uno sobre el otro a la vez; sus bocas chocaron, sus cuerpos se enredaron y sus manos arrancaron la ropa.

Ella lo agarraba del pelo y gimió cuando Sean la acercó más contra el árbol. En el último momento Sean recordó que tenía la espalda desnuda y la giró para quedar él contra la áspera corteza, que le arañó los hombros y se hundió en su piel.

Pero no le importó.

Como tampoco le importó que la lluvia aumentara y comenzara a colarse entre las ramas directa a sus cabezas. Una profunda excitación lo recorría, un deseo salvaje controlaba cada movimiento que hacía. Vagamente consciente de que estaba pisando una línea que tenía cuidado de no cruzar, se metió la mano en el bolsillo, sacó el preservativo que llevaba encima y ella se lo quitó de las manos, apresuradamente, sin apartar la boca de la suya.

Sentir las manos de Élise sobre él casi lo arrastró al límite.

Le subió el vestido hasta los muslos y la levantó. Cuando ella cruzó las piernas alrededor de su cintura, se le cayó un zapato. Hundió los dedos en sus hombros.

Élise le acariciaba la frente con la suya. Se le había ido el cabello hacia delante y sus espesas pestañas ensombrecían unos ojos resplandecientes de pasión.

Sean hundió los dedos entre sus piernas, sintió su humedad y vio esos preciosos ojos oscurecer.

Ella dijo algo en francés, pero él ya no era capaz de comunicarse en ningún idioma. Quería hundirse en ese resbaladizo calor y perder la cabeza. Tanta química sexual saturaba el aire que los rodeaba y lo impregnaba todo, cada aliento, cada mirada, cada sabor.

Le agarró los muslos, la sujetó, y se adentró en esa acogedora calidez con un gutural gemido. El cuerpo de Élise se tensó a su alrededor, ardiente, húmedo, terso.

¡Por Dios!

Se le quedó la mente en blanco.

A su alrededor solo se apreciaban los sonidos del bosque y ahora ellos formaban parte de la naturaleza, despojados de toda sofisticación mientras aplacaban su lujuria con mutua desesperación. Con los hombros empapados por la lluvia y brillantes por el calor, Sean se movía al ritmo de Élise y sintió la vibración de su orgasmo por su miembro erecto y sensibilizado. Ambos estaban perdidos. Y sabiendo que no habría modo de recuperar el control, Sean se rindió, besándola y compartiendo cada gemido, cada jadeo, cada aliento mientras ella palpitaba y su cuerpo lo arrastraba hasta el mismo placer. Quedó cegado por su propio orgasmo. Su visión se oscureció y la intensidad de las sensaciones le exprimió hasta la última gota de energía. No dejaron de besarse, cada uno saboreando los gemidos y jadeos que emitía el otro.

Fue como verse arrollado por un camión.

—Joder —Sean se sentía aturdido, inestable, pero logró

bajarla al suelo con cuidado y comprobó que podía mantenerse en pie antes de soltarla. Le produjo cierta satisfacción que ella mantuviera las manos sobre sus bíceps.

Así que no era solo él, entonces.

Élise tenía el vestido empapado y pegado al cuerpo. El pelo le caía lacio y las pestañas se le habían juntado entre sí por la humedad.

–Élise...

Normalmente, él sabía qué decir, cómo emplear las palabras en su beneficio, pero ahora mismo no le salía ninguna, y mucho menos ninguna que resultara ingeniosa.

Estaba en blanco.

Esa pasión, esa intensidad, esa química tan increíble era algo que no había experimentado antes.

Estaba intentando decir algo, lo que fuera, cuando ella le soltó los brazos.

Sin decir nada, Élise se colocó el vestido, se agachó para recoger el zapato y se lo puso.

Como una versión erótica de la Cenicienta...


Le parecía imposible de comprender, pero la deseaba otra vez. Inmediatamente. Desesperadamente.

Y sabía que ella sentía lo mismo.

–Buenas noches, Sean –se alzó y lo besó en la mejilla brevemente.

Él se quedó tan impactado por ese inesperado rechazo que tardó un momento en asimilar lo que ella acababa de decir.

–¿Buenas noches, Sean? ¿Qué se supone que significa eso?

–Significa que te deseo que pases una buena noche.

–Pero... –su cerebro y su cuerpo estaban tan excitados que no podía formar ni pensamientos ni palabras. Ambos estaban hechos añicos, dándole vueltas por su aturdida cabeza–. Tienes razón. No nos podemos quedar aquí. Estás empapada y helada. Iremos a tu casa.

–No.

–¿No? –nada tenía sentido–. ¿Qué acaba de pasar?

–Sexo –respondió ella con voz temblorosa–. Un sexo increíble. Eres muy bueno.

Era un cumplido mezclado delicadamente con un rechazo.

–¡No, espera! –Sean maldijo y se pasó la mano por el pelo–. Espera un minuto mientras pienso –pero no podía pensar con claridad. El cerebro no le funcionaba. Lo único en lo que podía pensar era en el contraste entre el calor de su boca y el frío del champán. En cómo había sido sentir a Élise mientras estaba hundido en su interior. La necesidad de tocarla era tan fuerte que la llevó hacia sí de nuevo, pero ella se apartó con delicadeza.

–Ha sido un día largo. Unos meses largos, para serte sincera. Tengo que dormir un poco. Buenas noches, Sean. Ten cuidado por dónde pisas de vuelta a casa. El suelo está mojado y no querrás estropearte los zapatos –y con eso, le lanzó una sonrisa y salió corriendo sumiéndose en la oscuridad y en la lluvia, y dejándolo aturdido y preguntándose qué había pasado.

## Capítulo 11

Cuando Élise entró en Heron Lodge estaba empapada y temblando. La lluvia caía sobre el tejado y a lo lejos se oían truenos.

A pesar de la lluvia, la fiesta había sido un éxito. El Boathouse abriría a tiempo y debería haber estado encantada.

Pero no lo estaba.

No servía de nada decirse que lo que había sucedido había sido inevitable, que llevaba meses gestándose, porque lo cierto era que había perdido el control.

Por otro lado, seguía siendo solo sexo, ¿verdad? Seguía siendo solo sexo, no una relación. Ni sentimientos. Ella no era de esas. Jamás volvería a permitirse sentir porque cada emoción que sentía era más exagerada, más intensa, más fuerte que las de los demás.

Ya lo había hecho antes y había terminado en desastre. Había perdido todo lo que le había importado.

Y bajo ningún concepto se arriesgaría a que eso pasara otra vez.

Angustiada por los recuerdos y con las palmas cubiertas de sudor, se pasó una mano por el pelo empapado y oyó la puerta abrirse tras ella.

Se giró y vio a Sean, con su pelo negro mojado por la lluvia y esos ojos azules clavados en su rostro. Tenía la camisa pegada al cuerpo, aún medio desabrochada y revelando unos duros músculos y una sombra de cabello oscuro. Aún con hojas por los pantalones y la ropa mojada y pegada al cuerpo, seguía resultando increíblemente atractivo.

Se le encogió el estómago y el pánico le clavó sus garras en la piel.

—¿Qué quieres?

—¿En serio me estás preguntando eso? Me has utilizado y me has dejado abandonado y desprotegido en el bosque. ¿Es que no tienes conciencia? —Sean tenía un brillo de humor en la mirada, pero esa sexy sonrisa resultaba peligrosa y ella sacudió la cabeza.

—Márchate, Sean.

Él no se movió.

—Llámame anticuado, pero cuando tengo una cita con una mujer me gusta acompañarla a casa para asegurarme de que llega sana y salva.

—Ya puedes ver que estoy a salvo —aunque no se sentía a salvo. En absoluto se sentía así con esos poderosos hombros bloqueando la puerta y esos ojos azules clavados en ella—. Estás dejando que entre la lluvia.

Él respondió a eso cerrando la puerta y quedándose dentro.

—Dime qué sucede.

—¿Qué te hace pensar que sucede algo?

Él se pasó la mano por el pelo y unas gotas de agua cayeron al suelo.

—Hemos tenido sexo. Te has marchado.

—Y las mujeres no suelen marcharse de tu lado, ¿es eso? —la mirada de Sean le dijo que tenía razón y ella esbozó una sonrisa de exasperación—. Ni tú ni yo queremos una relación. No debería importar cuál de los dos se marche primero.

—Es cierto que no tengo tiempo para relaciones, y es algo que nunca he ocultado. Ahora mismo el trabajo es mi prioridad y no estoy preparado para un compromiso. El trabajo es lo primero y lo antepongo a todo, incluido a venir a Snow

Crystal, lo cual me convierte o en un hijo de perra egoísta o en un médico implicado, dependiendo de cómo lo mires. Si eres mi abuelo, pensarás lo primero. La mayoría de las mujeres que he conocido probablemente estarían de acuerdo con él. Y ahora ya sabes prácticamente todo lo que hay que saber de mí y yo no sé nada de ti –se pasó una mano por la mandíbula secándose unas gotas de agua–. ¿Quieres darme alguna pista?

Ella había esperado que se marchara, no que fuera a buscarla, y mucho menos se había esperado que siguiera ahí.

Tampoco había esperado que le hiciera preguntas.

–No quiero una relación. Las razones no importan –no hablaba de ello. No lo hablaba con nadie. Lo había enterrado muy adentro y no quería revivirlo nunca, jamás. Había dejado atrás esa parte de su vida y no volvería ahí.

–Si no quieres hablar de ello, por mí no hay problema, pero ¿me puedes prestar una toalla? Estoy mojándote el suelo.

–Si te marcharas, no me estarías mojando el suelo.

–No me pienso marchar hasta estar seguro de que estás bien.

–¿Y por qué no iba a estar bien?

–Cielo, has cruzado el bosque corriendo como si fueras Caperucita Roja y te estuviera persiguiendo el lobo. Sé que no quieres una relación y para mí eso no es un problema. Para serte sincero, es un alivio. No tenías por qué haberte puesto así de nerviosa en el bosque. No tenías por qué haber salido huyendo de mí.

–Yo no me he puesto nerviosa.

–Sí, claro que sí. Y yo también. Ha sido muy intenso. Salvaje. ¿Te he hecho daño? –su tono sonó áspero y ella sintió cómo se le encogía el estómago y la emoción le bloqueaba la garganta.

–No, no me has hecho daño –pero el hecho de que le hubiera preguntado, de que se preocupara, desenganchó unas cuantas más de las correas de protección que se había abrochado a su alrededor.

—A lo mejor me he equivocado de cuento. ¿Por casualidad tu segundo nombre no será «Cenicienta»? Has perdido un zapato, así que he supuesto que has salido corriendo en busca de una calabaza tirada por unos ratones.

Fue entonces cuando se dio cuenta de que él tenía su zapato en la mano. Había corrido por el bosque con solo un zapato y ni siquiera se había dado cuenta.

—Odio a los roedores.

—De acuerdo, en ese caso no te regalaré un hámster por Navidad —una ligera sonrisa rozó sus labios—. ¿Entonces era por las arañas? En el bosque hay bastantes.

—Eso es. Ha sido por eso.

—¿En serio? —la sonrisa desapareció y de pronto esos ojos parecieron más oscuros de lo habitual mientras la miraban fijamente—. Porque he supuesto que debías de tener miedo. Lo que ha pasado entre los dos te ha asustado.

—No tengo miedo. No me ha asustado.

—¿Estás segura? Porque a mí me ha aterrado. Estoy acostumbrado a poder marcharme después de acostarme con una mujer, pero es complicado marcharte cuando tienes el cerebro bloqueado.

Ella retrocedió y el borde de la encimera se le clavó en la cadera.

—Quiero que te marches ahora.

—Me marcharé cuando esté preparado. Tienes que quitarte esa ropa empapada y darte una ducha caliente antes de que te congeles. ¿Tienes bien el pie? Podrías haber pisado algo afilado —la recorrió con la mirada de arriba abajo y ella se sintió como si estuviera ardiendo. No necesitaba una ducha para entrar en calor, para eso tan solo le bastaba con mirar esos ojos azules.

—Me ducharé cuando te hayas ido. Y no he pisado nada.

—¿Siempre ignoras lo que te dice el médico? —esbozó una mueca y bajó la mirada hacia sí—. El problema es que si me presento así en casa de Jackson, surgirán preguntas que no estoy seguro de querer responder. Esperaba poder usar tu ducha y tu secadora.

Lo último que Élise quería era que Jackson hiciera preguntas; era muy protector con ella y no quería ni interponerse entre dos hermanos ni ser motivo de desacuerdos.

Jamás haría nada que pudiera hacer daño a una familia, y mucho menos a esa en concreto. Los quería demasiado. Era lo más parecido a un hogar que había tenido desde hacía mucho tiempo y no iba a ponerlo en peligro.

—Puedes usar mi cuarto de baño.

—Entra tú primero y, mientras, prepararé algo caliente para beber. ¿Un chocolate?

Ella estaba temblando, aunque no sabía si era por la lluvia o porque él estaba en su cocina.

—Un chocolate está bien.

Sean abrió un armario y sacó dos tazas. Se detuvo. Soltó las tazas y agarró la foto de Élise con su madre.

—¿Eres tú?

A ella se le secó la boca.

—Sí.

—Eras una auténtica monada de pequeña. Y tu madre es preciosa. Te pareces a ella. Está claro que te adoraba.

—¿Por qué lo dices?

—Por el modo en que te mira.

Élise miró la foto deseando poder retroceder en el tiempo y hacer las cosas de otro modo.

—Sean...

—Ve a darte esa ducha antes de que te congeles —volvió a colocar la foto en su sitio con cuidado y sacó leche de la nevera—. No utilices todo el agua caliente.

Sean calentó leche y echó unas cucharadas de chocolate en las tazas. Después se levantó y se bebió el suyo mirando la foto.

El ligero sonido de la ducha se oía desde arriba. Como sabía que Élise tardaría unos minutos más, agarró la foto de nuevo.

Su casa estaba llena de fotos. Su madre las ponía por todas partes. Y no eran solo fotos de Tyler subido al podio con medallas alrededor del cuello, sino imágenes familiares: los tres de pequeños cubiertos de nieve después de una pelea de bolas, los tres sonriendo sobre un trineo, los perros de la familia, fotos de sus abuelos con veintitantos años, Snow Crystal antes de que se construyeran las cabañas. Un registro visual del paso del tiempo. Toda la casa estaba llena de fotos. Jackson bromeaba diciendo que toda su historia familiar estaba ahí mismo, colgando de las paredes. Y no era solo por las fotos. Su madre aún guardaba los trabajos de cerámica que habían hecho en el colegio, pedazos de arcilla torcidos, sin forma e inidentificables de los que, por alguna razón, se negaba a deshacerse. Guardaba dibujos que habían hecho de pequeños y una medalla que Jackson había ganado por ser un joven emprendedor en décimo curso. ¡Pero si hasta guardaba un diploma que Sean había ganado en clase de ciencias!

Miró la foto que tenía en la mano y vio ese hoyuelo en la comisura de la boca de la pequeña Élise.

Después alzó la cabeza y echó un vistazo a su alrededor. Aparte de esa foto, no había nada más en Heron Lodge que hablara de su pasado. Ninguna pista que indicara quién era o de dónde venía. No había más fotografías. Ni objetos. Nada. Era como si su pasado no existiera. Por supuesto, cualquiera podría decir que Heron Lodge era pequeña para albergar demasiados objetos sentimentales, pero aun así se había esperado ver algo.

Esa era su única posesión. Esa única foto.

Madre e hija.

La madre que había perdido.

La culpabilidad lo atravesó. Con gran frecuencia veía la

familia como algo sofocante mientras que en realidad era algo con lo que arroparse. No una camisa de fuerza, sino algo que te cubría para darte protección. Él siempre la había tenido, siempre había estado ahí, incluso cuando ni siquiera se había percatado o cuando no lo había querido. Mantenerse alejado no cambiaba el hecho de que su familia siempre estaba ahí para apoyarlo.

Y él no lo valoraba.

El sonido del agua se detuvo de pronto. Sean dejó la foto en su sitio y se terminó el chocolate.

Un instante después, Élise apareció en la cocina con las mejillas sonrojadas por el calor del secador.

Tenía el rostro limpio de maquillaje y el sexy vestido negro ahora había quedado reemplazado por una sencilla camiseta de tirantes y unos cómodos pantalones de andar por casa anudados a la cintura con un lazo color crema.

Conteniendo las ganas de llevarla directa a la cama, le dio su taza.

—Te he preparado chocolate.

—Gracias. Si me dejas la ropa fuera de la ducha, te la meteré en la secadora —Élise agarró la taza y se acurrucó en el sofá.

Al subir las escaleras, Sean recordó los días en que sus hermanos y él habían construido la cabaña. Se había golpeado la cabeza millones de veces con la viga que había al final de las escaleras y a Tyler le había pasado lo mismo.

El cuarto de baño estaba pegado al dormitorio y por eso pudo echar un vistazo a su espacio personal.

La colcha era blanca y estaba cubierta de pequeños cojines. En la mesilla de noche estaban su teléfono, una pequeña botella de agua mineral, varios tubos de maquillaje y una libreta. No había fotografías. La única fotografía que había visto estaba abajo.

El aroma a su perfume lo inundaba todo.

Sintiendo que estaba espiándola, entró en el baño y se

quedó asombrado al ver la cantidad de botes y cremas que copaban las estanterías. Esa era otra razón por la que nunca invitaba a una mujer a quedarse en su casa, porque necesitaría construir un añadido.

Sonriendo, se desnudó, echó la ropa por fuera de la puerta y se duchó. El champú olía a flores, olía a ella, y se le hizo imposible no recordar aquella noche que habían pasado juntos el verano anterior. Habían estado flirteando previamente. Aún con la pena y la rabia muy recientes por el enfrentamiento con su abuelo, se había sentido tan aliviado por hablar con alguien que no fuera de la familia que la había buscado. Habían hablado de todo, desde vino hasta política europea.

Con todo, había mantenido las distancias sabiendo que no había tenido nada que ofrecerle y sin querer hacer nada que pudiera desestabilizar el trabajo que Jackson estaba haciendo en Snow Crystal.

Pero entonces había salido a dar un paseo por el bosque hasta el arroyo detrás de la casa y ella lo había seguido.

Al recordarlo, maldijo suavemente y abrió el grifo del agua fría.

Apenas habían hablado. Apenas habían intercambiado una palabra, pero lo que había venido a continuación había sido la noche más intensamente erótica de su vida.

Y después, cuando había temido que la situación se volviera incómoda, ella se había limitado a sonreír y se había marchado.

En aquel momento se había sentido el hombre más afortunado del planeta.

Había encontrado a alguien exactamente igual que él. La jornada laboral de Élise era casi tan larga como la suya, era una perfeccionista, una chef con gran talento y entregada a hacer todo lo que pudiera para ayudar a que el negocio prosperara en Snow Crystal. Una adicta al trabajo a la que no le interesaba tener una relación.

Y él no había mirado más allá. Su naturaleza salvaje y apasionada había impedido que viera lo reservada y cauta que era en realidad.

Al salir de la ducha se anudó una toalla alrededor de las caderas y abrió la puerta.

Allí, exactamente donde la había dejado, seguía la ropa mojada.

Dando por hecho que a Élise se le había olvidado, la recogió y, al bajar, la encontró a ella dormida en el sofá con la taza de chocolate enfriándose en el suelo, intacta.

Frunciendo el ceño, Sean cruzó la sala y la miró. Teniendo en cuenta cuánto había trabajado y la cantidad de horas que había invertido, no era de extrañar que se hubiera quedado dormida.

Era obvio que estaba completamente exhausta.

Esas pestañas oscuras eran el único toque de color en su pálido rostro.

Tras pensar que, si la dejaba allí, se despertaría con dolor de espalda, la levantó en brazos.

Ella apenas se movió.

Deseando que al construir la cabaña se le hubiera pasado por la cabeza que algún día podría tener que necesitar subir a una mujer en brazos por la estrecha escalera, la llevó con cuidado y la tendió en la cama.

Después la arropó con la colcha, apagó la lámpara y se marchó.

# Capítulo 12

—Hacía mucho tiempo que no lográbamos reunirnos para desayunar un domingo. Chicas, nos encanta que saquéis algo de tiempo para venir a vernos, ¿verdad, Alice? –Elizabeth, la madre de los chicos, colocó una montaña de tortitas recién hechas sobre una bandeja y las puso en el centro de la mesa recién fregada–. Sentaos las tres. ¡Qué fiesta tan maravillosa! Hacía años que no lo pasaba tan bien. Élise, nos hiciste sentir muy orgullosos, cielo. Tienes que estar agotada después de tanto trabajo y tanta emoción. ¿Pudiste dormir algo anoche?

—Sí –y se había despertado en su propia cama a pesar de saber que no era ahí donde se había quedado dormida.

Sean debía de haberla llevado al dormitorio.

Si no hubiera estado tan nerviosa, habría sonreído porque imaginaba que a Sean le había costado mucho hacerlo sin llevarse un buen golpe en la cabeza.

¿Por qué se había molestado en ir a la cabaña cuando podía haberse marchado perfectamente?

¿Y por qué le había hecho todas esas preguntas? Lo único que le había hecho falta saber era que no quería una relación. No tenía por qué conocer los motivos.

—Fue una fiesta fantástica –Kayla, que se había llevado a Maple, achuchó a la perrita al sentarse a la mesa–. Hablé con un millón de personas y me duele la cara de tanto sonreír. Va a ser genial para el negocio. ¿Hay algo que pueda hacer para ayudarte con el desayuno, Elizabeth? ¿Puedo cocinar algo?

Brenna arrugó la nariz y Elizabeth sonrió nerviosa.

—Tú quédate ahí sentada, cariño. A mí me encanta cocinar y todos sabemos que a ti no es lo que más te gusta hacer.

—Lo que quiere decir es que eres un horror cocinando —Élise sirvió las tazas de café y las puso en la mesa—. ¿Qué? ¿Por qué me miráis?

Brenna sonrió.

—Porque no conoces el significado de la palabra «tacto».

—Solo digo la verdad para que ninguna termine envenenada. Como cocinero, Kayla es absolutamente terrible, pero en temas de organización y publicidad... —alzó la taza a modo de brindis— es un genio. ¡Por Kayla!

—¡Por Kayla! —repitió Brenna y Kayla sonrió al levantar su taza.

—Por nosotras y por el trabajo en equipo. El verano no ha ido tan mal y seguimos en el negocio. Brindemos por un invierno brillante con montones de nieve y más reservas de las que podamos gestionar.

—Hablando del invierno, anoche estuve un rato con Josh —comentó Brenna mientras se echaba sirope de arce en sus tortitas y se perdía la mirada que Kayla le lanzó a Élise.

—Es un buen chico —murmuró Alice—. Su abuela está en mi grupo de costura.

—Tiene treinta y tantos años, Alice —dijo Brenna sonriendo—. No es que sea exactamente un «chico».

—Un hombre —Elizabeth rellenó el plato de tortitas—. Un hombre muy guapo. Siempre me ha gustado, aunque su padre arrestó una vez a Tyler por lanzarse esquiando sobre el tejado del garaje de Mitch Sommerville. ¿Y de qué estuvisteis hablando, querida?

—Estamos pensando en hacer un curso sobre seguridad

invernal –Brenna levantó el tenedor. Si la mención de Tyler la había desestabilizado, no lo demostró–. Los dos somos miembros del Equipo de Rescate de Montaña, así que tiene sentido.

–Tyler es miembro del Equipo de Rescate de Montaña –dijo Alice alargando la mano para acariciar el pelaje suave y mullido de Maple–. Podrías hacerlo con él.

Élise se estremeció.

–Alice...

–Solo opino que los dos trabajarían bien juntos, eso es todo. ¿No crees que Maple tiene muy buen aspecto, Elizabeth? Recuerdo cuando Jackson la encontró en el bosque, estaba hecha un saco de huesos. Le ha hecho mucho bien vivir con la familia. Le encanta estar aquí.

A Élise se le hizo un nudo en la garganta. A ella también le encantaba estar allí. ¿A quién no? ¿A quién no le gustaría vivir allí con los O'Neil?

Consciente de que Kayla la estaba observando, se sirvió una tortita.

*Merde*, se estaba descontrolando. Ahora estaba identificándose con Maple cuando lo que debería estar haciendo era pensar en los sentimientos de Brenna.

–Creo que a Brenna le vendría bien trabajar con Josh –porque, por un lado, sería la llamada de atención que Tyler necesitaba–. Me cae bien.

La puerta se abrió en ese momento y Jackson entró. Maple saltó del regazo de Kayla, cruzó la habitación como una bala y saltó como un resorte, encantada de verlo.

Él la levantó en brazos.

–¿Ha quedado alguna tortita?

–Por supuesto –Elizabeth le sirvió en un plato y se las colocó en la mesa–. Siéntate. ¿Vienen Tyler y Sean también?

–Tyler viene de camino –respondió Jackson sentándose y acariciando la rodilla de Kayla–. Sean ha vuelto a Boston. Me ha enviado un mensaje.

—Ha pasado antes por aquí para despedirse —añadió Alice retomando sus labores de punto—. Ha dicho que volverá la semana que viene para llevar a Walter a la cita que tiene en el hospital.

Élise no apartaba la mirada del plato.

Debería sentirse aliviada por el hecho de que se hubiera ido. Eso era lo que había querido, ¿no?

La intensidad de lo sucedido la noche anterior la había dejado impactada.

A él también.

Se preguntaba si habría hablado con su abuelo antes de marcharse o si habría dejado el asunto de la discusión bullendo entre los dos.

—¿Quieres comer algo más, Élise? —le preguntó Elizabeth a su lado con la sartén en la mano.

Ella negó con la cabeza.

—*Non, merci.* No tengo hambre.

—Anoche comí tanto que creo que no volveré a comer nunca —dijo Jackson sonriéndole mientras agarraba el sirope de arce—. Eres un genio y somos muy afortunados de tenerte. Seguro que no te lo digo lo suficiente.

—La afortunada soy yo —por vivir ahí. Con ellos.

Alzó la mirada y lo miró.

Era el mejor amigo que había tenido nunca.

Sin él...

Tragó saliva. Ni siquiera quería pensar en dónde estaría de no ser por él.

Jackson hundió el tenedor en una tortita.

—¿Entonces es buen momento para pedirte otro favor? Kayla y yo hemos tenido algunas ideas para el negocio. Vamos a ofrecer eventos y actividades de retiro corporativo y necesitamos ayuda con la comida.

—*Pas de problème*, les reservaré mesa en el restaurante —era un alivio volver a pensar en el trabajo—. Vosotros tan solo decidme para cuántos.

—No sería para el restaurante. Van a hacer senderismo y a pasar la noche en The Long Trail. Si eso no los ayuda a estrechar lazos, nada lo hará.

—¿Vais a llevar de acampada a un grupo de ejecutivos?

—Es una genialidad, ¿no crees? —Kayla le dio a escondidas un poco de comida a Maple, que seguía acurrucada en el regazo de Jackson—. Será una auténtica prueba para todos ellos. Tú serás la responsable de proporcionarles comida deliciosa para que no piensen ni en las ampollas ni en las picaduras de insectos.

—¿Y quién va a montar la tienda?

—Ellos, con un poco de ayuda de Tyler. Él aportará sus charlas de motivación como atleta de élite y medallista de oro. Todo ello forma parte de nuestra inigualable oferta.

—Tyler se volverá loco si tiene que pasar dos días aislado con un grupo de oficinistas. ¿Cómo lo habéis convencido para hacerlo?

—En el primer grupo hay dos mujeres y le enseñé las fotografías. Bueno, ¿entonces podrías diseñar un menú? ¿Algo que puedan cocinar con un equipamiento limitado?

—Por supuesto —Élise sopesó las opciones—. Tendrá que ser una comida ligera y fácil de cocinar. Tienes que darme el equipo que llevarán para que yo vea qué se puede cocinar con él.

—Creo que se puede hacer algo mejor —dijo Jackson sirviéndose más tortitas—. Tú misma puedes hacer la excursión. Tyler va a planear la ruta y a elegir la mejor zona para acampar. Podéis ir juntos. Al final del sendero de largo recorrido está la Cabaña O'Neil, pero a él le parece que está demasiado lejos para solo dos días de senderismo con gente de la ciudad, que normalmente solo camina para buscar un taxi o por el metro, así que va a buscar algo más cerca. Déjate libre el próximo fin de semana.

—Tengo que estar en el restaurante.

—Poppy y yo nos podemos encargar —dijo Elizabeth secándose las manos en el delantal–. Y Antony, el chico que acaba de incorporarse, lo está haciendo muy bien. Es un buen trabajador, solo necesita un poco más de confianza en sí mismo. Nos apañaremos. Y además nos vendrá bien intentar hacerlo sin ti. No puedes seguir trabajando tanto.

–Me encanta trabajar tanto y es importante para el negocio poder atraer a tantos clientes como sea posible.

Estaba en deuda con Jackson. Una deuda que estaba dispuesta a devolverle al completo.

Y ahora que Sean se había ido y que Walter estaba mejorando cada día, la vida podía volver a la normalidad.

–Están encantados con tus progresos, abuelo –dijo Sean mientras salían del aparcamiento del hospital, esa vez decidido a encontrar el momento adecuado para sacar el tema de la discusión. No sabía qué iba a decir, pero tal vez podía ir relajando un poco el ambiente–. Yo mismo he comprobado los resultados. Eres un milagro andante. Quieren saber cuál es tu secreto.

–No hay ningún secreto. Lo único que hace falta es el aire de Snow Crystal y tener a la familia cerca. Tú mismo tenías mejor aspecto después del tiempo que pasaste en casa. Ahora, después de una semana en la ciudad, vuelves a lucir un aspecto estresado igual que luces tu traje.

Sean sabía que su estrés no tenía nada que ver con la semana en Boston y sí todo que ver con lo sucedido la noche de la fiesta.

Élise había querido que se marchara, y por eso se había marchado. Ahí tendría que haber terminado todo. Ahora que su abuelo se estaba recuperando, había esperado volver a su vida en Boston y retomarla ahí donde la había dejado.

Por el contrario, se encontraba echando de menos ciertas cosas. Echaba de menos los largos días de trabajo en el embarcadero. Echaba de menos el aroma de la lluvia de verano en los árboles y el chapoteo del agua contra el embarcadero mientras trabajaba. Echaba de menos las bromas con sus hermanos.

Pero sobre todo la echaba de menos a ella. La sonrisa. El hoyuelo. Esa boca.

«Mierda».

Agarró el volante con más fuerza. ¿Qué demonios le pasaba?

Sí, de acuerdo, el sexo había sido muy bueno, pero una buena sesión de sexo no solía afectar a su concentración. Y el hecho de que ella no hubiera querido convertirlo en nada personal tampoco debería preocuparlo. Nadie entendía esa postura mejor que él.

—No estoy estresado, abuelo.

—Por supuesto que lo estás y no me sorprende con la vida que llevas, metido en esa caja bajo unas luces artificiales.

—¿Te refieres a la sala de operaciones?

—A eso me refiero. Eso no es sano. Necesitas aire. Y gente. Tener un trabajo es bueno y está muy bien, pero es casarse con una buena mujer lo que hace que un hombre esté feliz y contento —Walter miraba a la carretera—. Deberías intentarlo.

El coche estuvo a punto de írsele a la cuneta. ¿Matrimonio?

—Desde ya te digo que eso no va a suceder, así que puedes dejar el tema ahora mismo.

—Un hombre no puede ir por ahí tonteando y perdiendo el tiempo para siempre.

—Yo no estoy tonteando ni perdiendo el tiempo. Amo mi trabajo. No estoy preparado para renunciar a ello por una relación y, además, ninguna mujer en su sano juicio y que se respete a sí misma soportaría mi ritmo de trabajo.

Su abuelo lo ignoró.

—Yo también trabajaba muchas horas, y tu abuela era muy comprensiva. Somos un equipo. Siempre lo hemos sido, desde el primer día.

–La abuela es una santa, todos lo sabemos.
–Fue una buena fiesta. Es una pena que tuvieras que marcharte tan pronto al día siguiente. Aun así, al menos viniste. Élise baila bien, ¿verdad?

Sean apretó los dientes.

Su abuelo lo sabía. De algún modo, su abuelo lo sabía.

El sudor le caía por la nuca. Pensó en Élise, en sus piernas entrelazadas con las suyas, en su boca sobre la suya mientras la lluvia atravesaba las copas de los árboles.

–Tenía que marcharme. Ya había arreglado el embarcadero y me tocaba ir a ocuparme de mis pacientes.

–Si te ocupas de ellos un domingo por la mañana, espero que les estés cobrando mucho dinero. Aunque supongo que ya lo haces porque, de lo contrario, no conducirías un coche como este –su abuelo pasó la mano por el asiento–. Aquí no entra una familia.

–Yo no tengo familia.

–Todavía. Cuando la tengas, vas a necesitar comprar algo más grande.

–No necesito nada más grande –recordando por qué había elegido vivir en Boston, Sean pisó el acelerador y puso rumbo a Snow Crystal–. Bueno, en el hospital no quieren verte hasta dentro de seis semanas. Es una gran noticia.

Significaba que no tenía motivos para volver en seis semanas. Seis semanas era tiempo suficiente para recuperar el ritmo de su vida.

–Los médicos por aquí son buenos, tan buenos como cualquiera que se puede encontrar en Boston. Deberías trabajar aquí. Así estarías más cerca de casa y tal vez no tendrías que trabajar tantas horas.

No tenía fin. Por muy anciano que fuera, la presión siempre estaba ahí. Era como estar atrapado bajo la bota de alguien.

A su padre le había hecho lo mismo y había sido de manera constante, sin descanso.

Sintió un vacío en el estómago. El deseo de sacar el tema de la discusión se disipó. ¿Cómo podía hablar de ello cuando por dentro seguía furioso? ¿Cuando el resentimiento seguía ahí?

Por eso decidió proseguir con el tema del trabajo.

—No entiendes nada de lo que hago.

—Pues cuéntamelo.

Sean se quedó atónito porque su abuelo no solía preguntarle detalles de su vida. La conversación con él siempre giraba en torno a Snow Crystal, al negocio, a la familia. A lo que él no estaba haciendo.

Decidió que cualquier cosa era mejor que hablar de matrimonio.

—Mi departamento se encuentra a la vanguardia de la innovación en cirugía de lesiones de ligamento cruzado —sabiendo que Walter, un esquiador experimentado, entendería lo que significaba eso, no se molestó en darle explicaciones. Por el contrario, sí que explicó sus investigaciones, sus intereses, lo que lo emocionaba. Y su abuelo escuchó.

—Así que estabilizas la rodilla y logras que el paciente vuelva a estar activo. Eso está bien. Es un trabajo gratificante.

Sean se relajó ligeramente.

—Sí.

—Pero si eres tú el que dirige el departamento, podrías dirigirlo desde aquí —añadió el hombre con tono inocente—. No sé por qué Boston debería beneficiarse de tus habilidades. Por aquí hay montones de personas que se alegrarían de que los trataras tú si se rompen algo y, además, tenemos más lesiones esquiando que la gente de Boston. La última vez que miré por allí no tenían montañas.

Ya habían llegado otra vez a ese círculo vicioso.

—Trabajo con atletas de élite. Viajan desde todas partes para verme.

—Pues no hay motivo para que no puedan viajar hasta

aquí. Y además disfrutarían del paisaje, de una buena comida y del aire fresco de montaña. Si trabajaras aquí, podrías vivir en Snow Crystal, ayudar a tus hermanos y ver mucho a Élise.

—¡Joder, abuelo...! —Sean piso el frenó y el coche llegó hasta la entrada de la granja de manzanas de los Carpenter, esquivando por muy poco un profundo surco de la carretera.

—No hables mal. A tu abuela le molesta.

—La abuela no está aquí y, además, hablaré como quiera, al igual que viviré donde quiera y haré el trabajo que quiera.

—Y besarás a la chica que quieras.

—Sí —Sean estrechó la mirada preguntándose cuánto habrían alcanzado a ver los ojos de lince de su abuelo la noche de la fiesta—. Eso también.

—Tú solo asegúrate de no estar demasiado ocupado besando a todas las chicas con las que te cruzas y acabar perdiendo a la que te gustaría besar durante el resto de tu vida.

De pronto lo único en lo que pudo pensar fue en la generosa curva de la boca de Élise, en ese hoyuelo. Apretó los dientes.

—Estoy centrado en el trabajo.

—Un trabajo que no te da calor por las noches. Yo también adoraba mi trabajo, pero en cuanto conocí a tu abuela, lo supe. Y ella también. Tal vez tengas que llegar a una cierta edad para saber qué es importante en la vida. La salud y tener a tu alrededor a la gente que quieres. Eso es todo.

Sean echó la cabeza contra el asiento.

—¿Has terminado con el sermón?

—No te estoy sermoneando. Solo te estoy transmitiendo mi sabiduría. Para tus hermanos ha sido más sencillo que hayas estado más en casa las últimas semanas. Gracias a ti el Boathouse puede abrir. Si estuvieras más cerca, podrías hacer más. Y podrías utilizar parte de esa maestría por la que la gente paga tanto dinero para ayudar a Brenna a desarrollar un programa de entrenamiento para la temporada de esquí. Y ahora sal de aquí. Los Carpenter no se encuentran entre mis personas favoritas y no quiero estar aparcado en su terreno.

Temeroso de responder y decir algo que pudiera lamentar, Sean estaba a punto de incorporarse a la carretera cuando vio el brillo de una larga melena roja en la distancia. Había alguien paseando por los huertos de manzanos de los Carpenter.

Entrecerró los ojos intentando ver con más claridad, pero quien quiera que fuera desapareció de su vista.

Algo inquieto, giró la cabeza para ver si su abuelo se había fijado en algo, pero Walter estaba concentrado en la carretera.

—Este coche es una porquería.

Sean volvió a mirar hacia la granja, aunque ya no vio a nadie.

Diciéndose que había muchas pelirrojas con el pelo largo, se incorporó a la carretera y pisó el acelerador pensando que cuanto antes dejara a su abuelo en casa, mejor.

—Volveré para llevarte a la próxima cita en el hospital, pero no antes.

Con un nudo en el estómago, dejó a su abuelo en casa, le aseguró a su abuela que Walter estaba progresando de un modo milagroso y fue a buscar a sus hermanos.

Encontró a Tyler fuera del Outdoor Center tirado en el suelo arreglando una bici de montaña.

Su hermano lo miró a la cara y se incorporó.

—Pareces contento. Está claro que el abuelo vuelve a estar en forma. No me lo digas, quiere que vuelvas a casa y dirijas una clínica privada aquí mismo, en Snow Crystal.

—Algo así.

Tyler se secó el sudor de la frente con el antebrazo.

—No te había visto desde la fiesta. Me di cuenta de que desapareciste muy temprano.

—Estaba cansado.

—Sí, claro, es verdad. Tan cansado que tuviste que ir a tumbarte en una cama grande y agradable. Yo también he estado así de cansado muchas veces en mi vida.

Irritado por la conversación con su abuelo, Sean miró a su hermano.

—¿Por qué de pronto a todo el mundo le interesa mi vida amorosa? ¿Y tú qué? ¿Bailaste con Brenna en la fiesta?

—No, pero me fijé en que tú sí —la expresión de Tyler se oscureció—. ¿A qué vino eso? ¿Es que no te basta con una mujer?

—Para tu información, no me puedo imaginar besando a una única mujer durante el resto de mi vida.

—¿La besaste? —Tyler se levantó y la bicicleta cayó al suelo—. ¿Besaste a Brenna?

Sean, que había estado pensando en Élise, se quedó atónito al ver que su hermano lo tenía acorralado contra la valla.

—Oye, que este es mi traje favorito. ¿Qué pasa contigo?

—¿Hace falta que me lo preguntes? ¡Besaste a Brenna!

—Yo no besé a Brenna.

Tyler lo soltó levemente.

—Acabas de decir que lo hiciste.

—No. He dicho que para mí tener que estar besando a la misma mujer durante el resto de mi vida sería una pesadilla. No he dicho que besara a Brenna —Sean apartó a su hermano y se estiró el traje conteniendo el enfado y otras emociones que no quería pararse a examinar detenidamente—. La conozco desde que tenía cuatro años. Para mí es como una hermana.

—Bien. Bien —Tyler relajó los hombros ligeramente—. Tienes que plancharte la camisa. Desde que llegaste a casa ya no eres lo que eras.

Sean decidió que para vengarse no era necesario echar a perder un traje estupendo.

—Claro que el hecho de conocerla desde los cuatro años

no impide que me fije en lo guapa que es –ya tenía la camisa arrugada, así que ¿por qué no lanzarse del todo?–. Y ahora que lo mencionas, tal vez debería besarla. ¿Por qué no? –decidió ir un poco más allá–. Aunque puede que tenga competencia.

–¿Competencia?

–Sí. La vi hablando con Josh y, a juzgar por la cara que tenía él, me quedó claro que no la ve como a una niña de cuatro años. A las mujeres les encanta Josh.

–Son amigos –por el modo en que hablaba Tyler, entre dientes, estaba claro que no le hacía mucha gracia esa relación.

–Se sentaba a mi lado en biología y en lengua, lo cual significa que la conoce desde hace tanto tiempo como yo. No veo que a él le arrugues las camisas.

–Si le arrugara la camisa, podría terminar esposado por atacar a un agente de la ley.

–¿Entonces no te molesta que esté con él?

–No está con él. Solo son amigos. Y claro que me molesta, pero no tanto como la idea de imaginaros a vosotros dos juntos.

–Gracias. Yo también te quiero. Siempre has sido mi hermano favorito.

Tyler no esbozó la más mínima sonrisa.

–Brenna es directa y sencilla.

–Es una mujer –contestó Sean–. No hay mujeres directas y sencillas.

–No es tu tipo. La destrozarías.

Sean frunció el ceño.

–No recuerdo que tú seas exactamente cuidadoso con los corazones femeninos.

–Yo nunca me he acercado a Brenna.

Y ese, pensó Sean, era el principal problema de su hermano.

–¿Y por qué no?

—No pienso en ella de ese modo —Tyler frunció el ceño más aún—. Y tú tampoco vas a pensar en ella de ese modo.

—Pero si a ti no te interesa...

—Te he estado buscando, Tyler —de pronto Jackson estaba entre los dos, con su actitud tranquila y firme—. Debería haberme imaginado que estarías escondiéndote aquí. Tengo un problema.

—Yo también —respondió Tyler mirando a Sean—. Lleva tu ADN y voy a romperle algún hueso en un momento.

Sean se frotó una mancha del traje.

—Los huesos rotos son mi especialidad, ¿recuerdas?

Jackson los ignoró a los dos.

—Kayla ha organizado un evento de retiro corporativo. Senderismo y acampada de una noche.

—Lo sé. Ya me lo contaste —refunfuñando, Tyler levantó la bici del suelo—. Tengo que llevarme a un grupo de oficinistas desentrenados a hacer senderismo. Será el mejor momento de mi vida.

—Necesito que el próximo fin de semana hagas un recorrido de prueba.

—No necesito hacer un recorrido de prueba. Me conozco ese sendero como la palma de la mano. Podría caminar por él en la oscuridad, dormido y con las dos piernas atadas y, aun así, volvería en la mitad del tiempo que vas a darles a ellos.

—No es por ti. Es por Élise.

Sean lo miró extrañado.

—¿Qué tiene que ver Élise en esto? Ella no va a hacer la excursión con Tyler.

—Va a preparar la comida y quiere asegurarse de que su menú funcionará con el equipo que llevarán al bosque. Ya tiene quien la cubra en el restaurante el fin de semana que viene.

—¿Quieres que acampe una noche con Élise? Vaya, qué íntimo y agradable —respondió Tyler mirando a Sean y sonriendo.

Sean apretó los dientes.
—¿Eso debería molestarme?
—No lo sé. ¿Te molesta?
Sí, le molestaba, aunque no lo admitiría.
—Pobre Élise —dijo en voz baja—. Será mejor que alguien le advierta de que roncas.
—Lo más seguro es que no durmamos mucho. Estaremos demasiado ocupados manteniéndonos calentitos el uno al otro y mirándonos a los ojos.
Jackson los miró a los dos exasperado.
—¿Es que nunca vais a dejarlo?
—¿Dejar qué? —Sean resistió la tentación de agarrar a su hermano pequeño por el cuello—. Si quiere echarse encima de Élise, que lo haga. Espero que se divierta. Y mientras él esté tomando comida envasada y precocinada y lo estén devorando los mosquitos, puede que yo lleve a Brenna a cenar. Ha estado trabajando mucho y se merece relajarse un poco.
Al ver a Tyler palidecer, Jackson maldijo.
—Ya tengo bastantes cosas que hacer sin tener que estar además separándoos cada dos minutos.
Tyler tenía la mirada clavada en Sean.
—Brenna es lo suficientemente sensata como para negarse a cenar contigo.
—¿Por qué? El invierno pasado salió a cenar unas cuantas veces con Jackson.
—Eso es distinto. Jackson no intenta acostarse con cada mujer que lleva a cenar.
Jackson volteó la mirada.
—¿Habéis terminado?
—¡Yo sí! —contestó Tyler fulminando con la mirada a Sean y antes de entrar en el Outdoor Center cargando con la bici.
Jackson lo vio alejarse.
—¿A qué cojones estás jugando?

—Tan solo llevo a cabo un experimento para ver cómo están las cosas.

—Los dos sabemos cómo están y me gustaría que siguieran así —Jackson miró al grupo de niños que montaban en bici con Brenna en dirección al Outdoor Center—. Tyler y Brenna son esenciales para el funcionamiento de este sitio y no quiero que nadie lo estropee. Dirigir este lugar sigue siendo un equilibrio entre nadar y ahogarse, y no nos falta mucho para hundirnos.

Sean se miró la camisa.

—Me ha destrozado una camisa buenísima.

—Para variar, no ha sido una de las mías.

—Está loco por ella.

—Puede —respondió Jackson alzando una mano y saludando a Brenna—. Pero también es muy protector con ella. Probablemente deberías tener eso en cuenta la próxima vez que intentes provocarlo. Y por lo que más quieras, no la lleves a cenar. Ya tuvimos fuegos artificiales el Cuatro de Julio, no necesitamos más ahora mismo.

—Tú la llevaste a cenar.

—Fue solo una cena.

—Estoy seguro de que quiere a Brenna.

—Sí, tal vez, pero todos sabemos que aquel asunto con Janet Carpenter lo dejó un poco tocado.

Sean vaciló preguntándose si decir algo o no.

—Hace un momento he parado con el coche en la puerta de los Carpenter.

Jackson estrechó la mirada.

—¿Y por qué has hecho eso?

—Me estaba planteando matar al abuelo y necesitaba las dos manos. La cuestión es que... —se detuvo— me ha parecido ver a Janet.

—Estás de coña. Eso es imposible. Está en Chicago.

—Estaba lejos, así que a lo mejor me he equivocado.

—Te has equivocado —respondió Jackson con expresión

tensa–. Independientemente de lo que piense de Tyler, es la madre de Jess. No vendría a ver a sus padres sin decírselo a su propia hija.

–¿No? –Sean se sacudió un poco de polvo de la manga–. Las Navidades pasadas envió a esa misma hija a vivir aquí de forma permanente sin pararse a pensar ni un instante qué era mejor para Jess. No pareció importarle mucho. ¿Crees que deberíamos comentárselo a Tyler?

–No, porque podrías estar equivocado. ¡Mierda! –Jackson se pasó la mano por la nuca–. Espero que te equivoques. Lo último que necesitamos por aquí es a Janet Carpenter removiendo las cosas. Jess está asentada y feliz, y hacía años que Tyler no estaba tan centrado.

–Lo más probable es que me equivoque. Hay montones de mujeres pelirrojas con el pelo largo. ¿Y, además, por qué iba a estar aquí? Discutió con sus padres y odia Snow Crystal casi tanto como odia a Tyler.

–Y Jess está en medio de todo eso. Por lo que sé, ni siquiera hablan demasiado a menudo, aunque tampoco parece que a Jess le moleste mucho. Desde aquel incidente en Navidad, todo se ha calmado. Adora a Tyler, así que lo que sea que Janet haya intentado para acabar con eso no le ha funcionado. Olvidémoslo, y si es ella y ha vuelto sin decírselo a su propia hija, razón de más para no mencionarlo. Así Jess se ahorrará el disgusto y Tyler se ahorrará problemas.

–Sí, puede que tengas razón. Y hablando de causarle problemas a Tyler, eso de la acampada... –Sean se agachó y se sacudió el polvo de los zapatos–. Yo lo haré.

–¿Tú? –Jackson lo miró atónito–. Estarás en Boston.

–De todas formas, tenía pensado venir el próximo fin de semana para ver qué tal está el abuelo –de pronto, las seis semanas alejado de Snow Crystal que había planeado se le hacían demasiado largas–. Como voy a estar aquí, yo lo haré.

–¿Así que además de tener pensado volver a casa, quieres ir de acampada? –Jackson no se molestó en ocultar su sonrisa–. ¿Es que de pronto alguien ha inventado una tienda de campaña de cinco estrellas con instalaciones privadas?

–Crecí aquí igual que vosotros. Me conozco esos senderos tan bien como vosotros. Y mis técnicas de supervivencia en el bosque son tan buenas como las vuestras.

–¿Desde cuándo los equipos de supervivencia en el bosque incluyen zapatos italianos hechos a mano? –Jackson lo miró de arriba abajo–. Van a terminar muy bien después de un día de caminata por el sendero. ¿Es esta tu idea de un atuendo informal? Porque ahora mismo estás para sentarte en un palco en la ópera.

–Eso demuestra cuántas veces has ocupado un palco en la ópera. Y para tu información, acabo de llevar al abuelo al hospital.

–Es verdad. Eso explica que estés de tan buen humor y tan agradable. Ese sendero es duro de recorrer. Por eso lo hemos elegido.

–Puedo con ello. Prueba a estar de pie durante doce horas operando y después levántate en mitad de la noche para atender una urgencia, y entonces sabrás lo que es duro.

–¿Quieres renunciar a dos días de tu tiempo para hacer de canguro de unos ejecutivos que se llevan mal entre ellos?

–No, esa parte la puede hacer Tyler. Yo quiero hacer las prácticas.

Jackson apartó una mosca de un manotazo.

–¿En serio estás dispuesto a llegar tan lejos con tal de que Tyler no pase una noche en una tienda de campaña con Élise?

–No tiene nada que ver con Élise. Estoy poniendo de mi parte para ayudar con el negocio familiar. Así me quitaré un poco de encima al abuelo. Pensé que podría echar una mano, eso es todo. El número de visitas va en aumento y no podéis contratar a más empleados hasta que saneéis un poco las cuentas, así que supongo que estáis al límite.

–Lo estamos, pero ya hemos estado al límite antes y nunca te he visto soltando el bisturí y corriendo a nuestro rescate. Lo cual está bien porque te estás dedicando a eso para lo que estudiaste y todos estamos orgullosos de ti –le dijo Jackson mirándolo fijamente–. Así que haznos un favor a los dos, déjate de chorradas, y dime qué leches está pasando.
–Como te he dicho, estoy ayudando.
Jackson suspiró.
–De acuerdo, hazlo. Como dices, andamos cortos de personal. Así Tyler se quedará libre para llevar a esa familia a hacer el recorrido en bici. Pero como le hagas algo a Élise, como le hagas derramar una sola y diminuta lágrima, seré yo el que te rompa los huesos, no Tyler.

## Capítulo 13

Élise se sumergió en el trabajo con la esperanza de que eso le impidiera pensar en Sean.

Sabía que había llevado a Walter al hospital, y el hecho de que no se hubiera pasado a verla la molestaba más de lo que debería.

Y ahora él estaba de vuelta en Boston, siguiendo adelante con su vida y ella con la suya.

Que era exactamente como debía ser.

Cocinaba todas las noches en The Inn sirviendo platos ganadores de premios en un elegante entorno, y pasaba el resto del tiempo trabajando en el nuevo Boathouse Café y supervisándolo. Experimentaba con los menús, eliminaba platos que no parecían populares y añadía otros cuantos. Le complacía ver el embarcadero reformado abarrotado de familias, de clientes jóvenes y mayores por igual.

Y en las pocas horas libre, que le quedaban, diseñaba el menú para el evento de retiro corporativo que había organizado Kayla. Tenía que ser una comida ligera y fácil de transportar y cocinar.

Tyler le había facilitado el pequeño hornillo de acampada que usarían y ella había reproducido todos los platos empleando únicamente el equipo que tendría en la excursión.

La mañana de la excursión se reunió con él en el Outdoor Center.

—Por lo que más quieras, échate repelente de bichos —dijo Tyler entregándole una bolsa—. Y manga y pantalones largos todo el tiempo. Estamos a mitad de verano, así que ahí fuera hay montones de bichos que pican. Por suerte, ya ha pasado prácticamente la temporada de moscas negras. Eso es toda una alegría.

—Puedes ir delante de mí —le dijo Élise colocando la comida en su mochila—. Así te pueden dar un bocado a ti y a lo mejor se les pasa un poco el hambre.

—Yo no voy a ir —la ayudó con la mochila—. Una familia de seis personas quiere explorar los caminos de bici de la montaña y soy su guía. No podemos rechazar esa clase de dinero.

—No, por supuesto que no. ¿Entonces Jackson va a...?

—Sean —respondió Tyler cerrando la mochila—. Por muy impactante que suene, mi delicado hermano amante de la ciudad lo va a hacer.

A ella se le secó la boca.

—¿Sean?

Tyler le dirigió una mirada compasiva.

—Da miedo, lo sé, pero lo creas o no antes se conocía el sendero de largo recorrido muy bien. Y míralo de este modo, si no te puede salvar de ser atacada por un oso porque le preocupe más protegerse los zapatos y el traje, al menos sí que podrá reconstruirte después. No estés tan aterrada —él malinterpretó la expresión de su rostro—. No es probable que vayáis a encontraros con un oso. Les dan miedo los humanos, aunque una vez olfateen tu comida eso podría cambiar. Es broma.

¿Sean iba a ir con ella?

No lo veía desde aquella noche en la que se había quedado dormida en el sofá y al despertar se había dado cuenta de que la había subido al dormitorio.

—Creía que estaba en Boston.
—Según Jackson, de pronto lo ha invadido un fraternal deseo de ayudar —Tyler se encogió de hombros—. Estamos muy ocupados por aquí, así que ninguno se lo vamos a discutir. Vais a ir a comprobar la ruta, a cocinar y a acampar durante la noche, y después me diréis si necesitamos hacer algún cambio antes de que esos blanditos de ciudad lleguen aquí.
—Tengo entendido que dos de ellos son mujeres.
—Así es —contestó Tyler con una sonrisa—. Tengo pensado preparar un encuentro con un oso para que puedan venir a acurrucarse a mi tienda.

A pesar de los sentimientos que la revolvían por dentro, Élise se rio.

—¿Brenna irá con vosotros?
—Sí —Tyler le ajustó las tiras de la mochila—. Es importante que el peso esté en el lugar adecuado porque, si no, te sentirás incómoda. Pero si pesa demasiado, que la lleve mi hermano, le vendrá bien.
—Entonces si tú vas a dormir con las mujeres, ¿eso significa que Brenna dormirá con los hombres? ¿Y uno de ellos es el dueño de la empresa, no? Así que lo más probable es que sea muy rico —de pronto a Tyler se le borró el gesto de diversión.
—Brenna estará en su propia tienda.
—¿No te preocupa que la asusten los osos?
—A Brenna no la asusta nada. Deberías haberla visto de pequeña. Trepaba por todo lo que trepábamos nosotros, esquiaba todo lo que esquiábamos. Allá donde estuviéramos, estaba también ella.

«Y lo sigue estando», pensó Élise. «Pero tú no te das cuenta».

Se preguntó si la acampada cambiaría eso.

Sin embargo, no tuvo tiempo de darle muchas vueltas al asunto porque en ese momento vio un reflejo rojo y oyó el rugido del motor que anunciaba la llegada de Sean.

Tyler le puso la mano en el hombro y le dio un cariñoso apretón.

—¿Te parece bien este plan?

La conmovió que le preguntara.

La conmovió que se preocupara por ella.

Era otra razón más para amar ese lugar y la gente que vivía en él.

—Me parece bien. ¿Por qué no me lo iba a parecer?

—Porque mi hermano tiene los ojos puestos en tu sexy trasero. Si intenta algo, dale un puñetazo. Es un blandito de ciudad. No tiene ni músculo ni fibra.

Ella sabía que eso no era verdad porque había visto esos músculos.

No eran nervios eso que le revoloteaba por el estómago, era otra cosa completamente diferente.

¿Pero qué temía?

Que la hubiera llevado a la cama, la hubiera arropado y la hubiera dejado allí durmiendo no cambiaba lo que sentía por él. Se sentía atraída, eso seguro, pero la cosa no iba más allá.

Ni ella quería más ni él tampoco.

—Tengo que irme. Ya llego tarde a una reunión con un representante de una empresa de esquí. Buena suerte. Si necesitas algo, llámame.

Saludó a Sean levantando la mano y fue hacia la tienda al aire libre contigua al Center.

Sean aparcó el coche y se acercó a ella cargando con una enorme mochila.

—Hola, doctor O'Neil... —Sam Stephens estaba dando vueltas con su bici nueva y Sean se detuvo a hablar con él sonriendo.

—Ey, hola. ¿Es esa la bici del cumpleaños?

—Claro. Me tocó la roja —el niño sonrió con orgullo y se acercó más a Sean, que le dedicó su merecida atención.

—¿Qué tal van las vacaciones?

–Guay. Aunque solo nos quedan dos días. Hoy mi padre y yo vamos a salir con las bicis a recorrer el sendero del bosque. Mi madre se queda aquí con mi hermana pequeña.

–Suena bien. Ten cuidado y no te quites ese casco. Si te caes de la bici no querrás golpearte la cabeza.

–He visto su coche. ¿Acaba de llegar de Boston? ¿Ha salvado alguna vida hoy, doctor? –el niño lo miraba con unos ojos grandes, redondos y cargados de admiración.

–Aún no –sonriendo, Sean se ajustó la mochila–. Pero el día acaba de empezar. Quién sabe lo que pasará.

Élise sintió un nudo en la garganta.

Qué bueno era con el niño.

Sam acercó la bici más a su héroe.

–¿Élise, sabías que salvó la vida de un hombre?

–No –se sintió aliviada de que la voz le sonara natural–. No, no lo sabía, Sam. Pero es médico, así que supongo que ese es su trabajo.

–No era su trabajo, no pasó en el hospital. Pasó ahí arriba en las montañas... –Sam señaló con un brazo y la bici se tambaleó–. Un hombre se cayó esquiando y se rompió todos los huesos del cuerpo –el chico lo describió con un macabro deleite que hizo que ella se estremeciera.

–Tampoco fueron todos los huesos –añadió Sean suavemente, pero Sam seguía decidido a contarle a Élise toda la historia con tantos adornos como fuera posible.

–Había sangre por toda la nieve y la gente gritaba. El hombre gritaba. Mi padre estaba cerca y lo vio todo. Dijo que el doctor O'Neil pasó por delante esquiando y se ocupó de todo frío como un polo. Y lo curó –sumido en la veneración de su ídolo, Sam perdió la concentración y la bici se volvió a tambalear. Con grandes reflejos, Sean alargó una mano y lo sujetó antes de que el niño pudiera caer al suelo.

–No lo «curé» exactamente. Lo estabilicé lo suficiente para poder bajarlo de la montaña y llevarlo al hospital para que los médicos pudieran curarlo.

—Pero si no lo hubiera hecho, habría muerto. Allí mismo, en la montaña.

—Tal vez. Ahora planta los pies antes de que te caigas —dijo Sean con tono paciente—. Eso es. Y ten cuidado en el sendero. Tiene algunas zonas complicadas.

—Estoy bien, no me caigo —pero el niño apoyó los pies—. ¿Cómo se dice «sangre» en francés, Élise?

—*Sang* —respondió ella—, aunque espero que nunca tengas que necesitar emplear esa palabra.

—Podría hacerme falta. Cuando sea mayor, voy a ser cirujano como el doctor O'Neil. Voy a salvar la vida de la gente. Eso sería guay.

Tras comprobar que el chico había recuperado el equilibrio, Sean soltó la bici.

—Serás un doctor magnífico, pero ya basta de hablar de sangre por hoy. Estás haciendo que se me revuelva el estómago.

Sam seguía por allí, no parecía dispuesto a dejar marchar a su héroe.

—Usted ve sangre todo el tiempo.

—Razón de más para no querer verla en mi día libre. Que pases un buen día, Sam. Saluda a tus padres de mi parte.

Sam se marchó pedaleando y tambaleándose un poco bajo la mirada de Sean.

—Espero que tengan cuidado en ese sendero. El chico no parece muy seguro con la bici.

—Es adorable. Y te adora.

—Lleva años viniendo aquí y se impresiona fácilmente. ¿Vas bien con la mochila o pesa demasiado? —él se echó la suya sobre sus anchos hombros y ajustó las tiras. Élise vio esos músculos flexionarse y tensarse bajo la camisa.

Por un instante sintió un poco de la admiración que sentía Sam. Físicamente, Sean O'Neil se acercaba todo lo que era posible a la perfección masculina. Sin embargo, eso era un hecho, no algo por lo que debiera emocionarse.

Pero entonces lo miró a los ojos y vio calor en ellos.
Una química en estado puro la sacudió y tuvo que recuperar el equilibrio mientras se decía que era la mochila lo que estaba haciendo que le fallaran las piernas.
—Voy bien. Vamos.
—Tyler me ha dado la ruta que tiene planeado hacer. La seguiremos exactamente y pararemos para descansar donde lo vayan a hacer ellos.
—*Bien* —respondió ella en francés—. Me parece bien.
—¿Hacías esto en Francia alguna vez? ¿Senderismo?
—*Oui*, por supuesto. En las montañas, con mi madre —el recuerdo hizo que se le encogiera el corazón—. En invierno solía cocinar para los esquiadores y de vez en cuando íbamos a Chamonix en verano y allí cocinaba para excursionistas y escaladores. Chamonix es uno de los mejores lugares para escalar y esquiar en los Alpes.
Sean marcaba el paso hacia el camino que se extendía desde Snow Crystal hasta el sendero The Long Trail.
—Nosotros hacíamos este camino constantemente cuando éramos pequeños. El abuelo solía llevarnos de acampada y después nos dejaba solos para que encontráramos el camino de vuelta a casa.
—¿Y vuestra madre no se preocupaba?
—Probablemente. Se preocupaba por Tyler. Era el temerario, siempre se rompía algo, así que había más motivos para preocuparse. Jackson y yo éramos los que llevábamos cuidado. De todos modos, la opinión de mamá no contaba mucho. El abuelo mandaba y lo sigue haciendo.
—Parece que está mucho mejor. He oído que la cita en el hospital fue bien.
—Sí.
—¿Y ya habéis aclarado las cosas? ¿Habéis mantenido esa conversación?
—Aún no.
A Élise la invadió la frustración.

—¿Por qué sigues posponiéndolo?
—Iba a sacarle el tema, pero entonces se puso a hablar de...
—¿De qué?
—De nada. Mierda —soltó una ristra de palabrotas cuando se le hundió un pie en el barro hasta la altura del tobillo—. ¿Cómo no me he dado cuenta? —se encontraban en mitad de los bosques de Vermont, rodeados de altos árboles y del aroma del campo. Y tenían el sendero para ellos solos.
—Chico de ciudad —sonriendo, Élise pasó delante de él, saltó el barro y aterrizó sobre tierra firme.
—Has estado hablando con Tyler —aún murmurando, Sean se quitó de las botas todo el barro que pudo—. Genial. Te va a encantar compartir tienda conmigo esta noche.
—Tenemos dos tiendas.
—Una tienda. Dos personas. Dos tiendas eran un peso innecesario.
—Creía que había dos tiendas.
—Solo una. ¿Hay algún problema?
—Prefiero tener mi propio espacio.
—Puedes tener tu propio espacio. El lado izquierdo de la tienda es tuyo. El lado derecho, mío —esbozó una media sonrisa—. Relájate. No nos vamos a ir a vivir juntos. Esto es un acuerdo estrictamente temporal.
Y no había nada que ella pudiera hacer al respecto, ¿verdad? Armar un alboroto por eso sería como darle demasiada importancia y trascendencia a la situación, así que se limitó a encogerse de hombros y continuar avanzando por el camino.
El bosque se iba haciendo cada vez más denso, la luz cada vez más tenue y entonces, finalmente, el sendero se abrió dando paso a unas increíbles vistas de las Green Mountains.
—*C'est incroyable* —Élise se detuvo en seco deleitándose con el paisaje, sintiendo el aire fresco sobre su acalorada piel—. Es verdaderamente precioso.

–Sí, sí que lo es –Sean le quitó la mochila y la dejó junto a una roca–. Vamos a descansar un poco y a cocinar algo de esa comida que has traído. ¿Qué hay para comer? *Langoustines à la greque? Coquilles Saint Jacques?*
–Estamos en la montaña.
–No hay nada en el manual de las Green Mountains que me diga que tengo que renunciar a mi forma de comer solo por estar en el bosque. Mira –señaló un pájaro que volaba sobre ellos–, un halcón de cola roja.
Ella miró al cielo.
–¿Cómo sabes eso?
–El abuelo. Él sabe todo lo que hay que saber sobre los pájaros y la fauna de por aquí. ¿Quieres saber qué setas se pueden comer? Pues pregúntale a él. Y hablando de comer, me muero de hambre –se metió la mano en el bolsillo y sacó unas gafas de sol.
Con las gafas ahora absorbiendo el reflejo del sol, ella ya no podía verle los ojos.
–No tengo setas –dijo Élise al abrir la mochila y sacar el primer paquete de la nevera portátil–. El almuerzo es un picnic. Jamón Green Mountain servido con mi pan de masa fermentada y aceitunas frescas.
–Si encontrara setas, podrías hacer uno de esos deliciosos pastelitos salados que comimos la noche de la fiesta.
–¿Y cómo iba a cocinarlos aquí? ¿Crees que voy por ahí con un horno a cuestas? La vida sencilla requiere una comida sencilla. Pero «sencilla» no significa de calidad baja –le pasó un paquete perfectamente envuelto y él se sentó en una roca.
–Cuando hacíamos estas excursiones de pequeños, el abuelo no nos dejaba traer comida. Teníamos que comer lo que encontráramos en el bosque –colocó el jamón entre dos gruesos pedazos de pan fresco–. Sabíamos qué bayas se podían comer sin peligro y cuáles nos envenenarían. Sabíamos cómo pescar en el río y cómo encender un fuego para co-

cinar el pescado sin hacer arder el bosque. Jackson y Tyler solían buscar la comida mientras yo encontraba la leña para el fuego. Aunque en realidad lo que solía hacer era buscar un lugar tranquilo y sentarme a leer el libro que me había escondido en la mochila. El jamón está bueno. ¿Hay más?

Ella se preguntó si sería consciente de lo mucho que hablaba de su abuelo.

—¿Tu padre también os acompañaba? —le dio otra rebanada de pan con una loncha de jamón.

—Solía estar trabajando.

—Estabas muy unido a tu padre.

—Sí —Sean mordió un pedazo de pan—. Lo estaba.

Élise se preguntó si eso tendría algo que ver con la discusión que había tenido con su abuelo, pero no insistió en el tema. Si él quería hablar de ello, hablaría, y si no lo hacía... bueno, ella entendía mejor que la mayoría de la gente la necesidad de reservarse ciertas cosas.

Cuando terminaron de comer, continuaron subiendo por el sendero ahora con vistas al lago Champlain.

—Esto es lo más bonito que he visto en mi vida. ¿Por qué no había subido aquí nunca?

—Porque mi hermano te explota en el trabajo —Sean se cubrió los ojos con la mano—. Tenemos suerte de que el día esté despejado. Normalmente la visibilidad es escasa aquí arriba. ¿Ves el lago? Lo descubrió tu compatriota, Samuel de Champlain. Era un explorador francés que navegó hasta aguas interiores desde el océano Atlántico y encontró este enorme lago de agua dulce.

—Es un lugar precioso. ¿Dónde vamos a acampar?

—En Walter's Ridge. De pequeños siempre acampábamos allí. Si saltas al otro lado puedes seguir el río de vuelta a casa. Por eso nunca nos perdíamos.

Caminaron un poco más y llegaron a una zona abierta con rocas y vistas espectaculares.

Sean se quitó la mochila y miró a su alrededor.

–Aquí está bien.
–¿Está permitido acampar?
–En algunos lugares. Parte de The Long Trail cruza nuestra tierra, pero permitimos el acceso público y la acampada en zonas designadas. Nada de fogatas. Las fogatas son las prácticas de acampada con peor impacto ecológico. Y nos mantenemos alejados de los senderos durante la época de fango a finales de otoño y a comienzos de primavera, cuando la tierra está encharcada.
–¿Entonces esta tierra es vuestra?
–Sí, forma parte de Snow Crystal –sonrió–. Estoy intentando impresionarte.

Y sí que la impresionaba. No porque fueran dueños de las tierras, sino por lo mucho que él conocía la propiedad. A pesar de quejarse cuando pisaba algo blando y de ir aplastando insectos con la mano cada pocos minutos, había demostrado ser duro y competente al aire libre. Era una persona habilidosa y eficiente y en poco tiempo tuvieron la comida haciéndose en el hornillo y la tienda montada.

Élise espolvoreó queso parmesano recién rallado sobre un cuenco de pasta y se lo entregó intentando no pensar en los dos sacos de dormir tendidos el uno al lado del otro dentro de la tienda doble.

–Mañana vas a pescar pescado fresco para el almuerzo.

–Ni hablar –respondió él estremeciéndose exageradamente–. No pienso meterme al agua a pescar mi propia comida. Eso es demasiado primitivo. Cuando como pescado prefiero que ya esté muerto y en un plato de restaurante, no nadando alrededor de mis pies.

–El fresco es mejor.

–Una cosa es fresco y otra que todavía esté vivo –pinchó la pasta y la probó–. ¡Mmm! Está espectacular, y no solo porque no haya tenido que destriparla antes de comerla.

Riéndose, ella comenzó a comer también.

—Bien. Creo que hasta el ejecutivo más inepto podrá con esto. Está bien, ¿no?

—Demasiado bien para ellos. Creía que la idea era hacerlos sufrir un poco para que se unieran y establecieran vínculos ante la adversidad.

—¿Era eso lo que hacíais tus hermanos y tú cuando vuestro abuelo os dejaba solos para encontrar el camino de vuelta?

Sean se terminó la comida y se sirvió más.

—Para Tyler y Jackson no eran adversidades. Y para mí tampoco, supongo, aunque yo habría preferido que me hubieran dejado tranquilo para leer.

—¿Siempre te han gustado los libros?

—Era un modo de escapar.

—¿Escapar de qué?

Por un momento, Élise pensó que él iba a responder con uno de sus típicos comentarios insustanciales para cambiar de tema, pero no fue así.

Por el contrario, soltó el cuenco y se quedó mirando al infinito.

—La presión.

El ambiente cambió y ahora, en su voz, Élise percibió una nota de seriedad que no había oído antes.

—¿Qué presión?

—Para mi abuelo el mundo comienza y termina en Snow Crystal. Nunca ha sido capaz de entender por qué no todo el mundo piensa lo mismo. Por eso presionaba tanto a mi padre. El ambiente fue muy tenso cuando éramos pequeños.

—¿Pero a tu padre le encantaba esto, no?

—Le encantaba el sitio. Era un esquiador excelente. Por aquí hay gente que opina que era tan bueno como Tyler cuando era joven. Lo que no le gustaba tanto era el trabajo. No estaba hecho para verse atrapado detrás de un mostrador y teniendo que mostrarse siempre agradable con los turistas. Él solo quería esquiar.

«Exactamente como Tyler», pensó ella.
–¿Y por qué se quedó? ¿Por qué no se dedicó a otra cosa?
–Por amor. ¿No es por eso por lo que la mayoría de la gente acaba renunciando a sus sueños?
–¿Sí?
–Claro. Es lógico si lo piensas. ¿Cómo es posible que dos personas compartan las mismas aspiraciones? No pueden, así que es obvio que en algún momento uno de ellos tenga que renunciar a sus propias ambiciones para satisfacer las del otro. En el caso de mi padre, estaba dividido entre sus propios deseos y la responsabilidad de dirigir el negocio familiar. Supongo que el hecho de que mi madre adorara este lugar influyó en él e hizo inclinar su balanza de prioridades. Una carrera en el mundo del esquí de competición habría supuesto dejarla sola la mayor parte del tiempo, viajar, vivir una vida inestable y nómada. Y eso no es bueno para un matrimonio.

Élise pensó en la reputación de Tyler.
–No.
–Y habría supuesto que Snow Crystal fuera regentado por alguien ajeno a la familia. Él no podía hacerles eso a los abuelos, así que se quedó y desempeñó un trabajo que no quería hacer. Pero el resentimiento lo consumió.
–¿Habló de eso contigo?
–Constantemente –Sean se inclinó hacia delante y apagó el hornillo–. Solía llamarme, sobre todo por las noches, cuando mi madre se había ido a dormir y él estaba solo en la cocina, bebiendo, frente a una montaña de deudas y papeles que no tenía ni idea de cómo gestionar. Me llamaba y siempre me decía lo mismo: «Mantente alejado de este lugar. Jamás renuncies a tu sueño».
–¿Sabe Jackson que solía llamarte?
–No había motivos para decírselo –metió la mano en la mochila y sacó una botella de agua–. Su negocio marchaba bien en Europa, estaba triunfando, ganando mucho dinero

y viviendo su sueño. Para él todo era maravilloso y no vi razones para estropeárselo.

Había estado protegiendo a su hermano, cargando con todo ese peso él solo.

−¿No se lo contaste a nadie?

−No. Y entonces papá murió y deseé haberlo hecho. Si hubiera dicho algo antes, tal vez podríamos haber hecho algo.

−Su coche derrapó sobre el hielo. ¿Cómo podrías haberlo evitado?

Él giraba la botella de agua entre las manos.

−Mi padre estaba viajando porque no soportaba estar en casa. Quería estar donde hubiera nieve y por eso se fue a Nueva Zelanda. El abuelo no lo dejaba tranquilo. Lo presionaba para que pasara más tiempo aquí y cuánto más lo presionaba, mi padre menos quería estar aquí. Ya se estaba entregando a este lugar todo lo que podía −su voz sonó áspera−. En el funeral no pude más y estallé.

−¿Por eso fue la discusión? ¿Por tu padre?

−Culpé al abuelo −se frotó la frente y esbozó una mueca de disgusto−. Lo acusé de presionar demasiado a mi padre, le dije que era culpa suya. Él también perdió los nervios y me dijo que yo debería haber estado en casa ayudando. Me dijo que si hubiera estado aquí, no habría habido tanta presión, y que no tenía ni idea de lo que había estado pasando en realidad. Desde entonces, ninguno de los dos ha mencionado el asunto.

Dos hombres, ambos demasiado testarudos como para pedir perdón.

Pero eso explicaba muchas cosas. Explicaba la tensión entre los dos. Explicaba por qué Walter se mostraba tan a la defensiva con Sean y por qué Sean aún no lo había superado.

−Aún lo culpas. Sigues furioso.

−Sí, supongo que una parte de mí sí, y lo odio porque no

me quiero sentir así –se miró las manos–. Tengo que disculparme porque está claro que el abuelo no fue responsable de la muerte de papá y jamás debería haber dicho eso, ni siquiera a pesar de estar tan hundido en la pena y el dolor, pero eso no cambia el hecho de que siga furioso por cómo presiona a todo el mundo.

Ella tragó saliva.

–¿Y tus hermanos no saben por qué dejaste de venir?

–Tampoco notaron mucha diferencia. El trabajo me ha mantenido alejado de aquí en los últimos años y cuando nos juntábamos solía ser por vacaciones y Navidad, y entonces éramos tantos que el distanciamiento y las desavenencias no eran tan obvias. Cuando Jackson me llamó para decirme lo del abuelo, supe que tenía que venir a casa, pero estaba segurísimo de que no querría verme. Y no me equivoqué. En cuanto me vio en el hospital, me dijo que volviera a Boston.

–Pero no porque no te quisiera tener aquí –se sentía muy mal por él. Por los dos–. Han pasado dos años. Tienes que hablar con él.

–Tal vez –se levantó, esbozando una adusta sonrisa–. Pero no es fácil hablar con él y me da miedo terminar diciendo lo que no debo y empeorar las cosas. Estar en casa me hace recordar todo. La presión. La rabia. La culpabilidad. Todo eso está ahí, juntándose y removiéndose.

Élise también se levantó.

–Es la tristeza –dijo en voz baja–. La tristeza es algo horrible. La culpabilidad y la rabia forman parte de ello. Pensamos que las emociones deberían ser limpias y positivas, pero no lo son. Créeme, lo sé. Sentí todo eso cuando mi madre murió. Deberías hablar con él. No creo que importe si «dices lo que no debes». Lo que importa es que charléis.

–¿Y qué le digo? La verdad es que presionó a mi padre. Eso es así. Pero yo no debería haber perdido los nervios y, mucho menos, debería haberlo culpado. Y sí, claro, lo lamento. No hay un día en el que no desee poder retirar esas palabras –se pasó la mano por la mandíbula y le dirigió una media sonrisa–. Esto nunca se lo había contado a nadie. Aquí estoy, desnudando mi alma. Supongo que eso es lo que pasa cuando estás en plena naturaleza.

El aire estaba en calma y el sol caía tras las cumbres proyectando un brillo rosado sobre las cimas y el bosque.

–En la vida todos tenemos cosas que lamentamos, cosas que deseamos no haber hecho. Cosas que deseamos no haber dicho. Tu abuelo te quiere, Sean. Te quiere de verdad y tienes que intentar arreglar esto.

–¿Entonces tú también tienes cosas que lamentar?

A ella le comenzó a latir el corazón más deprisa. Más fuerte.

–Por supuesto.

–Dime una.

Retiró la sartén del hornillo pensando en Pascal y deseando no hacerlo. Lo había borrado de su vida. Era una pena que no pudiera borrarlo también de sus pensamientos.

–Mi madre me enseñó a ver los errores como lecciones. Solía decirme: «Si hay una lección que aprender, apréndela y sigue adelante. Todo lo demás es solo experiencia».

–¿Y cuál fue la mayor lección que aprendiste?

Élise se quedó mirando el hornillo un momento, sintiéndose vulnerable y expuesta.

–Deberíamos entrar en la tienda antes de que los insectos nos empiecen a picar.

–Ya nos han picado. Oye... –la agarró del brazo con su fuerte mano y un gesto reconfortante–. Tú conoces mis secretos más profundos, al menos dame uno de los tuyos. ¿Cuál fue la mayor lección, cielo? Quiero saberlo.

Esa palabra de cariño, tan inesperada, la dejó sin aliento.

–¿La mayor? –sentía su caricia a través de las capas de ropa, y la suavidad de su voz atravesó las capas de la coraza que había construido a su alrededor–. Hay dos. La primera es nunca retrasar el pedir perdón a alguien que quieres porque puede que pierdas la oportunidad, y la segunda es que, para mí, el amor no es posible. Y ahora deberíamos irnos a dormir.

Sean recogió la comida preguntándose qué demonios le pasaba.

Él no era persona de hablar de sus sentimientos. ¡Pero si la mayoría del tiempo ni siquiera pensaba en sus sentimientos! Estaba demasiado ocupado para darle vueltas a qué debería o no debería haber hecho y a qué habría pasado si esto o aquello. Sin embargo, esa noche, sentado al aire libre con Élise, todo había brotado. Había dicho mucho más de lo que había pretendido y ella había escuchado atentamente, dejándolo hablar.

Pero después no le había contado nada sobre ella. Solo lo justo para decirle que le habían hecho daño. Mucho daño.

«Para mí, el amor no es posible».

No había dicho «no creo en el amor» o «no quiero amor».

Se levantó, miró las montañas y analizó los datos que tenía a su disposición.

Había dado por hecho que la falta de interés de Élise en una relación había estado vinculada a su ambición y objetivos profesionales. Él trabajaba con muchas mujeres que no estaban dispuestas a renunciar a sus carreras a cambio de una familia, así que ni siquiera se había planteado cuestionarlo.

¿Qué era aquello que había dicho Jackson?

«No tienes ni idea de a lo que te enfrentas».

Maldiciendo en voz baja, se puso de cuclillas y terminó de recoger todo rastro de su presencia allí.

«No dejéis ni rastro». ¿No era eso lo que les había enseñado su abuelo?

«En el bosque eres un invitado, Sean, y los invitados no lo dejan todo hecho una porquería al marcharse».

Por desgracia, la vida no era tan limpia y ordenada. Dejaba mucho rastro. Montones de porquería. Y estaba claro que en el caso de Élise la vida no le había dejado rastro simplemente. Le había dejado unas profundas cicatrices.

Miró hacia la tienda, pero no vio movimiento en ella. No oyó palabras que lo animaran a unirse a ella.

Una vez terminó de limpiar el lugar hasta quedar satisfecho, fue hacia la tienda, se quitó las botas y entró.

Élise ya estaba metida en el saco hecha una bola. Su lenguaje corporal lanzaba claramente el mensaje de que la conversación había llegado a su fin.

—¿Es este el ático? ¿Servicio de habitaciones? ¿Aire acondicionado, piscina infinita y vistas de 360 grados? –dijo Sean mientras intentaba quitarse la chaqueta, una tarea que se vio dificultada por sus anchos hombros y la pequeña tienda–. Es imposible que esta tienda sea doble. Tyler siempre ha tenido un sentido del humor muy retorcido. Pero bueno, al menos no pasaremos frío.

Algo en el modo en que ella se había tumbado, acurrucada como escondiéndose, lo conmovió. Quería reconfortarla y no lo entendía porque ir reconfortando a las mujeres no entraba en su lista de habilidades. Esa tarea era competencia de Jackson.

Consciente de que estaba sobrepasando una línea que no solía cruzar, se quitó la camisa y los pantalones y se tendió a su lado.

—Me siento desnudo.

—Pues no te quites la ropa –respondió ella con tono apagado y sin levantar la cabeza.

—No me refiero a esa clase de desnudez. Me refiero a «desnudo» en el sentido de que he volcado mi alma y tú no me has dado nada a cambio –se acercó más a ella–. ¿Por qué el amor no es posible para ti?

—Buenas noches, Sean.

—Odio que hagas eso. Me lo hiciste la noche de la fiesta.

Das por terminada una conversación cuando no quieres hablar. Es el equivalente verbal a darle a alguien con la puerta en las narices.

—Estoy cansada.

—No estás cansada. Lo que pasa es que no quieres hablar de tus sentimientos, pero ojalá lo hicieras. Me has escuchado y a mí me gustaría escucharte —vio cómo se le tensaron los hombros y se arriesgó a decir—: Al menos dime su nombre y su dirección y así podré mandar a Tyler para que le dé un puñetazo. Iría yo mismo, pero no quiero estropearme otro traje. Además, si uso los puños puedo alterar mi calendario de operaciones, así que estoy seguro de que lo entiendes. Ya sabes, tengo vidas que salvar y todo eso.

—¿Es que no te vas a dormir nunca?

En esa ocasión en su voz captó una risa y se sintió aliviado.

—Primero tenemos que hacer lo de establecer vínculos en mitad de la naturaleza. ¿Es que lo estoy haciendo mal? Nunca lo he hecho así que puede que cometa errores.

Ella se giró hacia él.

—A ver si lo estoy entendiendo. Tú, Sean O'Neil, el maestro de lo superficial, ¿quieres que exponga mis sentimientos más íntimos?

Por un instante, Sean sintió pánico, pero entonces se recordó que trabajaba con sangre a diario. Podía soportar las emociones si tenía que hacerlo. Solo tenía que ir con cuidado y no decir ni hacer algo equivocado.

—Sí. Quiero saber por qué no quieres una relación. Me has dicho que aprendiste una lección —suavizó el tono—. ¿Qué lección aprendiste, Élise? ¿Por qué no es posible el amor para ti?

Cuando pensaba que no iba a responder, ella se incorporó con el saco aún enroscado alrededor de la cintura. Llevaba una camiseta suelta que le caía por el brazo dejando su hombro expuesto. Había algo en la curva entre su cuello y ese hombro esbelto y desnudo que la hacía parecer aún más vulnerable.

—No se me da bien juzgar caracteres. Soy muy emocional y eso me ciega —se subió la manga de la camiseta, aunque esta se volvió a deslizar inmediatamente—. A veces cometo errores muy, muy grandes. Tengo demasiada pasión.

Después de su encuentro en el bosque, Sean se sentía en posición de discutirle eso. Sin embargo, ahora veía claro que ella había amado a alguien y que ese hombre la había decepcionado.

Eso explicaba el contraste entre el calor y el frío.

—¿Es que se puede tener demasiada pasión?

—El problema con la pasión —respondió ella con tono suave— es que es demasiado sencillo confundirla con el amor. Te ciega hasta el punto de hacerte mentir. Te crees lo que te quieres creer y te entregas por completo, y el riesgo de entregarte por completo es que lo pierdes todo.

—Fue él, ¿verdad? Pascal Laroche —se preguntó por qué había tardado tanto en averiguarlo—. Fue él.

—Yo tenía dieciocho años y él treinta y dos. Más mayor. Muy atractivo. Llevaba cuatro meses trabajando para él cuando me besó la primera vez. Al principio no pensé que fuera posible que estuviera interesado en mí, era muy inocente. Muy distinta a las mujeres con las que solía salir. Le dije que no sin darme cuenta de que para él un «no» era el incentivo que necesitaba para comenzar a ir detrás de mí. Pascal era la persona más competitiva que he conocido en mi vida. En la cocina era un genio, admirado por todos, y esa admiración era su combustible. Era lo que lo movía. Fue detrás de mí sin descanso y al final me enamoré. Te estarás preguntando por qué, pero podía ser encantador y supongo que me sentía halagada. Lo amaba con todo mi ser y de verdad creía que él me quería a mí. Fue entonces cuando aprendí que querer algo no hace que suceda. Mi madre estaba preocupada, pero no la escuché. Siempre era muy protectora y yo solía llevarlo bien, pero en esa ocasión reaccioné mal. Me rebelé.

—Todos los adolescentes se rebelan. Deberías hablar con mi madre sobre algunas de las cosas que hizo Tyler. Dejó embarazada a una chica. Fueron momentos duros, te lo aseguro. La familia Carpenter quería matarlo. El abuelo no puede pasar por delante de su granja de manzanas sin gruñir. Nunca le gustó Janet.

—Pero tu familia se mantuvo junta. Cuando mi madre se quedó embarazada, sus padres se negaron a tener relación con ella. Mis abuelos ni siquiera quisieron verme nunca. Por eso mi madre y yo estábamos tan unidas. Yo era su única familia y ella la mía —se detuvo un momento y continuó—. Cuando conseguí el trabajo en el Chez Laroche se sintió muy orgullosa de mí, pero cuando conoció a Pascal y vio cómo eran las cosas, cómo era él, se asustó. Al instante pudo ver la clase de hombre que era. Intentó advertirme, pero no la escuché.

—Es una reacción muy típica de adolescente.

—Era la primera vez en la vida que discutíamos. Me gritaba y me amenazaba y yo le gritaba a ella. Ahora entiendo que estaba desesperada y sin saber cómo controlarme, pero a mí eso me hizo dejar de querer ir a casa.

Sean, viendo lo fácil que le resultaba encontrar paralelismos con su propia situación, cambió de postura, se encontraba incómodo. ¿No se había sentido él exactamente igual después de la discusión con su abuelo?

—Te sentías dividida, no sabías qué dirección tomar.

—Por las noches no iba a casa y no le decía dónde estaba porque sabía que intentaría evitar que fuera. Lo único que me importaba era Pascal. Estaba cegada. Aturdida. Estaba enamorada e ignoré todas sus advertencias. ¿Qué iba a saber ella del amor? Se quedó embarazada de mí cuando tenía dieciocho años y admitió que estaba locamente enamorada del hombre que era mi padre. Me dijo que un amor así te ciega y no te deja ver cómo es realmente la otra persona. Ves lo que quieres ver y crees lo que quieres creer. Me dijo que tenía que ponerle fin a la relación y buscar otro trabajo.

–Y no lo hiciste.

–No. Estaba enamorada de él. No quería que lo nuestro terminara, y mucho menos estaba dispuesta a escuchar a mi madre. Tuvimos una discusión terrible, llena de gritos, y le dije que me iba a vivir con Pascal –agarraba con fuerza el borde del saco y los nudillos se le pusieron blancos–. Iba de camino al restaurante para razonar conmigo cuando la atropelló un taxi. Me llamaron del hospital. Cuando llegó… ¿cómo lo llamáis?… Ingresó cadáver.

Sean cerró los ojos y la abrazó.

De pronto todo tenía sentido. Esa era la razón por la que estaba tan desesperada por que arreglara las cosas con su abuelo. La razón por la que le daba tanta importancia a la familia. La razón por la que se resistía a permitirse volver a enamorarse.

–No fue culpa tuya. Nada fue culpa tuya.

–Si no me hubiera ido a vivir con Pascal, mi madre no habría estado cruzando el Boulevard Saint Germain en ese momento –su voz sonó amortiguada por el torso de Sean y permaneció rígida en sus brazos–. Nunca tuve oportunidad de despedirme. Nunca tuve oportunidad de disculparme. Nada. Las últimas palabras que nos dirigimos estuvieron cargadas de furia y ahora tengo que vivir con eso durante el resto de mi vida.

–Pero te quería y sabía que tú la querías.

–Tal vez. No lo sé. Por entonces fui tan odiosa que tal vez no me quería. Y no le dije que la quería, así que quizá ella tampoco lo sabía. Jamás lo sabré. Y después me derrumbé. No sabía qué hacer. No tenía a nadie. A nadie excepto a Pascal. Se ocupó de todo, incluida yo. Me apoyé en él. Asumí su amabilidad como una prueba de que mi madre se había equivocado con él, pero, por supuesto, no se había equivocado –se retiró un poco y se apartó el pelo de la cara–. Esta historia está marcada por la fatalidad, ¿verdad? ¿Seguro que quieres que siga?

Una parte de él no quería. Sentía lo que vendría a continuación y lo ponía enfermo.

—Sí.

—La primera vez que lo descubrí con otra mujer fue el día siguiente a nuestra boda.

—¿Te casaste con él? –eso sí que no se lo había esperado y tuvo que esforzarse para ocultar su asombro. Escuchar estaba siendo como ver un tren descarrilado, sabiendo que el desastre era inminente y sin tener forma de detenerlo.

—Estaba enamorada de él, así que para mí era la conclusión obvia. Soñaba con formar una familia con él, tener hijos y tal vez comprar una casa en el campo a las afueras de París. Gracioso, ¿verdad? Estarás pensando que de pequeña vi demasiadas películas de Disney.

—Cielo...

—Las señales estaban ahí, pero las ignoré. Solo veía las partes de él que quería ver. Su genialidad. Su encanto. Me dije que su mal carácter era natural porque era tan brillante que era comprensible que se sintiera frustrado con los que no éramos tan brillantes. Además, fue muy atento después de la muerte de mi madre. Enfrentarme a esa pérdida fue aterrador. Sin él creo que habría muerto. Estaba tan destrozada, tan sola, que cuando me propuso matrimonio, no lo pensé dos veces. Fue como estar siendo arrastrada por un río embravecido y que de pronto alguien me hubiera lanzado un palo para agarrarme. Era o aferrarme a él o ahogarme. Echando la vista atrás ahora veo que verme tan necesitada alimentó su ego. Yo le hacía sentir importante y para él sentirse importante era esencial. Era otra forma de adulación y se alimentaba de eso. No le interesaba tener una relación con alguien que estuviera a su altura. Él siempre tenía que ser superior, quedar por encima.

Sean se revolvió por dentro.

Una chica solitaria y afligida a merced de un capullo narcisista.

—No tienes por qué hablar de esto. Siento haberte obligado a contármelo.

—El día después de la boda, cuando lo descubrí con la otra mujer, me dijo que era un error. ¡Un error! Como si dos personas pudieran resbalarse y caer al suelo así —volteó la mirada y casi se rio. Sin embargo, Sean no tenía cara de querer reírse.

—¿Lo perdonaste?

—Sí, porque la alternativa me resultaba demasiado brutal como para contemplarla —sacudió la cabeza—. Me avergüenza admitir que le di otra oportunidad, pero me sentía muy vulnerable y reconocer que mi madre podía haber tenido razón era demasiado doloroso en aquel momento. Por supuesto, la cosa no terminó ahí. Eso siempre pasa, ¿no? Era famoso y siempre había mujeres. El hecho de que estuviera casado conmigo no cambiaba nada. Iba enlazando una aventura con otra, a veces hasta tenía varias al mismo tiempo. Y siempre estaban las interminables mentiras, todo lo que decía eran mentiras. Una noche en mitad de una terrible discusión le dije que quería el divorcio. Fue la primera noche que me pegó.

—¡Joder, no! —ahora las ganas de vomitar se le entremezclaron con la furia—. Oh, cielo…

¿Por qué demonios no lo había imaginado?

No sabía qué decir. ¿Qué se suponía que debía decir?

—Después se disculpó. Me dijo que estaba tan desesperado ante la idea de perderme que había perdido un poco la cabeza. Que al igual que sus aventuras eran accidentes, eso también había sido un accidente. Que era culpa mía por haberlo provocado. Pascal nunca se responsabilizaba de nada de lo que hacía. Todo era siempre culpa de los demás —su voz sonaba plana—. Me dijo que no volvería a pasar nunca, que estaba muy estresado y que había tenido una mala noche en el restaurante porque tres empleados estaban de baja y había tenido mucha presión. Yo estaba impactada, por supuesto. Nadie me había pegado nunca. Mi madre nunca me había pegado. Una lee sobre esas cosas, pero cuando te pasa a ti resulta aterradoramente sencillo escuchar las excusas. Y yo me dije que todo el mundo comete errores. Yo misma había cometido muchos, así que era muy tolerante con los errores de los demás. Además, sabía que si lo abandonaba, no solo perdería mi casa, sino también mi trabajo. Y amaba mi trabajo. Algunos de los clientes eran habituales. Pascal trabajaba muchas horas, yo me sentía sola y ellos eran lo más parecido que tenía a una familia.

¿Los comensales del restaurante, su familia?

Pensó en su propia familia. Tan unida. Tan exasperante. Pero siempre ahí. Siempre.

—No fue solo aquella vez. ¿Te volvió a pegar? —formuló la pregunta con los dientes apretados. Imaginarla enfrentándose sola a todo eso le rompía el alma.

—Sí. Y aquella vez sí que me marché.

Quiso alegrarse, pero por la mirada de Élise supo que la historia no había terminado ahí.

—¿Y adónde fuiste?

—Conseguí un trabajo en un restaurante diminuto en la Orilla Izquierda. Era un sitio discreto, ahí podía pasar desapercibida. Pensé que Pascal se sentiría aliviado por que me hubiera marchado y que no se molestaría en seguirme. Pero me equivoqué. Resultó que el hecho de que lo abandonara fue su mayor humillación. Y como castigo por haberme contratado, sacó del negocio al dueño del restaurante. Y cuando vino a darme las buenas noticias, me dijo que jamás volvería a trabajar en París y que me vería obligada a volver con él. Y entonces me pegó otra vez. Estaré eternamente agradecida de que lo hiciera porque Jackson estaba en el restaurante aquella noche.

–¿Jackson?

Ella esbozó una suave sonrisa.

–Había ido tres veces esa semana porque le gustaba mi cocina. Me había estado hablando de su negocio, de los hoteles y del esquí. Fue él el que me encontró en la calle sangrando y con un ataque de nervios. Me llevó al hospital, denunció a Pascal ante la policía y después me llevó a su hotel. Dormí en su cama y él durmió en el sillón.

–¿Arrestaron a Pascal?

–Sí, pero contrató a un abogado y sus representantes lo ocultaron todo. Le contaron a la prensa una historia que se creyeron. A la mañana siguiente, Jackson me ofreció un empleo como su cocinera. Al principio lo rechacé porque no quería arriesgarme a causarle problemas después de todo lo que había hecho, pero se negó a marcharse de París sin mí.

–Bien –no por primera vez en su vida, Sean tuvo razones para admirar a su hermano gemelo–. Y entonces te marchaste a Suiza.

–Sí. Jackson me dio esa oportunidad. Me salvó. Se lo debo todo. Y desde entonces no he vuelto a París, aunque el apartamento que compartía con mi madre sigue allí. Y a veces me siento triste por ello porque amaba esa ciudad, pero después de lo de mi madre y lo de Pascal... –se encogió de hombros–. Para mí ese lugar está envenenado. No podré volver jamás. Sería demasiado doloroso. Solo puedo pensar en lo mucho que decepcioné a mi madre.

Al final todo tenía sentido. Todo. La devoción hacia su hermano. Su lealtad. Ese inquebrantable amor por su familia.

Y sus motivos para no querer tener una relación.

No era que no siquiera amor. Anhelaba desesperadamente tener una relación y su propia familia, pero la asustaba tanto equivocarse que no se atrevía a volver a confiar ni en su criterio ni en sus decisiones.

La asustaba demasiado perderlo todo.

Había hecho suya a su familia porque así podía tener todo eso sin poner en riesgo su corazón.

Y él entendía por qué Jackson había querido que se mantuviera alejado de ella.

Su hermano tenía razón. Era el hombre menos apropiado para una mujer como Élise.

—Puede que Pascal Laroche sea un chef brillante, pero está claro que como ser humano es pésimo. Me gustaría operarlo sin anestesia —con gran esfuerzo, la soltó—. ¿Has tenido alguna relación desde que estuviste con él?

—Ya sabes que sí.

—No hablo de sexo. Hablo de una relación.

Había suficiente luz para poder ver que un rubor le cubrió las mejillas.

—No quiero.

—¿Y qué te parecería divertirte un poco, simplemente? ¿Cenar en un restaurante? ¿Una noche en la ópera?

—La gente hace eso cuando está saliendo y quiere conocerse. Yo no quiero eso. No puedo tenerlo. El amor me cegó. Vi lo que quería ver. Entregué todo mi ser, lo entregué todo, y no lo volveré a hacer.

Pero lo había hecho con su familia. Ese amor que temía darle a un hombre se lo había entregado en su lugar e incondicionalmente a los O'Neil. Había encontrado un lugar donde se sentía a salvo y se había ocultado ahí, arropada por la calidez de su familia.

¡Cuánto le dolía lo que le había pasado!

—Por eso te marchaste después de la fiesta.

—No suelo pasar dos noches con un hombre, y me desconcertó.

A él también lo había desconcertado.

El deseo de tomarla en sus brazos era arrebatador, pero sabía que no sería lo correcto. Haciendo uso de una voluntad que desconocía que poseyera, se metió en el saco de dormir. Ella hizo lo mismo y, al moverse, le obsequió con un destello de su hombro, un atisbo de su pecho y una sonrisa acompañada por ese hoyuelo.

—Es una suerte que hayas venido tú y no Tyler a la excursión. Si le hubiera contado todo esto lo habría matado. Él preferiría luchar contra un oso que escuchar a una mujer descargar sus emociones.

Pero ambos sabían que ella jamás le habría contado eso a Tyler. Nunca antes se lo había contado a nadie.

Y, por la razón que fuera, saberlo lo reconfortó.

—Duerme un poco, tienes que descansar. Si aparece un oso en mitad de la noche espero que me protejas, así que necesitas cargar energía.

—¿Sigues intentando convencerme de que no sabes sobrevivir en la naturaleza? Es demasiado tarde para eso. Sé la verdad.

—A lo mejor no. ¿Es que no te da miedo que la tienda se derrumbe sobre ti en mitad de la noche?

—Ya sabes lo que me asusta. Te lo acabo de contar —estaba tumbada de cara a él, acurrucada en el interior del saco—. ¿Y a usted? ¿Qué le asusta a usted, doctor O'Neil?

La idea de hacerle daño.

Ahí la tenía, con la mirada clavada en él, esperando su respuesta.

—¿Qué me asusta? La idea de estropear mi traje favorito. Descansa un poco —cerró los ojos a pesar de saber que no dormiría. Ya no. No podría sacarse de la cabeza lo que le había contado y se quedó ahí tumbado en silencio, pensando cómo debía de haber sido la vida de Élise y preguntándose cómo había logrado salir de todo eso tan entera y con tanta fuerza.

# Capítulo 14

Élise se despertó arropada por su saco y con esa sensación de agotamiento que sigue a una catarsis de emociones. No había llorado y era positivo, pero aun así se sentía seca y vacía por dentro.

Y vulnerable.

¿Qué le había pasado para acabar contándole todo a Sean? Nunca antes había contado la historia entera a nadie, ni siquiera a Jackson.

*Merde*, había compartido sus secretos más íntimos. Sus sentimientos. Sus emociones. Su vida.

Todo.

No se había guardado nada, ni una sola cosa, y él no había hecho nada para que dejara de hablar.

Había habido un momento en el que se había pensado que la iba a besar. Justo después de haber terminado de hablar, esos ojos azules la habían mirado de un modo que le habían hecho desear que su norma se aplicara a tres noches y no a una. Si en ese momento se le hubiera acercado, ella dudaba que hubiera podido tener voluntad suficiente para contenerse. Sin embargo, Sean se había metido en el saco de dormir y no la había tocado.

Y, conociendo su apetito sexual, eso solo podía significar una cosa.

Lo había ahuyentado. Sean se había pensado que era como él, que le interesaba más el trabajo que las relaciones personales, pero ahora que sabía la verdad, mantendría las distancias. Y ella debería sentirse aliviada porque que Sean no se alejara supondría que ella rompiera muchas más de sus normas.

Se incorporó, se apartó el pelo de la cara y respiró hondo.

Desconcertada por sus sentimientos y confundida por los de él, se vistió y salió de la tienda. Lo encontró preparando el desayuno en el hornillo.

—He encontrado el desayuno en tu bolsa mágica. Magdalenas inglesas caseras y beicon. Buena elección —Sean le dio la vuelta al beicon y disipó cualquier tensión que pudiera haber en el ambiente con una sincera sonrisa. El negro azulado de su cabello resplandecía bajo la luz del amanecer y tenía la mandíbula cubierta por una barba incipiente y oscura. A pesar de las apariencias, en plena naturaleza se sentía tan cómodo como en un restaurante caro.

Élise tenía un nudo en el estómago tan grande que dudaba que pudiera comer nada. Las confidencias de la noche la habían desestabilizado como nunca lo había hecho el sexo. Resultaba ridículo pensar que esa conversación fuera lo más íntimo que habían compartido.

Se arrodilló junto al hornillo y vio el sol alzarse sobre las cumbres.

—¿Qué hora es? ¿Llevamos prisa?

—De momento seguimos el horario de Tyler y eso que es un explotador. Sus instrucciones eran preparar el desayuno a la salida del sol para recorrer la parte más dura del camino antes de que haga calor y bochorno. Cree que su grupo de ejecutivos bajos de forma estarán gimoteando a la hora del almuerzo, así que el objetivo es llegar a la cascada helada a esa hora. Ahí tomaremos el siguiente picnic.

Estaba hablando como si nada hubiera pasado. Como si nada hubiera cambiado.

—¿Cascada helada?
—La llamamos así porque en invierno se puede escalar —sirvió las magdalenas en un plato, añadió beicon y se lo entregó a Élise—. Obviamente, ahora no está helada.
—Ahí es donde tu padre le pidió matrimonio a tu madre. Ella me lo contó una vez.
—Sí, fue ahí —Sean se quedó mirando su plato un momento antes de comenzar a comer—. Ha sido una buena elección. Hasta Brenna puede cocinar beicon.

Comieron, recogieron y limpiaron todo, guardaron el resto de la comida para no atraer a la fauna y comenzaron la caminata a un paso constante, siguiendo el río en dirección a Snow Crystal. Se detuvieron en la cascada, ahora con pleno caudal, almorzaron y continuaron hasta el punto en el que el sendero se cruzaba con uno de los caminos para bicicletas del complejo.

Apenas habían comenzado a bajar por el sendero cuando oyeron gritos.

—*Qu'est-ce que c'est?*—preguntó Élise con gesto de extrañeza y escuchando con atención.

—Niños —Sean se detuvo y ladeó la cabeza—. ¿Alguien divirtiéndose?

—No ha sonado como un niño.

Nada más decir eso, un hombre apareció más abajo del camino agitando los brazos.

Élise entrecerró los ojos.

—¿No es el padre de Sam?

—Sí. Algo pasa —sin molestarse en quitarse la mochila, Sean echó a correr por el sendero hacia el hombre y Élise lo siguió todo lo rápido que le permitió el peso de la suya.

Al alcanzarlos vio al pequeño Sam tendido en el suelo. Había sangre en sus pantalones y en el camino, y la rueda de la bicicleta nueva estaba combada y retorcida formando un extraño ángulo.

Sintió un momento de puro pánico. Lo veía ahí, tan pequeño e indefenso.

−*Oh, mon dieu...*

−Se ha chocado contra una roca y se ha caído. Se ha herido la pierna −su padre presionaba sobre la pierna aunque era inútil porque la sangre brotaba entre sus dedos−. No puedo detener la hemorragia. Está salpicando por todas partes. No debería haberlo dejado solo, pero tenía que ir a buscar ayuda. ¡Por Dios, haga que pare! ¡Haga que pare!

−Es una arteria −sereno y calmado, Sean se quitó la mochila y se puso de cuclillas junto a Sam.

El niño tenía los labios azules, las mejillas manchadas de barro y el pelo alborotado.

−He roto la bici nueva. La he roto.

−Vamos a arreglar tu bici para que quede como nueva − Sean le tomó el relevo al padre, que estaba temblando tanto que no podía ejercer presión sobre la herida−. Y a ti también te vamos a curar.

Al niño se le cerraron los ojos.

−Me siento raro. Mareado.

−No te preocupes por eso. Te pondrás bien −Sean colocó las manos sobre la herida y presionó con firmeza y actitud tranquilizadora−. ¿Élise?

−Sí −ella quería hacer algo, pero se sentía impotente. Inútil. Igual que se había sentido cuando Walter había sufrido el infarto. Le temblaba todo el cuerpo, las manos, las rodillas...−. ¿Qué puedo hacer? Dímelo y lo haré.

«Pero tú no dejes que muera, no dejes que muera».

−En la parte de arriba de mi mochila hay un botiquín de primeros auxilios. Lo necesito. Y después llama a Jackson.

−¡No hay cobertura! −el padre del niño estaba desesperado y pálido−. Ya lo he intentado.

Con manos temblorosas, Élise encontró el botiquín y lo sacó de la mochila.

–¿Eso del suelo es mi sangre? –preguntó Sam con voz apagada y temblona–. Parece mucha.

Aunque en silencio, Élise se mostró de acuerdo con Sam. Era mucha sangre. Más de la que había visto en su vida.

–No es nada –la voz de Sean sonó firme y reconfortante–. La sangre, aunque sea poquita, puede resultar muy escandalosa. ¿Nunca te has manchado de sangre la camiseta? ¡Colega, esa cosa salta por todas partes! –le indicó a Élise que abriera el estuche–. Queda mucha más en el lugar de donde ha salido, así que no te preocupes.

–Mamá se va a enfadar conmigo por haberme manchado la cazadora.

–No se va a enfadar. Es más, se va a alegrar de que estés bien.

Sam abrió los ojos de par en par con gesto de desesperación.

–Tengo sueño y siento como si todo estuviera muy lejos.

–Estoy aquí, Sam, y te pondrás bien. Estoy aquí contigo y no me iré a ninguna parte.

–Guay –contestó el niño con voz débil–. Salva vidas todo el tiempo, ¿verdad?

La expresión de Sean se mantuvo firme.

–Todo el tiempo. Durante todo el día en el trabajo. No tienes de qué preocuparte.

–No he visto la roca.

–Eso nos pasa hasta a los mejores, colega. Dile a Tyler que se quite un día la camiseta, cada cicatriz que tiene lleva una historia detrás. Además, cuando vuelvas al cole tendrás algo de lo que presumir. Vas a impresionar a las chicas –tenía los dedos resbaladizos por la sangre de Sam, pero no lo soltó–. Élise, usa esas tijeras para cortarle los pantalones.

Ella agarró las tijeras y cortó la tela empapada atravesando el barro y las hojas que se habían pegado a la ropa del chico, consciente en todo momento de la angustia del padre que no dejaba de intentar encontrar cobertura.

—¡El teléfono no funciona! —dijo levantándolo por encima de la cabeza y agitándolo con desesperación—. Nada. ¡Por Dios, no deje que muera, no deje que muera!

Élise vio miedo en la mirada del niño y supo que lo había oído.

—Nadie va a morir aquí —contestó Sean frío como un témpano y señalando con la cabeza—. Pruebe a acercarse más a la cascada. No es constante, pero antes he tenido suerte. Vaya.

El padre de Sam vaciló, claramente dudando entre dejar a su hijo y hacer esa llamada tan importante.

—No quiero dejarlo.

—Estamos bien aquí. Confíe en mí.

Élise tragó saliva. Ella confiaba en él. Si en ese momento Sean le hubiera dicho que saltase por un acantilado, habría saltado sin dudarlo. Y quedó claro que el padre de Sam sintió lo mismo porque al final pareció recuperar un poco la calma.

Respondiendo al tono autoritario de Sean, asintió.

—Vol... volveré en un minuto, Sam. Tú quédate ahí. El doctor O'Neil te mantendrá a salvo. Te va a curar. Te pondrás bien, hijo. Muy bien.

Estaba claro que el hombre no se creía lo que decía y, viendo el volumen de sangre y el tono azulado de los labios del niño, Élise tampoco estaba segura de creerlo. Sin embargo, sí que creía que Sam estaba haciendo todo lo posible, y si él tenía alguna duda al respecto, no lo estaba mostrando.

—Abre las gasas esterilizadas. Todas. Y después dame tu pañuelo —sus instrucciones fueron claras y concisas, pero ella se lo quedó mirando aturdida por el pánico. Lo único en lo que podía pensar era en cómo podía salir tanta sangre de un niño tan pequeño. ¿Cómo iba a sobrevivir?

—¿Mi pañuelo?

—Voy a necesitar un vendaje, tal vez un torniquete —

con su tono de voz atravesó el muro de pánico de Élise–. Hazlo.

Ella siguió las instrucciones sin más porque el cerebro le había dejado de funcionar y, sin saber muy bien cómo, en lugar de vacilar y temblar, abrió las gasas y le entregó el pañuelo.

–Bien, a ver qué tenemos aquí. ¿Qué tal ha ido el recorrido antes de que te chocaras con la roca? ¿Lo estabas pasando bien con tu bici nueva? Ojalá yo tuviera una bici así –siguió hablando al chico, charlando distendidamente mientras trabajaba limpiando la sangre para poder ver mejor la lesión. Por un segundo la sangre comenzó a brotar hacia arriba como una fuente, pero entonces presionó con las gasas esterilizadas, las sujetó con un vendaje firme y lo aseguró con el pañuelo de Élise. Tenía los dedos resbaladizos por la sangre y la camisa manchada. Pero el hombre que se quejaba cuando se le llenaban los zapatos de barro y los pantalones de polvo no pareció reparar en eso. Toda su atención estaba centrada en el niño que parecía estar desvaneciéndose bajo sus manos–. Élise, dame un cuchillo o un tenedor de nuestra mochila.

A ella le temblaban las manos tanto como las rodillas.

–¿Cuál de los dos? ¿Cuchillo o tenedor?

–Lo que sea, solo necesito algo para tensar esto. Con la presión no basta.

–¿Me voy a morir? –Sam tenía los ojos clavados en el rostro de Sean–. Mi padre dice que me voy a morir.

–No te vas a morir, Sam. Te sentirás bastante mal durante unos días, pero te pondrás bien.

–¿Y por qué iba a decir algo que no es verdad?

–Porque está muy nervioso. Eres su hijo. Te quiere –apretó más el pañuelo–. Es difícil ver sufrir a alguien a quien quieres.

–¿Pero usted no está nervioso, verdad?

–No hay nada por lo que estar nervioso –Sean casi sonaba aburrido–. Te has hecho un corte en la pierna, eso es todo. No hay que hacer un drama.

Élise miró la sangre y al niño y decidió que no le gustaría llegar a ver nunca lo que Sean consideraba un drama.

Sam lo agarró del brazo.

–Le he oído decir que es una arteria. Eso es malo, ¿verdad?

–A ver, si lo dejamos sin tratar, es malo. Pero no lo estamos dejando. Hemos detenido la hemorragia y ahora vamos a llevarte a un hospital y los médicos te curarán.

–¿Y usted? Quiero que me cure usted.

–Hay médicos que tienen más experiencia que yo en esto. Si te hubieras roto una pierna, eso sería distinto. En ese caso yo sería tu hombre.

Élise querría que fuera su hombre también. Si se viera en problemas, querría tenerlo a su lado.

De pronto entendió su absoluto compromiso con su trabajo. Era un auténtico talento. Era un hombre centrado. Cuando iba a trabajar por las mañanas salvaba vidas. ¿Y qué hacía ella? Horneaba pasteles. No le extrañaba que él no hubiera entendido que pudiera estresarse por el retraso de la inauguración del Boathouse. ¿Qué importaba la cafetería en comparación con la vida de un niño? ¿Qué importaba comparada con eso?

Él hacía algo que poca gente podía hacer, poseía habilidades que poca gente tenía. Era lo correcto que hiciera buen uso de ellas.

Sam cerró los ojos y se esforzó por volverlos a abrir.

–¿Vendrá al hospital conmigo, doctor O'Neil?

–Allí estaré.

–¿Se quedará conmigo todo el tiempo, incluso cuando esté dormido?

–Me quedaré contigo todo el tiempo –respondió Sean sin vacilar–. Estaré ahí cuando te duermas y estaré ahí cuando despiertes.

–¿Lo promete? ¿Pero con promesa de meñiques y todo?

–No sé qué es eso, pero no te dejaré solo. Es una promesa.

–Guay –por fin Sam se permitió cerrar los ojos y en ese momento sus pestañas fueron el único toque de color en su pálido rostro.

Élise tenía un nudo en la garganta.

Nunca antes había visto esa faceta de Sean. O tal vez sí. ¿No había actuado igual con su abuelo? ¿Con serenidad y calma mientras todos los demás estaban histéricos? Y la noche anterior, cuando le había contado todos sus secretos, también se había mostrado sereno y calmado.

Y después de la fiesta, cuando podría haberse marchado perfectamente, se había preocupado lo suficiente como para ir a su casa. Se había preocupado lo suficiente como para llevarla a la cama y arroparla.

–He conseguido cobertura –dijo el padre de Sam al volver, con la cara roja de tanto correr–. Van a venir. Van a venir ahora mismo. Calculan unos cinco minutos. ¿Es demasiado? ¿Cuánto tiempo tenemos antes de que…? ¡Oh, Dios! ¿Está inconsciente? Eso es malo, ¿verdad?

El hombre estaba temblando de miedo y conmoción, sollozando, y cuando Sean miró a Élise, ella supo de inmediato lo que le quería decir.

No podía ocuparse del padre y también del hijo.

Quería que el padre se alejara para que no empeorara las cosas.

–Vamos a salir a su encuentro –dijo Élise, y casi tambaleándose porque le temblaban las piernas, lo agarró del brazo y lo alejó de allí con delicadeza–. Todo irá más rápido si nos ven. Sean lo tiene bajo control. Ven conmigo.

En esa ocasión, Sean no levantó la mirada y ella tampoco esperó que lo hiciera.

Estaba intentando salvar al chico y no había nada, nada, más importante que eso.

Si el niño moría, no sería porque Sean O'Neil no hubiera hecho todo lo posible por evitarlo.

–Los padres están aquí. El cirujano está hablando con ellos y podrán ver a Sam muy pronto. Supongo que ya se puede marchar, doctor O'Neil. Es el héroe del momento –la enfermera era guapa y le sonrió con interés.

Pero Sean ni se fijó. Él tenía la mirada puesta en el niño, que seguía pálido y tendido en la cama. Habían sido las seis horas más largas de su vida.

–Me quedaré hasta que despierte.

–No es necesario –respondió la enfermera mirándolo–. ¿Quiere cambiarse? Tiene la ropa llena de sangre. Podría meterla en una bolsa y prestarle un uniforme.

–Estoy bien –¿qué demonios importaba la ropa? ¿El chico había estado a punto de morir y a ella le preocupaban unas manchas de sangre en su ropa?

–Mi casa está cerca, por si quiere un lugar privado para lavarse y cambiarse.

En lo que respectaba a invitaciones, esa no podía haber sido más descarada.

Si hubiera tenido más energía, se habría reído.

¿Quién se pensaba que era? ¿Un súper héroe?

Después de la presión emocional de las últimas seis horas, del frenético trayecto en ambulancia, de la operación a vida o muerte, si alguien le mostraba una cama se quedaría dormido al instante. Y ni aunque el ballet de Boston al completo hubiera bailado desnudo por la habitación se habría fijado.

Estaba hecho polvo.

Pero entonces vio a Élise en la puerta y su corazón se animó.

Sin embargo, en lugar de la mirada cálida que tendría que haber visto después de la noche que habían pasado juntos y del drama que habían compartido, la mirada de Élise estaba vacía y la expresión de su precioso rostro helada. Esos ojos verdes que podían encender un fuego con solo una mirada ahora se veían tan fríos como el hielo.

–He venido a decirte que los padres de Sam están aquí –su tono resultó tan gélido como sus ojos–. Los he traído en el coche. No era seguro que condujeran ellos. Su madre está muy nerviosa, como es lógico. El médico está hablando con ellos ahora.

–Bien –¿qué le pasaba? Debía de estar impactada. El asunto de Sam debía de haberle dado un susto de muerte. A él, sin duda, lo había aterrado.

–Tengo que volver ahora. El restaurante está lleno esta noche y no puedo dejarlos sin ayuda.

–Me ofrecería a echar una mano, pero me voy a quedar aquí un rato más.

–Por supuesto –respondió ella con una tirante sonrisa–. Imagino que tardarás un buen rato en marcharte.

Él supuso que se refería a Sam.

–Sí. Bueno, puede que te vea luego.

–Lo dudo. Estaré trabajando y después tú volverás a Boston. Buenas noches, Sean.

Élise le dirigió una última mirada a Sam y, por un instante, esa mirada se suavizó. Después se giró, salió y cerró la puerta tras ella.

Él tenía la sensación de que se le estaba escapando algo, pero estaba demasiado cansado para descubrir qué era.

Élise cocinó, sonrió, sirvió a casi cien personas e intentó no pensar en Sean enroscado al cuerpo de la guapa enfermera.

Había visto la sonrisa.

Había oído la invitación.

La invitación que él no había rechazado.

Una semana atrás eso no la habría molestado. ¿Ahora?

—*Merde* —sacó una sartén de uno de los armarios y tiró otras cuantas.

Ahora tampoco la molestaba. Él era libre y podía acostarse con quien quisiera. Así que, ¿qué importaba si había fingido ser pura amabilidad y sensibilidad y en realidad todo había sido una farsa? No era eso lo que la disgustaba. No, lo que de verdad la disgustaba era que había roto la solemne promesa que le había hecho a Sam.

Le había prometido al niño que se quedaría hasta que despertara, pero estaba claro que esa promesa iba con condiciones y una de ellas había resultado ser no recibir una oferta mejor de una sexy enfermera rubia que carecía del don de la oportunidad y de una conducta correcta.

De modo que Sean mentía cuando le venía bien. ¿Por qué la sorprendía? Había pasado suficiente tiempo junto a un hombre que había hecho justo eso como para saber bien de qué era capaz la gente.

Soltó una sartén sobre el fuego y vio a Poppy sobresaltarse por el estruendo.

—¿Va todo bien, chef?

—Todo va muy bien —echó aceite y esperó a que se calentara antes de añadir ajo y jengibre—. No podría ir mejor.

No se sentía mal por ella. Le daba igual, ¡como si Sean O'Neil se acostaba con todo el personal femenino del hospital! Lo único que le importaba era que había roto la promesa que le había hecho al pequeño Sam.

¿Cómo podía haber hecho algo así?

¿Cómo podía mentir a un niño?

Era un acto de lo más bajo. Injustificable.

—¿Seguro que todo va bien? —Poppy estaba pegada a su hombro, con gesto de preocupación—. Lo digo porque estás quemando el ajo, chef.

Élise miró la sartén.

Era verdad. El ajo se había oscurecido y tenía ese aroma

amargo que ofendía a su sentido del olfato. Lo había quemado como una aficionada. Hacía años que no le pasaba eso.

Con una exclamación de disgusto, apartó la sartén del fuego y dio un paso atrás con las manos en alto.

—No debería cocinar esta noche, estoy demasiado disgustada.

—Claro que estás disgustada —con voz tranquilizadora, Poppy apagó el fuego—. Has tenido un día traumático. Todos estamos preocupados por Sam, me han preguntado por él un millón de veces. A veces te crees que a la gente solo le interesa si su bistec está perfectamente cocinado, pero después pasa algo así y te das cuenta de que se preocupa. La verdad es que estas cosas le devuelven a uno la fe en las personas.

¿Ah, sí? Su fe en las personas se había resquebrajado hacía años y nada de lo que había visto ese día había servido para repararla.

Era como volver a vivir lo de Pascal.

Poppy la apartó de allí y sacó una sartén limpia.

—Ve a hablar con los clientes, chef. Aquí nos apañamos bien. Lo tengo todo controlado.

Hablar con los clientes.

Élise la miró. Respiró hondo. Sí, lo haría.

Y dejaría de pensar en Sean.

En realidad, debería haberse alegrado de que hubiera mostrado su verdadera cara. Por un momento, cuando había salvado la vida de Sam, había estado dispuesta hasta a entregarle su vida. La había dejado impresionada, totalmente abrumada por lo increíble que era.

Pero no sentía ninguna admiración por un hombre que rompía las promesas que le había hecho a un niño.

Se movía entre las mesas con una sonrisa pegada en la cara y la mente en otra parte.

—¿Hay noticias del pequeño Sam, Élise? —una familia

que se alojaba en una de las cabañas la miró con gesto sombrío cuando ella entró en el elegante comedor.

—Los médicos están muy satisfechos —era sorprendente cómo volaban las malas noticias, aunque tal vez no lo era tanto dado el tamaño del complejo y el hecho de que algunos de los huéspedes llevaban años yendo a Snow Crystal.

—Lo he visto antes con esa nueva bici y con su padre. ¡Parecía tan feliz! Es una pena.

—Pobre madre. Dicen que si no hubiera sido por el doctor O'Neil, el niño habría muerto. Es todo un héroe.

—¿Está bien el niño, chef? —incluso Tally, la jefa de comedor, cuyo servicio era insuperable, se apartó de la mesa que estaba atendiendo para ponerse al tanto de la situación.

Élise susurró unas palabras de tranquilidad, expresó a todo el mundo que esperaba que estuvieran disfrutando de la cena a pesar de los sucesos de día, y se movió por la sala.

En cada mesa se fue topando con las mismas preguntas, las mismas exclamaciones y las mismas charlas sobre las heroicidades de Sean hasta que al final fue a refugiarse a la cocina.

—La gente solo habla de Sam y de Sean.

—¿Cómo está el pequeño, chef? —Antony, el nuevo empleado y miembro más novato del personal de cocina, levantó la mirada de las verduras que estaba troceando—. Estuvo aquí anoche comiendo su pizza favorita y me dijo que le encantó la tarta de chocolate de su cumpleaños. Es un chico genial. Qué suerte que el doctor O'Neil estuviera allí.

Élise apretó los dientes y se controló para no saltar.

—Sam está mejor, pero es importante que no nos descentremos. Nuestros clientes seguirán esperando una buena comida. No quieren que el personal se derrumbe.

—Sí, chef. Quiero decir no, chef —Antony parecía nervioso y ella se sintió culpable.

Era una perfeccionista, eso era cierto. La gente pagaba bastante dinero por comer bien y eso era lo que se merecían, pero ella no era una déspota con sus empleados.

Y sabía que en ese caso su mal genio no era fruto de un descenso de calidad y eficiencia, sino del hecho de que no dejaba de imaginarse a Sam despertando solo y preguntándose dónde estaba Sean.

«No te dejaré solo. Es una promesa».

Pobre Sam. Estaba a punto de aprender a una edad muy temprana que la gente hacía promesas cuando le convenía y que después las rompía sin pensárselo dos veces.

No dejaba de imaginarse los largos y fuertes miembros de Sean entrelazados con los de la enfermera.

Pero entremezclados con esos pensamientos se colaba también una imagen totalmente distinta de él con las manos fuertes y seguras mientras trabajaba para salvar a Sam. No dejaba de oír su voz, reconfortante y agradable al calmar al aterrado niño. Y después seguía viéndolo sentado junto a la cama del niño y sonriendo a la enfermera.

–Merde.

Antony se sobresaltó.

–¿Chef?

–No pasa nada. Lo estás haciendo bien. Tengo suerte de tenerte en mi equipo –se obligó a continuar con el trabajo, furiosa por haberse permitido esa distracción.

Para cuando terminó el turno estaba tan furiosa que caminó la distancia hasta Heron Lodge en la mitad del tiempo que lo solía hacer.

Subió los escalones hasta el embarcadero de dos en dos y se detuvo en seco al ver a Sean recostado en la silla.

Era la última persona que se habría esperado ver.

Se le iluminó el corazón, pero después resopló y toda la rabia que había estado conteniendo salió a la superficie de golpe. Fue imposible de refrenar.

–¿Qué estás haciendo aquí? ¡Largo de mi embarcadero

maldito mentiroso de…! –empleó una palabra en francés y vio la expresión de Sean pasar de cálida a escéptica.

–¿Cómo dices?

–¿Esperas que te reciba con los brazos abiertos después de lo que ha pasado? ¿Cómo crees que me siento?

Él seguía muy quieto.

–Debí imaginar que te resultaría molesto de presenciar.

–¿Molesto? Eso es quedarse corto. Por un momento pensé que eras un héroe, pero ahora sé que no hay nada de heroico en ti, Sean O'Neil –la emoción del día brotaba de un modo desenfrenado–. ¡Nada!

–Estoy de acuerdo. Solo estaba haciendo mi trabajo –con los labios apretados, se levantó–. Mira, ha debido de ser muy impactante para ti, lo entiendo. ¿Por qué no…?

–¡Aléjate de mí! –rabiosa, furibunda, alzó la mano indicándole que se detuviera–. Si sabes lo que te conviene, mantente alejado de mí. No te acerques más.

Por supuesto, él la ignoró.

–Si estás la mitad de cansada de lo que lo estoy yo, necesitas tumbarte. Vamos dentro.

–¿Crees que me tumbaría contigo? ¿Después de lo que has hecho? Porque salves una vida y te comportes como un héroe y le compres flores a tu abuela, ¿crees que eres un gran regalo para las mujeres, verdad? –estaba tan furiosa que se le atascaban las palabras e iba cambiando de idioma sin parar–. Te crees muy irresistible –era igual que Pascal. Exactamente igual que Pascal.

–Espera un minuto, rebobina… –dijo él frunciendo el ceño–. Hace un momento me has llamado «maldito mentiroso de…». ¿En qué he mentido? ¿Y qué tiene que ver con esto haberle comprado flores a mi abuela?

–¡Largo!

–No hasta que me digas en qué crees que he mentido.

El hecho de que necesitara preguntar la sacó de sus casillas.

—¿Y qué haces aquí, por cierto? ¿Es que te ha echado a patadas? ¿O resulta que el gran Sean O'Neil ha batido su propio récord en salir corriendo de la cama de una mujer?

—¿Quién me ha echado a patadas?

Ella cerró los puños y sintió un nudo de sufrimiento en la garganta.

—Ni siquiera te acuerdas de su nombre. Me das asco.

—Cielo, estoy tan cansado que apenas puedo recordar mi propio nombre —ahora su gesto de diversión había quedado reemplazado por uno de irritación—. ¿Quieres decirme qué está pasando aquí? Porque estoy en blanco.

Ella había retrocedido por el camino del lago, pero él seguía avanzando, había cruzado el embarcadero y había bajado los escalones hasta quedar justo frente a ella.

—Quiero que te marches. Ahora.

—No me pienso marchar hasta que me digas por qué te has enfadado tanto.

—¡Has roto una promesa! Has *decido*... dicho... —con lo furiosa que estaba confundía las palabras— dicho cosas, pero no las decías en serio. Eran todo mentiras —furiosa con él y consigo misma por haberlo creído, le dio un tremendo empujón cuando él dio un paso hacia ella. Sean perdió el equilibrio y cayó al lago.

Se oyó un fuerte chapoteo y a Élise la salpicó primero una lluvia de agua y después otra de improperios.

—¿Qué cojones te pasa? Me he puesto esta ropa hace media hora. Hoy ya he estropeado dos conjuntos. Gasto más ropa en Snow Crystal que en Boston —maldiciendo, salió del agua chorreando por el camino y con un aspecto que se alejaba muchísimo de su habitual sofisticación.

—Quiero que te marches.

—Sí, ya, he captado el mensaje —se secó el agua de los ojos y se miró la camisa aplastada contra su cuerpo—. Pero antes de marcharme, vas a decirme qué promesa he roto supuestamente.

—¡Ni siquiera te acuerdas! Las rompes tan a menudo que ni siquiera te importa —subió corriendo los escalones, agarró un portavelas de cristal y se lo lanzó—. Le prometiste a Sam que no lo dejarías solo.

Él se agachó y el portavelas cayó al agua.

—¿A esa promesa te refieres? —Sean tenía las pestañas pegadas entre sí por el agua—. ¿Estamos hablando de Sam?

—Sí. Estaba aterrorizado y le agarraste la mano, muy sereno y calmado, y se lo prometiste, Sean. Pronunciaste esas palabras como si las estuvieras diciendo en serio y después tú... después tú... —su fluidez con el idioma la abandonó y pasó a hablar en francés insultándolo con unos términos que cualquier taxista de París habría admirado.

El gesto de confusión de Sean indicó que su formación no había incluido escuchar a muchos taxistas franceses.

—Me he perdido. Si vas a insultarme, hazlo en mi idioma o, al menos, en un francés de libro de texto.

—Se lo prometiste y después lo dejaste para ir a acostarte con esa enfermera de mirada lasciva y morritos excesivamente rojos con los que hacía pucheritos tan... —sacó los labios en una exagerada imitación de la otra mujer y lo vio enarcar las cejas con asombro.

—¿A eso viene todo esto? ¿Es por la enfermera? —el agua le caía por la cara, maldijo otra vez y se la secó con la mano—. ¿Me has gritado, tirado cosas y arrojado al lago porque estás celosa?

—¡No estoy celosa! ¡No es por mí! Es por Sam.

—¿Sam te ha dicho que me ahogues y me tires un portavelas? Lo dudo. Esto no es por Sam, es por ti, cielo.

—No soy tu «cielo».

—Estás celosa —lo dijo lentamente, como si fuera una revelación, y su espontánea sonrisa hizo que Élise deseara volver a tirarlo al lago y hundirle la cabeza.

—¿Por qué iba a estar celosa? No me lo más mínimo importa con quién te acuestes, *tu me comprends*?

—Sí que te entiendo —respondió con calma—, pero el orden correcto de la oración sería «No me importa lo más mínimo». Has partido la estructura verbal, cariño.

—No soy tu cariño. ¡Y voy a partir todas las estructuras verbales que me apetezcan además de partirte a ti la cabeza! No estoy celosa. No me importa que te hayas acostado con ella. No me importa que le hayas salvado la vida a Sam o que le regalaras flores a tu abuela. ¡No me importa nada que tenga que ver contigo! —ahora estaba gritando—. Lo único que me importa es que has roto la promesa que le habías hecho a un niño. ¡No tienes valores! Por tu culpa ha aprendido a no fiarse nunca de nadie.

—¿Has terminado de gritar? —Sean se pasó los dedos por su cabello negro haciendo que más gotas le cayeran sobre la camisa—. Porque, si es así, me gustaría decir algo.

—¡No quiero oírlo! No quiero oír que era guapa, que no ha significado nada para ti o que te has resbalado y te has caído encima de ella, o ninguna otra tontería de esas que decís los hombres cuando queréis disculpar vuestro mal comportamiento.

—¿Y qué tal si te digo que no me he acostado con ella? ¿Quieres oírlo?

—¡No pienso escuchar tus mentiras! —se tapó los oídos—. Y, de todos modos, no me importa.

—Claro que te importa, pero estás tan asustada que no te vas a permitir escucharme. Y después de lo que me contaste anoche, lo entiendo. Pero no soy él, Élise. No voy a permitirte que vuelques en mí lo que sientes por él.

Ella se detuvo respirando lentamente.

Se sintió avergonzada al recordar cuántas cosas le había contado.

—No me importa por mí, nosotros no tenemos ninguna relación. No estamos juntos y no me debes nada. No tiene que ver nada con lo de Pascal porque aquí no juegan mis sentimientos ningún papel —se detuvo a buscar las palabras adecuadas, frustrada por que no le estuvieran saliendo en el orden correcto–. Solo estoy enfadada por el pequeño Sam. No me importa lo que hagas.

–¿No te importa? –lanzándole una mirada de complicidad, Sean se escurrió el agua de la camisa–. ¿Estás segura? Porque pareces bastante cabreada para que no te importe. Y como veo que estás muy molesta, lo diré una vez más. No la he tocado. No he estado con ella.

–Estaba allí, Sean. Estaba allí cuando te ha hecho la oferta y tú le has lanzado esa sonrisa. *Merde*, ¡me sorprende que no te haya metido en la cama de Sam para ahorrar tiempo! Estaba allí.

–Pero viendo que me has tirado al lago y que casi me abres la cabeza con un portavelas, está claro que no estabas allí cuando le he dicho que no.

–Yo... –¿que le había dicho que no?

Su ira, que estaba desatada, de pronto se detuvo en seco chirriando como las ruedas de un coche de carreras ante una señal de stop.

–¿Le has dicho que no?

–Sí. Y la próxima vez que te preguntes dónde estoy, podrías levantar el teléfono o enviarme un mensaje. Te di mi número, ¿lo recuerdas?

–Yo jamás te llamaría. Ni te escribiría. Tú... tú... –la sensación de alivio se entremezcló con el hecho de saber que había quedado como una idiota y se detuvo. La sensación de alivio era lo que más la aterrorizaba. No debería importarle, ¿verdad? No debería importarle tanto a quién besaba o qué hacía. No debería importarle que no se hubiera quedado con Sam. Él lo había dicho para reconfortar al niño, que era lo que primaba en una situación así.

Como de costumbre, había reaccionado de manera exagerada. Estaba cansada, solo era eso. Estresada después de los terribles sucesos del día y de la catarsis de sentimientos de la noche anterior.

–*Je suis desolé*. Tengo un carácter terrible y había pensado, había pensado que... Por favor, podrías irte ya.
Él frunció el ceño.
–Élise...
–Márchate. Tienes razón. Estoy muy cansada y necesito tumbarme.
–Deberíamos...
–No, no deberíamos –que no se hubiera acostado con la enfermera no cambiaba el hecho de que hubiera roto la promesa a Sam. Era la llamada de atención que necesitaba. Exactamente lo que necesitaba–. Márchate. Por favor. Márchate ahora mismo.

## Capítulo 15

—Anoche vi algo interesante mientras volvía del pueblo —Tyler estaba agachado en el suelo con Jackson colocando una nueva rueda en la bici de Sam—. Por lo que veo, no le pasa nada a la bici. El chico tuvo mala suerte. No conducía con mucha estabilidad y no debería haber salido a recorrer el camino. Está señalizado muy claramente, así que deja de castigarte y de culparte. Pásame esa rueda, ¿quieres? Cuando terminemos, va a quedar como nueva.

La rueda destrozada estaba en el suelo, un recordatorio distorsionado del horror del día anterior.

—Bueno, y eso tan interesante que viste... —Jackson se centró en la conversación, agradecido por cualquier cosa que lo distrajera y le hiciera dejar de pensar en sangre y hospitales—. ¿Rubia o morena? —esperaba que no fuera pelirroja.

Esperaba que no fuera Janet Carpenter.

—No era una mujer.

Jackson respiró tranquilo.

—¿Te fijaste en algo que no era femenino?

Tyler colocó la rueda nueva en el cuadro de la bicicleta.

—Me fijé en nuestro hermano, el doctor Sereno. Caminaba por el sendero del lago desde Heron Lodge.

Después de asimilar lo que eso implicaba, Jackson se puso derecho; ya se había olvidado de Janet Carpenter.

—Lo voy a matar.
—A juzgar por el aspecto tan arrugado que llevaba, diría que alguien intentó hacerlo ya anoche. Se había dado un baño en el lago y creo que no fue voluntario —se pilló los dedos en el radio y maldijo.
—Está pasando demasiado tiempo con Élise. Mierda, estás sangrando. Después de lo de ayer no quiero volver a ver sangre. Límpiatela.
—Tu compasión me abruma —Tyler se limpió la sangre y después fijó los frenos con unos dedos veloces y habilidosos—. Eso es lo que me parece interesante. Cada vez que me giro, está ahí, babeando por ella. ¿Cuándo ha pasado tanto tiempo con una mujer?
—No me importa por quién babee con tal de que no sea por Élise. Ya sabes cómo es Sean. En lo que respecta a las mujeres, supone todo un problema.
—Tal vez. Tal vez por eso lo arrojó al lago —Tyler se secó la frente con el brazo—. Aunque habiéndole visto la cara, diría que era él el que tenía problemas esta vez. Y sabiendo lo que opina Élise de las relaciones, puede que le hayan dado una cucharadita de su propia medicina.
Jackson frunció el ceño.
—¿De verdad crees que es serio?
—Ni idea —Tyler hizo girar la rueda para comprobarla—. Pero ha pasado más tiempo aquí en las últimas semanas que en los últimos años. Por supuesto, podría ser por el abuelo, aunque viendo que el abuelo ahora está más sano que tú, lo dudo.
Jackson murmuró para sí.
—Sigues sangrando.
—Ya he terminado —levantó la bicicleta, giró la rueda y asintió con satisfacción. Después se subió y se movió en círculos para probar los frenos.
—Esa bici te queda demasiado pequeña. Pareces salido de un circo.

—No pienso dejar que el crío se vuelva a subir a ella hasta estar seguro de que funciona bien —apretó los frenos una última vez y se bajó—. Como nueva.

—Ojalá pudiéramos decir lo mismo de Sam. Cada vez que pienso en ello me pongo a sudar.

—Se pondrá bien gracias al doctor Sereno.

—Sí. Joder, ¿cómo me puedo enfadar cuando hace algo así? —se frotó la cara pensando en lo que podía haber pasado—. Si Sean no hubiera estado por allí...

—Lo estaba, y punto. Y hace esas cosas porque ha estudiado para ello. No te dejes impresionar tanto o se volverá insoportable y entonces me veré obligado a tirarlo al lago. Y no queremos que se nos acuse de generar contaminación. Ya sabes que el abuelo es un guerrero ecológico. Y ahora que lo pienso, tú también lo eres.

Jackson miraba las montañas recordando lo templado que se había mostrado Sean en todos los momentos de crisis que habían tenido de niños.

—Habrá estudiado para ello, pero se le da de maravilla.

—Eso no te lo discuto. Voy a lavar la bici y luego se la llevaré a la familia de Sam. Aunque, por lo que he oído, va a tardar tiempo en volver a montar. ¿No volvían a su casa mañana?

—Les hemos cedido la cabaña una semana más. Sam no está bien para viajar. Es la primera vez que agradezco que estemos medio vacíos.

—Cuando se pueda mover bien, puede que le dé unas lecciones —dijo Tyler como de pasada y Jackson lo miró.

—¿Tú? ¿Enseñando a un niño a montar en bici? Te morirías de aburrimiento antes de llegar a salir del complejo.

Su hermano se encogió de hombros.

—Se pueden hacer excepciones. Sería una pena si por la caída dejara de montar en bicicleta.

Jackson pensó en lo que supondría para Sam tener la oportunidad de salir a montar en bici con su hermano medallista de oro.

–Es un detalle por tu parte.
Tyler se mostró alarmado.
–Pero no se lo digas a nadie. No quiero que se convierta en un hábito.
–Bien –ocultando una sonrisa, Jackson se agachó y recogió las herramientas. Miró la bici, que parecía como nueva–. Y Tyler, gracias.
–No hay de qué. No puedo curar al chico, pero sí que puedo arreglarle la bici, y una de dos no está tan mal.

Élise apenas durmió. Todo lo contrario, estuvo despierta reviviendo lo sucedido el día anterior y viendo sangre mezclándose con pintalabios rojo dentro de su dolorida cabeza hasta que el amanecer proyectó rayos de sol en su dormitorio.
Para dejar de pensar en Sam, se mantuvo ocupada preparando una gran tarta de chocolate glaseada. Después, la llevó a la cabaña de la familia de Sam.
Fue el padre del niño quien abrió la puerta, y a juzgar por su palidez quedaba claro que estaba siendo asaltado por los mismos recuerdos y situaciones hipotéticas que la atormentaban a ella.
–Hola –el hombre tenía los botones de la camisa mal abrochados, como si se hubiera vestido apresuradamente y ni se hubiera molestado en mirarse al espejo. Abrió más la puerta–. Iba a ir a buscarte luego para darte las gracias.
–¿Es Élise? –la voz de Sam salió desde el salón–. ¿Puedo verla?
Tras ver el gesto de asentimiento del padre, Élise saltó por encima de una montaña de juguetes que había en el vestíbulo y encontró a Sam arropado en el sofá viendo los dibujos. Estaba pálido, pero sonriente.
–¿Cómo estás, *mon petit chou*? –se agachó para besarlo en la frente–. Te he traído una tarta. Es de chocolate. Tu favorita. La he hecho yo.

—¡Hala, es enorme! ¡Mamá! Ven a ver mi tarta. Es como la de mi cumpleaños.

Élise se sintió aliviada de verlo con tanta energía.

—Bueno, ¿cómo te encuentras?

—Un poco raro, pero Sean dice que es normal. No está preocupado —Sam alargó la mano hacia la tarta justo cuando su madre entró en el salón con el bebé en brazos.

—¡Sam, no! No puedes tomar tarta antes del desayuno. Y para ti es el doctor O'Neil, no Sean —la mujer estaba pálida y esas ojeras eran señal de que no había dormido en toda la noche.

Sam abrió los ojos de par en par.

—Me ha dicho que le llame Sean.

—Pues yo me siento más cómoda si lo llamas doctor O'Neil.

—Dejaré que seas la guardiana de la tarta —sonriendo, Élise le entregó la tarta a la madre de Sam y se sentó al lado del chico—. Tienes que estar muy cansado después de haber pasado la noche en el hospital. ¿Has llegado esta mañana?

—No, no me quedé allí. Sean... quiero decir, el doctor O'Neil, me trajo a casa anoche.

Élise ocultó su sorpresa.

—¿Quieres decir que volvió al hospital para ir a recogerte?

¿Cómo no se había enterado de eso?

¿Por qué no se lo había dicho él?

Porque lo había tirado al lago y le había arrojado un portavelas a la cabeza.

—No se llegó a ir —respondió Sam con orgullo—. Se quedó conmigo todo el tiempo, tal como me prometió. Cuando le dijeron que se marchara a casa, dijo que no. Uno de los médicos intentó convencerlo, pero Sean, quiero decir el doctor O'Neil... —sonrió tímidamente a su madre— sonrió y dijo que se marcharía cuando me marchara yo y no antes. Fue guay. Como si fuera mi médico personal o algo así. Y el hombre que me curó la pierna dijo que Sean me había salvado la vida.

Su madre palideció un poco más y en esa ocasión no lo corrigió por haberlo llamado «Sean».

—Se lo debemos todo.

—Algún día seré como él, quiero salvar vidas —Sam miró la tarta—. ¿Es glaseado de chocolate?

—*Oui*. Sí.

—Puedes hablar en francés —dijo Sam con amabilidad—. Estoy aprendiendo en el cole. *Je m'appelle Sam*. Y también conozco la palabra «*sang*» porque me la enseñaste tú.

Al recordarlo se le revolvió el estómago. No quería volver a ver *sang* en su vida.

—*Super.* ¡Tienes un acento muy bueno! ¿Entonces dices que el doctor O'Neil no llegó a irse del hospital?

—Ni una vez. Y después me dio su número de casa y me dijo que lo llamara siempre que me encontrara mal. ¿A que sí, papá?

—Le debemos muchísimo, eso seguro —el padre de Sam parecía agotado—. ¿Te apetece algo de beber, Élise? ¿Algo frío? ¿Un café?

—No, gracias, me tengo que ir a trabajar —aún asimilando el hecho de que Sean no hubiera roto su promesa y de que, en efecto, se hubiera quedado con el niño no solo hasta que despertó de la anestesia sino hasta que le habían dado el alta y lo hubiera dejado sano y salvo en su cabaña de Snow Crystal, Élise se levantó—. Voy a hacer que te sirvan el almuerzo en casa para que no tengas que salir. ¿Ya te has cansado de pizza?

—¡No! —a Sam se le iluminó la cara—. De queso y tomate, pero no rodajas de tomate. Eso es asqueroso. En el pueblo la ponen así, pero a mí me gusta la que haces tú con salsa fina. Está mejor que en casa.

—¡Pues marchando una pizza sin rodajas de tomate asqueroso a la vista! Y tarta de chocolate de postre —con la cabeza dándole vueltas, fue hasta la puerta. Sean no se había marchado. No había roto su promesa. ¿Cómo podía haber metido tanto la pata?–. Añadiré algunas porciones de más para los adultos.

–Te lo agradecemos –el padre de Sam la acompañó a la puerta y, una vez fuera, la agarró del brazo–. Quería darte las gracias por lo de ayer. Estaba en un estado de pánico tan grande que no sé qué habría pasado si no hubierais aparecido por allí.

Élise le agarró las manos.

–Es Sean al que deberías darle las gracias.

–Sí. Y lo haré en cuanto lo vea. No puedo dejar de temblar –confesó frotándose la frente–. Anoche no podía dormir. No dejaba de imaginarme lo que habría pasado si no hubierais llegado justo en ese momento.

Élise no dijo que ella se había estado imaginando lo mismo.

–No pensemos en eso. Bueno, ahora tengo que volver al Boathouse. Si necesitáis algo, llamad a recepción y me pasarán el mensaje.

¿A qué hora había llegado a Heron Lodge?

A medianoche.

Al ver a Sean en el embarcadero había dado por hecho que había estado con la guapa enfermera.

Pero en realidad había llevado a la familia a casa desde el hospital y se había quedado al lado de Sam todo el tiempo, negándose a marcharse incluso cuando le habían pedido que lo hiciera.

Y la recompensa a cambio de ese sacrificio y de cumplir la promesa habían sido su terrible mal genio y un chapuzón en el lago.


Sean estaba sentado en el embarcadero del Boathouse bebiendo un café que le había servido Poppy.

El local estaba abarrotado, tanto dentro como fuera, y pensó en el gran trabajo que había hecho Élise levantando la cafetería tan deprisa. No había ni rastro de ella por allí, pero suponía que habría terminado su turno en el restaurante.

Su abuelo estaba sentado frente a él hablando de algo.

Sean no tenía ni idea de qué. No estaba escuchando. Tenía la mente totalmente ocupada por Élise. Recordaba su mirada justo antes de haberlo tirado al lago. Recordaba su melena pegada a su precioso rostro mientras la lluvia atravesaba las copas de los árboles y caía sobre sus cuerpos. Recordaba ese hombro desnudo y su voz quebrada al revelarle la verdad sobre su pasado.

Al darse cuenta de que su abuelo estaba esperando una respuesta a una pregunta que ni siquiera había oído, Sean levantó la taza de café e hizo un esfuerzo por concentrarse.

—¿Qué decías, abuelo?

—He dicho que he estado oyendo cosas de ti.

¿Cosas?

Preparado para algún comentario sobre Élise, Sean se encogió de hombros intentando mostrarse despreocupado.

—No te vayas a creer todo lo que oyes.

—Esto en concreto estoy encantado de creérmelo.

Lo cual significaba que volvía a ejercer de casamentero.

Sean suspiró y bajó la taza.

Una noche con una mujer y de pronto todo el mundo a su alrededor ya estaba reservando iglesia.

—No sé qué has oído, pero lo más probable es que sea exagerado.

—¿En serio? —la mirada de su abuelo era afilada—. Porque lo que estoy oyendo es que le salvaste la vida al chico.

Sam. Estaba hablando de Sam, no de Élise.

Al darse cuenta de que había estado a punto de delatarse, respiró profundamente.

—Estaba sangrando y detuve la hemorragia. Fueron primeros auxilios básicos.

—A mí no me ha parecido oír que fuera algo tan básico. Dicen que eres un héroe —su abuelo se sirvió una de las pequeñas galletas de almendras que Poppy había horneado esa mañana—. Todo el mundo está hablando de eso.

—El niño se está recuperando. Es lo único que importa.

—¡Pero se está recuperando gracias a ti! —el tono de Walter fue brusco y Sean esbozó una ligera sonrisa.

—Joder, abuelo, ¿eso pretendía ser un halago? Porque casi lo ha parecido.

Su abuelo le dio un mordisco a la galletita.

—Lo único que digo es que me alegro de que hayas sacado provecho de todas esas horas de prácticas y de estudio. No desperdiciaste tu cerebro, lo cual está muy bien porque odio los desperdicios. Estoy orgulloso de ti.

Había sido una semana de conmociones. Primero las revelaciones de Élise, después lo que se podía haber convertido en una tragedia con Sam, y ahora eso.

Se le hizo un nudo en la garganta.

—Abuelo...

No sabía qué decir y tampoco ayudó que Élise eligiera justo ese momento para subir al embarcadero del Boathouse. Su cabello resplandecía como roble pulido y se curvaba alrededor de su precioso rostro. Por un momento la vio con el pelo largo y la imaginó siendo arrastrada por una resplandeciente cocina mientras un tipo la agarraba de la coleta.

Se le encogió el estómago, lo sacudió una profunda emoción y lo único que pudo pensar fue «ahora no».

Ahora mismo no podía enfrentarse a ninguna clase de sentimiento por ella, no cuando su abuelo estaba diciendo cosas que no le había dicho nunca.

—No lo he salvado —se obligó a concentrarse—. Lo hicieron los cirujanos.

—Por lo que he oído, la única razón por la que tuvieron alguien a quien salvar fue que tú lo habías salvado primero. Por supuesto, el hecho de que seas un médico de primera no

quita que no puedas venir a casa más a menudo. No te vas a morir por venir de vez en cuando a alguna noche de familia.
—¿Noche de familia?
Esbozó una mueca.
—¿Aún hacéis eso?
—Sí, y lo sabrías si estuvieras aquí un poco más. A tu abuela le encantaría verte en alguna.
Élise caminaba hacia él mirándolo fijamente.
Sus tacones resonaban por el embarcadero.
A él le palpitaba el corazón con fuerza. Se preguntó si volvería a arrojarlo al lago. A ese ritmo, tendría que acabar comprándose un vestuario nuevo completo.
—Buenos días, Sean —le lanzó una fría mirada antes de agacharse a abrazar a su abuelo—. Walter, tienes mucho mejor aspecto. Ya tienes más color. ¿Cómo te encuentras?
—Estoy bien, pero no puedo dar cinco pasos por este lugar sin que alguien me diga que mi nieto es un héroe —soltó un gruñido—. Mucho ruido y pocas nueces. Si no es capaz de salvar a un niño después de haber estudiado y trabajado tanto, ¿qué sentido tiene su profesión, digo yo? —sin embargo, se levantó y posó la mano sobre el hombro de Sean. La fuerza de ese mano arrugada y curtida hizo que a Sean le costara hablar.
—Fue una suerte que llegáramos en ese momento.
—Fue una suerte que estuvieras en casa. ¿Lo ves? No hace falta que vuelvas a Boston para salvar vidas, puedes hacerlo aquí mismo, en Snow Crystal.
Sean se rio a carcajadas, aliviado de tener ese atisbo de normalidad en la relación con su abuelo.
—Nunca te rindes, ¿verdad?
—Jamás. Y tú tampoco. Y esa es la razón por la que ese chico está vivo —Walter se giró y besó a Élise en la mejilla—. Os dejo. No soporto tanta charla médica.
—Te quiero, Walter.
Sean se detuvo con la mano a medio camino de su taza

de café porque ahora, de pronto, lo entendió todo. Entendió por qué ella no perdía la oportunidad de expresarle esas palabras a la gente que de verdad importaba en su vida.

Agarró la taza y se terminó el café, fijándose en cómo el cabello de Élise se curvaba alrededor de su mandíbula, poniendo de relieve su boca.

Esa boca que quería volver a besar otra vez. Y una vez más.

Esperó hasta que su abuelo se hubo alejado para hablar con Poppy antes de mirar a Élise a los ojos.

—Bueno, ¿has venido para poder tirarme al lago otra vez? Porque si es así, tal vez debería acercarme un poco más. No quiero que salpiques a esa familia de ahí.

—He venido a decirte que lo siento —se sentó en el asiento que Walter había dejado libre—. Te acusé de no cumplir tus promesas. Deberías haberme dicho que estaba equivocada.

—Lo intenté, pero no me estabas escuchando, y al momento estaba tragando agua del lago y después... —posó la mirada en su boca—, quisiste que me fuera.

—Estaba furiosa contigo y ahora estoy furiosa conmigo misma. Y tú también deberías estar furioso conmigo.

¿Furioso?

Estaba sintiendo toda clase de emociones que no reconocía, pero la furia no era una de ellas, y eso estaba empezando a aterrorizarlo. Para él las mujeres entraban en una parte de su vida que tenía claramente identificada y que catalogaba como «entretenimiento». Le ofrecían compañía, alguien con quien compartir cenas, disfrutar de la ópera, y sí, también sexo. Eran parte de su vida sin llegar a condicionarla o influenciarla. Entraban, y cuando salían rara vez volvía a pensar en ellas. Era el maestro de lo superficial, un experto en el arte de mantenerse desligado de las relaciones sentimentales. Hasta ahora. Ahora Élise ocupaba toda su cabeza. Lo fascinaba. Lo excitaba. Pensaba en ella. Todo el tiempo.

«Mierda».

Una parte de él quería salir corriendo, pero sentía los pies clavados al embarcadero.

—No estoy enfadado. Estabas muy disgustada por lo de Sam, y yo también.

—Pensé que le habías mentido, pero no lo hiciste. No te debería haber gritado. Me equivoqué al ponerme de tan mal carácter.

—No me da miedo tu mal carácter. Y, además, en realidad no me estabas gritando, ¿verdad? —hablaba suavemente, deseando haber empezado esa conversación en un lugar que no fuera el abarrotado Boathouse. Un vistazo fugaz le indicó que no había nadie lo suficientemente cerca como para oír lo que estaban diciendo y por eso añadió—: Le estabas gritando a él.

A Élise se le entrecortó la respiración.

—¿A él?

—A Pascal. El tipo que pisoteó tu corazón. El tipo que rompió las promesas que te había hecho y te hizo temer arriesgarte a volver a enamorarte. El tipo que mentía —se terminó el café con la intención de que desde fuera pareciera como si estuvieran charlando de comida o del tiempo—. El mismo que hace que limites tus relaciones a una noche, nada más. Ese era el tipo al que estabas gritando, y no te culpo. Si lo conociera, probablemente yo también le gritaría. Hasta es posible que le arrojara un portavelas y lo tirara al lago.

Ella lo miraba con esos ojos verdes abiertos de par en par y con cierta expresión de cautela.

—No sabe nadar.

—Razón de más para tirarlo. Hay una zona profunda a unos cien metros subiendo por el sendero del lago. Con eso bastaría.

—Le diste tu número a Sam por si te necesitaba durante la noche.

—Sí, bueno, supuse que no me va a llamar unas veinte veces al día para decirme que me quiere.

—Tal vez lo haga. Padece un caso grave de veneración por ti.

—Ha vivido una experiencia aterradora.

—Yo también. No lo puedo olvidar —se llevó la mano a la cara y respiró profundamente—. Me he pasado la noche imaginándolo sangrando. No dejo de pensar en lo que habría pasado si nos hubiéramos quedado contemplando las vistas cinco minutos más o si nos hubiéramos detenido dos minutos más en el camino.

—Pero no lo hicimos. Y pensar esas cosas te volverá loca.

—Creo que ya estoy un poco loca —bajó la mano—. Fuiste un héroe de verdad. ¡Estuviste tan sereno!

—No viste el tamaño del vaso de whiskey que me serví al volver a casa de Jackson.

—Pero eso fue después. En aquel momento ni siquiera temblaste. Y… —tragó saliva— también estuve pensando en otras cosas.

Él la miró.

—¿Qué cosas?

—En la acampada —se humedeció los labios—. Te conté muchas cosas. Cosas que no le he contado a nadie.

Sean se preguntó por qué saber eso le hizo sentir bien cuando en realidad debería haberlo aterrorizado.

—Me alegro.

—Cuando alguien intenta dejarte inconsciente con un objeto pesado siempre ayuda entender el porqué.

—Lo siento muchísimo. Te acusé de haberte acostado con esa enfermera, pero tú no eres de esos.

Quería darle la razón, asegurarle y decirle que él jamás haría algo así, pero no podía, ¿verdad?

—A lo mejor sí lo soy. A lo mejor nuestros motivos son distintos, pero pienso lo mismo que tú sobre las relaciones. Para mí el trabajo es lo primero —o al menos siempre lo había sido. ¿Ahora? Ya no estaba tan seguro. No estaba seguro de nada más y eso estaba empezando a inquietarlo porque siempre había sabido exactamente lo que quería. Siempre había tenido muy claro su objetivo.

Joder, si se descuidaba acabaría construyendo una casa con una bonita valla blanca alrededor.

Y en cuanto a Élise... había pensado que opinaban lo mismo, pero ahora sabía que no.

Ella quería una relación y una familia. Lo quería todo, pero le habían hecho daño y ya no confiaba en nadie. Eso la situaba en una posición distinta a la suya.

Cuando él salía con una mujer nunca hablaba ni del pasado ni del futuro, vivía el presente. Por el bien de los dos, debería volver a Boston y mantenerse alejado hasta Navidad.

—Esta noche tengo que volver a Boston.

Algo destelló en la mirada de Élise.

—Por supuesto.

Fin de la historia. Ahora se levantaría y saldría de allí antes de hacer algo que pudiera terminar causando problemas.

«Ya nos veremos, Élise».

—Hay un restaurante nuevo a una hora de aquí y llevo tiempo queriendo ir a probarlo. Si pudieras convencer a mi hermano para darte la noche libre el sábado, podrías venir y aportar tu opinión profesional.

Ella lo miró.

—¿Quieres decir que vayamos juntos?

—¿En lugar de hacer el amor en plan salvaje en el bosque? —preguntó él con tono seco—. Claro, me refiero a salir juntos. A pasar juntos una noche en la que no se me puedan estropear los zapatos. A compartir comida y conversación. No es tan complicado —aunque suponía que para ella sí lo era.

—Pero... ¿quieres decir como una cita?

Él había preferido no ponerle nombre.

—Bueno, la idea es que terminemos la noche con la ropa puesta, si eso es a lo que te refieres. Si estamos en público, puede que hasta lo logremos. ¿Qué me dices?

—Yo no tengo citas.
—Yo tampoco. Supongo que los dos andamos un poco despistados en ese terreno, pero los dos comemos, así que podríamos centrarnos en eso y ver qué tal va la cosa. Nos divertimos juntos. No tiene por qué convertirse en nada más complicado –disfrutaba de su compañía y ella de la de él. Eso era todo. Dos personas pasando un rato juntas.
—De acuerdo –ella respondió lentamente, como si no estuviera segura, pero entonces el hoyuelo asomó por la comisura de su boca–. Pero solo acepto porque significa que volverás el próximo fin de semana y que eso agradará a Walter.
—Si lo prefieres, puedes plantarme a mí y salir a cenar con el abuelo.
—No, porque entonces no tendrías motivo para venir a casa. Pero sí que podríamos llevarlo con nosotros. Si vamos a dejarnos la ropa puesta, qué más da.
—Puede que haya estado mintiendo en eso. Puede que sí que me haya planteado acabar desnudándote después de cenar.
Ella se rio.
—A lo mejor soy yo la que se ha estado planteando desnudarte a ti. ¿De verdad puedes tomarte ese tiempo libre?
—Sí –más malabares con su agenda. Más favores–. ¿Y tú?
—Tendré que consultarlo con Poppy y con Elizabeth, pero debería poder. Ahora tenemos un equipo fuerte, y de todos modos será una labor de investigación. Es importante.
—¿Investigación?
—Soy chef y es bueno probar la comida de otros de vez en cuando –se levantó–. Nos vemos el sábado.

# Capítulo 16

Sean encontró a Jackson subido a una escalera reparando el tejado de una de las cabañas.
—Te tocan todos los trabajos glamurosos.
—Ese soy yo. Vivo la vida de un magnate —Jackson terminó el trabajo y bajó de la escalera—. ¿He de suponer que vuelves a Boston?
—Pronto. Solo he pasado a ver a Sam. Se está recuperando muy bien.
—Gracias a ti —Jackson soltó las herramientas—. Bueno, ¿cuándo volveremos a verte? ¿En Navidad?
—El abuelo me ha invitado a la noche de familia.
Su hermano sonrió.
—Me habría encantado estar ahí para verte la cara. Imagino que no irás.
—No, pero sí que vendré el próximo fin de semana. Voy a llevar a Élise a cenar, así que si me vas a vapulear por ello, tal vez deberías hacerlo ahora.
Jackson se sacudió las manos en los vaqueros.
—Por lo que he oído, es perfectamente capaz de vapulearte ella solita. ¿Qué le has hecho?
—¡Nada! Aunque tampoco es que sea asunto tuyo —contestó Sean maldiciendo para sí—. ¿Es que por aquí no puede haber privacidad?

–No cuando estás viviendo en mi casa, llenándome la cocina de agua del lago y distrayendo a mis empleados.

–Resulta que precisamente esta vez no había hecho nada, pero sí que ha habido momentos en los que probablemente me lo tenía merecido y me he librado, así que podríamos decir que estamos en paz. ¿Puede sobrevivir el restaurante sin ella el sábado por la noche?

–Si Élise dice que sí, entonces sí. Es ella la que se ocupa de esa parte del negocio. Ha tenido la precaución de elegir a buenos empleados capaces de evitar que el local se venga abajo si ella no está. Además, se merece algún rato libre. Simplemente me sorprende que quiera pasarlo contigo.

Sean soltó una breve carcajada.

–Gracias. Yo también te quiero.

Él nunca lo decía. Él nunca decía esa clase de palabras a su familia.

Todos lo daban por hecho.

–¿Y esto de que vengas a casa más a menudo va a convertirse en algo habitual? Porque durante los últimos años he tenido la impresión de que preferías estar en cualquier parte antes que aquí.

Era la primera vez que abordaban el tema tan directamente.

Sean sintió la tensión recorriéndole los hombros.

–He estado ocupado.

–Sí, y lo entiendo, pero los dos sabemos que eso no es lo que te ha mantenido alejado de aquí –le dio una patada a una piedra con la punta de la bota–. No eres el único que lo echa de menos, ¿sabes? Todos lo echamos de menos. Y probablemente el abuelo el que más.

Sean sintió una puñalada de culpabilidad porque sabía que había estado tan centrado en superar su propio dolor que apenas había pensado en los demás. Su estrategia de supervivencia había sido el trabajo y la distancia.

—Tuvimos una discusión. En el funeral.
Jackson asintió.
—Me imaginaba que había algo así.
—Dije cosas... —el recuerdo lo invadió trayendo con él dolor e impotencia—. Me pasé de la raya.
—Fue un momento duro para todos.
—Lo culpé —Sean se pellizcó el puente de la nariz—. Le dije que era culpa suya, que si papá no hubiera odiado tanto estar aquí, no se habría marchado a Nueva Zelanda, no habría ido en ese maldito coche y no habría chocado contra el hielo.
—Sabes que eso es una chorrada, ¿verdad?
—¿Sí? —pero no podía olvidarlo del todo. Era una idea que se repetía en su cabeza una y otra vez. Cada vez que estaba a punto de sacar el tema con su abuelo, ese pensamiento se interponía—. El abuelo presionó a papá desde el principio. Lo único que le importaba era este lugar.
—Sí, le importa este lugar, pero estaba protegiendo el hogar y el negocio familiar —Jackson apartó la escalera del tejado para dejarla en el suelo—. Y eso es más de lo que hizo papá.
Sean se encendió por dentro.
—¡Lo hizo lo mejor que pudo!
—¿Sí?
—No quería estar aquí, no quería pasarse la vida haciendo esto.
—Entonces debería haberse impuesto y haberlo dicho. Debería haber tenido el valor de tomar esa decisión —Jackson tenía los nudillos blancos sobre la escalera—. Por el contrario, hundió Snow Crystal. Debería haberle dicho a alguien que no podía con ello, pero ocultó las cuentas a todo el mundo, incluido al abuelo. El abuelo sospechaba algo y por eso no dejaba de presionar a papá para que le dijera la verdad. El abuelo estaba aterrorizado.
—Porque pensaba que perderían el negocio...

—¡Porque pensaba que perderían su hogar! ¡Todo! Por favor, Sean, piensa en la abuela y en mamá y en todos los empleados. Lo cierto era que papá tenía una responsabilidad y la ignoró. Tomó el timón del barco y después se quedó ahí y dejó que chocara contra las rocas.

—Eso no es lo que pasó.

—¿Ah, no? ¿Acaso estabas aquí? ¿Miraste los libros de contabilidad? ¿Hablaste con el abuelo sobre lo que estaba pasando o simplemente escuchaste a papá? Sí, ya, los dos estabais muy unidos... Lo sé y jamás me importó, pero a ti te cegó. Eres médico, deberías ser más observador y sacar conclusiones basándote en pruebas, no en emociones. A lo mejor ya va siendo hora de que lo hagas.

Sean tenía la boca seca, como si hubiera tragado arena. La imagen que antes había estado tan clara en su cabeza ahora era borrosa y distorsionada.

—Tenía pruebas. Papá solía llamarme por las noches para desahogarse. Me contaba que el abuelo estaba encima de él presionándolo constantemente. Que él hacía lo que podía, pero que nunca era suficiente.

—¿Te llamaba? No lo sabía —Jackson cerró los ojos brevemente y sacudió la cabeza—. ¿Por qué no me lo contaste?

—Tu negocio en Europa estaba en expansión y tenías tus propios problemas, pensé que no era necesario que lo supieras —respiró hondo—. Debería haber sabido que la historia tenía más de una cara. Debería haber hecho más preguntas. Sabía que papá odiaba dirigir el negocio. Siempre lo había odiado y por eso me parecía lo normal, lo habitual. No sabía que estuviera ocultando cosas. No sabía que lo estuviera haciendo tan mal. El abuelo nunca me dijo nada.

—Porque no quería ensuciar el recuerdo que teníamos de él —dijo Jackson soltando una breve carcajada—. Lo irónico es que yo estaba haciendo lo mismo. Cuando descubrí todo el desastre, intenté solucionarlo sin revelar el alcance de la situación porque pensé que el abuelo se disgustaría. Y resultó que ya lo sabía todo.

—¿Cuándo descubriste la verdad?

—Después de que papá muriera y yo volviera a casa. Para entonces al abuelo le daba tanto miedo confiar en alguien, se sentía tan culpable por haberle cedido Snow Crystal a papá cuando no lo quería, que fue complicado. No me permitía ni recoger una piña del suelo sin consultarlo primero con él —agarró una botella de agua que tenía sobre las herramientas—. Pero lo superamos.

Imaginando que Jackson se habría quedado corto al expresarlo, que no habría sido nada fácil superarlo, de pronto sintió un respeto renovado por su hermano.

—No me contaste nada de eso.

—Yo tampoco quería ensuciar el recuerdo que tenías de papá.

—No soportaba este lugar, sentía que lo tenía atrapado, y supongo que me contagió un poco de ese sentimiento.

—No debería haberlo volcado todo en ti, deberías haber dicho algo.

—No quería echarte más cargas —soltó una fría carcajada—. Así que aquí todo el mundo estaba protegiendo a todo el mundo.

—Eso parece —Jackson dio un trago de agua—. Y yo tomé las riendas del problema. Supuse que no era necesario que conocieras los detalles. Si hubiera sabido que te estaba llamando, habría pensado de otro modo.

—Siempre llamaba por la noche, muy tarde. Supongo que después de que mamá se fuera a dormir.

—Se desahogaba contigo —Jackson sostenía la botella—. Deberías habérmelo contado y yo debería haberte contado el desastre que había dejado atrás. Eso habría impedido que estos dos últimos años hayas estado alimentando tu rabia contra el abuelo. ¿Por eso no has estado viniendo a casa?

—Por eso y por el sentimiento de culpa.

—¿Culpa?

Sean le dio una patada a una piedra.

—Lo dejaste todo para venir a casa y dirigir este lugar. El peso cayó de los hombros de papá para recaer en los tuyos y yo te dejé cargando con todo solo.

Jackson frunció el ceño.

—¿Y qué otra cosa ibas a hacer? Puede que seas un médico fabuloso, pero no sabes nada ni de márgenes de beneficios ni de cómo atraer y conseguir clientela. Y además está el hecho de que dirigir este lugar no es lo que quieres hacer.

—Eso es verdad, pero...

—Dirigir este lugar sí es lo que yo quiero hacer, es lo que hago mejor. Tú haces lo que mejor sabes hacer y todos nos sentimos orgullosos de ti —Jackson le puso el tapón a la botella—. Y eso incluye al abuelo.

Sean pensó en la conversación que habían tenido antes.

—Tal vez.

—No es tal vez.

—Hay una cosa más. Sobre papá —se humedeció los labios. Nunca antes había pronunciado esas palabras. Solo las había pensado—. ¿De verdad crees que fue un accidente o crees que...?

—No, no lo creo. No estoy diciendo que no se me pasara la idea por la cabeza cuando sucedió todo, porque sí que lo pensé, pero fue solo un segundo —echó la mano sobre el hombro de su hermano—. Papá era pésimo como empresario, pero amaba a su familia y amaba este lugar. Simplemente no sabía cómo dirigirlo y tampoco quería aprender a hacerlo. Tuvo el accidente de coche por culpa del hielo. El informe lo dejó muy claro. Nada más. No le habría hecho eso a mamá, ni a la abuela, ni a ninguno de nosotros.

—Tengo que hablar con el abuelo. Los dos hemos estado posponiendo esa conversación. Hemos hablado de todo menos de lo que pasó. Le debo una disculpa.

Jackson bajó la mano y sonrió.
—Podrías venir a la noche de familia. Con eso bastaría.


El restaurante era encantador, con vistas al lago Champlain y a las montañas que se extendían tras él.
—Es un sitio encantador —dijo Élise al sentarse. Miró a su alrededor y se fijó en las titilantes velas y en la bonita cubertería—. No es tan acogedor como el Boathouse y menos formal que The Inn. Una mezcla de los dos.
—Invitar a cenar a alguien que cocina como tú resulta una tarea abrumadora.
Sin embargo, Sean no parecía lo más mínimo abrumado mientras le dijo algo al camarero y se quitó la chaqueta. Ella no debería haber mirado, pero lo hizo. Miró sus hombros, anchos y poderosos bajo la camisa sastre; miró su mandíbula, recién afeitada aunque ya mostrando una incipiente sombra. Esa noche, Sean era pura sofisticación, pero por un momento lo imaginó desnudo de cintura para arriba trabajando en el embarcadero, y después lo vio con los hombros pegados contra el árbol y la camisa medio arrancada del cuerpo.
El corazón le latió un poco más deprisa. Daba igual si estaba medio desnudo en el embarcadero o vestido con traje, siempre producía el mismo efecto en ella.
Se sintió aliviada de que no pudiera leerle la mente, pero entonces alzó la mirada hacia él y se dio cuenta de que sí que podía.
Estaba ahí, en sus ojos. El calor. El brillo irónico que le decía que él sentía lo mismo.
Desvió la mirada.
—No deberías sentirte abrumado. Me alegra no tener que cocinarme mi propia comida.
—Estás muy guapa con ese vestido. El azul te sienta bien.
A ella se le aceleró el pulso. En su vida no entraban ni cenas con hombres ni halagos.

—Es verde azulado.
—¿Ah, sí? Pues entonces el verde azulado te sienta bien. Se supone que este es el mejor sitio de la zona para comer. El chef es nuevo.

Sean se relajó en la silla y miró a su alrededor. Ella se preguntó si habría sentido su tensión.

—Estoy deseando mirar la carta.
—No vas a mirar la carta. Voy a pedir yo.
—¿Crees que he perdido la facultad de hablar?
—No, pero si te damos una carta te pondrás a estudiar cada plato y cada ingrediente en lugar de prestarme atención a mí. Tomaremos la sopa de pescado seguida del pato glaseado con sirope de arce —sonriendo, le devolvió la carta de platos y de vinos al camarero y pidió una botella de pinot noir—. ¿Me vas a regañar por pedir vino tinto con pescado?

—No. Me encanta el pinot noir, como bien sabes. Es un vino excelente para comer.

—Y una uva muy complicada de cultivar. André Tchelistcheff dijo «Dios creó la cabernet sauvignon y el diablo, la pinot noir» —esperó a que les sirvieran el vino y alzó su copa—. Algún día te llevaré a California a hacer catas de pinot noir. Empezaremos en Yorkville y terminaremos en la costa de Albion. Sesenta y cinco kilómetros de paisajes maravillosos. Bosques de secuoyas centenarias y acres de viñedos. Hasta podríamos conducir hasta San Francisco y pasar unos días allí saboreando pan amargo y marisco.

Estaba hablando como si tuvieran un futuro juntos. Como si esa noche formara parte de una relación y no fuera simplemente una salida nocturna.

O tal vez estaba intentando darle conversación en general para hacer que se sintiera cómoda.

Ella estudiaba el color del vino, un suave rojo rubí, mientras pensaba que lo que le estaba describiendo sonaba maravilloso.

—Sería un sueño.

—No tiene por qué serlo. Ahora que el Boathouse está abierto y en marcha, puedes contratar a más empleados y tener más tiempo libre.

—No nos podemos permitir más empleados. Las cosas van mejor, pero no tanto. Sé que Jackson sigue preocupado. Le preocupa que la temporada de invierno no sea buena, que no haya suficiente nieve... —se encogió de hombros—. Es muy duro para él.

—A nadie se le da mejor atraer clientela que a mi hermano. Dirigió un negocio de gran éxito antes de ocuparse de Snow Crystal. Y, por supuesto, ahora tiene a Kayla y ella posee unas habilidades impresionantes para publicitar cosas.

Cuando la comida llegó, ella admiró la presentación y después degustó los sabores.

—Está bueno. Has elegido bien. Es la primera vez que alguien elige comida por mí desde que tenía unos cuatro años. Mi madre solía ahorrar mucho y una vez al mes íbamos a un restaurante. Me dejaba elegir mi comida. Quería que estudiara los ingredientes y decidiera qué me parecía que combinaba mejor.

—Parece una cita perfecta para una madre y una hija.

—A ella le parecía importante, un buen modo de gastar el dinero. Aunque, si te soy sincera, yo estaba igual de feliz cocinando en casa con ella.

—Me dijiste que tu primer recuerdo es el de cocinar *madeleines*. ¿Era lo que estabas haciendo en esa foto que tienes en Heron Lodge?

La emoción se instaló en su pecho.

—Sí. Para mí toda mi infancia se resume en esa fotografía.

—Nunca he probado tus *madeleines*. Es más, creo que nunca he comida una.

—Ya no las hago. No las he vuelto a hacer porque me recuerdan a... —se encogió de hombros—. Hay otras cosas deliciosas que se pueden hacer.

–¿Te gustaría tener tu propio restaurante?

Ella agradeció el cambio de tema.

–Siento como si el Boathouse fuese mío y vivir en Snow Crystal es mi sueño. No querría ninguna otra cosa.

–Mi familia tiene suerte de tenerte.

–Soy yo la que tiene suerte –alzó la mirada. La luz de las velas titilaba por el rostro de Sean, suavizando sus rasgos y proyectando un brillo sobre su resplandeciente cabello oscuro.

Decidió que teniendo a ese hombre de acompañante el entorno era irrelevante, porque ninguna mujer en su sano juicio se fijaría en otra cosa que no fuera él. Y no era solo su físico lo que la atraía. Además, era un hombre agudo e inteligente, y hablar con él le provocaba unas sensaciones que no recordaba haber experimentado con nadie más.

Apenas recordaba de qué hablaban Pascal y ella. Había sido una relación basada en la comida, en el trabajo, y él jamás había mostrado ningún interés por lo que ella quería. Jamás le había preguntado por sus sueños. Jamás le había prestado la atención que le prestaba Sean.

Pensó en la noche que habían pasado en la tienda de campaña. La noche que él había estado escuchando mientras ella le desvelaba todos sus secretos.

Y ahora también la estaba escuchando con una mirada cálida y atenta.

–Has hecho un gran trabajo con el Boathouse. Le dará un buen impulso a Snow Crystal.

–Sin ti no se habría terminado, pero al final todo ha tenido un final feliz. Y hablando de finales felices, el pequeño Sam se fue a casa ayer. No parecía traumatizado por esa experiencia tan aterradora y ya han reservado la cabaña para Navidad y para el verano que viene –la incomodaba menos hablar de trabajo, mantener una conversación neutral, y tal vez él se había dado cuenta porque hizo lo mismo.

–Seguro que Jackson y Kayla están muy contentos. ¿Y tú? ¿Se te sigue viniendo a la cabeza lo que pasó?

Ella se estremeció y soltó el tenedor.

—No me permito pensar en ello —era un tema que no estaba preparada a usar como distracción.

Lo miró ignorando los irregulares golpeteos de su corazón.

Sean tenía el cuello de la camisa abierto mostrando un ápice de piel, pero a ella le bastaba con ese ápice. Era más que capaz de imaginar el resto.

Se fijó en que la mujer de la mesa contigua lo miró y sintió una mezcla de enfado y compasión. Siendo mujer habría sido un desperdicio no mirar a Sean y, para ser justos, la única persona a la que Sean había mirado desde que habían entrado en la sala había sido ella.

—Me contó que le enviaste un mensaje. Fue muy amable por tu parte.

—Se llevó un buen susto. Me alegra oír que eso no ha impedido que vayan a volver. Bueno, ¿y está muy concurrido el Boathouse?

—Lleno todos los días, para el desayuno, el almuerzo y la cena. Los vecinos del pueblo vienen a tomar el brunch de los domingos. Jackson está encantado.

Él se detuvo un instante antes de decir:

—Hablé con él la semana pasada. Le conté lo de mi padre.

—¿Lo de las llamadas? Me alegro. No tendrías que haber cargado con todo ese peso tú solo.

—Resultó que se lo debería haber contado mucho antes —apretó la boca—. Me equivoqué en muchas cosas.

—¿Sobre tu padre? —Élise bajó la copa lentamente—. ¿Quieres hablar de ello?

Él esbozó una media sonrisa.

—Los dos sabemos que la persona con la que debería estar hablando es el abuelo. En eso tenías razón, y en muchas otras cosas. Creo que está entrando un poco en razón. La semana pasada por un momento me pareció que iba a sacar el tema.

—¿Y no lo hizo?
—No, solo me dijo que estaba orgulloso de mí —esbozó una ligera sonrisa—. Lo cual me resultó muy raro.
—Creo que ver lo que hiciste por Sam le ha hecho darse cuenta de lo bueno que eres en tu trabajo, de que la medicina es lo ideal para ti.
—No creo que eso vaya a evitar que siga insistiendo en que busque un trabajo más cerca de casa.
—No, ni que deje de insistirte en que vayas a las noches de familia.
Sean se rio.
—Tyler las llama «Noches de Miedo».
Estaban charlando, pero cada mirada estaba llena de la promesa de algo más. La atmósfera se volvió algo más tensa. El calor palpitaba entre los dos. Era casi imposible mantener una conversación, pero ella estaba decidida a intentarlo.
—Me parece una tradición maravillosa, bastante parecida a la de mi madre de llevarme a cenar una vez al mes. Era un momento para nosotras, un momento para charlar de cosas sin otras distracciones. Vuestra noche de familia es lo mismo con la diferencia de que sois muchos y armáis más jaleo. Tenéis suerte. Y bueno, ¿cuándo tienes pensado hablar con tu abuelo?
—Mañana.
—Vas a pasar la noche en Snow Crystal.
—Ese es el plan —tenía la mirada clavada en ella—. Por supuesto, mi hermano está harto de tenerme como huésped en casa, así que puede que al final acabe volviendo a Boston a menos que encuentre otro sitio donde dormir.
Ninguno de los dos se percató de que el camarero les estaba retirando los platos.
—Sean...
—Sé lo que vas a decir. Vas a decir que nunca has pasado una noche entera con un hombre, que tú no haces esas co-

sas, pero ya hemos pasado una noche entera juntos, Élise. El verano pasado fue toda la noche. Solo estoy sugiriendo que hagamos lo mismo, pero sin los insectos picándonos el culo y sin el chaparrón.

Ella se rio, tal como él había pretendido.

—Me encantó lo de la lluvia. Todo fue mágico. Especial —pero ella sabía que no habían sido ni la lluvia ni el aroma a verano que desprendía el bosque lo que lo había hecho especial. Había sido la química, la conexión entre los dos.

—A mí también me encantó lo de la lluvia —el brillo en su mirada sugería que el recuerdo de aquella noche era tan fresco como el de ella—. Vamos.

Sean pagó y caminaron hasta el coche uno al lado del otro, rozándose los hombros.

—Gracias. Lo he pasado muy bien.

—Yo también. La próxima vez te llevaré a Boston e iremos a la ópera.

¿La próxima vez? Se sintió como si estuviera a bordo de un tren descarrilado y sin frenos.

—Nunca he estado en la ópera, aunque mi madre me llevó al ballet una vez. Fue increíble.

—Te va a encantar. Para Tyler son «chillidos».

Condujeron hasta casa atravesando la oscuridad, recorriendo serpenteantes caminos arropados por bosques, cruzando valles y aldeas, pasando por delante de bonitas iglesias y puentes cubiertos.

Pero Élise solo se fijó en él. En sus manos sobre el volante, en su fuerza, en su control.

En sus propios sentimientos.

No podía dejar de pensar, de mirar, de desear tocarlo hasta que le pareció que iba a enloquecer. Y cuando suponía que eso le estaba pasando solo a ella, él se detuvo en un semáforo, alargó la mano y le acarició los dedos. Se le paró el corazón.

Ninguno de los dos dijo nada y entonces Élise le agarró

la mano, tan excitada que podía sentir una deliciosa tensión desatándose dentro de ella.

Él miraba al frente, pero por un instante giró la cabeza y la miró. Le puso la mano sobre la pierna y rozó con las puntas de los dedos su muslo desnudo.

La mirada de Sean le robó el aliento, y para cuando accedieron a la carretera que conducía al complejo, ya estaba dispuesta a lanzarse del coche en marcha y correr a protegerse en el bosque.

Sean apagó el motor e inmediatamente se fundieron el uno en el otro como dos criaturas salvajes. Sus bocas chocaron. Ella lo agarró de la camisa mientras sentía los dedos de él en su cabello, la erótica caricia de su lengua contra la suya, el calor de su boca y el crepitar de su propia sangre recorriéndole las venas. Fue un beso de lo más excitante. Lo rodeó por el cuello intentando acercarse más.

Con gran esfuerzo, Sean apartó la boca, pero solo lo justo para susurrarle:

—Aquí no.

Se desengancharon el uno del otro para salir del coche y al instante, él le agarró la mano y juntos recorrieron el estrecho sendero que conducía al lago y a Heron Lodge.

«Demasiado lejos», pensó Élise agarrándolo del hombro.

—Bésame...

Sean lo hizo y gimió al sentir las manos de Élise rodeándole el cuello.

—Aquí no... aquí... —le echó la mano por la cintura sin dejar de besarla y ella se sintió abrasada por el roce, arrastrada por la marea de sensaciones que amenazaban con noquearla.

Aturdida por la destreza de sus besos, le tiró de la camisa desesperada por tocarlo, por poner las manos sobre su cuerpo.

—Te deseo...

—Por Dios, Élise... —Sean la llevó hacia un árbol y la sujetó por las caderas contra la dureza de su erección mientras ella lo agarraba por los hombros.

Los músculos de Sean eran como rocas bajo los dedos de Élise, que cerró los ojos al sentir el roce áspero de su barba contra la suave piel de su cuello.

—Ahora... por favor, ahora... —y cuando no podía esperar más, él la tomó en brazos—. Sean...

—No digas nada —contestó él con los dientes apretados y la mandíbula tensa mientras la llevaba hasta la cabaña, a una corta distancia—. No digas nada. Y no me beses bajo ningún concepto. Estoy intentando caminar.

—Quiero...

—Sí, yo también —daba zancadas largas—, pero esta vez quiero ver lo que podemos hacer en una cama y tras una puerta cerrada.

El aire estaba en calma, el agua quieta y serena, el bosque dormía en la calidez de la noche de verano. Se oía el batir de las alas de las golondrinas mientras Sean cruzaba el embarcadero, pero esa noche a ella no le interesaba lo que la rodeaba, solo le interesaba ese hombre.

Lo besó por la mandíbula y oyó su respiración entrecortada.

—¿Te he dicho alguna vez que eres muy sexy?

—No me lo digas —respondió él abriendo la puerta con el hombro—, aún no. Guárdate ese pensamiento para luego.

—Eres muy sexy...

—Joder...

Sean cerró la puerta con el pie, se dio por vencido, y la besó. Descontrolados, fueron hacia las escaleras perdiendo la ropa, besándose, tocándose, ansiosos y desesperados.

Ella le arrancó la camisa y él le quitó el vestido. El sujetador de Élise fue lo siguiente en caer al suelo seguido de la diminuta pieza de seda a juego, que era lo único que le quedaba de ropa encima. Y entonces, cuando los dos ya estaban desnudos, Sean la tendió sobre la cama con un beso ardiente, sexual y de lo más explícito.

La luz de la luna se colaba por las ventanas abiertas iluminando unas extremidades desnudas, unos hombros poderosos, un cabello negro y unos brillantes ojos azules.

El calor que estaban generando era brutal y el deseo que la recorría por dentro, una bestia voraz. Élise movió las caderas con esa desesperación que controlaba todo lo que hacía.

Él deslizó la mano entre sus piernas y ese íntimo roce hizo que la recorriera una aguda excitación. Sean bajó más la boca y jugueteó con su pecho, haciéndola enloquecer hasta que sus gemidos se convirtieron casi en un sollozo. Después, bajó un poco más y le separó las piernas. Ella se sintió desnuda, expuesta, y por un instante vaciló, pero entonces él le sujetó las caderas con unas manos fuertes y la torturó deliciosamente con la boca, con la lengua, y con una destreza que la fue arrastrando al límite. Y cuando finalmente estaba casi allí, casi cegada por el placer, Sean la tendió bajo su cuerpo y entró en ella con un único movimiento que la hizo gemir. Con fuerza, con calor, de un modo poderoso, se hundió en ella mientras Élise le clavaba los dedos en los esculpidos músculos de los hombros, aferrándose, temerosa de soltarse porque nunca había experimentado algo tan salvaje. Y en lo más profundo de su ser una parte de ella sabía que no se trataba solo de sexo, que la conexión era distinta esa vez. Intentó recuperar el equilibrio emocional, encontrar el nivel de control que la llevaba protegiendo casi una década, pero estaba fuera de su alcance. Su armadura, los muros que había levantado a su alrededor para protegerse se estaban derrumbando, o tal vez los estaba derribando él, porque con cada mirada que le lanzaba al adentrarse en ella la estaba dejando sin refugios donde esconderse. Y entonces supo que estar expuesta era eso, no el hecho de estar desnuda, sino el hecho de compartir ese momento de exquisita intimidad con ese hombre.

–No te contengas –le susurró él contra la boca–. Lo quiero todo. Todo de ti.
–Sean... –no tuvo más opción que darle todo lo que pedía. Estaba perdida, poseída, fuera de control.
Sintió el placer bañarlos a los dos y vagamente lo oyó gemir mientras su cuerpo se tensaba alrededor del de él. Sentía que estaba dando vueltas, incapaz de parar. Se aferró a sus hombros y, jadeando, pronunció su nombre contra sus labios a la vez que juntos llegaron al éxtasis.
Tardaron un momento en moverse o hablar.
Ella era consciente del peso del cuerpo de Sean, de su fuerza, de su respiración entrecortada mientras él intentaba recuperar el control.
Se quedó tumbada, impactada, mirando al techo de su pequeño dormitorio e intentando no dejarse llevar por el pánico.
¿Qué había pasado?
–Joder... –Sean dejó caer la cabeza sobre el hombro de Élise y después se apartó. Se tendió boca arriba y tiró de ella–. Estoy orgulloso de nosotros.
–¿Cómo dices?
–Hemos logrado llegar a la cama, y para nosotros eso es un gran logro.
Incluso en la cama la hacía sonreír. El pánico se disipó.
–Pero nos hemos quedado encima. No hemos logrado apartar la colcha. Espero que no me hayas llenado mi colcha blanca de hojas y barro. Para mí es algo muy preciado –después de la intensidad de lo que habían compartido, la calmó mantener una conversación distendida.
Él se alzó apoyándose en el codo y observó la bonita colcha cubierta de cojines.
–¿Quién tiene una colcha blanca?
–Yo. Es de seda. Era de mi madre.
–Pues entonces la próxima vez nos quedaremos en el bosque, en cualquier otra parte. Voy a dejar de fingir ser un

hombre moderno y sofisticado. Contigo vuelvo a las cavernas y me entran ganas de salir a pescar algo con lanza para que lo cocines.

Riéndose, halagada, ella le acarició la mandíbula y sintió la áspera e incipiente barba bajo su palma.

—Te estropearías los zapatos.

—Mierda, sabía que habría una pega —se echó hacia delante y la besó en la boca—. Pero por ti merecería la pena. Bueno, ¿entonces vas a venirte a vivir a mi caverna?

Aun sabiendo que estaba bromeando, el corazón se le aceleró un poco.

—¿Tu caverna tiene sábanas de seda?

—Aún no, pero las tendrá en cuanto te mudes.

—Lo pensaré. O tal vez podría vivir directamente en el bosque. Me encanta el bosque —deslizó las manos hasta sus hombros y sintió sus músculos y su fuerza. Era más musculoso y fuerte que Pascal, pero sabía que ese hombre jamás emplearía la fuerza para hacerle daño a nadie. Esa era una debilidad y Sean era fuerte hasta lo más profundo de su ser.

—Me gustó estar contigo bajo la lluvia.

Los ojos de él se oscurecieron.

—Genial, justo lo único que no puedo solucionar. Puede que salga a hacer mi danza de la lluvia. O podríamos usar la ducha. ¿Te valdría eso?

—Me gusta la idea. Ducha y sexo sobre mi colcha de seda.

—¿Disculpa? Lo único que he oído es la palabra «sexo», después me he perdido —le acarició el pelo—. Lo de la ducha es una idea genial en teoría, pero mido uno ochenta y ocho y no estoy seguro de que vaya a haber sitio para los dos. Yo construí esa ducha, ¿lo recuerdas? Tyler estuvo tres días gruñendo sin parar porque no dejaba de darse golpes en la cabeza mientras colocaba los azulejos. Fue horroroso trabajar con el tejado inclinado.

—A mí me parece encantador. Y creo que es hora de probar sus posibilidades, ¿no?

—Sí. No. No lo sé... No me pidas que piense. No puedo pensar si te tengo aquí desnuda en la cama —la besó apasionadamente—. Sabes de maravilla. Podría estar besándote toda la noche.
—Espero que lo hagas. Sería una pena malgastar el tiempo. No vienes mucho por casa.
—Estoy pensando en mudarme.
Sonriendo, ella salió de la cama y fue a la ducha sabiendo que Sean no dejaba de observarla.
En dos pasos la alcanzó. Después, entró en la ducha y maldijo por el tamaño.
Aunque el espacio era pequeño, estaba diseñado muy inteligentemente; era un baño con mucho estilo con cristal y azulejos italianos. Los O'Neil tenían buen gusto y el acabado era perfecto.
Esa habitación siempre le resultaba placentera, pero esa noche le estaba ofreciendo mucho más. Le estaba dando calor y posibilidades. Y a Sean. Ahí, en ese confinado espacio, se estaba dando más cuenta que nunca del poder de ese hombre.
Al mirarlo vio el deseo ardiendo en sus ojos y supo que Sean estaba viendo lo mismo en los suyos.
—Agua de lluvia pero caliente —dijo él ajustando la temperatura correcta.
Sean se movía con determinación y decisión. Élise sintió mariposas en el estómago y le ardió la sangre cuando él le sonrió pícaramente al agarrar el jabón. Tenía unas manos largas y fuertes con las que acarició cada centímetro de su piel sin dejar ni una sola parte intacta, hasta que ella gimió bajo el agua hundiendo los dedos en sus hombros.
Era tan pasional y desinhibido como ella.
A ellos no les funcionaban los juegos preliminares lentos. Una vez más, el roce de sus besos fue más una colisión que un beso, la caricia de sus lenguas, ardiente y sensual, y el pellizco de sus dientes, excitante.

Élise inhaló su aroma, acarició sus músculos y su masculina y resplandeciente piel, escuchó los ásperos sonidos de su respiración. Cuando él la alzó y tomó su pecho en su boca, ella echó la cabeza atrás, perdida en la excitación y en el placer que se arremolinaba a su alrededor con cada roce de su habilidosa lengua. Lo rodeó con las piernas y sintió la suavidad de él rozándole, pero Sean la tenía alzada negándole lo que deseaba y necesitaba.

–No… –le susurró contra la boca–. Aún no.

–Sí, ahora –lo agarró del pelo y lo besó moviendo las caderas, pero él era más fuerte y la sujetaba con firmeza impidiéndole aliviar ese deseo que aumentaba en su pelvis.

–Te deseo. Una y otra vez…

Sujetándola contra la pared y sin dejar de besarla, Sean cerró el grifo. Ahora, sin el sonido del agua, lo único que se oían eran sus respiraciones entrecortadas.

–¿Qué puedo hacer para dejar de sentir esto? Dímelo porque, a este paso, no voy a poder ir a trabajar el lunes.

Con esas palabras, él le arrancó otra de sus capas protectoras, pero antes de que Élise pudiera recuperarla, Sean agarró una toalla y la envolvió con ella sin dejar de besarla. Sus movimientos eran bruscos y descoordinados, pero eso hacía que todo resultara más ardiente. El hecho de que ese hombre sofisticado y centrado estuviera tan fuera de control la excitó todavía más, hasta el punto de hacerle pensar que podía olvidarse de protegerse durante un momento, que eso solo era sexo. Solo sexo.

El cabello de Sean brillaba con las gotas de agua. La tomó en brazos y la tendió en la cama, desnuda y ligeramente húmeda.

–¿A tu colcha y tus sábanas les importará un poco de agua? –no dejaba de besarla, de recorrerla con la boca y la lengua. El calor era intenso. La química tan poderosa que Élise sentía calambres por dentro.

Cuando Sean se alzó sobre ella, lo agarró por los hombros y lo arrastró hacia sí. Lo sintió, duro contra su cuerpo, y entonces Sean se tendió boca arriba y tiró de ella, que se sentó a horcajadas sobre él.

Estaban tan excitados que no tenía sentido ni ir más despacio ni contenerse. Ella hundió las uñas en los duros músculos de sus hombros y lo recibió dentro de su cuerpo.

–Por Dios, Élise.

Con un gemido, Sean hundió los dedos en su pelo y la llevó hacia sí. Ella le mordisqueó el labio inferior y él se vengó del mismo modo y sin dejar de mirarla a los ojos a la vez que se adentraba en ella. Tenía los ojos oscuros por el calor y el deseo, la mandíbula tensa en ese rostro tan hermoso que casi dolía mirar. Pero ella se atrevía a mirarlo. Lo miraba y él la miraba a ella. Ahí ninguno se ocultaba ni fingía, actuaban con la misma sinceridad con la que se había desarrollado toda su relación. Élise notó cómo comenzó a caer, cómo sus propios espasmos se apoderaban del miembro de Sean, y lo oyó gemir y perder el control. Intensas sensaciones la inundaron, impactaron contra ella en forma de brutales olas, y él acalló sus gemidos besándola a la vez que se vaciaba en su interior.

Tardaron un momento en recuperarse.

Agotada, Élise estaba tendida en su torso, consciente de la calidez de la mano de Sean contra su espalda y del protector gesto de su brazo. Mientras el corazón recuperaba su ritmo normal, ella intentó moverse, pero él la sujetó y se movió ligeramente para echar la colcha por encima de los dos.

Era un grado de intimidad que no se había permitido desde Pascal.

Dudando, estaba a punto de apartarse de sus brazos y decirle que se marchara a su casa, cuando él la abrazó y la besó de nuevo.

Sean era un auténtico maestro besando. Sabía perfectamente cómo emplear esa boca para robarle a una mujer su fuerza de voluntad y a ella se lo había hecho en numerosas ocasiones, pero no esa vez. Esa vez su intención no había sido seducirla, porque esa vez habían sido su ternura y la delicadeza de ese beso lo que la había desestabilizado.

Aturdida por unos sentimientos que no podía identificar, lo miró a los ojos y se derritió por dentro.

Era obvio que Sean tenía la intención de quedarse a pasar la noche con ella, pero ella no estaba muy segura de qué pensar al respecto.

—¿De verdad crees que dormir en la misma cama es mucho más íntimo que lo que acabamos de hacer? —el hecho de que pudiera leerle la mente la asustaba.

—Yo no hago estas cosas y tú tampoco. Tú nunca pasas la noche con una mujer —sabía que Sean había roto tantos corazones como huesos había arreglado—. Tú te marchas. Siempre.

—Cielo, te aseguro que no hay forma de que me pueda ir de aquí —cerró los ojos y sonrió—. El cuerpo me ha dejado de funcionar.

A Élise la invadió el pánico.

—Tengo que ir al baño.

—Vale, pero vuelve enseguida.

Apartándose de su abrazo, salió de la cama y entró en el baño preguntándose si él aprovecharía ese momento para marcharse.

Agitada y confundida, se tomó su tiempo.

Diez minutos después abrió la puerta.

Y vio que Sean estaba dormido en la cama.

Tumbado con esas fuertes extremidades extendidas y el brazo izquierdo sobre la cabeza. Las oscuras pestañas que normalmente quedaban en un segundo plano ante sus impresionantes ojos azules rozaban su piel bronceada y su fuerte estructura ósea.

Se quedó ahí un momento, indecisa. Podía tumbarse con él, pero eso significaba que se despertarían juntos y que llevarían su relación a un nivel que ella no quería.

Podía despertarlo y pedirle que se marchara a dormir a casa de Jackson, pero estaba profundamente dormido, fruto del agotamiento. Sabía que su trabajo era extenuante y que los sucesos de las últimas semanas le habían robado energías de más. Sean no mostraba nada, se tragaba el estrés y la presión como si fuera papel absorbente, pero los efectos estaban ahí.

De ningún modo lo despertaría. No era tan egoísta.

Con un suspiro, aceptó que no lo movería, y eso le daba dos opciones.

Dejó que fuera su cerebro el que decidiera y lo arropó con la colcha para que no se enfriara durante la noche.

Después agarró unos cuantos cojines, sacó una manta del cesto de mimbre que tenía a los pies de la cama y se resignó a pasar la noche en el sofá.

## Capítulo 17

Sean se despertó con el trino de los pájaros y los sonidos del lago, y se quedó allí tumbado un minuto, aún medio dormido y entumecido. Tardó un momento en percibir que era de día y recordar dónde estaba.

Heron Lodge.

En la cama de Élise.

Pero no había ni rastro de ella. Un simple vistazo le dijo que no había pasado la noche en la cama.

Él había caído redondo y ella había dormido... ¿dónde?

—Mierda —buscó el reloj, vio que eran más de las ocho y supo que era demasiado tarde para esquivar preguntas incómodas de su hermano gemelo. Incapaz de recordar la última vez que había dormido hasta tan tarde, se levantó y buscó a Élise, pero se encontró con que Heron Lodge estaba vacía. En la encimera había café recién hecho aunque ya frío, señal de que se había marchado hacía un rato.

No se había quedado a su lado para una sesión de sexo matutino, ni siquiera para la conversación de la mañana después.

Y tal vez debería haberse sentido aliviado, pero en realidad le sorprendió no estarlo.

Le dio un mordisco a uno de los bollos que Élise había dejado en un plato, se dio un momento para saborear y admirar sus habilidades como chef y después se calentó el café. Fue al llevarse la taza a los labios cuando se fijó en la manta impecablemente doblada sobre el sofá.

Bajó la taza.

¿Había dormido en el sofá?

Una clase de culpabilidad penetrante y que no había experimentado antes lo atravesó junto con otras emociones que tampoco le resultaban ni familiares ni reconocibles.

Al oír pisadas tras él, se giró y la vio de pie en la puerta, ataviada con los pantalones de deporte más cortos que había visto en su vida. Una diadema le apartaba la melena de la cara y tenía las mejillas sonrojadas.

La lujuria lo sacudió con fuerza. No importaba qué llevara puesto, la deseaba.

—¿Por qué has dormido en el sofá?

—Porque tú estabas en la cama.

Dado que habían pasado la mitad de la noche pegados el uno al otro, la respuesta carecía de lógica para él.

—La cama era lo suficientemente grande para los dos. No era mi intención echarte a patadas de ella. Me has hecho sentir culpable.

—¿Y por qué te sientes culpable por algo que ha sido decisión mía? —entró en la cocina, abrió la nevera y se sirvió un vaso grande de agua helada.

Sean se preguntó si echarse esa agua por encima resolvería su problema.

El ambiente que se respiraba bastaba para que una persona sufriera un golpe de calor.

Le vibraba el pulso. Estaba excitado al máximo. Quería llevarla contra la encimera de la cocina y quitarle esos pantalones. Quería separarle las piernas, saborearla y hundirse en ella. Quería sentir los labios de Élise mordiendo los suyos, sentir su lengua en su boca y sus manos sobre su piel. Quería volver a sentir el fuego, verse consumido por él. Pero también quería verla reír, ver ese hoyuelo, escuchar sus secretos y sentir la profunda emoción que le generaba saber que había empezado a confiar un poco en él. Que era él el que había atravesado esas barreras. Quería protegerla y asegurarle que no todos los hombres eran como Pascal. Quería decirle que estaban bien juntos.

¿Pero cómo podía hacerlo?

¿Cuándo había dejado de ser él sinónimo de malas noticias para una mujer?

Su historia estaba repleta de relaciones que habían terminado. Cuando el hospital lo llamaba, cuando sus pacientes lo necesitaban, lo dejaba todo, y no estaba preparado para cambiar eso. No estaba preparado para el sacrificio que había que hacer para que una relación funcionara.

Así que, ¿por qué seguía allí?

Aparentemente ajena a su confusión, Élise se terminó el vaso y lo soltó. Con frialdad. Con serenidad.

—Tengo que ducharme y después ir al restaurante. Gracias por una noche maravillosa, Sean. Ha sido divertido.

¿Divertido? ¿Eso era todo? ¿Era lo único que iba a decir?

Aquello fue como intentar abrir una puerta con una llave que siempre habías usado y que de pronto dejaba de encajar.

¿Y qué había significado esa noche para él? La había invitado a cenar impulsivamente, pero ni una sola vez en todas las horas que habían pasado juntos había pensado que ese impulso hubiera sido un error. Eran amigos, nada más. ¿Qué problema había en que unos amigos pasaran un rato juntos?

—Sé que estás asustada...

—No estoy asustada. ¿Por qué iba a estarlo? No tenemos ninguna relación. Los dos sabemos que solo ha sido sexo. Sí, sexo en la cama para variar... —añadió sonriendo—, pero solo sexo al fin y al cabo. Te preocupas sin motivos. Que tengas una buena semana, Sean. A lo mejor nos vemos en la noche de familia.

—Los tomates son maravillosos este año —Élise arrancó uno de la mata, lo olió y lo echó a la cesta que llevaba en el brazo–. Los pondremos en el menú de esta noche en The Inn. Qué pena que la temporada sea tan corta.
—Que Dios bendiga a Tom Anderson y a sus invernaderos.
—*Oui* –respondió Élise mirando a Elizabeth y sopesando cuánto atreverse a preguntar–. Es un hombre muy agradable y ha sido muy amable al sacar tiempo para ayudar en nuestro huerto este verano. ¿Hace mucho que lo conoces?
—Su mujer y él solían venir aquí a cenar para celebrar su aniversario. Ella murió hace unos ocho años y desde entonces se ha sentido muy solo. Por supuesto, la comunidad de este pueblo es maravillosa, pero no es lo mismo que tener a alguien especial a tu lado. Seguro que por eso ha pasado tanto tiempo cultivando vegetales.
—Tenemos que apoyarlo –Élise arrancó otro tomate esperando que su instinto no se hubiera equivocado–. Si el Boathouse sigue estando tan concurrido como ahora, podríamos doblar nuestros pedidos de hortalizas y verduras.
Elizabeth parecía complacida.
—Se lo comentaré la próxima vez que esté por aquí. Ay, mira, el perejil plano tiene buena pinta, y también la menta. ¿Incluimos tabulé en la carta esta semana? –arrancó una rama y la olió–. Michael siempre prefería el invierno por la nieve, pero yo adoro los veranos en Vermont.
—A mí también me encanta el verano. Y sí al tabulé. Buena idea.
—Bueno, ¿qué tal fue la cena con Sean?
—El entorno era encantador. La comida buena. El vino, delicioso.
—¿Y la compañía?

El corazón le dio un brinco.

—La compañía buena también, por supuesto. Sean siempre es divertido.

—Ha estado viniendo a casa más a menudo —Elizabeth echó la menta en la cesta—. Walter está encantado y ha supuesto una gran ayuda para Jackson. Gracias.

—¿Por qué me das las gracias? Yo no soy la razón de que esté aquí.

Elizabeth la miró.

—Después de que Michael muriera, dejó de venir a casa. Sé que sufrió mucho, todos lo hicimos, pero por supuesto Sean no hablaba de ello. Nunca ha sido persona de mostrar sus sentimientos fácilmente. Él no habla de cosas personales.

Con ella sí que había hablado.

Y ella había hablado con él. De todo. Era la primera vez que lo había hecho.

—Perder a alguien que quieres siempre es duro.

—Sí —Elizabeth apartó una hoja y encontró otro ramillete de tomates resplandeciendo como rubíes bajo el sol—. No sé cómo logramos superar aquellos días. Fue como caminar entre una oscura niebla. Todos íbamos por ahí dando tumbos, intentando encontrar nuestro camino, aferrándonos los unos a los otros.

—Sí —se le había formado un nudo en la garganta—. Me encanta que hagáis eso. Poder manteneros unidos es lo que os convierte en una familia. Si os caéis, hay alguien que os agarra y levanta —hasta llegar a Snow Crystal, ella no había tenido eso.

—Las Navidades pasadas todo cambió. Kayla vino y empecé a trabajar contigo en la cocina —Elizabeth arrancaba los tomates con cuidado—. Sinceramente, creo que eso fue lo que me salvó. Tú me salvaste.

El ardor de las lágrimas se sumó al nudo de la garganta.

—Fue idea de Kayla.

—Pero tú me aceptaste en la cocina y me convertiste en una más del equipo.

—Y tuve mucha suerte. Tienes mucho talento, ¡y gracias a eso ahora puedo tomarme tiempo libre!
—Lo que has hecho por Snow Crystal, primero en The Inn y ahora con el Boathouse, es fantástico. Gracias a ti, The Inn ha sido elegido mejor restaurante otra vez. Durante un tiempo pensé que perderíamos el negocio, pero entre Jackson, Tyler, Kayla y tú lo habéis sacado del hoyo.

Élise no señaló que seguía estando demasiado cerca del hoyo, demasiado como para que cualquiera de ellos pudiera dormir totalmente tranquilo.

—Está claro que va mejor. Mucho dependerá del invierno, creo. Necesitamos una buena temporada.
—Pero no solo has ayudado con el negocio. Has unido a toda la familia. Ayudarte en el embarcadero ha obligado a Sean a pasar más tiempo aquí y eso ha sido positivo para todos. Siento como si la familia al completo se estuviera recuperando. Esta mañana he visto su coche aparcado en la puerta de Alice y Walter, y sé que tiene preparado un regalo para su abuelo, así que espero que sea bien recibido.
—¿Un regalo?
—Algo para ayudar a Walter. Sé que Sean se preocupa por él aunque el abuelo no lo sepa. Siempre fue así. Tyler explotaba con cualquier cosa que lo molestara o inquietara, Jackson primero pensaba en ello y después lo hablaba, pero Sean... él siempre se lo guardaba todo. Siempre fue el melancólico y el pensativo. Me alegro de que pasara aquí la noche. Me preocupa que vuelva a Boston conduciendo cuando está cansado —Elizabeth vaciló y la miró—. Élise, puede que no sea asunto mío, pero...
—¡A mí puedes decirme lo que quieras!
—Quiero mucho a mis hijos, pero eso no me impide ver cómo son. Sean siempre ha sido el resuelto, el más firme en lo que respecta a su trabajo. Solo quería ser médico. Lo vi en él cuando aún era muy pequeño. Y estoy orgullosa, sí, pero a veces me preocupa porque me gustaría ver que en la

vida tiene algo más que una carrera profesional de lo que sentirse orgulloso. Una vida necesita un equilibrio. Él no lo tiene, y no estoy segura de que vaya a tenerlo nunca.

—¿Y esto me lo dices porque...?

—Porque en los últimos dos años te has convertido en una hija para mí, al mismo nivel que lo es él, y no quiero verte sufrir.

Élise se quedó sin aliento y se le saltaron las lágrimas.

—Elizabeth...

—Puede que me equivoque y que no esté pasando nada, pero si hay algo... bueno... no quiero que te haga daño.

—Oh, vamos, me vas a hacer llorar —Élise soltó la cesta y la abrazó con fuerza, cerrando los ojos para contener las lágrimas que amenazaban con caer—. Yo también te quiero mucho. Y a Alice, a Walter, a mi adorado Jackson, a Kayla, a Brenna e incluso a Tyler, aunque a veces me gustaría que abriera los ojos. Soy yo la afortunada por vivir y trabajar aquí. Y no me hará daño —eso era imposible. Ella se protegía a sí misma con demasiado cuidado—. Sean y yo nos reímos juntos, charlamos y sí, tal vez haya algunas otras cosas de las que no voy a hablar con su madre, pero no tienes de qué preocuparte. Aunque me conmueve mucho que te preocupes tanto. Y también me alegro de que Sean esté viniendo más a casa. Es lo correcto. Tiene una familia muy especial.

Y ella formaba parte de esa familia. Eso nadie podría arrebatárselo.

Se preguntó si Sean estaría hablando con Walter. Si por fin estaría aclarando lo de aquella discusión que lo había mantenido alejado de casa durante los últimos años.

Lo deseaba. Y si le había llevado un regalo, tal vez ese sería el comienzo de una nueva etapa en su relación.


—¿Qué demonios es esto? —preguntó Walter mirando la máquina que había en mitad del jardín.

—Una astilladora de leña —respondió Sean observando la máquina y complacido por su elección. Había tardado una eternidad en pensar en el regalo adecuado y había empleado horas en buscarlo hasta finalmente dar con ese modelo en particular—. Pedí que la enviaran aquí.
—¿Por qué? ¿Para quién es?
—Es para ti —el teléfono vibró en su bolsillo, pero por primera vez lo ignoró. Quien fuera, podría esperar. Esa conversación era mucho más importante que cualquier llamada—. Es un regalo, abuelo, para que no tengas que gastar tu tiempo y tu energía levantando un hacha.
—¿Me estás diciendo que no soy capaz de levantar un hacha? ¿Crees que soy un debilucho?
—No —respondió Sean frunciendo el ceño—. Solo creo que tienes que tener cuidado, eso es todo.
—Yo decidiré qué hacer y qué no hacer —Walter caminó alrededor de la máquina con recelo—. ¿Cuánto te ha costado esta cosa?
—Es un regalo, así que el precio es irrelevante. Y esta cosa puede astillar leños como si fueran menudencias.
—Yo también puedo —la mirada de su abuelo era feroz—. Lo llevo haciendo prácticamente desde que nací.
—Pues a lo mejor ya es hora de que te lo tomes con calma.
—¡No me lo quiero tomar con calma! No lo necesito, así que puedes mandar esta cosa al lugar de donde ha salido y pedir que te devuelvan el dinero.

Sean se quedó allí de pie en silencio, absorbiendo el golpe. En ningún momento había pensado que el regalo no fuera a ser bien recibido.

Podía devolverlo, por supuesto. Podía hacer que se llevaran esa puñetera cosa de vuelta al lugar de donde había salido y dejar que su cabezota y testarudo abuelo siguiera levantando el hacha hasta que eso acabara matándolo.

Solo haría falta una llamada de teléfono.

Había hecho lo que había podido. Lo había intentado. Si

su abuelo no lo quería, entonces no había nada que pudiera hacer.

Cerró los dedos alrededor del teléfono y se imaginó a Walter tendido en una cama de hospital con Alice a su lado negándose a marcharse. Pensó en su madre, en Jackson y, sobre todo, pensó en Élise.

Élise, que había estado con su abuelo cuando tuvo el infarto.

Élise, que trataba a su familia como si fuera la suya propia.

«Te quiero, Walter».

Incapaz de sacarse su voz de la cabeza, sacó la mano del bolsillo y se puso derecho.

—No lo voy a hacer. No voy a devolverla.

—Pues ahí se va a quedar y acabará oxidándose porque no la pienso usar. Usaré mi hacha como siempre he hecho.

—Ni siquiera la has probado.

—No necesito probar algo que sé que no me sirve para nada.

Sean se quedó quieto un momento buscando un argumento convincente, pero no se le ocurrió nada.

—Por favor, abuelo... –intentó controlar la emoción–, úsala. Aunque sea una vez, por favor, hazlo.

—Dame una buena razón por la que debería hacerlo.

—¡Porque nos has dado un susto de muerto a todos! –no era lo que había pretendido decir, pero lo había dicho de todos modos. Rabia y frustración, contenidas durante demasiado tiempo, salieron a la superficie–. Joder, abuelo, me he pasado todo el invierno insistiéndote para que fueras a hacerte un chequeo, ¿y lo hiciste? No. Eres tan condenadamente testarudo, tan... –se pellizcó el puente de la nariz obligándose a respirar, intentando calmarse lo suficiente para articular sus sentimientos–. ¿Sabes cómo me sentí cuando Jackson me llamó diciéndome que habías tenido el infarto? Fue como volver a tener otra vez la llamada diciéndome lo de papá. No recuerdo ni una sola cosa del viaje desde Boston al hospital. Lo único que recuerdo es que mis piernas parecían gelatina y que no dejaba de pensar que si morías, si morías, entonces yo... –se le quebró la voz y estalló, con los puños cerrados y los sentimientos expuestos.

Su abuelo lo miró en silencio. Después, carraspeó antes de decir:

–No deberías haber conducido en ese estado y en un coche como el tuyo. Podrías haber tenido un accidente.

Sean soltó una carcajada de incredulidad.

–¿Por eso me dijiste que volviera a Boston?

–No. Lo dije porque pensé que no querías estar aquí –Walter miró al suelo y suspiró profundamente–. Sé que no te ha gustado volver a casa desde el accidente de tu padre y no quería presionarte. Además, no quería mantenerte alejado de tu trabajo cuando sé que es tan importante para ti.

–Bueno, por supuesto que mi trabajo es importante, pero no más que estar con mi familia cuando hay problemas. ¿Pensabas que seguiría trabajando aun sabiendo que estabas en el hospital? Nos diste un susto de muerte. Por eso te he comprado esta astilladora, con la esperanza de que te cuides más. Y no pienso devolverla. Vas a usarla aunque tenga que encadenarte a esa maldita cosa.

Se preparó para una interminable batalla; para una discusión que, sin duda, haría más mella en su ya de por sí dañada relación.

Sin embargo, su abuelo dijo:

–No sabía que te sintieras así. No sabía que estuvieras preocupado por mí.

–Bueno, pues ya lo sabes –Sean se pasó los dedos por el pelo, furioso consigo mismo por haber perdido los nervios–. Siento haberte gritado. Lo creas o no, he venido aquí para disculparme.

–¿Disculparte? ¿Por qué?

Las palabras se le quedaron atascadas en la boca y la emoción atascada en el pecho.

—Por todas las cosas que te dije en el funeral de papá. Me pasé de la raya. Me pasé mucho de la raya.

Su abuelo se puso recto ligeramente.

—Estabas muy disgustado.

—Eso no es excusa. Deberías haberme dicho que me callara. Deberías haberme gritado o algo. ¿Por qué no lo hiciste?

Por un momento, su abuelo no respondió, pero entonces se sentó en el banco y apoyó las manos en las rodillas.

—Porque estabas hundido de dolor —le temblaba la voz—. Todos lo estábamos. Querías culpar a alguien y lo entendí porque yo me estaba culpando a mí mismo. Eso sucede cuando pierdes a alguien. Solo dijiste lo que yo estaba pensando. Fue culpa mía.

—No, no lo fue.

—Tal vez no todo, pero algo sí.

—¡Eso no es verdad! —la voz de Sean sonó áspera—. En eso me equivoqué. Me equivoqué en muchas cosas y no debería haber dicho lo que dije.

—Perdiste a tu padre.

—Y tú perdiste a tu hijo.

—Sí —Walter miró hacia las montañas—. Mi recuerdo más antiguo es el de estar jugando junto al lago con mi padre. Este lugar lo era todo para él y lo era todo para mí. Nunca se me ocurrió hacer otra cosa. Lo vivía, lo respiraba, lo soñaba. Entonces conocí a tu abuela y ella sentía lo mismo. No era solo un modo de vida, era la vida. Y jamás se me ocurrió que mi hijo pudiera no querer esta vida.

—Papá adoraba este lugar.

—Adoraba el lugar, pero no el negocio. Michael no quería formar parte de eso.

Sean pensó en la conversación que había tenido con Jackson.

—Pero eso no te lo dijo. Nunca te lo dijo.
—Estaba intentando ser lo que yo quería que fuese. No quería decepcionarme —Walter hablaba con voz ronca—. Debería haberlo sabido. Estaba tan centrado en lo que quería, que nunca le pregunté qué quería él.
—Es bueno estar tan centrado en algo. Es bueno tener pasión por algo.
—No cuando esa pasión te ciega.
—Él podría haberte dicho algo. Debería haberlo hecho.
—Probablemente, pero ¿le habría escuchado yo? Me gusta pensar que lo habría hecho, pero no puedo estar seguro. Este lugar no es un peso sencillo de cargar, y lo sé.
—A Jackson le encanta.
—Sí. Y duermo más tranquilo sabiéndolo.
Sean se sentó junto a su abuelo. Sus hombros se rozaban.
—Voy a venir más a casa.
—A tu madre le encantaría.
Sean giró la cabeza y miró a Walter.
—¿Y a ti qué te parecería?
Walter se aclaró la voz.
—Supongo que también me gustaría. Pero solo si es lo que tú quieres.
—Es lo que quiero. Debería haberme disculpado antes en lugar de haberme mantenido alejado. Y debería haberte dicho... quiero decir, probablemente debería haberte dicho... te quiero, abuelo... Joder... —se pasó la mano por la cara—. No me puedo creer que haya dicho esto. Gracias a Dios que Tyler no está aquí.
—Gracias a Dios que tu abuela no está aquí oyéndote decir palabrotas —se hizo un largo silencio y entonces su abuelo soltó una carcajada vacilante—. Yo también te quiero. Creía que lo sabías.
Sean pensó en Élise.
—A veces es bueno decir esas cosas en alto, para que todo el mundo lo tenga claro, pero no es fácil.

—Nunca te ha resultado fácil hablar de tus sentimientos. Y a mí tampoco.

—Es curioso que tú digas eso. Élise piensa que tú y yo somos iguales.

Su abuelo sonrió.

—Chica lista. Y fuerte. Y Kayla también lo es. Jackson y ella están dándole una nueva vida a este lugar y eso es bueno. Y ahora que ella va a vivir aquí a tiempo completo las cosas irán aún mejor.

—Estoy preocupado por Kayla. Está renunciando a muchas cosas, dejando su trabajo para venir a vivir y trabajar aquí.

—¿Tú crees? —Walter vio una bandada de pájaros volar sobre ellos—. Yo diría que está ganando más de lo que está dejando.

—Trabajaba para una gran agencia de publicidad en Nueva York. Tenía una carrera.

—Y ahora está trabajando con el hombre que ama, planificando un futuro. Una vida feliz requiere más que un trabajo. Requiere un equilibrio. Soy afortunado. Para mí el trabajo, el hogar y la familia están interrelacionados. Lo tengo todo en un único lugar. Tú tienes una gran carrera, de eso no hay duda, pero estás pagando un precio altísimo por ella. Un gran sacrificio. Tienes que asegurarte de que merece la pena.

—¿Sacrificio? —Sean se quedó atónito—. No soy yo el que está haciendo el sacrificio. No tengo que pensar en nadie más que en mí mismo. Puedo pasarme todo el tiempo que quiera en el hospital sin que nadie me pregunte a qué hora llegaré a casa.

Su abuelo miró hacia el bosque enmarcado por el cielo azul.

—A mí eso me parece una vida muy solitaria.

—Estoy rodeado de gente.

—¿Pero a esa gente le importas algo? ¿Le importaría que

cayeras desplomado en tu embarcadero y no pudieras levantarte solo? ¿Esa gente se ríe contigo y te da calor por la noche? ¿Se sienta a tu lado cuando estás en la cama de un hospital y no te suelta la mano en ningún momento? ¿Esa gente seguirá estando a tu lado dentro de sesenta años? –a su abuelo le tembló la voz–. ¿Esa gente hace todo eso?

Sean lo miró asombrado.

–Abuelo...

–El amor no es un sacrificio, es un regalo. Pero tienes miedo y lo entiendo. Hay que ser valiente para admitir que se está enamorado.

–No estoy enamorado –respondió Sean frunciendo el ceño–. ¿Por qué dices eso? Para empezar, no tengo tiempo para salir con nadie. No hay nadie... –se detuvo y apretó la mandíbula–. Si estás sugiriendo...

–Yo no estoy sugiriendo nada. Sé muy bien que a ti es mejor no sugerirte nada.

No era amor.

–Élise y yo hemos estado trabajando juntos, eso es todo.

–Bien –Walter se levantó y se acercó a su nueva máquina. Se quedó mirándola mientras Sean lo miraba a él con exasperación.

–Reparé el embarcadero porque quería estar cerca de la abuela y de ti. No tuvo nada que ver con Élise.

–Fuiste muy considerado. Todos te lo agradecemos. Y también fuiste muy considerado al llevarla de acampada.

Sean apretó los dientes.

–Tyler estaba ocupado.

Le pareció ver a su abuelo sonreír, pero entonces volvió a mirar y Walter estaba mirando fijamente su nuevo juguete.

–¿Esta cosa trae instrucciones?

No era amor.

Era imposible que fuera amor. Se trataba de un caso grave de deseo con mucho aprecio y risas entremezclados.

–Ella no quiere una relación. Y yo tampoco.

—Pues entonces parece que estáis hechos el uno para el otro.

¿Hechos el uno para el otro?

Un sudor le cubrió la nuca. Pensó en Élise jadeante y riéndose bajo la lluvia. La recordó abrazando a su abuelo y bailando en el embarcadero. La recordó arrancándole la camisa. Pensó en sus piernas, en su pasión, en su bondad, en su hoyuelo, en su boca. ¡Oh, esa boca! La boca que con mucho gusto besaría cada día durante el resto de su vida.

¡No!

No era amor. De ninguna manera. De ninguna manera.

Tenía el corazón acelerado. No podía respirar. Tenía un nudo en el pecho.

Bajó la mirada hacia sus temblorosas manos y se dio cuenta de que nunca antes había sentido tanto pánico. Ni siquiera al saber que tenía la vida de alguien en sus manos. Su trabajo era algo para lo que había estudiado y se había formado durante mucho tiempo, pero eso... Nada lo había preparado para eso.

Se obligó a respirar lentamente y a pensar con calma y desde un punto de vista analítico.

—No estoy enamorado, abuelo. Y no fingiré estarlo solo para complacerte. Tengo que volver a Boston —se levantó y se sacó las llaves del bolsillo, pero se le cayeron al suelo. Maldijo para sí ante la mirada de asombro de su abuelo.

—¿Estás bien? Porque normalmente tienes el pulso más firme que he visto en mi vida.

—Estoy bien, pero tengo una semana muy atareada y no puedo perder tiempo —y al menos en Boston nadie le haría sugerencias ridículas.

—Conduce con cuidado. Tu abuela se preocupa por ti —Walter se frotó la nuca—. A veces piensas que no quieres algo y luego resulta que te equivocabas. ¿Nunca te ha pasado eso?

—No, nunca —respondió entre dientes—. No la quiero.

–Me refería a mi astilladora de leña –añadió su abuelo mirando su nuevo juguete–. ¿A qué te referías tú?
Sean se sintió como si lo estuvieran estrangulando.
–Me tengo que ir.

# Capítulo 18

Élise sonrió al ponerse un pañuelo al cuello y unas discretas joyas.

Era la noche de familia y Sean iría a casa.

Si al comienzo del verano alguien le hubiera dicho que Sean se reuniría con ellos para las noches de familia, no se lo habría creído, pero ahora que él había solucionado la disputa con su abuelo lo más natural era que pasara un poco más de tiempo en Snow Crystal.

–*Et donc*, incluso a dos hombres muy testarudos se los puede convencer para que hablen –sonrió a su reflejo en el espejo y se aplicó brillo de labios, aliviada de que la familia O'Neil estuviera navegando por aguas más tranquilas. El Boathouse era un éxito, el complejo en sí no estaba teniendo un gran éxito exactamente, pero al menos se mantenía estable, Walter estaba relajado, Alice volvía a ser la de siempre y Elizabeth tenía energías e ilusiones renovadas.

Y en cuanto a ella...

El corazón le latió un poco más deprisa.

Había pasado una semana desde la cena y Sean no se había puesto en contacto con ella, pero eso no le preocupaba porque ella tampoco lo había llamado a él. No tenían esa clase de relación. Disfrutaba con su compañía, ¿qué mujer no lo haría?, y era cierto que durante el verano su amistad se había convertido en algo que ella jamás habría imaginado, pero se debía simplemente al hecho de que habían pasado mucho tiempo juntos.

Se alegraba por Walter de que hubiera decidido ir a la noche de familia, pero a ella en sí le daba igual.

Convencida de ello, bajó las escaleras hasta la cocina y se detuvo al verlo de pie en la puerta abierta. Tenía el cuello de la camisa abierto y la mirada cansada.

—¡Sean! No te esperaba. Iba de camino a tu casa. ¿Qué tal el viaje?

—Largo. Con mucho calor. ¿Puedo pasar? —sin esperar una respuesta, y claramente tenso, entró en la cocina y cerró la puerta—. ¿Qué tal van las cosas? ¿Está bien el abuelo?

—¡Está muy bien! Y por aquí las cosas van bien, creo, con más movimiento que de costumbre. The Inn está al completo durante las tres próximas semanas, la cafetería marcha bien y Jackson dice que las reservas para el invierno están subiendo —se preguntaba por qué estaba tan lejos de ella y entonces se dio cuenta de que estaba siendo ridícula. Había vuelto para la noche de familia, no para disfrutar de un poco de sexo ardiente en el bosque—. Kayla está muy contenta con la cobertura mediática y está negociando que yo aparezca como cocinera invitada en la televisión local.

—Eso es genial.

—Sí, tengo que intentar no decir «*merde*» delante de la cámara porque entonces me matará —tenía la sensación de que Sean no estaba escuchando—. Walter está encantado con su astilladora de leña. Fue una buena elección, eres muy astuto. Y Tom nos ha estado echando una mano en el huerto, así que ha sido de gran ayuda para Elizabeth —se preguntó cómo reaccionaría Sean ante la noticia, pero parecía seguir sin escuchar. Estaba mirando el lago a través de la ventana.

—Bien.

Ella observó su perfil y admiró la línea recta de su nariz y los fuertes ángulos de su mandíbula.

—¿Sucede algo?
—No. Sí —se giró y sus miradas chocaron—. Vamos fuera.
Élise miró hacia la puerta.
—Creía que querías estar dentro.
—He cambiado de opinión. Quiero hacer esto fuera.
—¿Hacer qué?
Pero él ya estaba saliendo por la puerta.
Lo siguió desconcertada.
—¿Qué pasa? ¿Tiene que ver con la noche de familia? ¿Te sientes presionado? ¿Has tenido un mal día en el trabajo?
—No y no —caminó hasta el borde del embarcadero y apoyó las manos sobre la suave madera de la baranda. Por un momento se quedó mirando al agua y entonces respiró hondo—. Me dije que esto no podía pasarme. Siempre lo he creído.
—¿Qué no podía pasarte?
—Me negaba a ver la verdad porque verla me daba miedo.
—¿Qué verdad? ¿Qué te daba miedo? —de pronto se sintió frustrada, exasperada y, sobre todo, preocupada por que la aún frágil relación con su abuelo estuviera a punto de derrumbarse otra vez—. No entiendo qué dices. *Merde,* si no me dices algo, acabaré tirándote al lago.
—No pensé que querría esto.
—¿Que no querrías qué? Estás diciendo cosas sin sentido y aquí yo soy la extranjera.
—No quería enamorarme. Nunca quise. No pensé que pudiera pasarme.
El aire se paralizó. El único sonido era el leve chapoteo producido por los pájaros que rozaban el agua.
—¿Tú…?
—Te quiero —estaba completamente tenso. La mandíbula. Los hombros—. Joder, antes de este verano jamás en mi vida había pronunciado esas palabras y de pronto no dejo de decirlas.
—¿Qué quieres decir con eso de que no dejas de decirlas?

—Se las dije al abuelo.
Ella se quedó sin aliento.
—Claro —se sintió aliviada—. Eso está muy bien. Lo quieres. Por un momento he pensado que me las ibas a decir a mí.
—Y eso iba a hacer. Eso voy a hacer.
Élise lo miró atónita, preguntándose si lo habría entendido mal. Si sería una cuestión de idiomas.
—¿Me quieres? No, no es verdad.
—Sí —su mirada la derritió y su voz sonó suave—. Te quiero, Élise.
—¿Qué? *C'est pas vrai*. Te equivocas —empezaba a sentir pánico—. Sean, me estás asustando.
Él soltó una breve carcajada.
—Créeme, yo llevo asustado toda la semana.
—¿Toda la semana?
—Desde que el abuelo me lo insinuó.
—¿Tu abuelo…?
—Lo sabía. Lo sabe.
De pronto se sintió menos tensa. Por fin había una explicación para ese extraño comportamiento.
—¡Gracias a Dios! Es solo Walter jugando, intentando hacer de casamentero. Ha estado presionándote otra vez y te ha confundido.
—No, esta vez no. Me hizo pensar en unas cosas, eso es todo. Y no estoy confundido. Tengo muy claros mis sentimientos.
El pánico volvió a invadirla, esa vez aumentando de intensidad.
—Es presión, solo presión. Es lo que mejor sabe hacer y lo sabes. Tienes que ignorarlo igual que has hecho durante las tres últimas décadas.
—Esto no es por él. Es por mí. Por ti —la miraba fijamente—. Sé que te quiero. Y creo que tú me quieres.
Ay, Dios.

—¡No! ¡Claro que no!
No podía ser. No. Eso no volvería a pasarle.
Sean tenía la mirada clavada en ella.
—¿Estás segura?
—¡Claro que estoy segura! ¿Y cómo puedes tener la arrogancia de insinuar que no tengo mis propias opiniones? Estás tan acostumbrado a poder elegir la mujer que te apetezca que no te puedes imaginar que una no sienta por ti lo mismo que tú por ella —le temblaban las manos y se rodeó con los brazos, preguntándose por qué de pronto tenía tanto frío.

¿Amor? De ninguna manera. De ninguna manera permitiría que le volviera a pasar.

—Élise, te pusiste tan celosa cuando pensaste que me había acostado con aquella enfermera que por poco me ahogas y después me dejas inconsciente de un golpe.

—Porque pensé que habías decepcionado a Sam. Sí, tal vez reaccioné de un modo exagerado, pero solo un poco. Y si de verdad me quieres, lo cual dudo, entonces lo siento, pero jamás te he dado motivos para pensar que esta relación fuera a llegar a ninguna parte —estaba hablando tan rápido que las palabras se pisaban entre sí—. Para mí solo ha sido una aventura de verano esporádica. Pensé que había sido lo mismo para ti.

—¿Una aventura de verano esporádica? Cielo, lo de esporádico lo dejamos atrás hace semanas. Es más, si somos sinceros, lo de esporádico lo dejamos atrás el verano pasado cuando estuvimos toda la noche juntos.

—Fue solo sexo.

—Tal vez, pero lo que tenemos ahora es mucho más que eso y lo sabes.

—No, no lo sé. Para mí no hay nada más —tenía el corazón acelerado y la boca seca.

—Los mejores momentos de este verano han sido los que he pasado contigo.

—Sí, porque hemos tenido un sexo fantástico y te ha vuelto loco —le contestó—. Creo que tal vez deberías estar unos días sin operar. No eres el mismo. ¿Por qué dices todas estas cosas? Somos iguales. Ninguno de los dos quiere algo así. Es la razón por la que nos llevamos tan bien.

—¿No has pensado que tal vez la razón por la que nos llevemos tan bien sea que nos gustamos? Nos hacemos reír. No podemos estar en el mismo lugar sin querer arrancarnos la ropa.

—Eso solo es química.

—¿Solo? —le preguntó enarcando una ceja—. Pienso en ti todo el tiempo.

—Eso es muy normal. Los hombres pensáis en el sexo cada seis segundos.

—Entonces tengo un gran problema porque en mi caso son dos segundos. Y no estoy hablando de sexo, estoy hablando de ti. Pienso en ti cada dos segundos. En cómo te ríes, en cómo caminas, en cómo hablas. En todo.

—Pues vamos a entrar en casa, nos acostamos y después vamos a la noche de familia y nos olvidamos de esto.

—No voy a olvidarlo, Élise. Esto no va a desaparecer. Lo que siento no va a cambiar. Adoro estar contigo. Adoro quién eres. Adoro tu pasión. Adoro que seas tan leal y que quieras tanto a mi familia. Incluso adoro esa parte de ti que me tiró al lago —respiró hondo—. Te adoro a ti, te quiero, y de verdad creo que tú también me quieres.

—¡No! Yo nunca me volveré a enamorar, jamás. Ya te lo dije. Lo sabías. No puedo.

—Sé que no quieres y entiendo que estés asustada —su voz sonó cálida—. Sé que pasaste por un infierno y que tu vida se derrumbó. Entiendo que eso te haya dejado sintiéndote vulnerable y decidida a protegerte, pero ¿de verdad vas a permitir que Pascal arruine el resto de tu vida?

—¿Arruinarla? ¡Tengo una vida muy feliz! ¡Nunca había sido más feliz!

—¿Así que prefieres vivir la vida de mi familia que vivir la tuya propia?

A ella se le hizo un nudo en la garganta.

—Quiero a tu familia.

—Y ellos te quieren a ti, pero cada noche te vas a casa sola y duermes sola. Mereces vivir la vida al máximo, experimentar todo lo que tiene que ofrecerte, no ocultarte aquí para que nadie te haga daño.

Élise no podía respirar. Se sentía como si el aire se hubiera quedado sin oxígeno.

—Decirte esto es muy duro porque no quiero hacerte daño, y sé lo difícil que ha debido de ser para ti decirme todo esto, pero no te quiero. No te quiero y no voy a mentirte al respecto.

—¿Y a ti misma te vas a mentir? —preguntó él con voz áspera—. ¿Estás dispuesta a hacer eso?

—¡No estoy mintiendo! He sido sincera sobre lo que siento. Eres tú el que ha cambiado.

—Sí, he cambiado, pero lo reconozco y estoy intentando asumirlo. Lo que tú estás haciendo es esconderte. Cuando estés lista para admitirlo, ven a buscarme —se dio la vuelta para marcharse y ella dio un paso hacia él.

—¡Espera! No puedes… ¿Qué estás haciendo? Es la noche de familia —no podía creer que esa noche que había estado deseando que llegara fuera a terminar antes de haber siquiera empezado.

—Se me han quitado las ganas de ir a la noche de familia.

—Pero Alice lo está deseando. Todo el mundo estará allí, tu abuelo, Tyler, Jess, tu madre y… yo también estaré allí.

Hubo una breve pausa y él se giró para mirarla.

—¿Crees que esto ha sido fácil para mí? ¿Que no ha significado nada? ¿De verdad crees que puedo decirte que te quiero y después sentarme frente a ti en la mesa de la cocina como si nada hubiera pasado?

—Ojalá no hubiera pasado. No quería que pasase —las lágrimas se le acumularon en la garganta y en los ojos–. Yo no te he pedido que me dijeras eso. No quería que me dijeras eso. Teníamos un acuerdo...

–Sí –esbozó una media sonrisa–. Y lo he roto.

–Por favor, no te marches. Acabas de llegar y... –se le quebró la voz–. No te puedes marchar. Todo el mundo está esperando verte. Alice está emocionada, y también tu madre e incluso Walter. Llevan toda la semana hablando de ello. La familia entera se reunirá por primera vez en mucho tiempo.

–Pues espero que lo pasen bien –se giró y se alejó de ella dejándola allí de pie, mirándolo y sintiéndose como si le hubiera pasado un camión por encima.

Por primera vez en meses había intentado reunirse con ellos para la noche de familia, y ahora ella lo había estropeado todo. Y él lo había estropeado todo. Él lo había estropeado todo.

De pronto su teléfono sonó y vio un mensaje de Kayla.

*¿Dónde estás? Vístete y ven aquí.*

Kayla se había pensado que Sean y ella estaban...

Revuelta, se dejó caer en la silla del embarcadero.

Ahora ella tampoco quería ir a la noche de familia, pero alguien tenía que decirles que Sean no iría.

Se quedarían muy decepcionados.

Y era culpa suya. Todo era culpa de ella.

Sabiendo que tenía que acabar con el asunto, se levantó y caminó despacio hacia la casa. Oyó el rugido de un motor y vio un reflejo rojo cuando el deportivo de Sean salió de Snow Crystal a toda velocidad en dirección a Boston.

Se había ido.

Una parte de ella quiso salir tras él, agitar los brazos y gritarle que diera la vuelta, pero los pies se le quedaron clavados al suelo y la boca demasiado seca como para emitir sonido alguno.

¿Cómo podía amarla?

Sean no se enamoraba. Él no quería eso y sabía que ella tampoco.

Consternada, abrió la puerta de la cocina y se vio envuelta por risas y los deliciosos aromas de la comida. Walter estaba sentado en su lugar habitual en la cabecera de la mesa, Alice estaba tejiendo, Tyler discutiendo con Jackson y Kayla comprobando sus correos electrónicos. Jess estaba ayudando a Elizabeth con la comida.

Maple le dio la bienvenida ladrando y pegando brincos.

Todos estaban allí, la familia O'Neil al completo alrededor de la mesa. Solo faltaba un miembro y era su culpa. Ella era la razón de que no estuviera allí.

Le temblaban las piernas. Se sentía mareada.

–Pasa, querida, nos estábamos preguntando dónde estarías –Elizabeth dejó una gran cacerola azul en el centro de la mesa–. Sean llega tarde, pero supongo que a ninguno nos sorprende.

Élise intentó hablar, pero no le salía la voz. Levantó a Maple en brazos al sentir que necesitaba su consuelo y después lo intentó de nuevo.

–Yo... No va a venir –habló con una voz tan débil que por un momento pensó que nadie la había oído, pero entonces Alice dio una palmadita sobre la silla que tenía al lado.

–Por supuesto que vendrá, cielo. Prometió que estaría aquí. Hemos visto su coche hace solo media hora. Estamos emocionados. Es la primera vez que Sean viene a la noche de familia desde Navidad. Me encanta tener a toda la familia reunida.

Elizabeth estaba sirviendo unas crujientes patatas asadas.

–Probablemente esté atendiendo alguna llamada del hospital. Ya sabes cómo es. Jess, necesito otro salvamantel, cariño, y unas servilletas.

Tyler hizo una mueca de disgusto.

–Nunca he entendido de qué sirven las servilletas.

No la estaban escuchando. Todos estaban tan emocionados ante la idea de que Sean llegara que no le estaban prestando atención.

Volvió a intentarlo y esa vez con una voz más fuerte.

—No va a venir. Está de camino a Boston —se sentó en la silla libre sin soltar a Maple. La perrita le lamió la mano y la miró con unos cálidos ojos de color caramelo como si percibiera su tristeza.

—Pero eso no tiene sentido —Alice parecía atónita—. ¿Por qué iba a venir a casa para volver a marcharse al momento?

Por ella.

Ella era el motivo.

¿Pero qué iba a decir? ¿«Me ha dicho que me quiere, pero yo no lo quiero»?

—Lo siento.

Se produjo un silencio cargado de decepción y al momento Elizabeth forzó una sonrisa.

—Bueno, no sé por qué te disculpas. No es culpa tuya.

Sí que era culpa suya.

Esa vez todo era culpa suya.

Ella era la razón por la que él no estaba allí con su familia.

Había abierto una brecha entre ellos y jamás, nunca, había pretendido que eso sucediera. Debería haber impedido que se marchara. En lugar de permitirle que se marchara, debería haberse marchado ella. Debería haber puesto la excusa de que estaba demasiado ocupada en el restaurante y haberlo animado a pasar esa noche con su familia.

Lo había estropeado todo.

—¿Crees que ha pasado algo malo? —Alice parecía intranquila—. A lo mejor Jackson debería llamarlo. Dijo que vendría y no suele decirlo. Todos lo estábamos deseando. Jackson, deberías llamarlo. A lo mejor ha pasado algo.

«Algo ha pasado», pensó Élise. Lo que había pasado era que le había hecho daño.

Jackson sacó el teléfono, marcó y se encogió de hombros.

—Va a saltar el buzón de voz.

Ella tuvo ganas de meterse debajo de la mesa. La culpabilidad la invadió. Ese verano por fin se había solucionado la disputa entre Sean y su familia y era él el que debería haber estado ahí. Y lo habría estado de no ser por lo que había sucedido entre los dos. Se merecía el apoyo de su familia y en lugar de eso era ella la que estaba allí sentada, recibiendo el calor de los O'Neil en su momento de pesar.

—¡Dejadlo ya! —dijo Walter con tono firme—. Seguro que lo han llamado del hospital y no ha tenido tiempo de avisarnos. Tenemos que seguir con lo nuestro y comer. Me muero de hambre.

—Yo también —Tyler agarró un plato—. Me alegro de que no esté aquí, yo me comeré su parte. Pero no esperéis que use dos servilletas.

Élise estaba allí sentada, observándolos a todos, esas personas que la habían acogido y tratado como a un miembro más de la familia. Ninguno sabía que ella era la razón por la que Sean no estaba allí.

Jackson le pasó una cerveza a Tyler.

—¿Has llevado a esa familia a la excursión en bici? ¿Qué tal ha ido?

—Eran buenos y todos han vuelto vivos y con los miembros unidos al cuerpo, lo cual es bueno desde que nuestro cirujano residente nos ha abandonado —Tyler estuvo a punto de subir los pies a la mesa, pero la mirada de su madre hizo que se lo pensara dos veces—. Jess también ha ido, ¿verdad, ángel?

La mirada de Elizabeth se suavizó al mirar a su nieta.

—¿Qué tal ha estado, cielo?

—Divertido —respondió Jess mientras la ayudaba a servir la comida—. Aunque la madre no dejaba de mirar a papá. Eso ha sido muy desagradable.

—Comprensible, no desagradable –apuntó Tyler sirviéndose más patatas en el plato–. Tarde o temprano vas a tener que acostumbrarte al hecho de que tu padre es un sex symbol.

Alice le lanzó una mirada de desaprobación, pero Jess se rio.

—Papá, eso es más desagradable todavía.

—Las mujeres no pueden contenerse cuando están cerca de mí.

Jackson volteó la mirada.

—¿Les has reservado cita para la semana que viene?

Jess seguía riéndose.

—La madre me pidió la reserva. Para dos sesiones más.

Charlaron, compartieron noticias e historias, y Élise se quedó allí sentada en silencio y con la mano apoyada sobre la suave cabeza de Maple.

Tal vez esa noche se desarrollaría sin problema, pero ¿qué pasaría la próxima vez? No solo en las noches de familia, sino en Navidad, en otras celebraciones, cumpleaños y aniversarios. ¿Él tampoco asistiría?

Mientras ella estuviera allí, Sean jamás podría volver a casa, ¿verdad?

Le había robado todo eso.

Le había robado a su familia.

Miró a Jackson, que se estaba riendo por algo que había dicho Tyler. Su querido Jackson, que la había salvado cuando su vida había tocado fondo. Desde el primer día que había pisado Snow Crystal, había sabido que quería vivir allí para siempre, pero ¿cómo iba a quedarse cuando eso significaba provocar un terremoto en la familia?

Miró a Walter, que estaba sonriendo a Alice y llenándose el plato de verduras que habían cultivado en su propio huerto. Estaba mejorando cada día más y estaría deseando salir a esquiar con sus tres nietos cuando llegara el invierno.

Y Elizabeth… La encantadora Elizabeth que era una madre para ella.

¡Habían sido tan buenos con ella!

—Quería daros las gracias a todos —soltó esas palabras sin pensarlo y vio sus rostros de sorpresa—. Yo... No sé si os he dicho esto antes, pero sois unas personas maravillosas y me habéis dado un hogar y un trabajo y una vida cuando lo necesitaba, y siempre os querré mucho. Solo quería decirlo ahora que estamos aquí todos juntos porque, bueno, a veces es importante decir estas cosas.

El gesto de Elizabeth se suavizó.

—Nosotros también te queremos, cariño. Somos muy afortunados de tenerte con nosotros.

—No me queda otra que asentir —dijo Walter con tono brusco y guiñándole un ojo—. Aunque tu idea de lo que es una buena tortita difiera de la mía.

—A mí me encantan sus tortitas —dijo Alice con tono alegre—. Te estoy tejiendo una bufanda nueva para Navidad, Élise. Esta será verde. Y a ti te estoy tejiendo un jersey, Tyler.

Tyler puso cara de susto.

—¡No tienes por qué hacerlo, abuela! Es demasiado trabajo para ti. Tú hazle esa bufanda a Élise y yo disfrutaré viéndolo.

Alice sonrió.

—No es molestia. Y una vez llegue el invierno tendré mucho tiempo para tejer.

Élise miró la lana y pensó en las Navidades anteriores cuando Alice había tejido bufandas rojas para todos. Había procurado ponérsela cada vez que había ido a visitarlos.

—¿Estás bien? —fue Jackson el que lanzó esa pregunta. Fue Jackson el que había notado que estaba rara.

—¿Yo? Muy bien —respondió esbozando su sonrisa más exagerada—. Pero a veces es importante decir estas cosas para que las personas sepan que se las quiere y valora.

No lo había hecho con su madre y por eso ahora tenía que arrastrar el sufrimiento de que hubiera muerto sin saber cuánto la quería.

–Todos sois muy especiales para mí. Sois lo más importante de mi vida.

–¿En Francia todo el mundo es como tú? –preguntó Tyler después de terminarse su cerveza–. Porque yo no tengo ningún problema con que me quieran y me valoren. A lo mejor debería mudarme allí.

Todo el mundo se rio y la atención se desvió de Élise. Ella siguió acariciando a Maple y fijándose en sus rostros y sus voces. Y cuando Jackson volvió a preguntarle si estaba segura de que estaba bien, sonrió y asintió.

Estaba bien. Estaría bien.


–¿Doctor O'Neil? Su hermano quiere hablar con usted. Dice que es una emergencia.

Sean levantó la mirada de la resonancia magnética que estaba estudiando. ¿Emergencia? ¿Sería su abuelo? El corazón le dio un vuelco. No se había puesto en contacto con ellos en toda la semana. No desde la conversación con Élise. Había visto una llamada perdida de Jackson, pero sin mensaje en el contestador, y no se la había devuelto.

–¿Por qué teléfono?

–No está al teléfono. Está esperando fuera –dijo la enfermera asombrada–. No sabía que tuviera un hermano gemelo.

–¿Está aquí? –Sean se puso derecho–. Volveré en un momento.

Preguntándose qué podía haber llevado a Jackson hasta Boston sin avisar, empujó las puertas. Y una simple mirada a los tensos hombros de su hermano le dijo que no se trataba de una visita social.

–¿Qué pasa? ¿Es el abuelo?

Jackson apretó los labios.

–El abuelo está bien, pero tenemos que hablar. ¿Podemos ir a alguna parte?

Preocupado, Sean señaló al final del pasillo.

—Ahí hay un despacho que podemos usar. Bueno, ¿qué pasa? Es la primera vez que vienes al hospital.

En cuanto la puerta se cerró dándoles privacidad, Jackson se abalanzó sobre él.

—¡Maldito seas, te advertí que no tuvieras nada con ella!

—No sé de qué cojones estás hablando.

—Élise. Se ha ido. Y es tu culpa.

—¿Se ha ido? —se le secó la boca—. ¿Adónde?

—Ha vuelto a París.

—¿París? —pensó en lo que Élise le había contado. Pensó en lo que ese lugar significaba para ella—. No. Ella no haría eso.

Jackson le lanzó una hoja de papel.

—Lee eso.

Sean la desdobló y vio que era una copia de un correo electrónico. El nombre de Élise aparecía arriba.

—Va dirigido a ti.

—Léelo.

Mon cher *Jackson, siento mucho decepcionarte, pero ya no puedo seguir en Snow Crystal. Me entristece mucho porque pensé que estaría aquí para siempre, pero ahora veo que no es posible. Espero que me perdones. Jamás haré nada que pueda hacer daño a tu familia y quedarme hará que para Sean sea incómodo volver a casa. No intentes convencerme ni venir a buscarme porque sé que tengo razón. Se supone que debería darte un preaviso, pero he enseñado a Elizabeth y a Poppy y las dos son muy buenas, y el resto de empleados también lo son. Snow Crystal tiene un equipo fuerte. Yo tengo que volver a París. Debería haberlo hecho hace tiempo, pero soy una cobarde y me resultó más fácil esconderme aquí con vosotros donde estaba a salvo. Te echaré de menos, y también a Kayla, a Brenna, a Tyler, a Jess, a Elizabeth, a mi querida Alice y, por supuesto, a Wal-*

*ter, mucho más de lo que puedo expresar, pero tal vez algún día cuando me hayáis perdonado vendréis a visitarme y os enseñaré París. Las partes bonitas, no las de los turistas. Me salvaste cuando mi vida era terrible, y jamás lo olvidaré. No te preocupes por mí, estaré bien. Y no os enfadéis con Sean. La culpa es mía, no suya. No pretendía robarle a su familia. Una vez más, siento mucho decepcionarte.*
*Élise.*

Sean volvió a ojear el correo.
—No me lo creo. Ella jamás te dejaría tirado. No lo haría.
—Eso es lo que pensaba yo, pero parece que los dos nos equivocábamos.
—Ella te venera como si fueras un héroe.
—Lo cual demuestra lo mal que se tiene que estar sintiendo por todo esto.
Sean maldijo para sí.
—No me puedo creer que haya optado por volver a París —la imaginó, sola y nerviosa en una ciudad a la que había jurado no volver jamás, y algo se le removió por dentro—. ¿Por qué iba a hacer algo así? —apenas había tenido tiempo de terminar la frase cuando se vio contra la puerta y con Jackson agarrándolo por la pechera de la camisa.
—Joder, ¡ya sabes por qué lo está haciendo! Lo está haciendo por ti! Lo dice en el correo. Te advertí que te mantuvieras alejado de ella, pero no pudiste hacerlo, ¿verdad?
Sin dejar de mirar la mirada furiosa de su hermano, que por lo general tenía un temperamento tranquilo, Sean tardó un momento en recomponerse.
—Suéltame, me estás arrugando la camisa. Además, no sabes de qué hablas.
—Era feliz en Snow Crystal. Tenía un hogar. Para ella somos su familia y ahora te has cargado todo eso a cambio de poder montártelo con ella entre las sábanas cinco minutos.

—Fueron más de cinco minutos —contestó bruscamente—, y se estaba escondiendo con vosotros porque le daba demasiado miedo vivir su vida.

—¿Y a ti se te ocurrió ayudarla a vivirla?

—No fue así —apartó a su hermano de un empujón y fue hasta el centro del despacho.

¿Por qué volver a París cuando ese lugar no tenía más que malos recuerdos para ella? ¿Por qué?

—Puedes elegir entre infinidad de mujeres, pero tenías que ir a por Élise.

—Ya te he dicho que no fue así.

—¿Así que vas a fingir que no tuviste nada con ella?

—¡No! —luchando contra sus propios sentimientos, Sean retrocedió. ¿Adónde habría ido? Con «él» no, eso seguro. Tal vez era culpa suya. La había acusado de esconderse, ¿verdad?—. Sigue teniendo un apartamento en París. Era de su madre.

—¿Te contó eso?

—Me contó muchas cosas. No ha vuelto desde que se marchó. ¿Y si Pascal descubre que ha vuelto? ¿Le hará daño? ¿Y si no la ha olvidado?

Jackson estrechó la mirada.

—¿También te contó eso?

—Sí, me lo contó.

—Nunca se lo había contado a nadie más. Ni siquiera a Kayla ni a Brenna.

—Bueno, pues me lo contó. Y también me dijo que jamás volvería a París. Tenía miedo —y se sentía culpable por haber decepcionado a su madre. Se sentía sola. Asustada. Un sudor le cubría la nuca—. ¿Tienes alguna dirección? ¿Sabes dónde está el apartamento?

—No, y si lo supiera, tampoco te lo diría. Parece que no solo te lo montaste con ella, sino que también permitiste que se acercara a ti emocionalmente. La animaste a contarte sus secretos, algo que, por cierto, nunca antes había hecho, y después hiciste lo que sueles hacer siempre y le dijiste que no la querías –Jackson estaba de pie, con las piernas separadas y mirándolo–. Le rompiste el corazón.

Sean sentía un palpitante dolor en el pecho. Era el mismo dolor que llevaba sintiendo toda la semana.

–Eso no fue lo que pasó.

–¿En serio? ¿Y por qué no me cuentas tu versión y me la cuentas rápido? Porque ahora mismo lo que más me apetece es darte una buena paliza. Si no le rompiste el corazón, ¿por qué no sigue en Snow Crystal?

–¡Porque me lo rompió ella a mí! –gritó y fue al otro lado de la sala–. Me lo rompió ella a mí, ¿de acuerdo? Y es jodidamente doloroso, así que no vengas ahora aquí a sermonearme por haberle hecho daño.

Se produjo un silencio teñido de asombro.

–¿Ella te lo rompió a ti?

–Sí, y ahora, si no te importa, necesito estar solo para pensar qué hacer.

–He conducido hasta aquí para descubrir qué está pasando y no me pienso ir hasta que lo sepa.

Sean apretó los dientes.

–Le dije que la quería. Ella me dijo que no me quería. ¿Necesitas más detalles? Y si quieres puedes decirme que por fin me he llevado lo que me merecía, pero preferiría que esperaras a que lo haya resuelto –vio el asombro en el rostro de su hermano y soltó una triste carcajada–. Crees que se ha hecho justicia en nombre de todas esas mujeres que lloraron sobre tu hombro porque no les decía que las quería. La primera vez que se lo digo a una mujer y es precisamente una mujer que no quiere oírlas.

–¿De verdad le dijiste que la querías? ¿Y se marchó? –preguntó Jackson enarcando las cejas–. Estoy confundido.

–En ese caso, no la conoces tan bien como crees.

–Di por hecho que se había enamorado de ti y que no era mutuo. Di por hecho que se había marchado para no sentirse incómoda. Si estás enamorado de ella, ¿por qué se ha marchado? No tiene sentido.

—Tiene todo el sentido. Somos su familia. O mejor dicho, vosotros lo sois —dijo esbozando una adusta sonrisa—. La familia es lo más importante para ella. Ha pasado todo el verano intentando que solucionara mi distanciamiento con el abuelo. Me ha estado animando a hablar con él, a arreglar las cosas.

—Y lo has hecho, así que, ¿por qué se ha marchado?

—Porque cree que si está allí, yo me mantendré alejado. Cree que iré menos a casa. Que la familia me verá menos.

—¿Porque no fuiste a la noche de familia?

—Probablemente eso fue lo que le metió esta idea en la cabeza. Como me acababa de rechazar, no estaba de humor para una reunión familiar.

—¿Y estás seguro de que le dijiste esas palabras? ¿No las insinuaste sin más, o diste por hecho que lo sabía o...?

—¡Pronuncié esas palabras! Esas dos palabras que jamás pensé que diría. Las pronuncié por primera vez en mi vida, bueno quitando cuando se las dije al abuelo, pero eso no cuenta.

—¿Al abuelo?

—Da igual. Y que conste, a Élise se las dije más de una vez para que no hubiera malentendidos. Y no, no me las devolvió, no corrió a mis brazos y no, no vamos a vivir felices para siempre. ¿Y podemos dejar ya de hablar de esto? Vivirlo una vez ya fue lo bastante duro, y revivirlo tampoco es divertido.

Jackson lo ignoró.

—Me sorprende porque en realidad pensaba... —sacudió la cabeza—. No importa. Eso explica por qué estuvo tan callada la noche de familia. Y por qué no dejaba de decir que era culpa suya que tú no hubieras ido.

—No fue culpa suya. Fue mía. No estaba de humor para tener compañía, pero en ningún momento pensé que se culparía por ello o que decidiría que suponía una amenaza para nuestra familia.

—Se estuvo comportando de un modo muy extraño. Nos dijo a todos cuánto nos quería.

—¿Y eso por qué es raro? Está constantemente diciéndole a la gente que la quiere. A todo el mundo menos a mí. ¿Has probado a llamarla?

—Tiene el teléfono apagado.

—¿Y por qué iba a apagar el teléfono? —su preocupación fue en aumento. La imaginó volviendo a un lugar al que no había vuelto desde que se había marchado con Jackson. Un lugar que solo tenía recuerdos de violencia y pérdida. Imaginarla enfrentándose a eso ella sola le partió el corazón—. Me marcho a París.

—¿Cómo vas a hacer eso?

—Como lo hace todo el mundo. Voy a subirme a un avión.

—Pero tienes trabajo.

—Esto es más importante. Élise lleva sin ir allí… ¿Cuánto tiempo? ¿Ocho años? Alguien debería estar con ella —sacó el teléfono del bolsillo y buscó vuelos mientras Jackson lo miraba atónito.

—¿Te vas a tomar unos días libres?

—Lo hice cuando el abuelo tuvo el infarto.

—El abuelo es familia.

—Y Élise también lo es. Algún compañero tendrá que cubrirme —otra vez. Ya debía más favores de los que podría devolver—. Hay un vuelo directo a París esta noche. Lo único que necesito es la dirección.

—No tengo ninguna dirección. Lleva trabajando para mí los últimos ocho años.

—Pero fuiste a su apartamento la noche que la rescataste. ¿Qué recuerdas de ese sitio?

—Fue hace ocho años y me enfrentaba a una situación con un maltratador y una mujer aterrorizada. No me fijé exactamente en el vecindario.

Sean intentó controlar su impaciencia.
—¡Piensa!
—Lo único que recuerdo es haberla sacado de allí e intentar no romperle a ese hombre todos los huesos del cuerpo –dijo Jackson extendiendo las manos claramente frustrado–. Vivía cerca del río, eso sí que lo sé. Estuvimos en su apartamento menos de media hora. Guardó unas cuantas cosas en una maleta mientras yo vigilaba por si él aparecía. Desde la ventana del baño podía ver el Louvre. Rue de Lille, sí, ¡eso es! Vivía en Rue de Lille.
—¿Y el número del apartamento?
—Ni idea.
Exasperado, Sean reservó un vuelo desde Boston.
—Esperemos que no sea una calle larga.
—¿Te vas a presentar allí esperando encontrarla?
—Si no tienes su dirección, no tengo mucha elección.
—¿Y cómo sabes que va a querer verte?
—No lo sé. Pero sé que si ha vuelto a ese lugar, va a necesitar un amigo.

# Capítulo 19

El apartamento estaba cubierto de polvo y de una profunda capa de recuerdos. La asfixiaban, la ahogaban, hacían que le doliera la garganta y le escocieran los ojos. No había cambiado. Nada había cambiado y ahí donde miraba, veía a su madre. Y veía errores.

Los sentimientos que había enterrado se abrían camino hacia la superficie. Agarró un tarro que había hecho en el colegio cuando tenía ocho años, le dio la vuelta en la mano y recordó la alegría de su madre el día que lo llevó a casa.

Había estado engañándose, ¿verdad? Cuando había pensado que había seguido adelante con su vida se había estado engañando, porque lo único que había hecho había sido ignorar el pasado, bloquearlo, negarse a verlo como hace una niña al cerrar los ojos en una habitación oscura para no poder ver lo que hay. Pero la realidad era que no había avanzado. En su vida había un gran agujero negro y, en lugar de llenarlo, lo había vallado y había caminado de puntillas a su alrededor, temerosa de mirarlo, temerosa de caer dentro si daba un mal paso.

Cansada por el largo vuelo y machacada por los recuerdos, se dejó caer en la cama, incapaz de dormir, y pasó la noche pensando en su madre, torturada por la culpabilidad, sabiendo que no podría vivir allí, compartiendo ese diminuto apartamento con los fantasmas de su pasado.

Pero tampoco podía volver.

Sean no necesitaba otra razón más que lo mantuviera alejado de Snow Crystal. Los O'Neil no necesitaban que alguien dividiera su familia.

Por la mañana abrió las contraventanas y se quedó ahí de pie un momento viendo el sol danzar sobre los tejados de París. El apartamento era diminuto, pero estaba perfectamente ubicado, a solo unos pasos del río Sena. Si se ponía de puntillas y asomaba la cabeza por la pequeña ventana del baño podía ver la singular arquitectura del Louvre.

Con luz y aire fresco entrando en el apartamento, comenzó a limpiar.

Tardó dos días.

Llenó dos sacos enormes de ropa y otros objetos. Algunos los tiró y otros los llevó a una tienda de segunda mano. No quería recuerdos del pasado, recuerdos de las malas decisiones que había tomado, de las consecuencias, de tanta pena. La única excepción fueron unos cuantos objetos personales de su madre y una colección de fotografías. No tenía ni idea de que su madre hubiera hecho tantas. Con un rápido vistazo pudo ver que iban desde su época de bebé hasta una imagen suya siendo la única mujer en la cocina del Chez Laroche. Las metió en una caja de zapatos que encontró, prometiéndose que algún día las miraría detenidamente y esperando que llegara ese momento en que pudiera verlas sin sentirse mal.

Cuando terminó de recoger, pasó la aspiradora, limpió y fregó todo hasta que el lugar quedó resplandeciente y sin una sola mota de polvo.

Eso la ayudó a mantenerse ocupada, a distraerse la mente y a no pensar en nada.

Intentó no recordar cuando cocinaba con su madre, ni aquellos oscuros días con Pascal. Pero lo único en lo que no pudo dejar de pensar fue en los O'Neil.

¿Qué estarían haciendo ahora? Miró el teléfono y calculó la diferencia horaria. En Vermont sería por la mañana y estarían sirviendo el desayuno en el Boathouse.

Kayla estaría al teléfono comprobando sus correos electrónicos. Tyler estaría echando un ojo a las clientas femeninas y quejándose del trabajo. Walter estaría trabajando de más. Alice estaría tejiendo y preocupándose por su marido, y Elizabeth estaría ocupada en las cocinas con Poppy. Y Jackson, su querido Jackson, estaría haciendo que todo funcionara, gobernando el barco y llevándolo hacia aguas más profundas para que no se hiciera añicos contra las rocas.

¿La echarían de menos? ¿Pensarían en ella?

No, probablemente no.

Había fallado a Jackson. Después de todo lo que había hecho por ella, lo había defraudado.

Para escapar de la culpabilidad y de la pena hizo ejercicio hasta el punto de la extenuación, pero ni así pudo dormir y la noche la pasó despierta en la cama escuchando los ruidos de los coches, las bocinas y los sonidos de la ciudad a la vez que se le hacía imposible no pensar en Heron Lodge.

Echaba de menos la paz del lago, las noches en las que el único sonido era el ululato de un búho sobrevolando el lugar. Echaba de menos el aroma del agua y el fresco perfume del bosque.

Echaba de menos a Sean.

Y no porque lo amara, porque no lo hacía. Esa faceta de sí misma la había desconectado, se había negado a permitir que sus emociones tuvieran acceso a sus decisiones o al modo en que vivía la vida. Pero habían pasado un maravilloso verano juntos y lo echaba de menos. Echaba de menos sus risas, el flirteo, su inteligencia, cómo sabía apreciar la buena comida y el buen vino y, sí, echaba de menos el sexo.

Y no podía dejar de pensar en Sean.

¿Habría vuelto a casa desde el día en que le había dicho que la quería? ¿Seguiría lejos de allí?

Esperaba que no.

Se despertó temprano y estaba sentada en el suelo ojeando otro cajón lleno de fotos cuando oyó el inconfundible sonido de unas pisadas masculinas en la escalera que conducía a su apartamento en el último piso.

Apenas había salido de allí excepto para salir a comprar. Era poco probable que alguien la hubiera visto, y mucho menos probable que Pascal se tomara la molestia de ir a hacerle una visita.

Aun así, el corazón le dio un vuelco al oír que las pisadas se detenían ante su puerta.

¿Se habría enterado Pascal de que había vuelto?

–¿Élise?

Se le aceleró el corazón al reconocer la voz de Sean.

¿Sean estaba en París?

Se puso de pie y abrió la puerta.

–¿Qué haces aquí? ¿Le ha pasado algo a Walter? ¿O a Jackson?

–¿Por qué siempre que me ves das por hecho que traigo malas noticias? –alzó una botella de vino–. He encontrado esta increíble botella de pinot noir y no tengo a nadie con quien beberla. Con Tyler sería un desperdicio y Jackson está demasiado ocupado.

Ella se rio.

–¿Y por eso has venido hasta París?

–No conozco a nadie que valore como tú el vino y la comida.

Ella miró el vino y lo miró a él.

–¿Qué estás haciendo aquí? Deberías estar en Boston trabajando.

–Hay cosas más importantes que el trabajo –entró sin esperar una invitación y dejó su bolsa en el suelo–. He oído que estabas en París y he pensado que podrías necesitar un amigo.

–¿Un amigo?

–No te culpo por mostrarte tan sorprendida. No puedo

decir que sea un amigo con experiencia, pero sí que tengo mucha experiencia en volver a un sitio que guarda malos recuerdos, así que supongo que el resto lo puedo aprender sobre la marcha.

Ella seguía aturdida por la impresión que le había provocado verlo en su puerta.

—¿Cómo me has encontrado?

—Amenacé a Jackson hasta que me contó todo lo que podía recordar de las vistas desde tu ventana. Llegué aquí y averigüé el resto. No hay muchos apartamentos con vistas al río y al Louvre. He llamado a algunas puertas y he despertado a unas cuantas personas —puso el vino sobre la encimera y miró a su alrededor—. Qué sitio tan bonito.

—Es diminuto —y le parecía más diminuto ahora que Sean estaba allí. Con su ancha y poderosa constitución llenaba el espacio, pero su presencia le generaba una sensación tan reconfortante que notó cómo la tensión se iba disipando. Debería echarlo, pero no era capaz de hacerlo.

—Si has terminado de limpiar, ¿te apetece enseñarme la ciudad? ¿Me llevas a tus zonas favoritas de París? Deberías haberme llamado para decirme que tenías pensado venir y así podríamos haber volado juntos.

—Yo no habría hecho eso.

—No. Te asusta demasiado que llamarme pueda convertir lo que tenemos en una relación. Lo entiendo —abrió los armarios hasta encontrar las copas de vino—. Bueno, me muero de hambre y no hay nada para comer. ¿Qué pasa? Tu cocina suele estar abarrotada de comida.

—No me apetecía cocinar.

Porque todo le recordaba a su madre y ese recuerdo era demasiado doloroso. Y tal vez él se dio cuenta porque se la quedó mirando un momento y después asintió.

—Ya. Bueno, pues entonces me alegro el doble de haber venido porque si no te apetece cocinar, sé que pasa algo. ¿Cuál es el mejor restaurante?

—¿Cerca? Por aquí solo hay una *brasserie*.
—Con eso nos vale.
—Sean, ¿qué estás haciendo aquí?
Él sirvió dos copas de vino y le dio la suya.
—Nunca te di las gracias como es debido, ¿verdad?
—¿Darme las gracias por qué?
—Por haber estado a mi lado este verano. Por haberme animado a solucionar las cosas con el abuelo. Por escucharme mientras te hablaba de mi padre. Por todo.
—No hice nada. Lo hiciste tú. No tienes nada que agradecerme —dio un sorbo de vino y le supo tan delicioso que por un momento cerró los ojos. Le hizo pensar en Snow Crystal, en el verano, en él.
—Estar contigo me ha ayudado a superar este verano. Cuando me dijeron que el abuelo había tenido el infarto... —bajó la copa lentamente—, me sentí como si un alce me hubiera pateado el estómago. Y después cuando me dijo que volviera a Boston no sabía cómo solucionarlo, cómo salvar esa brecha.
—Te quiere. Está muy orgulloso de ti.
—Lo sé. Y yo lo quiero —esbozó una ligera sonrisa—. Mírame, poniéndome sensiblero, como diría Tyler.
—Me alegro de que las cosas estén mejor.
—Lo están. Hasta les he prometido ir a la noche de familia el mes que viene y estoy hablando con Brenna para ayudarla a preparar un programa de entrenamiento físico para el invierno —miró la pila de cajas de zapatos en el suelo—. ¿Qué son?
—Fotos —Élise sintió un dolor en el pecho al responder—. Mi madre hacía muchas fotos. No puedo soportar verlas, pero tampoco soy capaz de tirarlas. Me alegro de que las cosas te vayan mejor en casa, pero eso sigue sin decirme qué haces aquí.
—Hasta ahora has sido tú la que ha apoyado al otro en esta amistad, así que supuse que ahora me tocaba a mí. Se

me ha ocurrido venir por si necesitas a alguien que cargue con las cajas o que le dé puñetazos a algún exmarido.

Lo miró.

—Te arrugarías la camisa.

—Hay ciertas cosas que bien merecen un sacrificio —alzó la copa y bebió—. Bueno, ¿has sabido algo de él?

—No. Ni quiero.

—Pues ya no tienes que preocuparte por eso porque ahora estoy aquí y, si aparece, los dos tendremos una pequeña conversación. Y hablando de conversaciones, te toca contarme qué estás haciendo tú aquí —se apoyó contra la encimera; sus anchos hombros dominaban la estrecha zona de la cocina—. ¿Qué haces en París cuando sé lo mucho que adoras Snow Crystal y sé cuánto adoras tu trabajo?

—Estoy haciendo lo que debería haber hecho hace mucho tiempo. Era una cobarde. Evité volver porque este lugar estaba lleno de malos recuerdos.

—Pues entonces pon el apartamento en venta y vuelve a Snow Crystal. El invierno va a llegar y todos están pensando qué hacer para sacarle el máximo provecho a la temporada. Eres una parte esencial del equipo.

Algo se removió dentro de ella, aunque se limitó a negar con la cabeza.

—No puedo hacerlo.

—Muy bien. No lo vendas entonces. Alquílalo.

—No es por este lugar. Lo voy a vender, mañana viene alguien a tasarlo. Pero no voy a volver a Snow Crystal. Encontraré otro lugar. Tal vez no en París. Tal vez en Burdeos.

—¿Por qué? ¿Porque te dije que te quería y te asusté? Fue un error —su tono era suave—. Si prometo no repetirlo, ¿volverás?

—¿Crees que fue un error?

—Sí, eso es. Un gran error.

Era ridículo sentirse decepcionada por algo que de todos modos no quería. No tenía sentido. Ninguno de sus sentimientos tenía sentido.

—Tienes razón. Deberíamos salir —agarró el bolso y las llaves y condujo a Sean hasta la puerta—. ¿Cómo están todos? ¿Cómo está Walter? ¿Está usando su nueva máquina para cortar leña? ¿Y Alice? ¿Qué tal sus labores de punto? ¿Elizabeth y Poppy se apañan bien en la cocina?

—No tengo ni idea. Ya sabes que la gerencia de Snow Crystal se la dejo a mi hermano. Tendrás que preguntarle cuando lo veas.

Ella ignoró el comentario.

—¿Cómo sabías que me había marchado de allí?

—Jackson vino al hospital dispuesto a pegarme. Para que conste, es la primera vez que he visto a mi hermano con ganas de pegarse. Normalmente es él quien impide que haya peleas —llegaron a la calle y Sean la agarró del brazo cuando un ciclomotor pasó a toda velocidad casi llevándosela por delante.

Ella sintió la fuerza de sus dedos sobre su piel, inhaló su masculino aroma y el deseo de besarlo fue casi sobrecogedor. Casi.

Se apartó.

—¿Te pegó? Jackson jamás haría eso.

—No, pero estuvo a punto, lo cual refleja lo mucho que le importas. Me arrugó la camisa.

Ella no pudo evitar sonreír.

—Ya le dije que no era culpa tuya.

—No te creyó. Si vuelvo allí sin ti, más me vale morirme directamente.

Era una perfecta noche de finales de verano y cenaron en la pequeña *brasserie*, sentados codo con codo con turistas y vecinos de la zona, bebiendo vino de la casa y degustando una comida sencilla. Después pasearon por la orilla del río y vieron el sol ponerse sobre el Louvre.

Sean le habló sobre su trabajo en el hospital y sobre su investigación antes de hacerla reír con historias de las peligrosas proezas de Tyler cuando eran pequeños.

Lo único de lo que no hablaron fue del hecho de que la quería.

—¿Dónde te alojas esta noche?

—He reservado habitación en un hotel al final de la calle. No estaba seguro de que quisieras compañía —le quitó las llaves de las manos y al abrir la puerta se fijó en la expresión de Élise y en que se había detenido en seco—. ¿Malos recuerdos?

—Sobre todo sentimiento de culpa. Odio que las últimas palabras que le dirigí a mi madre estuvieran cargadas de rabia y que muriera sin saber cuánto la quería. No puedo dejar de pensar en eso —intentando sacárselo de la mente, fue hasta la zona de la cocina—. ¿Café?

—Gracias —él se sentó cómodamente en el sofá junto a las cajas de fotos que ella había apilado—. Sé que no quieres ver las fotos, ¿pero te importa si las veo yo?

—Adelante —tal vez debería haberlas tirado. ¿De qué servía guardar algo que solo la hacía sentirse peor?

Preparó café y le puso una taza delante a Sean, sobre la mesita.

—Echo de menos mi cafetera.

—Todos echamos de menos que hagas café con tu cafetera. Élise, deberías ver esto.

Ella se puso de espaldas a él.

—No puedo. Aún no. Tal vez algún día.

—En serio, deberías verlas.

—Sean...

—No estabas segura de que tu madre supiera que la querías y te puedo asegurar que sí lo sabía.

—¿Y cómo lo sabes?

—Porque estoy viendo las pruebas, cielo. Y tú también deberías verlo.

Ella se giró y lo vio ojeando unas fotos.

—¿Dónde es está? —le mostró una imagen y ella sonrió al recordarla.

—En lo alto del *Arc De Triomphe*. Tenía ocho años. Subí hasta arriba y me sentí muy orgullosa —a pesar de su renuencia, se sentó a su lado.
—¿Y esta?
Sean fue pasando las fotos y preguntándole cuándo, por qué y cómo hasta que Élise se sintió abrumada por tantos recuerdos.
—Apártalas, Sean.
Él las guardó en la caja y puso la tapa.
—Discutí con mi abuelo, pero me perdonó porque eso es lo que hacen las familias. E incluso cuando estaba enfadado con él, no había un momento en el que no sintiera que lo quería. Y él lo sabía.
—Lo sé. En cuanto te enteraste de que estaba en el hospital, lo dejaste todo y fuiste. Pero tu familia es distinta.
—Tu madre sabía que la querías. Todo está aquí —le puso la caja sobre el regazo con delicadeza—. Sabía que la querías y ella te quería a ti, y por eso quería lo mejor para ti. Es lo que siempre queremos para las personas a las que amamos. No es un sentimiento que se pueda conectar y desconectar, y las discusiones no cambian eso —se levantó—. Mañana tengo que volver. Ven conmigo.
Ella sintió la llamada de la nostalgia y del deseo y la ignoró.
—No puedo hacer eso.
—Snow Crystal es tu hogar. Todo el mundo te echa de menos. Deberías estar allí.
Vaciló y, por un momento, Élise pensó que iba a besarla, pero, entonces, él fue hacia la puerta.
—Si cambias de opinión o si necesitas algo, llámame.
—No lo haré. Nunca antes te he llamado.
A él se le iluminaron los ojos.
—Y yo nunca te había dicho «te quiero» hasta la semana pasada, lo cual demuestra que todo puede pasar. Tienes mi número en tu teléfono.

# Capítulo 20

—Bueno, así que por fin la familia al completo está reunida otra vez. Es como vivir un cuento de hadas, ¿verdad, Jess? Si hasta tenemos servilletas. La civilización ha llegado a Snow Crystal —sonriendo, Tyler se levantó y agarró la enorme cacerola que cargaba su madre—. Bueno, esta es mi parte. ¿Dónde está la de los demás? —la dejó en el centro de la mesa y miró a su alrededor—. Nunca he visto unas caras tan largas alrededor de una mesa. Es la noche de familia. Se suponía que todos tendríais que estar riendo y disfrutando de la compañía. ¿Qué cojones le pasa a todo el mundo?

Walter se removió en su asiento.

—No digas palabrotas. A tu abuela le molesta.

—No estoy molesta por eso —dijo Alice sacudiendo la cabeza mientras Elizabeth intentaba servirle algo de comida—. No quiero mucho, no tengo hambre.

—Pues yo me muero de hambre, así que me como lo tuyo —dijo Tyler y, cuando alargó la mano hacia el plato, se le cayó la servilleta al suelo—. Como había dicho, nunca he entendido para qué sirven las servilletas.

Jess sonrió.

—Para no mancharte la ropa de comida.

—Las manchas en la ropa añaden carácter. Hay una historia detrás de cada mancha que tengo en los vaqueros.

—La verdad es que no lo queremos saber —ignorando a su hermano, Jackson le acercó las patatas a Alice—. Deberías comer, abuela.

Alice se quedó mirando al plato con desconsuelo.

—No puedo porque es un estofado. El estofado de carne receta de Élise. Es ella la que enseñó a Elizabeth a prepararlo y no puedo verlo sin pensar en ella. Me pone muy triste que no esté aquí. ¿Por qué no volvió con Sean cuando fue hasta allí para verla? ¿Qué le dijiste?

Walter refunfuñó.

—Probablemente la cuestión sea qué no le dijo.

Sean miró a Jackson, sentado al otro lado de la mesa, y agarró su copa de vino. Estaba seguro de que no había alcohol suficiente en la casa para ayudarlo a soportar la presión de la noche de familia. ¿Por qué habría accedido a ir?

—Le dije lo que quise decirle.

—¿Pero le dijiste que la querías? —la comida de su abuela seguía intacta en el plato—. A las mujeres les gusta oír eso y los hombres no lo dicen a menudo.

Tyler atacó el estofado y quedó claro que él no había perdido el apetito.

—Te quiero, abuela.

Ella lo miró con dulzura.

—Lo sé, cariño. Siempre has sido el más alocado, pero debajo de eso tienes un gran corazón y algún día una mujer te cazará para el resto de tu vida.

Tyler se atragantó con la comida.

—No si la veo venir antes.

Jess soltó una risita.

—Podrías esconderte debajo de una servilleta.

—Ese sería el único uso que le daría.

—¿Qué quieres decir con eso de que los hombres no lo dicen lo suficiente? —preguntó Walter mirando a Alice—. Yo te lo digo todos los días y lo he hecho desde que nos conocimos.

—Lo sé –la mirada de Alice se suavizó y alargó la mano–. Vine a comprar sirope de arce...
—¡Oh, por favor, no, eso no! –Tyler soltó el tenedor y apartó el plato–. Y, por favor, nada de besos en la mesa. Ya estoy harto de tantos besos en la mesa. Si queréis poneros a miraros como tortolitos, id una noche a cenar al restaurante con velas y vino y todo, pero no lo hagáis en la noche de familia.
—Hablando del restaurante, necesitamos más ayuda –apuntó Elizabeth en voz baja–. Una vez comience la temporada, no podremos con todo sin otro empleado más. Tendrás que contratar a alguien, Jackson.
Jackson agarró el salero.
—Me ocuparé de eso mañana.
—Yo lo haré –dijo Kayla tomando nota en su teléfono–. Tú ya tienes bastante que hacer.
—¡No vais a contratar a nadie! –gritó Walter dando con el puño en la mesa con un golpe que hizo retumbar las copas y los cubiertos. Maple se agachó en busca de protección–. Ya tenemos al mejor chef que se puede tener. No necesitamos salir a buscar a nadie más.
Jackson soltó el tenedor.
—Se ha ido, abuelo. Ha vuelto a París.
—Porque tenía cosas que solucionar allí, pero volverá cuando termine. Y, mientras tanto, nos las apañaremos porque eso es lo que hacen las familias y ella es de nuestra familia.
Jackson miró a Sean.
—Abuelo...
—Y su puesto de trabajo estará aquí esperándola cuando esté lista para volver –fulminándolos a todos con la mirada, agarró su copa, pero Sean vio que le temblaba la mano.
—No va a volver, abuelo –se le había hecho un gran nudo en el pecho–. Jackson tiene que tomar algunas decisiones.
—¿Se ha marchado cinco minutos y ya queréis darle su puesto a otra persona?

—¡Se ha ido, joder!

—¿Por qué grita todo el mundo? —preguntó Alice apartando la comida del plato, demasiado disgustada como para quejarse por el inapropiado lenguaje—. Y no entiendo por qué se ha ido. Le encantaba estar aquí, sé que le encantaba. La última vez que celebramos una noche de familia no podía dejar de decirnos cuánto nos quería.

—Porque estaba a punto de marcharse —dijo Jackson con hastío—. Fue su modo de daros las gracias, pero ninguno lo entendimos en aquel momento.

Sean resopló. Él sí lo había entendido.

Después de lo que había pasado con su madre, ella jamás, nunca, perdería la oportunidad de decirle a la gente que ocupaba su vida que la quería.

La ironía era que se lo había dicho a todo el mundo menos a él.

El dolor de su pecho se intensificó.

—¿Y por qué nos tiene que dar las gracias? —bramó Walter—. Somos nosotros los que deberíamos estarle agradecidos por haber creado una comida que está en boca de todo Vermont, de New Hampshire y de casi toda la costa Este. ¡La semana pasada vino gente de California que había leído críticas sobre ella! Así que no me habléis de buscar sustituta porque es irremplazable. Y si Sean hubiera dicho algo, tal vez no se habría marchado.

Sean maldijo para sí y dejó la copa en la mesa de un golpe.

—¡Sí que le dije algo! Le dije que la quería. Sí, eso es... —dijo mirando a su perpleja madre—. Se lo dije. Y varias veces, de hecho, para que no pudiera haber ningún malentendido. Y ahora, ¿podemos hablar de otra cosa?

Jackson le lanzó una mirada de preocupación.

Tyler y Kayla se quedaron mirándolo boquiabiertos y en cuanto a su madre...

—Oh, Sean —se le llenaron los ojos de lágrimas y se cubrió la boca con la mano–. Eso es... Es perfecto. No podría estar más feliz.

–No tienes motivos para estar feliz porque ella no siente lo mismo, mamá. Y ahora, ¿podemos seguir cenando? Ya hemos hablado demasiado de esto.

–¿Ella no...? –Elizabeth y Alice se miraron atónitas–. Sí, claro que sí.

Sean apretó la mandíbula preguntándose qué tenía que hacer para que cambiaran de conversación.

–Bueno, ¿qué tal van las reservas para el invierno, Jackson?

–Van subiendo ligeramente –respondió su hermano acudiendo al rescate–. Ahora lo único que necesitamos es mucha nieve, pero en general me siento optimista.

–Puede que no sepa nada sobre reparar huesos rotos –dijo Elizabeth con rotundidad–, pero sí que sé cuando una mujer está enamorada.

Alice sonrió.

–Yo lo supe enseguida.

Sean respiró hondo buscando una salida.

–Me vibra el teléfono –mintió–. Lo tengo silenciado –eso sí era cierto, pero cuando lo sacó del bolsillo y le dio la vuelta disimuladamente vio que, en efecto, alguien lo había estado llamando.

Tenía veinte llamadas perdidas.

Veinte exactamente. Todas de Élise.

–Tengo que... –¡joder! ¿Veinte?–. Tengo que responder. Tengo que hacer una llamada.

Tyler suspiró.

–Sí, ya, claro. Vidas que salvar, gente a la que curar... No te preocupes por nosotros. Así podremos hablar de ti a tus espaldas.

Walter frunció el ceño.

–¿No puedes decirles que los llamarás luego, cuando hayas terminado de cenar? Un hombre tiene derecho a comer.

Tyler alargó el brazo.

–Yo me terminaré su comida. Es una pena dejar que se enfríe.

Su abuelo le pegó en la mano.

–Va a volver. ¿Hay algún problema que no pueda esperar cinco minutos?

Justo en ese momento recibió otra llamada y Sean volvió a ver el número de Élise en la pantalla. Le dio un vuelco el corazón. Nunca antes lo había llamado. Ni una sola vez. Y ahora lo había estado llamando sin cesar mientras él lo tenía silenciado. ¿Qué podía haber pasado?

Se dijo que veinte llamadas perdidas solo podían significar que había pasado algo malo.

¿Sería Pascal?

No debería haberla dejado sola allí.

La llamada seguía activa, pero no quería responder delante de su familia.

Sudando, se levantó rápidamente, tiró la copa y el vino se vertió sobre la mesa.

–Tengo que...

–Ve –Tyler se levantó y echó su servilleta sobre la mesa viendo cómo la tela color crema se volvía roja lentamente.

–Esas servilletas fueron un regalo de boda –dijo su madre suspirando mientras Tyler colocaba otra más encima.

–Me alegro de haberles encontrado uso por fin.

Sean cerró la puerta de golpe y respondió al teléfono.

–¿Élise? ¿Estás bien? –le temblaba tanto la mano que casi se le cayó el teléfono al suelo–. ¿Dónde estás? ¿Ha pasado algo?


Élise caminaba por el sendero del lago preguntándose si se habría equivocado, preguntándose si él iría. Y entonces, por fin, lo vio corriendo bajo la lluvia con la camisa pegada al pecho y el pelo empapado.

—¡No me puedo creer que estés aquí! Creía que estabas en París —la agarró por los brazos y la llevó bajo el cobijo de los árboles—. ¿Por qué no me habías dicho que habías vuelto?

—Porque no pensaba volver, pero entonces te marchaste y estuve pensando mucho y, *merde*, ¿por qué vuelve a llover? —estaba temblando y él la llevó hacia sus brazos, rodeándola con fuerza.

—Tenía el teléfono silenciado y cuando he visto tus llamadas perdidas casi me da un infarto. Pensé que tal vez Pascal se había presentado en tu apartamento. Nunca me habías llamado. Nunca.

—Lo sé —le castañeteaban los dientes, pero sabía que era por los nervios, no por el frío—. Necesitaba hablar contigo y supuse que estarías aquí. Hoy toca noche de familia.

—¿Por qué no has venido directamente a casa?

—Porque hay algo que te tengo que decir. Solo a ti, no a todo el mundo.

Él se apartó y la miró fijamente.

—¿Quieres ir a Heron Lodge? Podemos secarnos.

—No, así estoy bien —soltó una risa nerviosa cuando unas gotas le cayeron por el cuello—. La mayor parte de nuestra relación se ha desarrollado en este bosque.

—¿Relación? —él hablaba con cautela. Con prudencia—. No creía que tuviéramos una relación.

—Yo tampoco, pero entonces me di cuenta de que me estaba engañando. Tenemos una relación desde el momento en que nos conocimos. Siempre ha estado ahí, la química, la conexión, todo, pero me asustaba tanto que jamás me lo planteé.

Él respiró profundamente.

—Élise...

—Desde lo de Pascal no me he vuelto a permitir volcar mis emociones en una relación. No me fiaba de mí misma porque conmigo todo siempre es exagerado. Amo con todo mi ser, con todo mi corazón, no solo un poco… –se llevó los puños al pecho–, y no podía arriesgarme a volver a hacer eso, así que ahora siempre tomo las decisiones con la cabeza. Pero entonces, de pronto, el verano pasado todo cambió.

–Para mí también cambió.

–Me dije que no era nada porque ya que apenas venías a casa, podría controlar mis sentimientos fácilmente, pero pensaba en ti todo el tiempo.

–Yo también pensaba en ti. Pensaba que eras como yo y no podía entender por qué Jackson te protegía tanto.

–Y entonces descubriste que no era como tú, y deberías haber vuelto a Boston corriendo, pero en lugar de eso seguiste viniendo aquí y después me dijiste que me querías y para mí fue un gran impacto porque no me lo esperaba.

–Yo también me quedé impactado, y por eso no gestioné muy bien esa parte.

–La culpa no era tuya, era mía. Tenía mucho miedo. No quería enamorarme y no quería que tú te enamoraras de mí. Yo no haría nada que hiciera daño a tu familia o que os complicara las cosas. Los quiero mucho, pero es cierto que tenerlos aquí me hizo más sencillo esconderme. Tenía amor en mi vida y con eso me bastaba. Me dije que no necesitaba un amor romántico.

–Élise…

–Volví a París porque sabía que tenía que enfrentarme a todas las cosas que llevaba tiempo evitando. Y entonces viniste.

–No podía soportar la idea de que te enfrentaras a eso tú sola.

–Significó mucho para mí que vinieras –le agarró la parte delantera de la camisa, ahora empapada–. Fuiste tú el que me hizo volver a ver las fotos y verlo todo de un modo distinto. Cuando te marchaste me senté allí y las vi todas, una a una, y comprobé que tenías razón. Las pruebas estaban ahí delante. Mi madre me quería mucho y sabía que yo la quería. Siempre lamentaré no haberle dicho esas palabras más a menudo, pero creo que tienes razón y que lo sabía. Y me quedé allí sentada y recordé lo fuerte que fue por haber vivido su vida sin miedo incluso cuando todo fue muy duro. Ella siempre encontraba diversión en la vida, y supe que no se sentiría orgullosa de que me escondiera y tuviera miedo todo el tiempo. No le gustaría que una decisión muy mala me impidiera vivir mi vida plenamente.

–Cielo...

–Pasé mucho tiempo pensando en lo nuestro, en lo increíble que es y en lo que siento cuando estoy contigo, y me di cuenta de que he sido una gran idiota. Así que me subí al avión y volví aquí, y ahora tengo una pregunta que hacerte y me responderás con sinceridad porque es importante –tenía el corazón acelerado y las manos temblando–. En París dijiste que haberme dicho que me querías había sido un error. ¿Eso era porque habrías preferido no haberlo dicho o porque no me quieres? Porque también dijiste que el amor no era algo que se pudiera conectar y desconectar a nuestro antojo.

–El error no fue quererte, fue decírtelo. Te disgusté. Te asusté. Te obligué a marcharte de un lugar que veías como tu hogar y a alejarte de unas personas que consideras tu familia. Por eso fue un error. Tenías una vida aquí que adorabas y yo lo alteré todo.

–Hacía falta. Sí, me encantaba, pero no era una vida completa. Tenías razón al decir que me estaba escondiendo.

–Después de todo por lo que pasaste, nadie podría culparte por haberte escondido.

–Pero ya no me quiero esconder más. Por eso quería decírtelo. Por eso he vuelto. Para decirte que estoy lista para empezar a vivir como es debido y para decir que... te quiero –decirlo la aterró tanto que casi se atragantó con las palabras–. De verdad te quiero, y si sigues pensando que me quieres, entonces tal vez podríamos intentar no dejarnos llevar por el pánico y salir juntos o algo. Tener una relación tanto dentro como fuera. Puedo ir a Boston y tú puedes venir aquí más a menudo.

Él no decía nada. Solo la miraba. La lluvia le había oscurecido el pelo y había hecho que se le pegaran las pestañas. Ella esperaba, sin apenas respirar. El único sonido allí era el del suave tamborileo de la lluvia sobre los árboles que los rodeaban.

¿Por qué no decía Sean algo?

¿Lo habría asustado?

Élise sintió pánico, y cuando estaba convencida de que había hecho mal y había malinterpretado los sentimientos de Sean, él la llevó hacia sí y la besó.

—No es que crea que te quiero, es que lo sé —le susurró contra la boca—. Pero no estaba seguro de que tú me quisieras.

—¿No has mirado el teléfono? Tienes que tener unas veinte llamadas perdidas. Te he llamado veinte veces para decirte que te quiero, pero no respondías —empapada de agua y felicidad, lo rodeó por el cuello—. Te quiero. Te quiero con todo mi ser. Y no puedo desconectarlo. Eso es lo peor de mí, creo.

—Pues yo creo que es una de las mejores cosas de ti. Adoro tu pasión y tu lealtad hacia la gente que quieres. Adoro que me hayas llamado veinte veces para decirme que me quieres, y espero que lo hagas todos los días —su voz sonaba ronca mientras la abrazaba con más fuerza—. Me mantuve alejado de aquí porque me generaba demasiadas emociones encontradas, pero durante el verano volví a enamorarme de este lugar y fue gracias a ti. Lo vi a través de tus ojos. Tú eres la razón por la que logré arreglar las cosas con el abuelo.

—Lo habrías hecho de todos modos. Yo solo te animé un poco porque el amor no debería ser algo silencioso. Es importante decírselo a la gente todos los días. Es algo que he aprendido.

—Tú se lo decías a todo el mundo menos a mí —refunfuñó besándola—. Se lo decías a mis hermanos, a mi abuelo, a todos menos a mí. Ya me había hecho a la idea de que jamás te oiría decírmelo.

—Porque tenía miedo de decírtelo. Decírtelo habría significado algo muy distinto. Siempre lo supe, pero tenía mucho miedo. Cuando te enamoras de todo, lo puedes perder todo.

—Y también lo puedes ganar todo —la acercó más a sí intentando protegerla de la lluvia—. Siempre pensé que las relaciones implicaban sacrificios, y el abuelo me hizo ver que era yo el único que estaba sacrificando cosas.

—¡No tendrías por qué sacrificar nada! Tu trabajo es importante para ti y yo no querría cambiar eso. Eres un médico maravilloso. Lo que hiciste por el pequeño Sam... Tienes un gran talento y deberías usarlo.

—Lo usaré, pero no hay motivos para no hacerlo más cerca de aquí. Tu trabajo está aquí. Tu vida.

—Walter ha estado insistiéndote otra vez. Tienes que tomar la decisión que sea más apropiada para ti.

—Esta es la decisión apropiada para mí y no tiene nada que ver con mi abuelo, aunque estará bien poder implicarme más en este lugar y ver más a la familia. Es lo que quiero para nosotros. Ya he hablado con el hospital local para unirme al departamento de Traumatología. No será algo inmediato, por supuesto, pero mientras tanto podemos buscar alguna solución. Mi coche ha recorrido tanto el camino de Boston a Snow Crystal este verano que seguro que ya lo puede hacer solo —estaba besándola de nuevo y ella lo estaba besando a él, ambos abrazados contra el árbol.

Élise deslizó la mano bajo su camisa.

—Tal vez deberíamos volver a Heron Lodge.

—Sí. No. Espera... —le costó, pero logró apartar la boca de la suya—. Aún hay algo que quiero decir.

—Me lo puedes decir más tarde.

—En mi bolsillo... —estaba susurrándole contra el cuello y ella cerró los ojos.
—¿Qué pasa con tu bolsillo?
—Mete la mano en mi bolsillo.
—No sé qué... —los dedos de Élise encontraron una pequeña caja cuadrada—. ¿Qué es?
—Es para ti. Ábrela —esos ojos azules ardían—. Ábrela.
Con manos temblorosas, la abrió y se quedó atónita ante una preciosa esmeralda colocada sobre un forro de terciopelo. Le empezaron a temblar las rodillas.
—Es un anillo. ¿Llevas un anillo encima?
—Lo llevaba encima el día que te dije que te quería y voló a París conmigo. Lleva conmigo todo el tiempo. No podía soportar devolverlo a la joyería porque eso habría significado haber aceptado que me habías rechazado.
—Sean...
—¿Habrías preferido un diamante? Es que cuando vi la esmeralda me recordó al bosque, y el bosque es nuestro lugar.
—Me encanta —se puso de puntillas y lo besó—. Me encanta. Es perfecto.
—¿Y te lo pondrás?
—Siempre. Te quiero. Y te llamaré veinte veces al día para decírtelo.
—Podré soportarlo —Sean sacó el anillo de la caja y se lo puso. Después la besó y le apartó el pelo de la cara con una caricia—. Estás empapada.
—Y tú.
—Podríamos ir a Heron Lodge o podríamos ir a mi casa. Es la noche de familia —una sonrisa rozó sus labios—. Y ya que estás a punto de convertirte oficialmente en un miembro de nuestra familia, deberíamos estar allí.
—¿Jackson ya me ha encontrado sustituto?
—No, pero no creía que fueras a volver. Ha sugerido que deberíamos buscar a alguien para ayudar en la cocina y el

abuelo por poco le arranca la cabeza. ¿Vamos? De todos modos, ya estamos empapados.

–Pero necesito mi maleta. Tengo algo dentro –Élise la sacó de debajo del árbol, donde la había dejado, y Sean cargó con ella.

Corrieron bajo la lluvia por el camino y llegaron a la casa sin aliento y empapados. Él le agarraba la mano con fuerza.

–¿Lista?

–Por supuesto.

Élise se aferró con fuerza a su mano mientras él abrió la puerta y entró.

–Mirad a quién me he encontrado bajo la lluvia.

Un silencio cargado de asombro se hizo alrededor de la mesa y al instante todos empezaron a hablar a la vez. Maple corrió hacia ella, Jackson se levantó y la abrazó, y Elizabeth le lanzó a Alice una mirada de complicidad.

–Os dije que volvería –dijo Alice–. ¿Por qué nunca me escucha nadie?

–Yo también sabía que volvería –Elizabeth cruzó la cocina y la abrazó–. ¡Estás empapada! Sean, no deberías haberla tenido bajo la lluvia. Tenemos que secarla.

–Estoy bien, no tengo frío. Estoy encantada de veros a todos y tengo un regalo para vosotros –abrió la maleta, ahora empapada también, y sacó una lata–. Las hice en París y las he traído desde allí –volcó el contenido en un plato y Kayla la miró extrañada.

–¿Pasteles?

–Son *madeleines* –respondió Sean mirándola fijamente–. Me alegro de que las hayas hecho.

Él entendía lo que significaban y ella sonrió.

–Ya era hora. Era hora de que las probarais. Si os gustan, las pondré en la carta del Boathouse y será como tener aquí un pequeño pedazo de París.

Un pequeño pedazo de su pasado.

–Solo espero que estén mejores que esas cosas a las que llamas tortitas –murmuró Walter y ella corrió a la mesa para darle un fuerte abrazo.

–Te quiero, Walter. ¿Cómo estás?

–No sé por qué nadie deja de preguntarme eso, pero estoy bien.

–Me alegro –dijo Sean– porque tenemos algo que deciros –apenas había dicho eso cuando Alice vio el dedo de Élise y gritó.

–¡Le has regalado un anillo! ¡Oh, Sean!

Elizabeth sonrió.

–Sabía que te quería. Una mujer siempre lo sabe.

Walter frunció el ceño.

–Yo también lo sabía. Fui yo el que se dio cuenta de que estaba enamorado. Será muy inteligente, pero es muy estúpido para algunas cosas.

Volteando la mirada, Sean llevó a Élise hacia sí.

–Me ha dicho que sí, así que ahora ya podéis dejarnos un poco tranquilos.

–¿Te has arrodillado?

–Ahí fuera está diluviando. Se habría estropeado los pantalones –dijo Tyler levantándose y abrazándola con fuerza–. Bienvenida a la familia. Me alegro de que sea oficial. Pero no empecéis a besuquearos, es lo único que pido. Ya tenemos bastante por aquí con Jackson y Kayla. Propondría que tomáramos una copa para celebrarlo, pero Sean ha tirado casi todo el vino sobre el mantel. Menos mal que teníamos servilletas.

–Ella ya es de la familia –farfulló Walter–, y lo seguirá siendo tanto si se casa con Sean como si no. Pero sí, deberíamos tomar una copa. Champán. ¿Jackson? ¿Hay champán?

–No necesito champán para celebrarlo. Con estar aquí me basta –dijo Élise sintiendo cómo se le saltaban las lágrimas–. Os quiero mucho a todos. Sois muy especiales para mí.

Tyler hizo una mueca de disgusto y volvió a sentarse a la mesa.

–Si os vais a poner sensibleros, voy a necesitar algo de alcohol. Probablemente una caja entera. Asalta la bodega, Jackson.

Ignorándolos a todos, Élise tiró a Sean de la mano y lo llevó hacia ella.

–Te quiero. Siempre te querré y te lo digo delante de todos y te lo diré todos los días.

Tyler soltó un gruñido y se dejó caer en la silla.

–Me voy a mudar.

–Es importante decir lo que sientes.

–En ese caso, deberíais saber que se me ha revuelto el estómago –contestó Tyler girando la cabeza–. Avisadme cuando sea seguro darme la vuelta.

Riéndose, Jackson le pasó una cerveza.

–No es champán, pero te anestesiará la angustia de tener que presenciar el amor verdadero. Y ahora que ha pasado el momento emocionante, ¿podemos seguir planificando el invierno? Tenemos una temporada de esquí por delante y necesitamos hacer todo lo que podamos para asegurarnos de que es la mejor posible.

Sin soltar la mano de Sean, Élise se sentó en la silla sabiendo que para ella la vida ya era todo lo buena que podía ser.

Se sirvió una *madeleine* pensando en su madre y, por primera vez, el recuerdo la hizo sonreír.

Sean se sentó a su lado y también se sirvió una. Dio un bocado y sonrió.

–Qué rica.

–Sí.

Agarró la mano de Élise por debajo de la mesa con firmeza mientras miraba a su familia.

–Si vais a planificar la temporada de invierno podéis contar conmigo. Puede que esté por aquí un poco más.

Jackson enarcó una ceja.

—¿Traerás tus propias camisas?
—Depende, porque me gustan mucho las que te compra Kayla. Puede que esas te las pida prestadas a veces.

Alice retomó sus labores de punto.

—¿Os habéis fijado en que la bufanda que estoy tejiendo es exactamente del mismo color que el anillo de Élise?

—Estas *madeleines*, o cómo se llamen, están deliciosas —apuntó Kayla sirviéndose una segunda—. Sin duda deberías añadirlas a la carta.

Brenna sonrió.

—Si comes demasiadas, tendré que doblar la duración de nuestra carrera matutina.

Todos empezaron a hablar a la vez y Élise se quedó allí sentada escuchándolos.

Los O'Neil. Los quería a todos y cada uno de ellos. Pero sobre todo quería al hombre que tenía sentado a su lado, al que le agarraba la mano negándose a soltarla. El hombre que lo había dejado todo y había volado hasta París para estar con ella. El hombre que había terminado el embarcadero para que el Boathouse pudiera abrir a tiempo. El hombre que le había hecho ver la verdad sobre su madre y que le había dado el valor de volver a amar. Y sabía que el amor era un regalo que nunca, jamás, debería dar por sentado.

Incapaz de creer que la vida pudiera ser así de buena, lo miró con el corazón rebosante de amor y lo besó ignorando el público que tenían.

—Te quiero.

Sean sonrió.

—Yo también te quiero. ¿Nos vamos a casa?

Casa. Heron Lodge, su casa.

—Es la noche de familia.

Tyler se atragantó.

—¡Largaos! Por favor, largaos y dejadnos comer tranquilos. Y no volváis hasta que seáis capaces de aguantar cinco minutos sin tocaros.

—En ese caso... –Élise se levantó y Sean agarró su chaqueta y se la echó por encima.
—Sigue lloviendo. Iremos corriendo. ¿Estás lista?
—Sí.
Estaba más que lista. Le agarró la mano con fuerza mientras él abría la puerta y, sonriendo, salieron juntos a la lluvia.

**Agradecimientos**

Publicar un libro siempre es un esfuerzo de equipo y hay mucha gente que merece que le dé las gracias. Siempre me pone nerviosa poder olvidarme de alguien, y por eso a veces tardo tanto en escribir los agradecimientos como en escribir un capítulo entero de una nueva historia.

Como siempre, mi mayor agradecimiento va dirigido a los lectores que compran mis libros. Me siento privilegiada por que hayáis elegido leer mis historias.

Gracias a mi agente, Susan Ginsburg, y a Susan Swinwood, a Flo Nicoll y al equipo de Harlequin en Estados Unidos y en el Reino Unido, que tanto trabajan para que mi libro sea lo mejor posible y lo acercan a lectores de todo el mundo.

Estoy en deuda con la encantadora Ele por haberme ayudado con el francés. Cualquier error que haya es mío (culpa del pinot noir consumido con fines de investigación).

Gracias a la fabulosa Sharon Kendrick, que leyó la primera frase de esta novela por encima de mi hombro durante un vuelo y me dijo que era una basura (gracias, Sharon, te quedarás aliviada de saber que la he reescrito). Después, ella leyó en voz alta la primera frase de la suya y a continuación nos prohibieron volver a volar con esa compañía. Es broma. O tal vez no. No lo sabré hasta que pruebe a reservar mi próximo vuelo.

Como siempre, gracias a mi familia por su paciencia infinita. Vivir con una escritora no es fácil y no hay pizza ni chocolate suficientes que puedan compensar esos momentos en los que un libro va mal y me tiro de los pelos. Me hacéis feliz y tengo suerte de teneros.

## ÚLTIMOS TÍTULOS PUBLICADOS EN HQN

*Vuelve a quererme* de Brenda Novak

*Juego secreto* de Julia London

*Una chica de asfalto* de Carla Crespo

*Antes de besarnos* de Susan Mallery

*Magia en la nieve* de Sarah Morgan

*El susurro de las olas* de Sherryl Woods

*La doncella de las flores* de Arlette Geneve

*Vuelve a casa conmigo* de Brenda Novak

*Acariciando la oscuridad* de Gena Showalter

*La chica de las fotos* de Mayte Esteban

*Antes de abrazarnos* de Susan Mallery

*El jardín de Neve* de Mar Carrión

*Un amor entre las dunas* de Carla Crespo

*Siempre una dama* de Delilah Marvelle

*Las chicas buenas no… mienten* de Victoria Dalh

*Un viaje por tus sentidos* de Megan Hart

www.ingramcontent.com/pod-product-compliance
Lightning Source LLC
LaVergne TN
LVHW030336070526
838199LV00067B/6299